W0179507

Das zweite Wunder

Richard Moss

Das zweite Wunder

Wie wir das Geschenk
des Ich-Bewußtseins annehmen
und uns zur Höhe
des All-Bewußtseins entwickeln

Aus dem Englischen
von Michael Schmidt

Ansata-Verlag

Für meine Frau Ariel,
bei der ich so viel gelernt habe über
Lieben und Intimität, wie auch bei
Andreas, Maria und Tassos.

Für meinen Freund Yvan Amar,
der in seinem Leben und Lehren Beziehung, Liebe und
das Heilige so beredt als Ganzes begreift.

In ehrendem Gedenken an Franklin Merrell-Wolff,
der mir als erster gezeigt hat, wie man ein Leben
ganz im Dienst des Bewußtseins führt.

Die Originalausgabe erschien unter dem Titel
«The Second Miracle» bei Celestial Arts Publishing, P.O. Box 7123,
Berkeley, California 94707, USA.

Erste Auflage 1997
Copyright © 1995 by Richard Moss, M.D.
Published by arrangement with Phil Wood Inc.
Alle deutschsprachigen Rechte beim Scherz Verlag,
Bern, München, Wien, für den Ansata-Verlag.
Alle Rechte der Verbreitung, auch durch Funk, Fernsehen,
fotomechanische Wiedergabe, Tonträger jeder Art und
auszugsweisen Nachdruck, sind vorbehalten.

Inhalt

Einführung   7

Teil I: Die Lage   17
1 Der Aufruf zur Bewußtwerdung.   19
2 Das Erste Wunder   32
3 Werdet wie die Kinder.   44
4 Zur Besinnung kommen: Das Erste Wunder und
   mehr.   55
5 Das Zweite Wunder: In Beziehung zum
   Unendlichen stehen.   67

Teil II: Die Arbeit   95
6 Die obersten Gebote   97
7 Radikale Intuition.   113
8 Worte, die beide Wege erhellen   127
9 Der verlorene Sohn in neuem Licht   143
10 Die vier Säulen der spirituellen Reise.   162
11 Inkarnation und die Heilung früher Kindheitswunden 188

Teil III: Das Leben   201
12 Heilung und Unendlichkeit.   203
13 Die drei Schlüssel zum Königreich: Das Herz der
   Selbstheilung.   217
14 Leiden, Glaube und Jüngerschaft   236

15 Der Enneas-Auftrag: Der innere Lehrer, die äußeren
   Lehrer und die Gemeinschaft des Bewußtseins 252

Ein letztes Wort 273

Dank 286

Über den Autor 288

Einführung

Dieses Buch lädt Sie ein zu einer Reise in die wesentliche Lehre der fundamentalen Beziehung. Diese Lehre in mir und in jedem von uns zu erwecken, ist mein höchstes Streben und die Leidenschaft meines Herzens und meiner Seele. Seit über zwanzig Jahren lehre ich auf der ganzen Welt, welch unteilbare Einheit unsere Beziehung zu uns selbst, zu anderen Menschen und zum großen Geheimnis, das wir Gott nennen, bildet. Dies ist die fundamentale Beziehung, in der wir dem Göttlichen in uns begegnen, das Göttliche im anderen widergespiegelt sehen und es in unserem Alltagsleben leben. Dies ist weit mehr als Philosophie – damit tauchen wir tief ein ins Leben selbst. Diese Beziehung muß in unserem innersten Wesenskern erkannt werden, so daß sie in unseren Zellen pulsiert und von unserem Herzen ausstrahlt, übermittelt durch die Stille, die Klarheit und die Kraft unserer Gegenwart. Diese Verbindung liegt allem zugrunde: unserem Privat- wie unserem Berufsleben, unserem Lebensgefühl, unserer Energie, unserer Gesundheit, unserer Genialität. Wo immer ich unterwegs bin, in Nordamerika, in Europa, Australien, Südamerika, läßt sich der Ruf zwingend und eindringlich vernehmen: Hört auf euer tiefstes Wesen und öffnet eure Herzen jener Größeren Intelligenz, die fortwährend und auf vielfältige Weise durch jeden von uns erweckt werden möchte. Der Wohlklang dieses Rufs kann nicht mehr überhört werden – wir wären Narren, würden wir das großartigste Privileg zurückweisen, das das Leben uns gewährt.

Ich gebrauche den Begriff «Lehre» in dem uralten und ehrwürdigen Sinn, zum Privileg der Initiation auf einen Weg der

Jüngerschaft berufen zu sein – nicht gegenüber einem Menschen oder einer Ideologie, sondern gegenüber der Selbsterkenntnis und dem Dienst am Leben. Miteinander werden wir Angehörige einer wachsenden Gemeinschaft von Individuen, als die wir uns – auf unterschiedlichen Wegen – unseres tieferen Wesens erinnern und unser Leben dieser Wahrheit anheimgeben. Ich glaube, an diesem Punkt unserer menschlichen Existenz ist es sehr hilfreich, ja, vielleicht wesentlich, daß wir uns bewußt als Schüler oder besser: als Jünger betrachten. Jüngerschaft ist ein Begriff, der in unserer modernen Welt nicht mehr so sehr geschätzt ist. Doch wenn wir einmal unseren Blickwinkel änderten, würden wir erkennen, daß wir Jünger des Lebens sind und nichts anderes sein können. Leben, Existenz, Universum – welches Wort wir auch immer in bezug auf das Große Geheimnis verwenden – ist die Manifestation *der* Lehre – unsere bewußte Beziehung zu ihr ist unsere persönliche Jüngerschaft, der individuelle Weg, den wir gehen und mit anderen teilen. Ich habe entdeckt, sobald wir uns selbst, unsere Welt und einander als Mitjünger der Lehre annehmen, auf welche Weise auch immer sie für uns Bedeutung gewinnt, fangen wir an, mit mehr Bescheidenheit und einem gesunden Pflichtgefühl zu denken und zu handeln. Dann beginnt unsere spirituelle Reise reichhaltiger, verständiger und – was genauso wichtig ist – sanfter zu werden. Heutzutage ist dies ganz entscheidend, da sich die Energie, die in uns zu erwachen sucht, beschleunigt und intensiver wird und unsere vollständige und demütige Aufmerksamkeit verlangt. Sie zu leugnen oder sich ihr auf irgendeine andere Weise zu nähern, kann schwerwiegende Folgen nach sich ziehen.

Ich habe dieses Buch in drei Teile gegliedert. Jeder Teil ähnelt eher dem Satz einer Symphonie, der einen bestimmten Rhythmus oder eine bestimmte Anmutung hat, statt eine echte Aufteilung des Inhalts oder des Flusses darzustellen. Der Erste Teil – Die Lage – beginnt mit der Betrachtung des Ersten Wunders, dessen, was wir durch es erlernen, der Stärken, die wir entwickelt haben, und der immanenten Begrenztheit dieses gewöhnlichen Bewußtseins. Dann schildert er, wie es zum Zweiten Wunder kommt – dem fundamentalen Wandel in den Grundlagen unserer Identität, zu dem wir aufgerufen werden, und was dies für jeden von uns und für unsere Welt bedeutet. Der Zweite Teil – Die Arbeit – knüpft daran an mit der Erörterung dessen, was ich für gewisse Schlüsselaspekte unseres westlichen mystischen Erbes halte, und zwar mit Worten, die uns helfen, die bereits von uns gelebte Spiritualität und die großartige Einladung zu einem Leben im Glauben zu erkennen. Der Dritte Teil – Das Leben – verwebt die Lehre ins tägliche Leben. Er erkundet die drei Schlüssel zur Selbstheilung und die vier Säulen der spirituellen Übung. Insbesondere handelt er von der Heilung von Kindheitstraumata, von der Umwandlung von Leiden, der Verwandlung des Körperbewußtseins, der Arbeit mit Energie, Träumen, Meditation und Gebet und davon, wie wir eine höhere Bewußtseinsebene wahrhaft zu verkörpern beginnen, wenn wir an unser Leben durch unser Fühlen und im Glauben statt durch unser Denken herangehen. Vor allem aber handelt er davon, wie wir durch die Bewußtheit, die wir in all unsere Beziehungen einbringen, einen Weg der Erleuchtung zu leben beginnen.

Ich schlage vor, die Kapitel dieses Buches nacheinander zu lesen, weil einige Metaphern und Termini, die für das Verständnis der späteren Kapitel wichtig sind, in früheren Kapiteln eingeführt und erklärt werden. Was die Frage des Genus betrifft, habe ich abwechselnd «er» und «sie» verwendet, statt mich auf Konstruktionen wie «sie/er», «sein/ihr» usw. einzulassen, die ich für unbeholfen halte. Auch das Wort «Gott» ist verständlicherweise ein Problem für viele Menschen, deren tieferes Wesen oft durch die dogmatischen Interpretationen der Religion entehrt wurde, denen sie in jungen Jahren ausgesetzt waren. Es ist außerdem nicht mehr angebracht (falls es dies je war), Gott als den Vater anzusehen, also als ausschließlich maskuline Prägung. So, wie ich das Wort in diesem Buch verwende, ist Gott eine Vorstellung, die sich auf das bezieht, was stets vor jedem Geschlecht, jedem Merkmal, jeder Eigenschaft oder welchen Vorstellungen auch immer rangiert. Ich bin nach und nach zutiefst sensibilisiert worden für die allgemeine Abwertung des Weiblichen im Laufe der letzten Jahrtausende und insbesondere für die schmerzlichen Erfahrungen dieser Abwertung in meinem Leben wie im Leben der Menschen, mit denen ich arbeite. Dies ist eine der zentralen

Fragen unserer Zeit, und ich vermag das Wiederaufleben des Begriffs der Göttin innerhalb des spezifischen Kontextes der Korrektur dieser Unausgewogenheit zutiefst nachzuvollziehen. Für mich allerdings wird in einer tieferen Psychologie des Bewußtseins zwischen männlich/weiblich, Gott/Göttin nicht mehr unterschieden. Es gibt einen Punkt, an dem der Versuch, politisch und spirituell korrekt zu sein, zu einer übertrieben egozentrischen Fixierung wird, während es doch bei unserer Arbeit in einem tieferen Sinne darum geht, uns in einer Art und Weise zu verstehen, die dazu beiträgt, unser Ego loszulassen, um für das Mysterium offen zu sein, das wir Gott nennen. Vielleicht bin ich in dieser Hinsicht naiv, aber ich habe mich dafür entschieden, das Wort Gott in einem Sinn zu verwenden, der in dieser einfacheren Konstruktion zugleich Gott den Vater und Gott die Mutter oder Göttin einschließt.

Nicht zuletzt liegt mir am Herzen, daß sich dieses Buch laut vorlesen läßt, daß es vor allem melodisch ist statt intellektuell. Wörter sind wichtig für mich, und zwar sowohl im kognitiven Sinne dessen, was sie aussagen, wie auch als das, was sie unterschwellig vermitteln. In meiner Lehrtätigkeit habe ich es im Laufe der Jahre erlebt, wenn Menschen sich bemühen, die Wörter zu verstehen, bevor sie zur tieferen Intuition gelangt sind, der die Wörter entspringen, dann blockieren sie ihre Fähigkeit, die Energie zu empfangen, die auf und zwischen den Wörtern fließt. Dann haben sie das Gefühl, nichts zu verstehen. Aber wenn man so liest, als wenn man Musik hört oder dem Trommeln des Regens auf dem Dach lauscht, entsteht Bedeutung auf andere Weise. Ich lege es dem Leser dringend nahe, sich dem Fluß der Wörter hinzugeben, hin und wieder innezuhalten und den Geist wandern zu lassen und den Wörtern von einem friedlichen, weiten Raum im Körper zu begegnen. Ich glaube, daß viele Wörter nicht dazu da sind, uns gefangenzunehmen, sondern unserer Aufmerksamkeit eine Richtung geben sollen. Gott ist eines dieser Wörter, aber auch er, sie, Liebe, Meditation, Gebet, Glaube, Ich, Intellekt, Bewußtsein und so weiter. Ehrlich gesagt benütze ich diese Wörter oft aus nur lückenhafter Intuition und lückenhaftem Verständnis heraus und entdecke im eigentlichen Akt des Sprechens oder Schreibens neue Bedeutungen in ihnen. Ich glaube, daß dies ein unendlicher Prozeß ist. Sicher haben Sie das Recht, einen gewissen Grad an Genauigkeit und Einheitlichkeit zu erwarten, dennoch gibt es letzten Endes keine Möglichkeit, gewisse Wörter einheitlich und festumrissen zu verwenden.

In einer Zeit, in der die östliche Mystik und Spiritualität der westlichen Seele so viele wertvolle Dinge vermittelt hat, ist es meiner Meinung nach ganz entscheidend, daß wir das tiefe mystische Erbe des Westens erneut schätzen lernen. Dies gilt insbesondere für die Hauptstimme, die ich in diesem Buch regelmäßig zu Wort kommen lasse – die Stimme Jesu. Die meisten Zitate entstammen einem gnostischen Text, dem sogenannten Evangelium nach Thomas, einer von vielen Schriften aus einer außergewöhnlichen koptischen Bibliothek, die sechzehn Jahrhunderte lang verschollen war und 1945 in einer zerstörten Grabstätte bei Nag Hamadi in Oberägypten wiederentdeckt wurde. Dieser Text ist eine der frühesten Schriften, die sich auf das Neue Testament beziehen, und basiert den Übersetzern zufolge auf einem älteren Werk, das um 140 n. Chr. auf griechisch verfaßt wurde. Möglicherweise enthält er echte Worte Jesu, und für mich hat er den entscheidenden Vorzug, daß ihm die auf Bekehrung ausgerichtete Fiktionalisierung des Lebens Jesu erspart geblieben ist, die die Evangelien des Neuen Testaments so beeinträchtigt. Die gnostischen Evangelien stellen das Wesen des neuen Bewußtseins in den Mittelpunkt statt die wundersamen Attribute, die sich gelegentlich als Folge dieses Bewußtseins manifestieren. Wo ich aus diesem Text zitiere, füge ich die Nummer der betreffenden Maxime – im Text Logion genannt – hinzu, so daß die Leser sie selbst nachschlagen können.

Der Jesus, den ich hier vorstelle, ist nicht der Christus, den wir mit unseren Ichs kastriert haben, indem wir ihn vergöttlichen und so weit über uns erhoben, daß seine Lehre die Verwurzelung in jener unmittelbaren Lebendigkeit verloren hat, die wir letztlich alle verkörpern können und wollen. Der Jesus, dem Sie hier begegnen werden, ist nichts anderes als unsere evolutionäre Bestimmung, die uns anschaulich und ausdrücklich ruft und einlädt, uns dem Lebenswerk der Realisierung eines neuen Bewußtseins zu widmen. Leider wird Jesu Lehre für zu viele

Menschen von einer archaischen religiösen Sprache verkörpert, die vom modernen Menschen als repressiv oder regressiv wahrgenommen wird, einer Sprache, die allzu leicht die Subtilität, Paradoxie und reiche Vieldeutigkeit der Reise des Lebens verliert. Dies führt dazu, daß sich viele Menschen von ihrer Religion betrogen fühlen und außerstande sind, jene innere psychische Intimität mit Jesus zu finden, die ein tieferer Teil der Seele wahrhaft braucht. Ganz gleich, mit welcher Religion wir geboren sind oder welcher wir anhängen, Jesus ist als Christus einer der entscheidenden Archetypen der menschlichen Seele, besonders im Westen. Wenn wir die radikale innere Wandlung durch die Diskontinuität zwischen dem Ersten und dem Zweiten Wunder, dem alten und dem neuen Bewußtsein zu vollziehen suchen, ist er eines der wesentlichen Symbole und eine der wichtigsten Energien, die uns durch diesen Übergang tragen können. Daher habe ich eine Interpretation von Jesu Lehre unternommen, die zur Belebung einer zeitgemäßen und lebendigen mystischen Psychologie beitragen soll.

Trotz meiner häufigen Verweise auf Jesus halte ich das Christentum nicht für anderen Religionen überlegen. Es ist eher so, daß ich allen institutionalisierten Religionen mit Vorsicht begegne, weil sie sich allzu leicht dogmatischen Interpretationen hingeben, wo ein unergründliches Mysterium gewahrt werden sollte. Demgegenüber befürworte ich eine wahre Spiritualität, ein unwiderrufliches Bekenntnis zum Bewußtsein. Ich zitiere auch andere religiöse Überlieferungen und Mystiker, insbesondere Walt Whitman, aber Jesus ist zweifellos eine der bedeutendsten spirituellen Gestalten der Welt. Seine Lehre, wie sie sich in den gnostischen Evangelien darstellt, beschreibt nach meiner Erfahrung beredt und sehr genau sowohl den Prozeß des Erwachens zum Zweiten Wunder wie dessen Wesen. Alles, was dazu beiträgt, in der heutigen Zeit diesen Jesus für unsere Seele zugänglich zu machen, kann besonders bei einem westlichen Menschen die Fähigkeit verstärken, die radikale Umwandlung des Bewußtseins anzugehen, die sich nach und nach in uns allen vollzieht.

In *Das Zweite Wunder* habe ich versucht, meiner eigenen Erfahrung treu zu bleiben, die sich über die Jahre in vielfältiger

Weise entwickelt hat. Während dieses Buch für sich steht und ohne Kenntnis meiner früheren Arbeiten gelesen werden kann, ist es zugleich ein weiterer Ausdruck eines Gesamtschaffens, das ich in drei vorangehenden Büchern dargestellt habe. Die wichtige Veränderung in meinem Leben, die sich in diesem Werk widerspiegelt, ist eine neue Ehe, die drei Stiefkinder in meine Familie eingebracht hat. Acht Jahre zuvor habe ich ein kontemplatives Leben geführt, viele Stunden stillen Alleinseins jeden Tag verbracht und allein geschlafen. Ich war die zentrale Gestalt einer Gemeinschaft, die sich der Erkundung der Wandlung des Bewußtseins widmete. Aber in den vergangenen acht Jahren bin ich ein Familienmensch geworden und habe aufgehört, in einer eng begrenzten spirituellen Gemeinschaft zu leben. Während ich in diesen Jahren weiterhin gelehrt habe, ist die Hektik des Familienlebens das prägende Umfeld für meine eigene Entwicklung geworden und beeinflußt in großem Maße, wie ich mich und meine Arbeit bei anderen einbringe.

In erster Linie hat mich das Familienleben gelehrt, daß ein höherer Bewußtseinszustand sehr wenig bedeutet, wenn er nicht im Alltagsleben umgesetzt werden kann. Meine Stiefkinder (die zu Beginn unseres Zusammenlebens sechs, zwölf und vierzehn waren) interessierten sich herzlich wenig für meine spirituellen Referenzen – sie reagierten unmittelbar darauf, wie gut ich meine Gefühle, Bedürfnisse und Grenzen mitzuteilen vermochte und wie ich auf die ihren reagierte. Natürlich forderten sie mich immer wieder auf eine Weise heraus, wie ich sie nie hinnehmen mußte, als ich eine spirituelle Gemeinschaft leitete. Dem Spiegel, den sie mir vorhielten, und dem Geschenk, durch sie meine eigene Kindheit nacherleben zu dürfen, verdanke ich eine größere Wertschätzung der Bemühungen meiner Eltern, mich aufzuziehen. Genauso wichtig war, daß ich aus erster Hand erlebte, wie sich unser Bewußtsein von der «Offenheit» der Kindheit zur «Begrenztheit» des Erwachsenseins entwickelt. Dafür und für anderes mehr war unser Zusammensein ein wahrer Segen.

Ihre Mutter, meine Frau Ariel, ist nicht nur eine wunderbare Partnerin, sondern gleichermaßen eine Jüngerin der Lehre. Wir haben uns durch meine Schriften und durch meine Konferenztätigkeit kennengelernt, aber in unserem intimen Zusammenleben hat sie mir so viel gegeben, insbesondere durch ihre Auffassung der Mutterschaft, ihr Wissen über den Körper und ihre ungewöhnliche Einsicht in das Gefühlsleben anderer Menschen. Indem sie darauf besteht, daß wir einander als einzigartige Menschen und nicht als Objekte begegnen, und indem sie ein intimer Spiegel jener Ängste und Prägungen ist, die uns unbewußt dazu bringen, uns einer Beziehung zu verweigern, ist sie für mich eine wichtige Lehrerin. Zusammen haben wir eine Menge über bewußte Beziehungen gelernt. Unser Lebensweg ist zuweilen nicht leicht, aber sie und unsere Familie haben doch einen nachhaltigen Einfluß darauf, wie ich mir die Frage beantworte: «Was zählt wirklich?»

Eine wahre Lehre führt genaugenommen zur Befreiung, weil sie uns dazu verpflichtet, von einer viel tieferen Ebene unseres Selbst aus zu leben. Wenn wir uns auf den anstrengenden Abstieg zu diesen Tiefen begeben, erkennen wir unser eigenes Ich-Sein, einen Ort des Seins, der selbst in Zeiten größter Not das Leben bejaht. Wir werden die Urheber unseres eigenen Lebens und stehen zur Wahrheit, welche Folgen auch immer dies haben mag. Wir lassen unsere Menschlichkeit nicht mehr durch die Angst erpressen oder uns unseren guten Willen durch Streß und Leiden nehmen. Die schwierigen Herausforderungen des Lebens wird es zwar immer geben, aber wir sind keine Opfer mehr. Wir sind die Jünger all dessen, was uns das Leben schenkt – wir vergessen unsere wahre Heimat nicht.

Jahrtausende voller Angst ums Überleben haben uns im Nehmen erfinderisch gemacht. Wir halten es für unser Vorrecht, vom Leben zu nehmen, vom Land zu nehmen, von den Wäldern, von den Meeren, von anderen, sogar von den Engeln und von Gott. Aber Bewußtsein zu haben, ist nicht nur ein wundervolles Vorrecht, sondern auch eine Verpflichtung. Es ist eine Verpflichtung zur Entwicklung und heißt uns, der Evolution zurückzugeben, indem wir Diener dessen werden, was für immer in uns zu erwachen sucht. Dies ist ein Lebensweg, den wir alle gehen müssen, ein Weg, der höchste Reife verlangt und sie paradoxerweise zugleich gewährt. Wenn wir uns entscheiden, diesem Ruf zu folgen, werden wir Diener der tieferen Intelligenz des

Lebens – die große Verengung, die unser Herz schließt, läßt endlich nach. Bisher mußten wir dafür nichts weiter tun, als die Verpflichtung zur Bewußtheit zu akzeptieren, und dank der Gnade beginnen wir aus dem Brunnen der wahren Freude zu trinken. Ich hoffe zutiefst, daß dieses Buch Ihnen dazu dienen wird, diese Freude für sich zu verwirklichen.

Richard Moss
Februar 1995

TEIL I

Die Lage

Verlange danach zu wissen, woraus alle Wesen geboren sind,
was sie von dem, woraus sie geboren sind,
leben und worauf sie zugehen und worin sie aufgehen.

Taittiriya Upanishad

1
Der Aufruf zur Bewußtwerdung

Etwas Epochales ereignet sich in jedem von uns. Es ist ein wunderbarer Beweis für die Intelligenz des Universums, doch nur sehr wenige Menschen erkennen tatsächlich das wahre Wesen dieses Wunders oder die Größe dessen, worum es geht. Oft, wenn auch ganz unbewußt, werden wir Opfer des apokalyptischen Kampfes, in dem diese neue Möglichkeit in uns geboren wird. Wir reagieren ständig auf eine Weise, die uns schwächt und unser Überleben geradezu bedroht, statt uns als Jünger des tiefsten Lebensimpulses auf diese großartige Bewegung einzulassen.

Der Boden, auf dem dieser epochale Kampf ausgetragen wird, ist unser eigenes Bewußtsein. Es geht nicht um eine Konfrontation von Gut und Böse – es ist ein evolutionärer Wechsel in unserem konkreten Bewußtseinsinhalt. Diesen Wechsel in uns selbst zu erkennen oder zumindest dieser Möglichkeit zu Diensten zu stehen, ist das Wichtigste, was wir persönlich mit unserem Leben machen können. Es geht um unsere Fähigkeit zu lieben, das Leben zu preisen, uns umeinander zu kümmern und unseren Planeten zu erhalten. Es spricht einiges dafür, daß nichts weniger als unser Überleben auf dem Spiel steht. Denn während uns die Evolution selbst vor diese neue Möglichkeit stellt, sind wir keineswegs sicher, sie rechtzeitig wahrzunehmen. Die Wahlmöglichkeiten und Verhaltensweisen, die in unserem alten Bewußtsein verwurzelt sind, drohen uns alle zu verschlingen. Da muß eine Arbeit geleistet, eine Lehre gelebt werden, und niemand ist davon ausgenommen.

Wenn wir uns die Welt betrachten, gibt es gerade jetzt deutliche Vorzeichen. Die Bevölkerung der Erde wächst in einem ungeheuren Tempo und bedroht die Umwelt in jedem Lebensraum und gefährdet sogar ihr fundamentalstes Vermögen: die Sicherung des Lebens an sich. Unser einzigartiger Verstand hat Techniken von gewaltiger Kraft freigesetzt, während unsere emotionale, psychische und spirituelle Reife hinterherhinkt, wenn es darum geht, diese Kräfte weise zu nutzen. Jeder von uns steht angesichts dieses immensen Problems vor der persönlichen Herausforderung, wie er darauf reagieren soll. Da wir nicht sicher sind, welchen Schritt wir als nächstes tun sollen, und Angst vor dem Unbekannten haben, verhalten wir uns wie Halbwüchsige – unbewußt beschmutzen wir das heimische Nest und sorgen dafür, daß alles unerträglich wird, um den Absprung in ein Lebensalter der Verantwortlichkeit und Reife herbeizuführen. Nun, da so viel auf dem Spiel steht, befinden wir uns zwar auf der Schwelle zu einem großen Erwachen, aber wir wissen nicht so recht, was von uns verlangt wird. Wir müssen uns unbedingt darüber im klaren sein, worin dieser nächste Schritt wirklich besteht, was es bedeutet, ihn zu leben, und wie wir uns dazu verpflichten können, die höchste Möglichkeit zu unterstützen.

Eine Gewißheit gibt es, nämlich daß wir alle sterben werden – keiner von uns kann sich dieser einfachen Wahrheit entziehen. Doch rätselhafterweise leben nur wenige von uns bewußt so, als ob dies der Fall wäre. Wir geben vor, daß wir uns schützen können, wir tun so, als ob nichts anderes als unser Glück zählte, wir bilden uns ein, wir könnten über unseren Körper hinausgehen, wir belügen uns selbst und verstecken uns hinter Fiktionen. Der erste Schritt, den wir tun müssen, besteht in der Erkenntnis, daß unser Leben kurz ist. Es zeichnet unseren kurzen individuellen Augenblick auf Erden aus, daß wir uns nicht der Illusion hingeben, daß wir es vorziehen zu erwachen und nicht Errettung und Erfüllung erwarten von dem Menschen, der uns liebt, von unseren Besitztümern, unserer Wissenschaft, unserem Staat, unserer Religion oder unserem Gott, sondern daß wir die Verantwortung dafür selbst übernehmen.

Wir alle sind mit den Berichten über die entsetzlichen Ereignisse des Holocaust aufgewachsen, aber wir hörten im Zusammenhang damit auch von einfallsreichen und heldenhaften Menschen wie Oskar Schindler. Bei meinem ersten Besuch in Deutschland vor einigen Jahren überkam mich ein Gefühl der Düsternis und des Mißtrauens, als der Zug die Grenze von Österreich überquerte. Ich erkannte, daß ich nicht den Deutschen mißtraute, sondern mir selbst. Selbst als Kind hatte ich nie das Gefühl gehabt, die Deutschen richtig beurteilen zu können. Wenn ich in mein eigenes Herz blickte, kam Angst hoch – könnte auch ich so schreckliche Dinge tun? Wie kommt es, daß ein Mensch dazu verleitet wird, seine Menschlichkeit aufzugeben, während ein anderer in den Stand der Heiligkeit erhoben wird? Wann werden wir uns endlich zu unserem höchsten Wesen bekennen und den durch dieses Bekenntnis ausgelösten Prozeß sich entfalten lassen, um das alte ängstliche Selbst abzulegen und uns zu verwandeln?

Stellen Sie sich vor, Sie würden eine Gruppe von Deutschen fragen, ob sie sich heute unerschütterlich zutrauten, nie wieder der Angst zum Opfer zu fallen, sich nie wieder so manipulieren zu lassen, daß sie Grausamkeiten, Rassenhaß, politischen oder geistigen Fanatismus billigen würden, nie wieder zuzulassen, daß sie Völkermord begingen oder tolerierten, wie dies ihre Eltern und sogar einige von ihnen selbst getan hatten. Und statt nur dies alles zu fragen, sollten Sie sich vorstellen, jedem dieser Menschen dringend nahezulegen, ein tief empfundenes Gebet zu sprechen, das ihre Verantwortlichkeit sich selbst gegenüber bekräftigen würde, ein Gebet um rückhaltlose Aufrichtigkeit sich selbst gegenüber, eine Verpflichtung, sich nie wieder irgendeinem Führer oder einer kollektiven Bewegung anheimzugeben, der oder die ihre Menschlichkeit verrät. Genau diese Chance bekam ich vor einigen Jahren, als ich in Deutschland meiner Lehrtätigkeit nachging.

Das Ganze spielte sich während einer von mir geleiteten Zeremonie vor Tagesanbruch ab, einer sogenannten Schwitzhütte. Dies ist ursprünglich ein indianisches Reinigungsritual. Die Form der Zeremonie, wie ich sie vor mir sehe, ist ganz einfach. Wir sitzen zusammen auf der bloßen Erde in einer niedrigen Hütte aus biegsamen Zweigen, auf denen Decken liegen. In einem Feuer erhitzte Steine werden vorsichtig hereingebracht und in ein Loch in der Mitte gelegt. Wenn die Decken am Eingang dicht verschlossen sind, ist es völlig dunkel in der Hütte – als ob man sich in einen kollektiven Mutterleib verkröche. In regelmäßigen Abständen wird dann Wasser auf die Steine gegossen, so daß sich Dampf bildet und es in der Hütte sehr heiß wird.

Im Prinzip soll diese Art von Ritual dazu führen, daß man leidet, um sich mit jener Schicht tiefer, instinktiver Angst, die so leicht unsere Herzen verschließt, zu konfrontieren und sie zu passieren. Bevor das Ganze beginnt, wird der spirituelle und psychologische Kontext sorgsam und tiefgründig beschworen. Jeder Teilnehmer ist sich darüber im klaren, daß sich im Ritual eine heilige Wandlung vollzieht: erstens öffnet es unsere Herzen der Anerkennung und dem Mitgefühl für das Leid des Lebens; zweitens bewirkt es Dankbarkeit für all das, was wir vom Leben empfangen haben, und für all die – lebenden oder toten – Menschen, die uns Gutes getan haben; drittens bringt es Vergebung für unsere nicht enden wollende Neigung, aus Angst unsere Liebe zurückzuhalten; und viertens und letztens bekräftigt es die bewußte Beziehung, die Verpflichtung, das Risiko einzugehen, aus unserem tiefsten Wahrheitsgefühl heraus zu leben und ungeschützte Offenheit gegenüber jedem Menschen an den Tag zu legen. Um diese Wandlung persönlich in Gang zu bringen, werden alle Teilnehmer aufgefordert, ein spontanes und tief empfundenes Gebet zu sprechen, das ganz von Herzen kommt. Zwischen den einzelnen Gebetsrunden öffnen wir die Decken, um frische Luft hereinzulassen, trinken etwas Wasser und ruhen uns aus. Das Gemeinschaftsgefühl und das gemeinsame Erkennen der Universalität unseres Leidens, unserer Dankbarkeit und unseres Sehnens nach einem bewußten Dienst am Leben machen diese Rituale zu einer wunderschönen Ehrung des eigenen Selbst, aller anderen Menschen und der tiefsten Aufforderung des Lebens.

An jenem Morgen in Deutschland, im fahlen Dämmer und in der Hitze der Hütte, fühlte ich mich in die Gebete ein. Eine Stimme nach der anderen betete um Vergebung für Verletzungen, die die Teilnehmer ihren Kindern und Eltern zugefügt hatten, bat um Mut und Kraft, sich Angst und Leid zu stellen, bat um Gesundheit für ihre Lieben, um Unterstützung bei der Bewältigung familiärer Probleme. Ich weiß, daß solche Gebete wichtig und schön sind, ich habe solche Gebete selbst gesprochen, aber angesichts des Schmerzes, den ich in der Seele vieler dieser Menschen spüren konnte, verharrten diese Gebete noch an der Oberfläche. Ich hatte das beunruhigende Gefühl, daß wir unbewußt noch immer versuchten, etwas für uns zu nehmen, daß wir noch immer mit uns beschäftigt waren, als ob wir uns Gott wie eine Art höchsten Elternteil vorstellten, statt unsere Verantwortung für eine reifere Beziehung zu Gott zu erkennen und die tiefere Freude zu entdecken, die damit einhergeht. Dies ist die Freude, die daraus erwächst, daß wir die Verpflichtung akzeptieren, uns selbst zu sehen, wie wir wirklich sind, so voll und ganz bewußt zu werden, wie wir nur können, und uns dann dem Dienst am Leben hinzugeben. Eine mächtige Stimme sprach aus mir und forderte jeden von uns auf, sich unserer unbedingten Verantwortlichkeit zu stellen, darauf einzugehen, daß wir unsere Menschlichkeit aufgegeben hatten und es wieder tun könnten, und wirklich zu erkennen, wo die Wurzeln unserer Seele liegen. Das war kein Aufruf zu Scham oder Schuldgefühl wegen der Taten der Vergangenheit, sondern eine Beschwörung, die Verbindung zu unserem tiefsten Selbst zu erkennen, zu dem, was ich unser Ich-Sein nenne. Das ist dieser absolute und einsame Ort in uns, an dem wir unserem wie auch des Lebens furchtbaren Potential für Gut und Böse begegnen und diese am Ende in einer fundamentalen Verpflichtung zur Wahrheit versöhnen. Die Folgen, die daraus erwachsen, wenn wir diesen zentralen Ort unseres Seins nicht zu ehren vermögen, sind in der ganzen Menschheitsgeschichte nur zu offenkundig.

Langsam und zögerlich waren neue Stimmen in der Schwitzhütte zu vernehmen. Sie kamen aus denselben Menschen, aber nun war da eine neue Energie. Da gab es Schluchzer und Tränen und tiefe Qual, als die Gebete aus den Tiefen ihrer Seele zu steigen begannen. Die furchtbare Wunde des vergangenen Krieges und der Konzentrationslager brach auf, aber in dieser aufrichtigen Qual gab es auch eine neue Entschlossenheit, niemals gegenüber irgend jemandem auf die eigene Verantwortung zu verzichten. Diese Menschen beteten darum, nie die eigene zerbrechliche Menschlichkeit und die Menschlichkeit anderer aufzugeben oder zu erniedrigen. Sie beteten darum, für ihr Herzenswissen einzutreten und sich nicht durch Angst oder großartige Vorstellungen von der Zukunft verführen zu lassen.

Die Antwort auf die Frage, warum wir so leicht unserer Menschlichkeit verlustig gehen, ist tragisch einfach – wir kennen sie nur kaum. Die üblichen Erklärungen für die Unmenschlichkeit des Menschen – ein schlechtes Elternhaus, Armut, Mißbrauch in früher Kindheit, schlechte Bildung, soziale Ungerechtigkeit und so weiter – sind zweifellos berechtigt, doch viele Menschen vermögen sich über diese Umstände zu erheben. Für mich sind das nur Symptome – die Wurzel des Problems liegt viel tiefer. Das hat etwas mit dem Wesen und der Tätigkeit unseres gewöhnlichen Bewußtseins zu tun, mit dem, was ich das Erste Wunder nenne, und insbesondere damit, wie wir unsere Aufmerksamkeit ausrichten. Die Frage des Ich-Seins ist eine Frage der Aufmerksamkeit. Es geht darum, worauf unsere Herzen wirklich hören, wie wir unseren Körper empfinden, wie wir andere wahrnehmen, wem wir Bedeutung verleihen und Wert beimessen. Der kumulative Effekt der Ausrichtung unserer Aufmerksamkeit entscheidet darüber, ob wir tief im Grundgestein unseres Wesens verwurzelt sind, so daß wir zwar gebeugt, aber nicht entwurzelt werden können, oder nur in einem Fundament aus Ideen und Glaubensvorstellungen, aus dem wir von den stürmischen Herausforderungen des Lebens leicht herausgerissen werden können. Dies ist das wahre Wesen des spirituellen Kampfes in unserer Seele.

Es herrscht eine wachsende Qual in der Seele des modernen Menschen, und diese Qual ist direkt auf den Triumph des Intellekts zurückzuführen. Jahrtausendelang ist es dem Intellekt gelungen, uns zunehmend vor den Wechselfällen der Natur zu schützen. Unser rastloser Erfindungsgeist erzeugt eine ständig wachsende Zahl von Zerstreuungen, die um unsere Aufmerksamkeit wetteifern und uns verführen, uns von unserem wahren Wesen zu entfernen. Wir befinden uns zwar im sogenannten Informationszeitalter, aber wir werden beileibe nicht nur von Informationen bombardiert. Wir ertrinken buchstäblich in endlosen Bildern und Geräuschen. Radios, Fernsehgeräte, Stereoanlagen, Zeitschriften, Zeitungen, Werbeflächen, sogar Bücher stopfen uns voll mit den Ideen und Meinungen anderer Menschen und allen möglichen Phantasien, die mehr oder weniger gezielt unsere Wünsche und Bedürfnisse manipulieren. Das allgegenwärtige Handy ist vielleicht das neueste Produkt aus einem unerschöpflichen Arsenal von Objekten, die sich zunehmend Eingang verschaffen in unsere kostbare kleine Einsamkeit und unsere Fähigkeit zur Selbstreflexion. Immer mehr Informationen werden vermittelt, aber auf Kosten von wahrer Kontaktnahme. Natürlich hat ein Teil dieses Informationssperrfeuers einen gewissen Wert und kann unser Wissen um unsere Welt erweitern. Aber größtenteils zielt dieser Input auf unsere Mittelmäßigkeit ab, indem er sich um allzu simple Fragen von Richtig oder Falsch dreht oder unverhüllt an unsere Schwächen, Eitelkeiten und Ängste appelliert. Unsere heutige Kultur macht uns blind für das Paradox, für die Wahrheit, daß das Leben weder schwarz noch weiß ist. Sie entmachtet uns, vermittelt uns das Gefühl, daß wir definiert sind von einer nicht enden wollenden Prozession von Dingen außerhalb von uns selbst oder von der Suggestion, allmächtig zu sein.

Dieser ganze Input stellt nichts Geringeres dar als einen Angriff auf unsere Seele. Er erregt unsere Aufmerksamkeit für unzählige materialistische Träume, die nur eine privilegierte Minderheit jemals verwirklichen kann – Träume, die uns jedenfalls letztlich keine Erfüllung verschaffen. Schlimmer noch: In dieser unaufhörlichen Erregtheit werden wir stumpf für die wahre Magie des Lebens, den wahren Reichtum, den wir in uns selbst und in unseren Gemeinschaften entdecken können. Wo in alldem ist unser eigener organischer Rhythmus im Einklang mit dem Fließen der Natur? Wo ist unsere Leichtigkeit und das Vertrauen in die Intelligenz unseres Körpers? Wo die Reichhaltigkeit unserer inneren Landschaft? Wo unsere eigene Musik, unsere eigenen Träume, unsere eigenen Phantasien und Visionen? Unsere Aufmerksamkeit ist so fragmentiert, so oberflächlich – nur selten dringen wir in unsere Tiefen vor. Sind davon ein paar Menschen betroffen, ist dies tragisch, bei Milliarden wird es zur Katastrophe. Die moderne Kultur vermag es nicht, uns die Erkenntnis zu vermitteln, was wirklich zählt. Und das ist von grundlegender Bedeutung. Wenn keiner von uns die Frage: «Was zählt wirklich?» aus der Tiefe seines Selbst beantworten kann – nach welchen Sternen steuern wir dann über die komplexen Meere des Lebens?

Wir können es uns nicht mehr leisten, naiv zu sein – so etwas wie einen zwanglosen oder unschuldigen Gebrauch unserer Aufmerksamkeit gibt es nicht. Tagtäglich, in jedem Augenblick hat die Art und Weise, wie wir unsere Aufmerksamkeit ausrichten, nach und nach gestaltenden Einfluß darauf, wer wir sind und wie wir die Welt wahrnehmen. Und danach richten sich unsere Wertvorstellungen und Handlungen. Wenn wir uns weiterhin passiv von der unaufhörlichen Erregtheit des modernen Lebens verführen lassen, werden wir nie auf unseren inneren Reichtum stoßen, nie genug haben, nie Erfüllung finden. Wenn wir uns weiterhin für die Aussicht auf Glück, auf den schnellen Schuß, auf leichte Antworten entscheiden, statt für eine echte Verpflichtung gegenüber der spirituellen Substanz, dann leben wir in wahrer Armut, für die unser Materialismus und unser zwanghaftes Konsumverhalten nichts weiter sind als eine Kompensation der inneren Leere. Die Maxime «Was der Mensch sät, das wird er ernten» wird der Prüfstein des modernen Lebens. Die spirituelle Mittelmäßigkeit produziert den sozialen Verfall und Zusammenbruch. Wenn wir uns weigern, in uns selbst hineinzublicken, nur unser Ego schützen, Sicherheit und Glück anbeten, während wir vor Angst vergehen, können wir nur zu leicht unsere Menschlichkeit einbüßen.

Während wir uns dem dritten Jahrtausend nähern, läßt sich die heutige Lage durchaus mit dem Europa der zwanziger und dreißiger Jahre vergleichen. Damals wollten viele Europäer, besonders Juden, einfach nicht glauben, in welcher Gefahr sie schwebten. Die Anzeichen waren durchaus da, aber danach zu handeln schien mit zu bedrohlichen Folgen verbunden zu sein. Es hätte Aufruhr und Emigration bedeutet. Es hätte geheißen, auf die Stichhaltigkeit des eigenen instinktiven Gefühls für Gefahr zu bauen, sich auf Verzweiflung und Verlust einzustellen, radikale Veränderungen zu akzeptieren, wohl ohne hinreichende empirische Beweise. Sobald sich diese Vorahnungen bestätigten, war es natürlich zu spät.

Genauso ist es heute – werden wir wirklich die Zeichen der Zeit lesen und uns danach richten? Ist die globale Erwärmung eine unmittelbar bevorstehende Realität? Droht wirklich das Aussterben zahlloser Arten, die Verschmutzung der Meere, der katastrophale Zusammenbruch der großen Fischfanggebiete, die Rodung der Regenwälder? Ist es vernünftig, in ein paar Jahrhunderten den Kohlenstoff freizusetzen, für dessen sichere Speicherung unter der Oberfläche der Erde die Natur Jahrmillionen benötigte? Ist das Vergittern unserer Fenster und das Verbarrikadieren unserer Türen gegen Raub und Gewalt schon ein akzeptabler Preis für die bestehende Gesellschaft? Die monströse Konsumkultur ist wie ein Krebsgeschwür, das Energie und Ressourcen verzehrt ohne Rücksicht auf das Gleichgewicht des Lebens auf Erden. Die USA und andere Länder der Ersten Welt sind zwar der Primärtumor, aber der Krebs bildet rapide Metastasen in allen Entwicklungsländern der Welt. Trauen wir uns, diesen Alptraum zu erkennen, auf den das menschliche Bewußtsein zusteuert? Riskieren wir wirklich den Blick in den Abgrund unserer eigenen Seele und fragen uns, ob auch wir uns sogar jetzt von etwas distanzieren, was wir nicht zu leugnen wagen? Wem gehört unsere Seele wirklich? Werden wir uns – während das rationale Ich noch auf ausreichende empirische Beweise wartet, daß tatsächlich Gefahr droht – wie einst die Juden auf dem Planeten Auschwitz wiederfinden?

Heute wird des langen und breiten und kontrovers über diese schreckliche Möglichkeit diskutiert. Doch ich glaube, da gibt es noch etwas Grundlegendes, was wir nicht sehen, nicht verstehen. Unser gewöhnliches Bewußtsein, das sich umsieht und das Problem wahrnimmt und es auf jede erdenkliche Weise rational zu lösen sucht, ist *selber* ein integraler Bestandteil des Problems. Ich sage nicht, daß gesunde, rationale Entscheidungen – Recycling, Umweltschutz und so weiter – nicht hilfreich sind. Im Gegenteil, sie sind absolut notwendig und von zentraler Bedeutung für das heraufdämmernde Zeitalter der Verantwortlichkeit. Doch sie reichen vielleicht nicht aus, und das ist das eigentliche Problem. Es ist durchaus möglich, daß in unserem gegenwärtigen Evolutionsstadium gerade unser Bewußtsein – und nicht bloß der Mißbrauch des Intellekts oder die menschliche Gier und Angst an sich – die tiefere Ursache für unsere immer größer werdende globale Katastrophe ist.

Dieses Dilemma gleicht der Situation, vor der viele von uns stehen, wenn wir krank werden. Ein Teil von uns erkennt, daß wir krank sind, und unternimmt etwas, um unsere Lebensweise zu ändern und Hilfe herbeizuholen. Aber nach so vielen Jahren der medizinischen Forschung, Selbstheilung und der Psychoenergie der spirituellen Wandlung liegt es auf der Hand, daß der Teil von uns, der heilen (oder sich spirituell entwickeln) möchte und sich zu diesem Zweck verschiedenen Kuren unterzieht, meist nur ein älteres und größeres Bewußtseinsmuster ist und die Krankheit selbst nur eine Manifestation davon. Zur wahren Heilung bedarf es oft eines grundlegenden Bewußtseinswechsels, der die Energie aus dem alten Muster freisetzt und den Beginn eines neuen ermöglicht. Das Paradox einer derart radikalen Heilmethode besteht darin, daß sie nichts mit Heilung zu tun hat, sondern mit dem Sein, mit dem «Ich bin». Die Heilung vollzieht sich auf natürliche und oft ganz unerwartete Weise aus unserem Ich-Sein.

Für uns alle besteht große Hoffnung aufgrund dieses spontanen Prozesses der Selbstheilung, der spontanen Entwicklung zu einer neuen Bewußtseinsebene. Das Problem für unser rationales Ich liegt darin, daß sich diese Entwicklung nicht einfach durch unseren Intellekt vollziehen oder durch unseren eigenen Willen begründen läßt. Wir sind unglaublich naiv, wenn wir meinen, wir könnten diesen Wechsel durch Methoden herbeiführen, die wir selbst entwickeln und betreiben. Bestenfalls kann irgendeine unserer Methoden bewirken, daß wir empfänglich werden für eine tiefere Intelligenz – unser rationaler Verstand nämlich kann den Prozeß nicht steuern, der heute von uns verlangt wird. Es gibt eine geheimnisvolle Alchemie, eine Form von Gnade, von Unvorhersagbarkeit im Hinblick auf diese Art von Wechsel, die sich dem Drängen oder selbst den ernsthaften Bemühungen unseres ich-verhafteten Selbst nicht beugt. Vor allem entsteht sie nur selten aus Handlungen, die die Angst hervorgebracht hat, sondern erwächst nur aus unserer inneren Ruhe. Tatsächlich empfinden wir vielleicht keine Ruhe – heutzutage fühlen sich immer mehr Menschen bedroht, selbst wenn wir dazu keinen Grund in unserem Leben finden. Aber wir müssen lernen, uns der Ruhe hinzugeben, uns nicht von unserer Angst verführen zu lassen. Die tiefe Heilung, die wir suchen, ist im Grunde ein spiritueller Prozeß, und auf dem Gebiet des Spirituellen sind wir die Jünger, nicht die Meister. Denn schließlich befinden wir uns im Reich des Glaubens – etwas vollkommen Neues für unsere ganze Seinserfahrung.

Ich glaube, die ganz reale Möglichkeit, daß wir angesichts unserer gegenwärtigen Ebene des bewußten Handelns vielleicht nicht in der Lage sind, uns selbst zu heilen, ist die große Wunde der modernen Seele. Es verhält sich genauso, wie es Walt Kelly in einem Pogo-Comic ausdrückt: «Wir sind auf den Feind gestoßen, und der Feind waren wir» – wir selbst sind die Krankheit. Wo auch immer wir hinblicken – in unser Privatleben, ins Geschäftsleben, auf den Staat, die Umwelt –, ist das alte Bewußtsein, das uns so erfolgreich bis an diesen Punkt geführt hat, selbst die Krankheit geworden. Und auch wenn wir weiterhin vorgeben, wir könnten uns selbst heilen und verändern, wissen wir in Wahrheit nicht, wie wir das tun sollen. Ja, vielleicht bleibt uns nichts weiter übrig, als uns mit rücksichtsloser Ehrlichkeit auf uns selbst, auf diese Wunde einzulassen und uns der Schwelle des Glaubens zu nähern, in dem dieses neue Bewußtseinspotential stets auf uns wartet. Dieses Potential, zu dem jeder von uns auf unterschiedliche Weise gelangen mag, ist das, was ich das Zweite Wunder nenne.

Allein schon diese Möglichkeit ins Auge zu fassen, erfordert großen Mut, aber das ist nur der erste Schritt. Wir müssen den Punkt in den Tiefen unseres Seins erreichen, von dem aus wir aus eigener Kraft nicht weiterkommen. Vom Standpunkt unseres Ich-Selbst ist dies die tiefste, fundamentalste Wunde, eine Wunde, die wir mit aller Schläue unseres Intellekts und aller Kraft unseres Eigensinns unaufhörlich zu vermeiden suchen. Paradoxerweise ist es eine heilige Wunde, ein Geschenk der Evolution selbst, denn sie hat die Macht, uns radikal zu verwandeln und uns sogar zu heilen, wenn wir sie nur tief genug in uns einlassen. Sie besitzt diese Macht, gerade weil sie die Wunde ist, die vom Ich nicht geheilt werden kann.

Dies sind ganz nüchterne Gedanken, nicht der Stoff für popu-

läre Bestseller. Aber ich bin keineswegs ein Pessimist oder apo-
kalyptischer Prophet. Im Gegenteil: Weil ich das unglaubliche
Wunder des Erwachens der menschlichen Seele gesehen habe,
glaube ich. Überall erwachen immer mehr Menschen für den
inneren Ruf des Geistes durch einen Prozeß, der oft zugleich die
tiefste Verwundung und das wundervolle Dämmern eines neuen
Lebens ist. Wenn wir nur tief genug verwundet werden, auf eine
Weise, für die unser Ich letztlich keine Heilung findet, dann
werden wir auf eine neue Bewußtseinsebene, eine neue Seinsebene versetzt, auf der wir in unsere wahre Heimat zurück-
gerufen werden. Dies ist mehr als eine Hoffnung – dies ist die
Verheißung des Lebens selbst, die Verheißung der Evolution.

Ich will damit nicht sagen, daß wir absichtlich leiden müssen,
um uns zu entwickeln. Das Leben ist von der Möglichkeit der
Freude erfüllt, aber nicht unsere Freude und unser wahrer innerer Frieden begrenzen uns, sondern unsere Unfähigkeit, uns
auf das Leiden einzulassen. In Wahrheit werden die meisten von
uns erst dann über unser altes Bewußtsein hinausschauen, wenn
es uns – aus welchen Gründen oder unter welchen Umständen
auch immer – kategorisch im Stich läßt und wir wirklich leiden.
Wenn wir nur einmal unsere Augen und Herzen öffnen, werden
wir entdecken, daß wir unmittelbar mit einem tieferen Geheimnis konfrontiert sind. Sich einzubilden, wir könnten dem Leiden
ausweichen und einem Weg des Friedens folgen, ist nichts weiter
als ein Trick unseres Ich. Er soll uns davon abhalten, aufrichtig
unsere Gefühle zu betrachten, uns mit neuen Augen anzusehen,
was sich in unserem Leben wirklich abspielt, all die Veränderungen, all den Aufruhr und sogar das Grausame, alle Ungewißheit,
die auf einen tieferen Prozeß verweisen, dem zu vertrauen und
einen Platz in unserem Leben einzuräumen wir erst lernen müssen. Vielleicht hat nicht jeder von uns, in der Dunkelheit unseres
persönlichen Ringens, das Gefühl, daß dies ein evolutionärer
Wandel sei, aber er kann es sein, wenn wir uns ihm weihen. Es
ist eben ganz entscheidend, ob man ein wütendes oder unglück-
liches Opfer oder ein erwachender Jünger ist. Wenn wir alle,
einer nach dem anderen, die Verantwortung dafür zu übernehmen beginnen, daß sich die Gnade des Evolutionsprozesses
ereignet, entdecken wir das wahre Potential für inneren Frieden

und die wahre Kraft, als Geburtshelfer einer sich neu entwikkelnden Möglichkeit für das Leben auf Erden zu agieren.

Eine der grundlegendsten Wahrheiten dieses Geheimnisses besteht darin, daß wir alle miteinander verbunden sind. Wenn jeder von uns sich dem neuen Bewußtsein einen Schritt nähert, werden ähnliche Schritte für alle anderen leichter. Jesus, Buddha, Walt Whitman, die Muttergottes, Maria Magdalena, Simone Weil und viele andere sind auf diesem Weg vorangegangen – nun sind wir an der Reihe. Jeder von uns wird zu einer neuen Bewußtseinsebene aufgerufen, dem Zweiten Wunder. Ganz gleich, ob wir je irgendwelche großartigen spirituellen Durchbrüche erleben werden – allein zu wissen, daß wir auf diesen Aufruf reagieren, erfüllt unser Leben mit Bedeutungsreichtum und einem echten Gefühl der Freude. Wir begeben uns auf eine Reise von unglaublicher Lebendigkeit, einen Weg der Gemeinschaftsbildung und Hoffnung. Ja, hier liegt die Möglichkeit, ein gutes Leben zu führen, in dem wir das Gefäß eines sich entwickelnden Bewußtseins sind, welches das ganze Netz des Daseins für alle und alles erhebt.

2
Das Erste Wunder

Menschen sind jener Aspekt der Natur,
der sich seiner selbst bewußt wird.

Thomas Berry

Wo wir auch hinsehen – überall auf dieser Erde ist die Menschheit emsig damit beschäftigt, zu beobachten, zu erforschen, zu entdecken, nachzuahmen, zu lernen. Einst bewunderten wir die Vögel, wie sie mit den Aufwinden in die Höhe stiegen, und träumten vom Fliegen. Heute vergnügen sich die Menschen beim Drachenfliegen, und riesige Flugzeuge überqueren die Kontinente. Früher einmal beobachteten wir Robben und Delphine beim Wellenreiten. Inzwischen tun fröhliche Surfer es ihnen nach, und Tragflügelboote rasen von Hafen zu Hafen. Stellen Sie sich nur vor, wie die über zehn Milliarden Menschenaugen überall neue Eindrücke sammeln. Denken Sie an die zehn Milliarden Menschenhände, wie sie berühren, sondieren, graben, aufdecken, ergreifen, eine fast unbegrenzte Zahl von Geräten bedienen, die mit unserer Welt interagieren oder unsere Innenwelt zum Ausdruck bringen sollen. Aber Auge und Ohr, Hand und Nase waren uns nicht genug. Wir spähen durch Mikroskope und Teleskope; Radar und Echolot erweitern unsere Sinne und vergrößern die Reichweite unserer Wahrnehmung weit über das hinaus, was wir uns nur ein paar Generationen zuvor nicht einmal träumen ließen. Wir sind überall: Wir bohren uns kilometertief in den Leib der Erde, besteigen ihre höchsten Berge, folgen immer riskanteren Routen. Wir sind auf dem Mond gelandet, haben das Atom gespalten, schicken Raumsonden zu nahezu allen Planeten unseres Sonnensystems und

dechiffrieren und kartieren den genetischen Code. Wir interagieren mit allem, was wir wahrnehmen. Und diese kumulative
Aktivität und Datenmenge geht weit über das hinaus, was jeder
einzelne von uns zu erfassen vermag.

Warum ist es so schwer, abseits von all dieser Aktivität zu
stehen und das zu erkennen, was so offenkundig ist? Sie und ich,
wir alle zusammen, jetzt und in der Vergangenheit und zweifellos
so lange, wie wir existieren werden – wir sind, wie Thomas
Berry es formuliert hat, «jener Aspekt der Natur, der sich seiner
selbst bewußt wird». Die Vorstellung, daß die Natur bewußt
wird – ich genieße sie. Wie einfach, und doch so eloquent. Und
welch ein tiefgreifender Wechsel in der Perspektive, verglichen
mit all jenen Jahren, in denen man uns in der Schule erklärte, wir
Menschen seien etwas Besonderes, weil wir, im Unterschied zu
fast allen anderen Lebewesen, ein Ich-Bewußtsein haben. Statt
in uns das Produkt der Natur zu sehen, lehrte man uns zu
glauben, wir stünden über ihr. Ich weiß, daß ich mich damit von
meiner Erziehung und Ausbildung entfernt habe, während der
man mir beibrachte, daß ich als Mensch der dominierenden
Spezies angehörte, ein Sonderfall sei. Und während dies zwar
nicht direkt gesagt wurde, erklärte man uns in den Fächern
Naturwissenschaft, Geschichte und Religion indirekt, daß der
Planet Erde uns gehöre, damit wir ihn für unsere eigenen Zwek-
ke benützten.

Hatte ich mich deshalb so elend, so isoliert gefühlt?

Wir sind vernarrt in die Einzigartigkeit unseres Bewußtseins,
ja geradezu hypnotisiert von ihr. Wir halten uns als Individuen
wie als Spezies für die «Krone der Schöpfung». Und dennoch
sind wir ganz eindeutig nur eine von Millionen Arten. Sind wir
denn wirklich die dominierende Spezies? Sind wir nicht vielmehr, genau wie die anderen Arten, in Wahrheit Diener des
großartigen Impulses des Lebens? Wir sind die Augen und Ohren des Lebens. Wir sind jener Teil Gottes, der über die Schöpfung nachdenkt, sie schaut, berührt, schmeckt, offenbart, be-
nennt, erklärt, umwandelt. Es ist ein außerordentliches Privileg,
aber es bedeutet auch erhebliche Opferbereitschaft und große
Verantwortung.

«Jesus sprach: Die Füchse haben ihre Höhlen, und die Vögel

haben ihr Nest. Der Sohn des Menschen aber hat keinen Ort, um sein Haupt hinzulegen und sich auszuruhen.» (86. Logion) Damit ist unser Wesen direkt angesprochen. Im Unterschied zu anderen Lebewesen, die relativ unbewußt bleiben und primär instinktiv handeln, sind wir Menschen viel komplexer. Die Geschichte vom Paradies ist eine Allegorie auf die Entwicklung eines besonderen neuen Bewußtseins, das sich im Lebewesen Homo sapiens und damit in unseren frühen Vorfahren herausbildete. Sie handelt vom wahren Wesen dieses neuen Bewußtseins: von unserer Fähigkeit, uns von außerhalb zu betrachten und unser selbst bewußt zu werden. Sie zeigt, wie wir mit der Herausbildung eines Bewußtseins ein Ich entwickelten, unser Selbst als von den anderen getrennt empfanden. Durch unser Ich begannen wir uns selbst als autonom wahrzunehmen. Zum erstenmal konnten wir unser eigenes Verhalten beobachten, wir konnten unsere Nacktheit erkennen, unsere Körperlichkeit. Nach und nach konnten wir Stolz und Scham empfinden. Der Paradiesmythos ist die Geschichte des Ersten Wunders, die Geschichte der Geburt des Ich und des ihm dienenden Intellekts, des erstaunlichen Vermögens, abzuwägen, zu benennen, zu kategorisieren und zu urteilen. Mit dieser Geburt kam unsere Fähigkeit zu symbolisieren, Objekten Namen zu geben, eine komplexe Sprache zu entwickeln und miteinander zu sprechen. Mit dem Wunder der persönlichen Autonomie wurden einige Dinge gut und andere böse, je nachdem, welchen Einfluß sie auf uns oder auf unsere subjektiven Bedürfnisse hatten. Mit diesem Übergang zur Subjektivität haben wir uns ein für allemal verändert. Wir werden in einem begrenzten Sinne wie Gott, wir reagieren und erschaffen aus uns selbst, folgen nicht mehr unbewußt den Diktaten der Natur, unterwerfen uns nicht mehr dem größeren Zusammenhalt oder der Intelligenz des Universums. Nie wieder werden wir uns mit einem Bau, einem Nest oder einer Höhle zufriedengeben. Wir sind für ein anderes Schicksal auserwählt: für das Bewußtsein.

Und da kann es keine Ruhe geben. Sobald wir uns selbst, die Grenzen unserer Welt, unsere Politik, unsere Wissenschaft definiert haben, benützt unser Intellekt die neue Offenbarung als Sprungbrett. Diese Art von Intelligenz ist ewig erfinderisch, zwanghaft erfinderisch. Wir werden alles in einem neuen Licht sehen, wir werden es neu definieren. Was auch immer wir unserer Meinung nach von uns selbst begriffen haben, werden wir doch ewig überrascht sein. Wir haben in unserem Denken «keinen Ort, um unser Haupt hinzulegen». Das heißt nichts anderes, als daß wir keine endgültige Identität haben. Wir sind ewig dabei, uns in unserer Wahrnehmung von uns selbst und von allem anderen zu entwickeln. In diesem Sinne sind wir tatsächlich «geschaffen nach dem Bild Gottes».

Dies ist unser Segen, unser Schicksal, unser Dienst am Leben. Es ist auch unser Kreuz. Wir bezahlen teuer für das Privileg der Selbstbewußtheit, dieser Bewußtseinsebene, die ich das Erste Wunder nenne. Wie es aus der Paradiesgeschichte so klar hervorgeht, besteht der Preis für unsere Besonderheit darin, daß wir aus dem Königreich der Natur vertrieben wurden. Andere Lebewesen gehören ihm an – wir sind bloße Beobachter. Im Grunde ist es unmöglich, sich einer Sache bewußt zu werden, ohne zunächst von ihr getrennt zu sein. Denken Sie an den Wind. Wenn Sie sich mit der Geschwindigkeit des Windes bewegen, können Sie ihn nicht spüren. Um sich des Windes bewußt zu werden, müssen Sie ihm widerstehen, sich gegen ihn stemmen. Und genauso verhält es sich mit dem Ich: Das «Ich» stemmt sich gegen das All. Erst wenn wir die ungehinderte Intimität mit dem Sein beenden, können wir paradoxerweise damit beginnen, uns unseres Seins bewußt zu werden. Das Ich wird aus dem Gegensatz geboren – es erfordert das Getrenntsein, die Interaktion. Es gebiert den eigenen Willen und die erste Unterscheidung zwischen ja oder nein. Und es kann gefährdet werden.

Das Getrenntsein wird zu unserem wahren Wesen, und damit kommt auch das Leiden und all das, was wir tun, um es zu vermeiden. Ein Organismus zu sein, der schmecken und riechen und Freude empfinden kann, heißt auch, daß er fähig ist, Schmerz zu empfinden. Aber Schmerz ist kein Leiden. Leiden ist eine Ebene des Schmerzes, auf der sich die Einheit unseres Ich bedroht fühlt – wir sind abgetrennt vom üblichen Gefühl unseres Ich-Seins. Ja, eigentlich können wir sagen, bevor wir uns unseres Selbst bewußt werden, mag es zwar Schmerz geben, aber nur minimales Leiden. Wir haben uns nach dem Gesetz des Dschungels gerichtet: Wir haben gelebt und sind gestorben wie jedes andere Lebewesen. Unsere Emotionen waren rudimentär und reflexhaft orientiert am Überleben und an der Fortpflanzung.

Aber unsere Bewußtheit wird bei jedem von uns in jedem Augenblick in Frage gestellt: Wieviel Wirklichkeit kann man ertragen? Wenn mehr Reize in unser Ich-Bewußtsein eindringen, als in unser vertrautes Selbstgefühl integriert werden können, dann ist das Maß dessen überschritten, was wir ertragen können. Dies ist Leiden. Das ist das große Opfer und die Wunde des Ich-Bewußtseins: Unsere Fähigkeit zu subjektivem Ich-Bewußtsein, zu einer persönlichen Identität, geht einher mit Verletzbarkeit und Leidensfähigkeit. Wir können uns von Grund auf durch die Unvorhersehbarkeit der Natur bedroht fühlen, können überwältigt sein von Verlust, von Scham gequält, zur Verzweiflung getrieben durch die wirkliche oder scheinbare Grausamkeit des Lebens. Jede weitere Sprosse auf der Leiter des Bewußtseins ist mit einer größeren Leidensfähigkeit verbunden. Durch unsere zunehmende Intelligenz beschert sie uns aber auch Möglichkeiten, dem Leiden aus dem Weg zu gehen. Weil das Leiden für das subjektive Ich unerträglich ist, wird es zu Recht gefürchtet.

Ohne daß wir es eigentlich merken, wird fast die gesamte Aktivität des Intellekts dafür eingesetzt, das Ich zu unterstützen oder es gegen das Leiden zu verteidigen. Das ist nun einmal das Dilemma des Bewußtseins des Ersten Wunders: Je mehr wir durch den Intellekt versuchen, uns vor dem Leiden oder sogar vor dem Gefühl des Mangels zu schützen, desto mehr führen wir eine Identität und eine Lebensweise herbei, die auf neue und unvorhergesehene Weise bedroht werden kann. All das, was wir tun, um uns vor einer Ebene des Leidens zu schützen, führt uns am Ende wieder zum Leiden. Heute ist dieses Problem oft komplexer, ja heimtückischer. Genau darin besteht die Gefährdung unserer Umwelt. Der eskalierende Effekt unseres kollektiven Bemühens, unser Ich zu schützen, droht uns dazu zu bringen, unsere eigene Welt zu verschlingen. Es ist eine Form von Blindheit, die im Grunde aus unserem Gefühl der Getrenntheit erwächst, unserem Gefühl, aus der Natur und aus uns selbst vertrieben zu sein.

Indem wir bewußt werden, treten wir in einen Zyklus ein, in dem das Leiden die Grenzen unseres Ich-Bewußtseins definiert. Unsere Leidensfähigkeit definiert, wieviel Wirklichkeit wir ertragen können. Sie definiert aber auch unsere Fähigkeit zu einer Beziehung oder zur Unmittelbarkeit zu Gott oder der Unendlichkeit sowie die Grenzen dessen, dem wir uns in uns selbst stellen und wofür wir miteinander offen sein werden. Wir sind die Natur, die ihrer selbst bewußt wird, aber wir sind auch die Natur, die zum Fühlen erwacht. Daher sind wir auch das Leiden der Natur. Diese Einsicht enthält den Schlüssel zu einem der verblüffendsten Vorgänge im Herzen der christlichen Mythologie: der Geschichte, daß Gott seinen eigenen Sohn Jesus opfert, angeblich, um die Menschheit von ihren Sünden zu erlösen. Dies ergibt absolut keinen Sinn, falls Gott, wie Jesus und viele Religionen behauptet haben, ein liebendes Wesen ist. Wie kann ein angeblich liebender Gott so furchtbar sein?

Aber wenn wir diese Allegorie aus der Sicht der Entwicklung des Bewußtseins betrachten, legt sie ein völlig neues Verständnis der Beziehung der Menschheit zum Mysterium nahe, insbesondere da wir in unserem Leiden zum Mysterium aufgerufen werden. Gott oder seine offenbare Form auf Erden, die Natur, ist nicht grausam – vielmehr kann sich die Natur (oder Gott) nur ihrer selbst bewußt werden, wenn sie ein Instrument für dieses Bewußtsein erschafft. Sie und ich (oder genauer: unser jeweiliges Ich) sind dieses Instrument, aber indem wir eine Identität entwickeln, werden wir auch automatisch anfällig für das Leiden. Der Unterschied zwischen Jesus und dem Durchschnittsmenschen besteht darin, daß Jesus eine neue Ebene des Bewußtseins erreicht hatte, das Zweite Wunder, in dem die Beziehung zum Leiden auf eine neue Weise bewußt wurde. Er verstand das Ich-Bewußtsein als das Kreuz, das jeder von uns als Diener des erwachenden Universums tragen muß.

Vom weniger bewußten Menschen wird das Leiden als von außen kommend, als bedrohlich für das Ich wahrgenommen und reflexhaft auf jede nur mögliche Weise abgewehrt. Hinter dieser Abwehr gegen das Leiden oder genauer: gegen die Erweiterung des Bewußtseins, das das Leiden dann auf eine neue Weise umfassen kann, steckt unbewußt auch eine Abwehr gegen die eigentliche Bewegung der Evolution. Diese Abwehr, die man metaphorisch als Ungehorsam bezeichnen kann, ist die «Sünde» der Menschheit auf der Ebene unseres Selbst des Ersten Wunders. Jesus stellt das Zweite Wunder dar, das Wissen um die immanente Verwundbarkeit des Bewußtseins des Ersten Wunders *und* die Fähigkeit, eine neue Beziehung zur Existenz einzugehen, in der das Leiden nicht mehr wie zuvor abgewehrt wird und wir bewußte Diener des Evolutionsprozesses werden.

Wie leicht könnten wir versucht sein zu sagen, zum Teufel damit. Wer will denn ein Bewußtsein, in dem das Leiden unvermeidlich ist? Doch der evolutionäre Schritt ins Erste Wunder, der das Ich, den Intellekt und das Leiden entstehen läßt, öffnet uns ja paradoxerweise auch für die größte Fülle des Lebens: unsere Fähigkeit zu lernen, zu wachsen und insbesondere die Liebe zu erleben. Wenn wir in der Lage sind, unsere Beziehung zum Leiden zu akzeptieren, entwickelt sich unsere Liebesfähigkeit.

Der erste Schritt hin zur Liebe als einer bewußten Erfahrung erfordert die Entwicklung des Ich und gleichzeitig die Trennung des *Selbst* vom *anderen*. Ein Baby sagt erst dann «Mama», wenn es sich eines Gefühls seiner eigenen Selbstexistenz bewußt geworden ist. Während sich das Baby weiterentwickelt, wird dieses Bewußtsein vielschichtiger, komplexer. Nun kann es damit anfangen, zu erkennen und zu urteilen, zu mögen oder abzulehnen, für oder gegen etwas zu sein. Mit der Fähigkeit, die Trennung von Selbst und anderem wahrzunehmen, erwacht das Potential für Grausamkeit, Betrug, Habgier, Großzügigkeit, Ehrgefühl, Mitleid und am Ende für Liebe. Eigentlich wird uns das Potential für jede Qualität von Beziehung und Verhalten, ob hoch oder niedrig, schon bei der Geburt mitgegeben. Die Auseinandersetzung darüber, ob die genetische Prägung oder Erziehung und soziale Konditionierung die Ursache für das riesige Spektrum des menschlichen Verhaltens sind, ist zwar wichtig, aber im Hinblick auf dieses fundamentale Phänomen sekundär: Unser gesamtes Verhaltensspektrum, von der Heiligkeit bis zum Völkermord, wird in dem Augenblick möglich, wenn es zu dieser Trennung zwischen Selbst und anderem, zwischen dem Subjekt «Ich» und den Objekten «Du», «Sie», «Es» kommt. Dies ist der erste große, epochale Augenblick in der menschlichen Entwicklung, das Erste Wunder. Ohne diese Art von Subjekt-Objekt-Bewußtsein ist nur die instinkthafte Beziehung möglich, und während wir im Zustand der Instinkthaftigkeit nicht wirklich leiden, sind wir auch nicht frei, wirklich lieben zu lernen.

Damit sind wir bei einer ganz anderen Interpretation der Erbsünde angelangt. Eine frühe Form des Wortes «Sünde» hat die vorreligiöse Bedeutung «eine gefährliche Not oder Krankheit» gehabt. Für Lebewesen, die in die Natur eingebettet sind und meist instinktiv reagieren, kann es keine Sünde geben. Ihre Existenz ist für sie oder für irgendein anderes Lebewesen keine Krankheit. Ihre Existenz ist einfach, und all ihre Interaktionen innerhalb ihrer Umwelt bleiben relativ unverändert, jahrtausendelang geregelt und ausgewogen durch das innere Gleichgewicht der Natur. Aber sobald es die Trennung zwischen Subjekt und Objekt gibt, tritt das Ich auf und beginnt uns die Wahrnehmung von uns selbst wie von unserer Welt zu vermitteln. Wir verlieren unseren unschuldigen Zustand der Zugehörigkeit, des unbewußten Aufgehens in der Existenz. Nun kann nichts mehr so bleiben, wie es war. Dies ist dann tatsächlich «eine gefährliche Krankheit», weil sich der Intellekt als Diener der Angst des Ich in alles einmischen kann, ohne den zugrundeliegenden Zusammenhang erkannt zu haben. Der Intellekt nimmt wahr und erschafft durch geistige Abstraktionen, die von Natur aus kein einheitliches Ganzes bilden. Doch der in der üblichen Bedeutung von Sünde enthaltene Aspekt des Unrechts ist falsch. Wir sind nicht von Natur aus gut oder böse – wir entwickeln Bewußtsein.

In einem gewissen Sinne können wir sagen: Damit unser Ich zu vollständiger Bewußtheit gelangt, müssen wir all das noch einmal lernen oder rekapitulieren, was das Universum benötigte, um die unendliche Komplexität der Beziehungen und der Energie zu entwickeln, die seine Ganzheit ausmachen. So ist zum Beispiel die Gewalt als Instinkt unschuldig, notwendig fürs Überleben. Die Gewalt in einem sich entwickelnden Ich hingegen kann bis zum Bösen hin übertrieben oder bis hin zu Impotenz und Schwäche unterdrückt werden. Um sich des Wesens der Gewalt bewußt zu werden, müssen einige von uns unvermeidlicherweise beide Extreme vollziehen und dadurch für einen Kontrast sorgen, damit wir alle die Folgen erkennen können. Die Sorge einer Bärenmutter um ihre Jungen wird vom Instinkt begrenzt – das hat eigentlich nichts mit Moral zu tun. Aber die moralische Sorge eines Menschen um einen anderen spiegelt das wachsende Bewußtsein unserer inneren Verwandtschaft wider – wir können uns um den anderen kümmern oder ihn mißbrauchen, wir können einfühlsam oder gleichgültig sein, je nachdem, ob wir den Zusammenhang wahrnehmen oder nicht. Der Nestbau eines Vogels geschieht instinktiv und geht ganzheitlich in der Umwelt auf. Die bewußte Herstellung einer Behausung durch Menschen ist eine komplexe Reaktion auf individuelle Ängste, ästhetische Vorstellungen, Werte, Bedürfnisse plus der sozialen Konditionierung, den Umwelteigenschaften, der Wirtschaft und so weiter und so fort. Aber die Folge der Existenz von Milliarden derartiger Behausungen ist potentiell genau deshalb so katastrophal, weil der Intellekt, zumindest in seiner frühen evolutionären Ausdrucksform, der Jünger unseres getrennten Ich ist. Er wird sich erst dazu bereiterklären, der Diener des Lebens im höheren Sinn zu sein, wenn er wahrhaft erkennt, daß dies der einzig gangbare Weg ist. Genau darum ist die Geburt des Intellekts aus dem Subjekt-Objekt-Bewußtsein zunächst eine wahrhaft gefährliche Krankheit.

Aber sind unser zwanghafter Einfallsreichtum und unser reflexhaftes Vermeiden des Leidens wirklich Sünden? Auf der Ebene des Bewußtseins des Ersten Wunders können wir uns einer Sache nicht ohne ihren Gegensatz bewußt sein, und das bedeutet, daß wir alles, was wir wahrnehmen, irgendwie manipulieren, uns darin einmischen, selbst wenn wir es nicht so meinen. Sogar unser Überleben ist davon nicht ausgenommen. Erst jetzt beginnen wir zu verstehen, daß wir Teil eines riesigen, in sich vernetzten Ökosystems sind, und zwar genau deshalb, weil wir im Begriff sind, es so entschieden zu stören. Und hier erkennen wir auch schon die Crux des Problems: In unserem Bewußtsein gibt es ein Nichtbewußtsein. Dies ist die Krise unserer Zeit. Das menschliche Bewußtsein macht sich überall breit und dringt in jeden Aspekt der natürlichen Ordnung ein. Das Wissen wächst exponentiell. Wir sind uns heute unseres Universums zwar bewußter als je zuvor, doch zum erstenmal bedrohen die kollektiven Auswirkungen unserer Lebensweise die Existenz von Millionen Lebewesen, auch von uns selbst. Wenn es nur eine einzige, wichtigste Sache gibt, die wir tun müssen, dann dies: Wir müssen uns des Wesens unseres Bewußtseins bewußter werden.

Vielleicht besteht der erste Schritt darin, daß wir die Vergebung akzeptieren. Wir können Böses tun, aber wir sind nicht böse. Nicht wir haben uns für dieses einzigartige Bewußtsein entschieden, sondern die Natur. Soweit wir wissen, ist es eine Abweichung, eine Mutation, die niemals hätte entstehen sollen und die nicht überleben wird. Ich glaube dies zwar nicht, aber ganz gleich, ob dies der Fall ist oder nicht – es war nicht unser Werk. Die Natur selbst hat im Laufe von Jahrmilliarden das Potential unseres einzigartigen Bewußtseins erzeugt. Wir sind nichts weiter als der Ausdruck dieses Potentials und sein Diener. In der Annahme dieser Last sind wir frei von Schuld – die Erbsünde ist überhaupt keine Sünde. Wir sind in einem außergewöhnlichen Dilemma gefangen. Wir sind ein Lebewesen, das dadurch, daß es seiner bewußt wird, die Augen und Ohren der Natur, das empfindende Herz Gottes werden kann. Doch gerade in dem Wunder, dieses Bewußtsein zu erlangen, werden wir von der unendlich fein vernetzten Ganzheit getrennt, die das Universum ist. Und um die Unversehrtheit unseres Bewußtseins zu schützen, beginnen wir nun damit – bewußt wie unbewußt –, diese Ganzheit zu verletzen. Auf der Ebene des Ersten Wunders sind wir in erster Linie daran interessiert, daß unser Ich nur ja nicht überwältigt oder wieder im Nichtbewußtsein aufgelöst wird. Es ist unsere heilige Pflicht, dem Leiden oder jeder Kraft zu widerstehen, selbst Gott oder der Ganzheit, wenn das Wiederaufgehen in diesem Zustand unsere Fähigkeit zum getrennten Ich-Bewußtsein gefährdet. Aber die Evolution verlangt, daß wir die Dunkelheit betreten, jenen Ort, an dem wir unserem Bewußtsein entrissen werden. Wir müssen Licht in die Dunkelheit bringen. Sollte es uns dann überraschen, daß schließlich einige Menschen aufgerufen wurden, dem Leiden zu entsagen, das heißt, ihm einen neuen Namen zu geben? Dem Leiden zu entsagen heißt nicht, es zu unterdrücken oder zu verleugnen, sondern in ihm uns selbst bewußt zu werden. Dies ist eine völlig neue Ebene des Bewußtseins, eine völlig neue Erkenntnis unseres eigenen Wesens und der Beschaffenheit des Unendlichen. Ja, es muß nicht unbedingt das Leiden sein, dem entsagt wird: Buddha entsagte dem Nirwana, dem alles verzehrenden Glück, das alle Ich-Bewußtheit auflöst, wenn man ganz darin aufgeht. Jesus entsagte dem Leiden, indem er ihm auf eine neue Weise bewußt begegnete. In diesem Sinne gab die Natur oder Gott Ihren Sohn Jesus, auf daß er gekreuziget werde. Aber dies war kein Akt der Grausamkeit – es war die evolutionäre Erweiterung unserer Bewußtseinsfähigkeit. Und nun beginnt unser Ich zum erstenmal, in die Dunkelheit hinabzusteigen. Wir müssen uns nicht mehr auf die alte Weise bedroht fühlen. Unser Intellekt muß nicht mehr der Diener der Angst sein.

Die Evolution bewegt sich mit ihrer eigenen Geschwindigkeit. Während es an der Zeit ist, einen rückhaltlos aufrichtigen Blick in unsere Herzen zu werfen und zu akzeptieren, daß vieles von dem, was wir als bewußte Lebewesen getan haben und noch tun, Kritik verdient, sollten wir doch daran denken, daß wir nur Kinder sind. Die ersten Vorfahren des Homo sapiens traten vielleicht erstmals vor vier Millionen Jahren auf. Erst vor etwa einer Million Jahren begannen wir primitive Werkzeuge zu benutzen. Wir haben kaum eine Ahnung, wann sich das Erste Wunder angekündigt hat, aber die frühesten Zeugnisse der Höhlenmalerei datieren etwa vierzig- bis fünfzigtausend Jahre zurück. Die ersten schriftlich festgehaltenen Sprachen sind ebenso wie die Züchtung von Pflanzen kaum zehntausend Jahre alt. Der Psychologe Julian Jaynes hat erklärt, die Selbstbeobachtung sei nur dreitausend Jahre alt. Es ist klar, daß das Zweite Wunder erst in den letzten Jahrtausenden im Drama des Menschen aufzutreten beginnt. Soweit es das Bewußtsein betrifft, haben wir gerade erst den Kindergarten hinter uns. Soweit wir dies angesichts unserer Jugend wissen, machen wir von dieser Gabe genausogut oder besser Gebrauch wie jedes andere Lebewesen im Universum, dem Selbstbewußtsein verliehen ist.

Jesus sprach: «Selig ist der Löwe, den der Mensch essen wird, so daß der Löwe Mensch wird; und verabscheuungswürdig der Mensch, den der Löwe fressen wird, so daß der Mensch Löwe wird.» (7. Logion) Wir dürfen nicht mehr zulassen, daß wir von unserem Ich verschlungen werden. Das Ich ist ein Geschenk der Evolution, das uns gestattet, eine bewußte Beziehung zu unserer Welt einzugehen, zu lernen, Wissen zu erwerben. Aber wenn wir davon verzehrt werden, wird alles zum Objekt, zur Abstraktion, auch wir selbst. Wir verlieren unser Ganzheitsgefühl als Organismus. Wir verlieren unsere sinnliche Teilhabe an unserem Körper, unser tiefes Gefühl, miteinander und mit unserer Welt verbunden zu sein. Wir werden rational statt relational. Wir manipulieren und steuern, besessen von der Macht und beherrscht von der Angst. Dann wird unsere wunderbare Intelligenz dafür eingesetzt, diese herrliche Welt zu beherrschen, statt sie zu verehren. Auf diese Weise werden wir verflucht.

Daher ist es an der Zeit, daß wir damit anfangen, unser furchtbares Erbe zu lieben und zu ehren. Dies ist für mich die höhere Bedeutung des Kreuzes: Es geht nicht darum, daß ein besonderer Mensch litt und starb, sondern jeder von uns kann und muß in sich selbst die Wunde des Bewußtseins empfangen und dann entschlossen die Verantwortung für dieses Bewußtsein übernehmen.

3
Werdet wie die Kinder

Vor vielen Jahren, bevor ich hinreichend Erfahrung im Umgang mit Kindern hatte, war mir ein kleiner Junge anvertraut worden, um den ich mich für ein paar Stunden kümmern sollte. Ich hatte keine Ahnung, wie entscheidend diese Begegnung für mich sein würde. Ich habe diese Geschichte zwar schon einmal in einem meiner früheren Bücher erzählt, aber ich wiederhole sie hier, weil sie die folgenden Einsichten zu veranschaulichen vermag. Ich saß mit dem Kind in meinem Schlafzimmer. Es war etwa ein Jahr alt und krabbelte verlegen über mein Bett, das sich nach japanischer Art dicht über dem Boden befand. Ich konnte das Zögern des Jungen mir gegenüber spüren – ich war ihm nicht vertraut. Wo war seine Mutter? Auch ich war verlegen und wußte nicht so recht, was ich mit ihm anfangen sollte.

In meinem Unbehagen beschloß ich, etwas Positives zu tun. Zu diesem Zeitpunkt in meinem Leben hatte ich erfahren, wenn ich meine Aufmerksamkeit nicht so scharf konzentrierte und mein Herz öffnete, konnte ich – zumindest bei Erwachsenen – eine Atmosphäre des Vertrauens schaffen. Ich beschloß, meine Liebe auf das Baby zu projizieren.

Sogleich erklang ein ohrenbetäubendes Geschrei. Nicht bloß ein unbehagliches Gewinsel, sondern ein richtiggehendes Geheul. LAUT. Ich war sicher, daß seine Mutter jede Sekunde durch die Tür hereinstürmen würde, bereit, ihn zu retten. Ich war verlegen und verwirrt. Wie konnte meine Liebe diese Reaktion ausgelöst haben? Natürlich versuchte ich, etwas dagegen zu unternehmen. Befangen baute ich das Energiefeld ab, das ich für einen Augenblick auf das Baby projiziert hatte.

Das Geschrei wurde lauter.

Ich wäre vor Scham am liebsten im Boden versunken. Ich merkte, daß ich nicht die geringste Ahnung hatte, wie man auf natürliche Weise offen und liebevoll mit einem Kind umgeht. Selbst als mir diese Überlegungen durch den Kopf gingen, machte mich der Schock wieder empfänglich – ich geriet in den ungekünstelten Zustand der Offenheit, den ich den jungfräulichen Augenblick nenne. Das Baby schrie zwar, bemerkte aber zugleich, daß seine Hand vor seinen Augen winkte. Während seine Augen der fließenden Bewegung folgten, änderte sich sein Gesichtsausdruck, und sein Geschrei hörte auf. Und plötzlich verstand ich.

Ich hob den Arm und ließ die Hand vor meinen offenen Augen vorbeiwandern. Als die Hand in mein Gesichtsfeld eintrat, dachte ich nicht etwa: Nun befindet sich meine Hand vor meinem Gesicht, sondern ich machte nur die Erfahrung: Hand nicht da... Hand da. Eine einfache Wahrnehmung ohne Ich-Bewußtsein. Ein anderes Universum. Mein Wirklichkeitsgefühl verschob sich. Und genau in diesem Augenblick begann das Baby fröhlich zu glucksen.

Das Feedback dieses Glucksens war ein kosmisches «Ja!» Ich legte mich zu dem Baby auf den Boden und brachte meine Augen auf seine Augenhöhe, um leichter zu erleben, was es erlebte. Von nun an krabbelten wir nur noch auf dem Boden herum, stupsten Staubflocken an, zupften an der Feder des Türstoppers... waren einfach nur da. Das Baby gluckste hin und wieder, schrie aber nicht mehr. Und ich? Ich fühlte vollkommenen Frieden.

Mir wurde klar, was geschehen war. Indem ich es zuließ, daß ich auf dieselbe Art sah wie das Baby, war meine Hand nicht mehr ein Objekt außerhalb von mir, das ich beobachtete. Einen Augenblick lang wurden die räumlichen Veränderungen, der Wechsel der Tiefenschärfe, das neue Panorama schlicht und einfach nur wahrgenommen, ohne die Distanz des beobachtenden Ich. Ich verstand, daß mein Ich-Bewußtsein verstärkt worden war, als ich mich bei dem Baby so verlegen gefühlt hatte. Ich war ein Objekt meines eigenen Bewußtseins geworden, von meinem Selbst getrennt, «ein geteiltes Haus». In diesem Zustand war das Baby natürlich als das Andere wahrgenommen worden. Die Absicht, ihm gute Energie zuzusenden, etwas zu tun, statt einfach bei ihm zu sein in meinerVerlegenheit, war überhaupt nicht wohlmeinend. Während ich bewußt zu handeln glaubte, lag meinem Handeln ein unbewußter Reflex des Selbstschutzes zugrunde, der von meinem getrennten Ich ausging. Ich hatte mich in meinen Kopf begeben und den Kontakt zu meinem authentischen Selbst verloren, weil sich mein Ich bedroht gefühlt hatte. Das sofort einsetzende Geschrei des Babys war ein kosmisches «Nein!» gewesen. Wenn ich an all die Male denke, da ich dies in meinem Leben getan habe, ebenso wie an all die Male, da wir alle dies tun, dann kommt es mir wie ein Wunder vor, daß wir miteinander so lange überlebt haben. Ein fundamentaler Schritt, den jeder von uns tun muß, besteht ganz sicher darin, daß wir diese grundlegende Verengung unseres Selbst erkennen und uns weigern, uns von ihr leiten zu lassen. Dies gelingt, indem wir unsere Herzen öffnen. Und während uns das zwar ziemlich verwundbar macht, muß ich an ein Zitat aus dem *Course in Miracles* denken: «Nichts Wirkliches kann bedroht werden.»

Das Geheimnis der strahlenden Unschuld und Offenheit kleiner Kinder, das auch der Grund dafür ist, warum sich die Erwachsenen so lange um sie kümmern müssen, liegt in der langen Zeit, in der ihre Aufmerksamkeit ungeteilt bleibt. Die Wirklichkeit eines kleinen Kindes ist sinnlich, emotional, gefühlvoll, intuitiv und kognitiv – alles auf einmal. Und ich möchte hinzufügen: auch metabolisch, hormonell und physiologisch – die Selbsterfahrung ist in physischer oder psychischer Hinsicht kaum oder gar nicht geteilt. Das kleine Kind fühlt und weiß mit seinem gesamten Organismus; Geist und Körper, Denken und Fühlen, Innen und Außen sind nicht getrennt. Glück ist ein Glucksen, mit großen Augen, strahlendem Lächeln und zuckenden Armen und Beinen. Unglück ist ein nicht enden wollendes Geschrei, mit Atemnot, Schwitzen und Aufregung. Und was in diesem Zusammenhang am wichtigsten ist: In ganz kleinen Kindern ist die Trennung von Subjekt und Objekt, das heißt, zwischen dem Selbst und dem anderen, die für das erwachsene Ich so charakteristisch ist, noch nicht vollzogen. Für ein kleines

Kind gibt es kein getrenntes «Ich», kein getrenntes anderes. Darum hat Jesus gesagt: «Wenn ihr nicht... werdet wie die Kinder, so werdet ihr nicht ins Himmelreich kommen.» Das Himmelreich ist, wie wir später sehen werden, ein Zustand des Bewußtseins, der der Offenheit eines kleinen Kindes sehr ähnlich ist.

Von diesem undifferenzierten Seinsgrund aus beginnt sich das Ich (das Gefühl des «Ich») zu entwickeln. Der Seinsgrund ist ein hypothetischer Zustand von unendlicher Lebendigkeit, ein dynamischer Zustand, in dem in energetischer und psychischer Hinsicht alles potentiell ist und noch nichts Form angenommen hat. Das Auftauchen des Ich ist ein ungeheures Geheimnis der Natur. Wie kommt es, daß aus einem Pool von totaler Potentialität ein persönliches, selbstreflektierendes Muster Form annehmen kann? Das Erste Wunder ist aus dieser Sicht ein Prozeß der Begrenzung auf eine Dimension der unendlichen Lebendigkeit und des Seins. Es ist keine Unterdrückung in einem negativen Sinne, sondern die Möglichkeit, durch die ein persönlicher Standpunkt entsteht. Sobald wir diesen Standpunkt eingenommen haben, beginnen wir natürlich jeden Input zu unterdrücken, der uns bedroht oder den wir einfach nicht aufzunehmen wissen. Und hier fangen so viele Probleme an. Aber die Urschöpfung eines Ich mit einem getrennten Standpunkt ist wahrlich ein Wunder, und während die Entwicklungspsychologen nach und nach die Stufen dieses Prozesses beschreiben, bleibt die Ursache dafür noch völlig im dunkeln.

Der Seinsgrund ist im Hinblick auf ein beschränktes und persönliches Ich ein antithetischer Zustand – daher kann das Ich diesen Zustand unmöglich direkt kennen. Aber wann immer wir im Laufe unseres Lebens eine ungewöhnlich hohe Energie entwickeln und die Welt als ganz und vernetzt empfinden, können wir sagen, wir seien wieder in den Seinsgrund eingetaucht. Am verbreitetsten ist diese Erfahrung, wenn wir lieben, aber hier öffnen wir uns einer unpersönlichen Quelle aus ganz persönlichen Gründen. Möglich ist es auch, wenngleich seltener, diesen Seinsgrund neu zu erfahren durch die Auflösung des persönlichen Ich, oder genauer: durch die Desillusionierung der Illusion eines getrennten Ich. Dies ist die mystische Erkenntnis oder der

Prozeß, den man gewöhnlich als Erleuchtung bezeichnet. Ich möchte dies lieber in seinem umfassenderen evolutionären Sinn als das Zweite Wunder bezeichnen.

Das kleine Kind, mit dem ich zusammen war, befand sich auf einer frühen Stufe der Ichentwicklung, zum Teil noch im Seinsgrund verankert, doch bereits genügend differenziert, um ein Gefühl für den Raum zu haben und von den verschiedenen Objekten um es herum fasziniert zu sein. Es besaß schon genügend Körper-Ich und hatte gelernt, den Ort und die Empfindungen seiner Arme und Beine zu isolieren und ihre Bewegungen fürs Krabbeln zu koordinieren. Doch dieses geistige Ich war noch nicht ausreichend geformt, als daß es sich an diese Episode zu erinnern vermochte. Sein somatisches Gedächtnis könnte vielleicht fast bis zur Empfängnis zurückreichen und später durch Traumeindrücke, Visionen oder unerklärliche Gefühle wieder abgerufen werden, aber es besaß noch nicht die Fähigkeit, sich bewußt an unser Zusammensein zu erinnern. Außerdem war mein kleiner Besucher noch hinreichend offen, so daß der Wechsel meiner Aufmerksamkeit eine schwer abzuwehrende Störung seiner gerade flügge werdenden persönlichen Realität war. Er hat mir beigebracht, daß wir auf dieser Bewußtseinsebene, einer Ebene, an der wir alle zwar weiterhin teilhaben, der wir uns aber nur selten bewußt sind, alle Telepathen und Empathen sind und einander energetisch durchdringen.

Aber dies würde nicht lange so bleiben. Das Ich fügt sich rasch zusammen, und im Laufe der ersten beiden Jahre ist die Grundstruktur vorhanden. In zwei Jahren würde die Telepathie und Empathie des kleinen Jungen, sein unbefangenes, ungestörtes Bad im Seinsgrund, zu schwinden beginnen. Nach neun oder zehn Jahren wäre sie völlig verschwunden. Es ist zwar die natürlichste Sache der Welt, diesen Weg aus dem undifferenzierten Bewußtsein ins persönliche Ich-Bewußtsein zurückzulegen, doch diese ersten Jahre, in denen das Ich sich zusammenfügt, sind vielleicht die entscheidendsten in unserem ganzen Leben. Diese Entwicklung ist so grundlegend für das Wesen des Menschseins, daß sich dieses Subjekt-Objekt-Bewußtsein entwickelt, unabhängig davon, ob unsere Eltern liebevoll um uns besorgt sind oder uns vernachlässigen und mißbrauchen. Allerdings hat die Art und Weise, wie unsere Eltern in diesen frühen Jahren mit uns umgehen, ungeheure Folgen, besonders für die spätere Fähigkeit zu Intimität und Beziehung, der wahren Basis jeder Gesellschaft.

Ich kannte die Mutter meines Besuchers zwar nur flüchtig, aber sie schien mir eine liebevolle und besorgte Mutter zu sein. Ich konnte mir vorstellen, wie dieser Kleine in ihren Armen lag, wie sie ihn stillte, streichelte, mit ihm sprach und gurrte. Ihr Geruch, ihre Bewegungen, ihre Geräusche, ihr ständiger Kontakt, ihre Aufmerksamkeit und ihr Eingehen auf ihn vermochten jenen angeborenen Impuls, der die Entwicklung des Ich-Bewußtseins antreibt, sicher zu verstärken und ihm Struktur zu vermitteln. Durch sie und in der Beziehung zu seiner Umgebung gelang es ihm nach und nach, zwischen seiner körperlichen Grenze und seinem körperlichen Wohlbefinden zu unterscheiden. Immer mehr würde es dann eine innere und eine äußere Welt geben. Ich konnte ihn mir vorstellen, wie er bei seiner Mutter war und sie Tag für Tag jedes Objekt verstärkte, das sie berührte oder auf das sie mit dem Wort wies, das schließlich für ihn als Symbol dafür stehen würde.

Während dieses junge Menschenwesen die Fähigkeit erlangte, sein erstes Wort auszusprechen, würde es allmählich auch zunehmend seiner selbst gewahr werden als getrennt von dem, was es mit diesem Wort benannte, getrennt von Mutter – gewöhnlich eines der ersten Worte, die ein Kind spricht. Nach diesem Durchbruch würde sein Wortschatz der benannten äußeren Objekte exponentiell zunehmen. Gleichzeitig würde auch sein Repertoire an inneren psychischen Objekten, das heißt an Gefühlen, Impulsen, Ideen und Einstellungen, zunehmen, um seine persönliche Identität zu ergeben. Nun endlich wäre es wahrhaft als Mensch geboren, als Ich-bewußtes Lebewesen, das des Denkens in Symbolen, der Sprache und der Schrift, der Urteilsbildung mächtig und in der Lage ist, einige Dinge als gut und andere als schlecht zu bezeichnen. Nun wäre es nicht mehr in den Seinsgrund eingebettet, sondern aus dem Paradies vertrieben. Nun wird es das Erste Wunder geschafft haben.

Das ist eine der wahrhaft außergewöhnlichen Leistungen der

Natur. Erst im Laufe von Millionen, vielleicht Milliarden von Jahren ist dieses wunderbare Phänomen entstanden. Doch jeder Mensch rekapituliert diesen unglaublichen Weg in ein paar kurzen Jahren. Für uns ist er so fundamental, daß wir in ihm nicht das Wunder erblicken, das er ist. In unserer Blindheit nehmen wir es unwissend und oft überheblich für selbstverständlich hin und versäumen es, diesen wesentlichen Prozeß angemessen zu respektieren.

Alle kleinen Kinder sind in energetischer Hinsicht offene Systeme, die auf alles um sie herum so reagieren, als wären sie selbst es. Buchstäblich nehmen sie die physische und psychische Umwelt in sich auf, die ihnen die Eltern, Verwandten oder Kindertagesstätten bieten, und sind höchst empfänglich für die Emotionen und unbewußten Muster, die um sie herum ausgelebt werden. Zum Glück ist die Entfaltung des Ersten Wunders ein sehr flexibler Prozeß, der sich den meisten Verhältnissen anzupassen vermag. Handelt es sich um eine liebevolle Umwelt, in der es eine ganze Menge kontinuierlichen positiven Kontakt gibt, ist die Wahrscheinlichkeit einer gesunden Ich-Entwicklung relativ gesichert. Einige Probleme sind unvermeidlich – selbst unter den besten Verhältnissen sind wir alle nichts weiter als Lernende. Es gibt keine Eltern, die vollkommen erleuchtet wären. Unbewußt werden die Kinder die Ängste und Vorurteile ihrer Eltern übernehmen und erst später im Leben hoffentlich lernen, sich dieser Prägungen bewußt zu werden und Wege zu finden, sich davon zu befreien. Das ist normal – wir alle müssen uns damit auseinandersetzen.

Doch ungeachtet der natürlichen Flexibilität des Ersten Wunders – wenn sich das Ich in einer von Vernachlässigung und Mißbrauch bestimmten Umwelt differenziert, kann das sich entwickelnde Bewußtsein des Kindes schwer geschädigt werden, besonders in seinem Fühlen und seinem emotionalen Ausdrucksvermögen. Das einfache intellektuelle Funktionieren ist zäher als unsere Gefühlswelt. Wenn ein kleines Kind verlassen daliegt, einsam weint oder wenn es mißhandelt wird, dann erscheint ihm seine Welt im besten Falle gleichgültig und unempfänglich, im schlimmsten Falle böswillig. Wie soll es Vertrauen entwickeln? Und wie soll ein Mann oder eine Frau ohne dieses im Kind verwurzelte Vertrauen später eine reife Intimität entwickeln? Ein derartiges Kind wächst mit einem unermeßlichen Gefühl der Leere und des Verrats auf, einer Empfindung, daß die Welt von Grund auf lieblos und sogar gefährlich ist. Wir alle haben dieses Gefühl bis zu irgendeinem Grad, weil unser Ich uns aus einer tieferen Verbindung mit dem Leben vertreibt. Aber dieser Verlust wiegt geringer, wenn wir in einer liebenden und fürsorglichen Umgebung aufwachsen, weil wir uns auf der tiefsten Ebene des Körpergedächtnisses wohl und sicher fühlen. Wenn wir auf dieser fundamentalen Ebene von schrecklicher Einsamkeit und Angst geprägt werden, gilt es, mit einer gewaltigen Wunde fertig zu werden.

Für einige Menschen, deren Grund-Ich stark genug ist, wird dies paradoxerweise genau die Wunde sein, die sie über das Erste Wunder hinaus zur Anschauung einer tieferen Wirklichkeit führen wird. Aber für eine erhebliche Anzahl von Menschen wird die Zerbrechlichkeit ihrer beschädigten Ich-Struktur die tragische Folge haben, daß ihr wahres Potential vielleicht nie realisiert wird. Wenn ein Mensch kaum die Erfahrung gemacht hat, mit einem anderen sicher emotional zu verschmelzen oder geschützt im Seinsgrund zu ruhen, wird er, sobald sich das verteidigte Selbst entspannt und in eine größere, eher undifferenzierte Seinsweise abzusinken beginnt, dem alten Schrecken begegnen, der somatischen Erinnerung an das Verlassensein. Unter diesen Umständen kann die Wahrscheinlichkeit von Entwicklungsstörungen erheblich größer werden. Vielleicht erklärt dies zum Teil die wachsende Gewalt in unserer Gesellschaft und warum heutzutage immer mehr Kinder, sogar Kinder unter acht Jahren, Selbstmord begehen oder ermordet werden.

Die elterliche Zuwendung ist der erste und wichtigste spirituelle Weg. Der zweite ist die grundlegende Erziehung, die wir unseren Kindern bieten. Welchen Segen auch immer wir von spirituellen Lehrern oder Meistern im Laufe des Lebens empfangen werden: Das Fundament, das wir durch unsere Eltern und unsere frühe Erziehung erhalten haben, und das Fundament, das wir in unsere Kinder legen – es wird stets die grundlegende Erfahrung bleiben, von der alles andere abhängt. Ja, die spirituelle und psychologische Arbeit in unserer Zeit hat in überwältigendem Maße zunächst die Aufgabe, das tiefe Gefühl der Verlassenheit zu beheben, das in uns aufsteigt, weil die Menschheit die spirituelle Bedeutung der elterlichen Zuwendung nicht wahrhaft versteht und würdigt.

Eine aufgeklärte Gesellschaft wird die entscheidende Pflicht zur fürsorglichen Liebe gegenüber ihren Kindern begrüßen, damit die psychischen und physischen Umstände ihrer Entwicklung ihr größtes Vermögen an Geist und Herz absolut unterstützen. Wenn Jesus auf das kleine Kind weist und sagt: «Wenn ihr nicht... werdet wie die Kinder, so werdet ihr nicht ins Himmelreich kommen», wendet sich die Aufmerksamkeit augenblicklich dem Kleinkind und der Einzigartigkeit seiner ungehinderten Offenheit zu. Doch genauso wichtig bei diesem Bild ist die Mutter, die – völlig im Stillen ihres Kindes aufgehend – ebenfalls in den Seinsgrund mit ihrem Kind eingehen kann.

Im größeren Gleichgewicht von Kindern, Eltern und der Gesellschaft als einem Ganzen müssen wir das, was der Vertreibung des Ich vorausgeht, ebenso fördern und anerkennen wie den ungeheuren Wert und die Kraft, die dieser Seinsgrund für unsere Zukunft hat. Das meint Jesus, wenn er sagt: «Was ihr getan habt einem von diesen meinen geringsten Brüdern, das habt ihr mir getan.» (Matthäus 25, 40). Wenn wir die psychospirituelle Einheit unserer Kinder gefährden, stellen wir sie vor schwer zu überwindende Hürden und beeinträchtigen ihre Fähigkeit, das Bewußtsein Christi in sich zu erkennen, von der reichen und großmütigen Menschlichkeit ganz zu schweigen. Das Bewußtsein der Mutter beziehungsweise der Eltern, das dem Kind bei der Empfängnis begegnet, im Uterus, während der Wehen, bei der Geburt und in den ersten fünf bis zehn Lebensjahren, entscheidet darüber, wie weit sich das Kind aus dem undifferenzierten Seinsgrund heraus entwickelt, voll entfaltet in seiner Intelligenz und zutiefst sicher und umsorgt in seinem Körper und seinen Gefühlen.

Diese wohlversorgten Kinder haben ein natürliches Mitleid und Mitgefühl, das bereits ganz früh in ihrem Leben auftritt. Sie fühlen sich auf eine Weise sicher, die ihrem Ich vorausgeht, sicher eingebettet in ihrem fundamentalsten Seinsgefühl. Sie haben viel weniger Angst vor ihren Gefühlen, fühlen sich viel weniger bedroht, wenn ihr Ich unter Streß gerät. Ihr Vertrauen ins Leben ruht fundamentaler in ihnen selbst, ein in den Zellen verwurzeltes Gefühl, das den verschiedenen äußeren Identitäten vorausgeht, die wir im Laufe des Lebens annehmen. Sie werden dies zwar nicht gleich von Anfang an wissen, aber wenn sie größer werden, wird es da sein, um ihrer ganzen Beziehung zum Leben eine Grundlage zu geben. Diese Kinder werden von Natur aus der höheren Möglichkeit dienen, weil ihr fühlendes Wesen mit einer natürlicheren Intelligenz verbunden ist. Sie erahnen den nächsten Entwicklungsschritt direkter und können, woran ich nicht zweifle, das Bewußtsein des Zweiten Wunders viel weniger traumatisch in sich fassen als jemand, der dieses ursprüngliche Gefühl der Zugehörigkeit und des Wohlbefindens nicht hat. Diese Möglichkeit in unseren Kindern zu fördern, ist nicht nur überaus wichtig für ihre Zukunft, sondern vielleicht auch die reichste Erfahrung, die das Leben uns als Lebewesen zu bieten hat.

Wenn, im Gegensatz zu diesem Szenario, die Matrix, in der das Erste Wunder angelegt wird, von Vernachlässigung und Miß-brauch geprägt ist, vergrößern wir die Wahrscheinlichkeit von soziopathischem und psychopathischem Verhalten. Dies ist eine herzzerreißende Belastung, die sich eine Gesellschaft nicht lei-sten kann. Bis zu einem gewissen Grade hat es dies in der ganzen Menschheitsgeschichte immer gegeben, aber heutzutage sind derart geschädigte Individuen am Ende isolierter, sie werden weniger von der Allgemeinheit unterstützt und haben Zugang zu viel gefährlicheren Waffen. Einige gelangen sogar in hohe Positionen in der Regierung, in der Wirtschaft und in Reli-gionsgemeinschaften, wo ihre innere Verletztheit sie zwar mit der Kraft des Intellekts und sogar mit der Macht des Charismas versieht, aber nicht mit dem tieferen Gefühl und der Intuition, sie weise zu nutzen. Unsere Gesellschaft reagiert inzwischen auf die Folgen unserer eigenen Verantwortungslosigkeit, indem sie kurzfristig für Abhilfe sorgt, etwa mit Gefängnissen und einer immer größer werdenden Polizeitruppe, statt die primäre Pflicht zu akzeptieren, Kinder aufzuziehen, die sich als wahrhaft will-kommen empfinden. Wenn wir den Boden für das Erste Wunder nicht so bewußt und gewissenhaft wie möglich bereiten, dann könnten die hereinbrechenden gewaltigen archetypischen Energien des Zweiten Wunders wahrscheinlich unser Gefühl der Isoliertheit und der Verrücktheit verstärken, statt uns in Liebe zu uns selbst und zueinander heimzuführen. Unser Ich erzeugt ein trügerisches Gefühl der Souveränität, während wir in Wirklichkeit nur Diener sind. Solange wir uns weigern, die fundamentale Pflicht zu übernehmen, die Samen unseres Bewußtseins zu nähren, werden außergewöhnliche Leiden, Gewalt und Angst weiterhin unsere Lehrmeister sein.

Die Aufgabe mag entmutigend erscheinen, aber das fängt bei jedem von uns an. Es liegt etwas zutiefst Befreiendes in der Erkenntnis, daß wir nicht frei sind zu tun, was uns gefällt, daß es eine tiefere Intelligenz für das Leben gibt, der wir gehorchen müssen. Gehorsam ist für unser Ich zuweilen ein unanständiges Wort, aber nie für unsere Seele. Gehorsam zu sein heißt, daß wir uns der Naturkräfte bewußt geworden sind, aus denen wir erschaffen wurden, und weil es keine andere Herzenswahl gibt, sobald unser Bewußtsein entwickelt ist, leben wir als willige Diener dieser Kräfte. Und niemals werden wir bestraft – nie werden wir von einem zornigen Gott bedroht. Gerade die Gerechtigkeit Gottes (zeitgemäßer formuliert: «die Ganzheitlichkeit des Seins») ist es, die unser Leiden verstärkt, wenn wir noch nicht in der Lage sind, den Weg zu erkennen, den wir gehen müssen. Ignorieren wir die Erfordernisse des Bewußtseins des Ersten Wunders, erhöhen wir auf natürliche Weise die Wahrscheinlichkeit psychischer Störungen aller Art. Ziehen wir unseresgleichen mit Intelligenz und Herz auf, erhöhen wir auf natürliche Weise die Wahrscheinlichkeit für Genie, Liebe und eine wachsende Gemeinschaft des Geistes. Die Aufgabe ist klar: Mit einem frohen Herzen und echter Bereitwilligkeit müssen wir weiterhin unser Bewußtsein entwickeln.

4
Zur Besinnung kommen:
Das Erste Wunder und mehr

Ich verwende den Ausdruck Erstes Wunder genau deshalb, weil er uns auffordert, innezuhalten und über etwas nachzudenken, was wir im allgemeinen als völlig selbstverständlich hinnehmen. Zum Beispiel nehmen Sie es als selbstverständlich hin, daß Sie gerade jetzt lesen oder daß Ihr Wahrnehmungsvermögen − falls Sie von dieser Seite aufsehen − augenblicklich die verschiedenen Dinge registrieren wird, die Sie sehen, hören oder riechen. In dem Augenblick, in dem Sie irgend etwas wahrnehmen, haben Sie es bereits benannt, und es hat − in einem anderen Sinne − Sie benannt. Diese Fähigkeit, sich einer Sache bewußt zu sein, macht nicht nur diese Sache, sondern gleichzeitig auch ein bestimmtes «Wir» für uns wirklich.

Ist ein ganz kleines Kind für sich selbst wirklich? Versteht es seine eigene Existenz genauso wie Sie und ich? Offensichtlich nicht. Und daher müssen Eltern als Brücke fungieren zwischen dem präpersonalen undifferenzierten Zustand des Kleinkinds und seiner letztlichen Bestimmung, ein selbstreflektierender Mensch zu werden. Die Menschen sind nach der Geburt außerstande, auch nur die einfachsten Dinge für sich zu tun. Ein Zebrababy wird innerhalb von Minuten nach der Geburt aufstehen und kurz darauf in der Lage sein, mit der Herde wegzulaufen, falls dies nötig sein sollte. Ein Walbaby wird mit der Fähigkeit zu schwimmen geboren. Aber als Menschen fangen wir erst dann an, als echte Individuen zu funktionieren, wenn das Bewußtsein hinreichend differenziert ist, so daß sich das Ich vom Seinsgrund abhebt. Dieser Entwicklungsprozeß ist eine der großartigsten Leistungen der Natur.

Was aber wäre, wenn wir dies nicht für selbstverständlich hielten? Wenn wir unser Sehvermögen und unser Gehör gerade dann verlören, wenn wir das Bewußtsein des Ersten Wunders zu entwickeln begännen, so daß wir äußere Objekte nicht so erkennen könnten, wie unsere Eltern dies tun, ihre Worte nicht hören könnten und nicht sehen, wie ihr Mund die Wörter bildet, nicht ein optisches Bild mit allem verbinden könnten? Was wäre, wenn wir ein Lachen nicht hören oder ein Lächeln nicht sehen könnten? Wenn das Feuchte, das aus unseren Augen rinnt, keinen Namen hätte? Und wenn sich die intensiven Gefühle in uns nicht objektivieren ließen, so daß wir nicht wissen könnten, daß unser Zorn eben Zorn ist oder der intensive Schmerz in uns Kummer? Wie könnten wir dann mit anderen kommunizieren? Wie die Brücke des Subjekt-Objekt-Zustands unserer Eltern nützen, wenn wir nicht die sinnliche Basis zur Objektivierung der Wirklichkeit besäßen wie sie? Wie könnten wir dann das Erste Wunder herbeiführen?

Dies war genau das Dilemma, vor dem ein Mädchen namens Helen Keller stand. Wenn ich Menschen über den Prä-Ich-Zustand des Bewußtseins unterrichte, greife ich auf den wunderbaren Film *Licht im Dunkel* zurück, der die Geschichte von Helen Kellers Kampf erzählt, unter der erstaunlichen Anleitung von Annie Sullivan sprechen und lesen zu lernen. Aufgrund einer Krankheit in früher Kindheit war Helen absolut blind und taub. Dies war passiert, als sie noch jünger als mein kleiner Besucher gewesen war; Helens Bewußtsein war beinahe noch völlig undifferenziert.

Lassen Sie uns einmal versuchen, uns ihre Wirklichkeit vorzustellen. Wie alle Kleinkinder war auch sie in einen dynamischen Tümpel von Empfindungen eingetaucht, der oft wunderbar angenehm war. Aber als sie älter wurde, besaß sie für die Interaktion mit der äußeren Welt nur den Geschmacks-, Tast- und Geruchssinn. Diese Sinne tendieren zu dem Pol des Bewußtseins, der Unmittelbarkeit und Verbundenheit vermittelt, aber derartige Erfahrungen sind überaus subjektiv. Helen war in der Lage, ein sinnliches Band zu ihrer Mutter aufrechtzuerhalten und Dinge wahrzunehmen, die sie festhalten, liebkosen oder riechen konnte. Ohne das Sehvermögen und das Gehör, die

Sinne also, die am wichtigsten für die Interaktion mit der Außenwelt sind, war ihre Fähigkeit, ihre Erfahrungen in Übereinstimmung mit ihrer Familie zu objektivieren, sehr begrenzt. Als sie in ihrem Tatendrang auf natürliche Weise aktiver und kontaktfreudiger wurde, bekamen es ihre Eltern mit einem wißbegierigen, lärmenden, beweglichen Energiebündel zu tun, das seine Erfahrungen so subjektiv verstand und einordnete, daß die Art und Weise, wie sie dies tat, nur ganz wenig Ähnlichkeit mit der für die übrigen Menschen typischen Art und Weise hatte.

Somit war Helens Fähigkeit, den auf Übereinstimmung basierenden Zustand des Ersten Wunders zu erlangen, extrem beeinträchtigt. Als sie zehn war, waren ihre Eltern außerstande, ihr noch weiter zu helfen. In ihrer Verzweiflung stellten sie Annie Sullivan ein, eine schwer sehbehinderte junge Lehrerin für behinderte Kinder. Die Alternative wäre gewesen, Helen einzusperren, um sie vor der Welt zu schützen – und die Welt vor ihr.

Monatelang bemühte sich Annie tapfer darum, Helen beizubringen, die Verbindung zwischen einem Objekt und einem Wort, das dieses Objekt repräsentierte, herzustellen. Die Sprache, deren sich Annie dazu bediente, war ein Code von Berührungen von Helens Handfläche, und Annie «sprach» sie jedesmal, wenn sie Helen etwas berühren ließ. Aber der Verständnissprung von einem Objekt zum Bewußtseins-Objekt, dem Wort, das dieses Objekt symbolisiert, ist kein leichter Sprung, und darum nenne ich ihn das Erste Wunder. Wie jedes Kind war auch Helen widerspenstig; sie war schmerzlich enttäuscht und wütend darüber, daß sie von einer Fremden gelenkt wurde, ohne den Zweck dieser Beziehung zu verstehen. Sie wollte wieder zu ihrer Mutter, eine typische Reaktion in einem Teil von jedem von uns, wenn wir mit dem Unbekannten konfrontiert werden. Und eines Tages war es soweit: Während Wasser aus der Pumpe über Helens Hand floß und Annie die Berührungssequenz für Wasser unermüdlich wiederholte, hatte Helen begriffen – *Wasser*! Ihr erstes Wort. Danach lernte sie ganz schnell. Schließlich bekam sie einen Universitätsabschluß und wurde für Menschen auf der ganzen Welt zum Vorbild.

In jedem von uns ist dieser Augenblick des ersten Wortes einer der außergewöhnlichsten Augenblicke unserer ganzen Existenz. Wir haben ein fundamentales Wunder des Lebens vollbracht, aber es hat sich so allmählich entwickelt, indem es aus unserem Zustand der Undifferenziertheit auftauchte, daß wir uns an diesen Augenblick nicht mehr erinnern können. Doch sobald das Erste Wunder geschehen ist, sind wir prinzipiell aus der Unmittelbarkeit vertrieben, die uns mit dem Seinsgrund verbindet. Ohne daß wir es merken, werden wir aus dem Paradies verbannt. Wie Adam, der zunächst Gott gehorchte – im Zustand der Undifferenziertheit gibt es keinen Unterschied zwischen uns und Gottes Gesetz; daher gehorchen wir sozusagen immer Gott –, lebt das kleine Kind im Himmelreich. Das weiß es nur nicht. Daher ist die Vertreibung aus dem Paradies nicht besonders traumatisch: Das Ich wächst einfach zusammen, wenn sich der Subjekt-Objekt-Zustand eingestellt hat. Sobald dies geschieht, haben wir keine intellektuelle Erinnerung mehr an unseren vorherigen Zustand der Undifferenziertheit und an unsere angeborene Harmonie mit dem Gesetz des Universums. Im Prinzip beruht unser Subjekt-Objekt-Bewußtsein auf nichts.

Daher ist das Ich auch im Grunde unsicher – es kennt von sich aus nicht die Wurzeln seiner eigenen endlichen Existenz. Und da es unsicher ist, tut das Ich das einzige, was es tun kann: Es versucht, sich selbst sicher zu machen. Dies also ist im Kern die Geschichte der Menschheit auf der Ebene des Ersten Wunders. Statt wie andere Lebewesen am Leben teilzuhaben, sind wir durch die heilige Wunde des Bewußtseins des Ersten Wunders dazu verurteilt, Außenseiter zu sein. Der angeborene Mangel des Ich an einer spirituellen Grundlage verdammt uns dazu, uns existentiell unsicher zu fühlen, und das löst in uns den Impuls aus zu versuchen, alles und jedes, was uns bedroht, unter Kontrolle zu bringen.

Helen Kellers Ich-Entwicklung verlief unkonventionell; daher stellt sie eine einzigartige Kategorie Mensch dar, die uns einen genaueren Blick auf das Erste Wunder vermittelt. Sie war schon viel älter, als das Subjekt-Objekt-Bewußtsein mit seiner Fähigkeit zur Symbolisierung und zur Sprache in ihr Wurzeln zu schlagen begann. Außerdem war Helen immer in erster Linie auf den Tastsinn angewiesen, um mit anderen kommunizieren zu können. Somit hatte Helen nie ganz die Verbindung zum eher körperorientierten Bewußtsein des Prä-Ich-Zustands verloren. Da gibt es zum Beispiel eine Geschichte, wie Helen einige Jahre nachdem sie zu «sprechen» gelernt hatte, auf einem Friedhof spazierenging. Ganz spontan fühlte sie sich zu einem der Grabsteine hingezogen und verweilte bei ihm, um ihn zu berühren. Dann lief sie abrupt zu dem Haus zurück, in dem sie und Annie Gäste waren, und begann in den Kleidern und Sachen in ihrem Zimmer herumzuwühlen. Helen wußte nicht, daß sie sich im Zimmer der verstorbenen Tochter der Gastgeberin aufhielt, deren Grabstein sie gerade untersucht hatte. Aufgeregt wollte sie wissen, warum der Mensch, dessen Sachen sich im Zimmer befanden, unter der Erde im Friedhof sein konnte. Helen hatte die Verbindung gespürt.

Diese Art von Sensibilität stellt eine erhöhte Empfänglichkeit für ein subtiles Fühlen dar, das der Sensibilität meines kleinen Besuchers sehr ähnelt, der den Wechsel meiner inneren Aufmerksamkeit spüren konnte. Während die Offenheit des Zustands der Undifferenziertheit üblich ist für die frühe Kindheit, ist ein ähnlicher Zustand auch für Erwachsene zugänglich. Das ist immer wieder von Mystikern und Heiligen aller Glaubensrichtungen demonstriert worden. Aber das ist nicht nur ihnen vorbehalten – es ist vielmehr ein wundervolles Element des Lebens, an dem wir alle in unterschiedlichem Maße teilhaben können. Das ist zwar mit Anstrengungen verbunden, doch es tritt ganz natürlich in uns auf, wenn wir dem Aufruf des Bewußtseins folgen, tiefer zu gehen, unserem begrenzten Ich zu gestatten, sich zu öffnen und sich auf eine fundamentalere Ebene der Wirklichkeit einzulassen.

Helen wurde eine Menschenfreundin, deren Leben für viele Menschen ein Ansporn war. Sie besaß die bemerkenswerte Gabe, Menschen zu erkennen, indem sie ein paar Sekunden lang ihr Gesicht berührte. Wenn sie das Gesicht eines Menschen Monate und sogar Jahre später wieder berührte, konnte sie sich an ihn erinnern. Dieses Tastvermögen geht weit über alles hinaus, was der durchschnittliche Erwachsene je erlebt, weil wir uns in unserer heutigen Welt auf eine abstraktere (oder jedenfalls weniger körperorientierte) Verbindung zur Existenz verlassen, die vom Sehvermögen und Gehör beherrscht wird. Das macht Helen für mich zu einer Ausnahmeerscheinung. Weil sie nicht auf ihr Sehvermögen und Gehör zurückgreifen konnte, hingen ihre ganze Kommunikation und ihre Beziehungen stets mit ihrem Körper und einer ganz anders gearteten Aufmerksamkeit zusammen. Sie nahm notgedrungen einen Raum wahr, der so ganz anders war als das, was wir durch unsere Augen «sehen». Ihr Raum war in gewisser Weise ohne konkrete Grenzen. Er war ebensosehr ein Raum des Gefühls und der tiefen Intuition wie ein Raum mit physikalischen Dimensionen. Sie mußte sich sorgsam auf ihr ganzes Seinsgefühl einlassen – sonst wäre sie völlig verloren gewesen.

Jacques Lusseyran, der ebenfalls in frühester Kindheit erblindete, berichtet in seinem Buch *Das wiedergefundene Licht* (dtv 1992), daß ihm diese Art der Wahrnehmung ein inneres Licht vermittelt habe:

Ohne Augen war das Licht weit beständiger, als es mit ihnen gewesen war. Jene Unterschiede zwischen hellen, weniger hellen oder unbeleuchteten Gegenständen, an die ich mich damals noch genau erinnern konnte, gab es nicht mehr. Ich sah eine Welt, die ganz in Licht getaucht war, die durch das Licht und vom Licht her lebte.

Dieses Licht ermöglichte es ihm zu «sehen», nicht wie wir mit unserem normalen Sehvermögen sehen, sondern mit einem inneren Sehen, das die Seele der Menschen beleuchtete – er konnte ihre Verbundenheit mit sich selbst, ihr Wirklichsein und ihre Aufrichtigkeit sich selbst gegenüber spüren. Dieses innere Licht ermöglichte es ihm auch, die Welt zu «sehen» und in ihr zurechtzukommen, solange er in seinem Fühlen nicht gestört wurde:

Dennoch gab es Zeiten, in denen das Licht nachließ, ja fast verschwand. Das war immer dann der Fall, wenn ich Angst hatte. Wenn ich, anstatt mich von Vertrauen tragen zu lassen und mich in die Dinge zu stürzen, zögerte, prüfte, wenn ich an die Wand dachte, an die halb geöffnete Tür, den Schlüssel im Schloß…, dann stieß oder verletzte ich mich bestimmt.

Die einzige Art, mich im Haus, im Garten oder am Strand leicht fortzubewegen, war, gar nicht oder möglichst wenig daran zu denken ... Was der Verlust meiner Augen nicht hatte bewirken können, bewirkte die Angst: sie machte mich blind.

Dieselbe Wirkung hatten Zorn und Ungeduld, sie brachten alles in Verwirrung ... Wenn mich beim Spiel mit meinen kleinen Kameraden plötzlich die Lust ankam zu gewinnen, um jeden Preis als erster ans Ziel zu gelangen, dann sah ich mit einem Schlag nichts mehr. Ich wurde buchstäblich von Nebel, von Rauch umhüllt ... Ich konnte es mir nicht mehr leisten, mißgünstig und gereizt zu sein, denn sofort legte sich eine Binde über meine Augen ...; augenblicklich tat sich um mich ein schwarzes Loch auf, und ich war hilflos.

Lusseyran konnte «sehen», wenn er sein mentales Ich entspannte und zu denken aufhörte und wenn sein Verhalten gegenüber anderen nicht länger aus der mutmaßlichen Getrenntheit resultierte. «Ist es verwunderlich», hat er gesagt, «daß ich schon früh die Freundschaft und Harmonie liebte?» Im Grunde hörten Helen und Jacques in sich hinein, um über sich selbst hinauszusehen. Damit waren sie ihrem Ich-Sein näher und gleichzeitig dem Seinsgrund – ein Zustand, in dem sie von Natur aus ein größeres Gefühl der Verbundenheit und der Beziehung erlebten.

Paradoxerweise besteht für den gewöhnlichen Menschen – vorausgesetzt, er verfügt über all seine Sinne – kaum die Notwendigkeit, bei der Entwicklung der grundlegenden Seins-Struktur eine tiefere Qualität von Aufmerksamkeit zu erreichen. Aber ohne diese tiefere Aufmerksamkeit ist unser Ich ein geschlossenes System, und unsere Sinne werden geschwächt und nicht erleuchtet. Durch die Linse des Subjekt-Objekt-Bewußt-seins wird unser Körper zum Bewußtseinsobjekt statt zum Zentrum des Fühlens, und wir überlassen ihn sich selbst oder ignorieren ihn im Grunde, um in erster Linie in einer Welt der intellektuellen Abstraktion zu leben. Ganz gleich, über welches menschliche Potential wir verfügen, scheint mir unsere Abhängigkeit vom Denken auf Kosten eines eher körper- und gefühlsorientierten Bewußtseins uns auf eine Weise zu verkrüppeln, die wir nur schwer zu erkennen vermögen, sobald der Verlust stattgefunden hat. Es ist weit mehr als der Verlust des erweiterten sinnlichen Wahrnehmungsvermögens, wie Helen und Jacques gezeigt haben. Vielleicht stellt dies auch einen fundamentalen Verlust unserer Fähigkeit dar, intuitiv Verwandtschaft zu erkennen, wo das normale Ich nur Getrenntheit wahrnimmt.

Nach meiner Erfahrung sind bei Erwachsenen, die sich tieferen Ebenen des Bewußtseins öffnen und sie zu verkörpern beginnen, Gefühle der Achtung, der Brüderlichkeit und des Mitgefühls allgemein gegenwärtig, wenn auch in unterschiedlichem Maße. Sie müssen ja nicht erst in uns herausgebildet werden – wir brauchen nicht erst intellektuell davon unterrichtet zu werden, daß dies bessere Einstellungen sind. Ja, indem wir diese fundamentalen Gefühle zu Begriffen machen, bevor wir sie eigentlich in unserem Körper erfahren, können sie zu Idealen und Abstraktionen werden, die uns weiter von unserer unmittelbaren Körperwirklichkeit entfernen. Wir müssen zu der Erkenntnis gelangen, daß die höheren Fähigkeiten des Bewußtseins und der menschlichen Natur sich ganz natürlich entwickeln, wenn sich unsere Aufmerksamkeit vertieft, und daß unser gesamter Organismus Teil dieses Prozesses ist.

Sobald wir dies begreifen, ist es nicht schwer, uns darauf umzuorientieren, aus dem tieferen körperorientierten Bewußtsein heraus wahrzunehmen; darauf werden wir später noch ausführlich eingehen. Dies bedeutet, daß wir grundlegend unser Erkennen, unser Verstehen erneuern und die Sinne als ein Tor zum höheren Bewußtsein würdigen. Die Alchemie der Sinne ist nicht neu. Sie ist von zentraler Bedeutung für die östliche Tradition des Tantra, die großen Wert legt auf die Öffnung der Tore der Wahrnehmung durch eine tiefe Würdigung des ganzen Bereichs der menschlichen Sinnlichkeit. Wenn eine derartige Erkundung in Weisheit vollzogen wird, führt sie uns zum innersten Kern unserer Fähigkeit zu fühlen und ungehindert wahrzunehmen, die frei ist von all unseren sozialen Prägungen. Auch wenn darüber in vielen religiösen Traditionen große Verwirrung herrscht, gibt es im Westen eine tiefe Strömung, die reich an diesem Wissen ist, wie es in Blakes Gedicht «Auguries of Innocence» so klar zum Ausdruck kommt:

Die Welt zu sehn im Korn aus Sand,
Das Firmament im Blumenbunde,
Unendlichkeit halt' in der Hand
Und Ewigkeit in einer Stunde.

In dieser Vision verläuft der Weg nicht einfach senkrecht nach
oben zu unserem höheren oder christlichen Wesen, sondern
gleichzeitig auf den ersten Mann und die erste Frau zu, Adam
und Eva, die vollständig von der Natur erschaffen – und nicht
von der Gesellschaft geprägt – waren, um das Wunder des Lebens
zu erfahren. Uns dieser Erfahrung anzunähern, ist von zentraler
Bedeutung in meiner Arbeit. Beispielsweise verwende ich eine
Reihe von Übungen, die von Helens außergewöhnlichen Gaben inspiriert werden, um den Erfahrungsbeweis zu erbringen,
daß uns durch unsere grundlegendsten Sinne eine ungeheure
Intelligenz zur Verfügung steht. Zunächst fordere ich die Teilnehmer auf, die Augen zu schließen und dann das Gesicht eines
anderen Teilnehmers mittels des Tastsinns zu erkunden. Während
sie dies tun, ermahne ich sie, sich zu entspannen, sich intuitiv die
Unschuld und das undifferenzierte Bewußtsein eines Kindes
vorzustellen und diese Erfahrung weder zu interpretieren noch
ihr eine Bedeutung beimessen zu wollen. Gleichzeitig bitte ich
die Person, die berührt wird, wirklich empfänglich zu werden,
sich vorzustellen, daß der sie berührende Partner noch nie ein
menschliches Gesicht gesehen hat, daß dies die einzige Möglichkeit ist, physisch «gesehen» zu werden. Während sie die Augen
noch immer geschlossen haben, fordere ich sie danach auf, sich
Zeit zu lassen und den Geruch des Partners im Bereich der
Haare, des Halses und des Gesichtes wahrzunehmen. Wieder
lege ich ihnen nahe, einfach nur dazusein und zu erfahren, ohne
abzuwehren. Sie sollen ihren Geruchssinn möglichst so verwenden, wie ein Kleinkind, ohne jede Erwartung oder Beurtei-
lung, ohne jede Basis, auf der sie ihre Erfahrung verstehen könnten, außer der Erfahrung selbst. Nach ein paar Minuten werden
die Rollen getauscht, damit der Partner Gelegenheit hat, zu
berühren und zu riechen.

Die Übung, einen Fremden zu riechen, könnte als unangenehm oder unschicklich empfunden werden. Allerdings finde

ich es immer bemerkenswert, wenn ich sehe, wie die Menschen ganz zögerlich damit beginnen, und dann überkommt sie irgendein tieferes Bewußtsein. Der Effekt dieser Art von Erkundung ist eine Verringerung der üblichen Tendenz des Ich, Getrenntheit zu erzeugen. Nach ein paar Minuten ist eine greifbare Ruhe im Raum zu spüren. Man kann fast sehen, wie sich der Verstand der Menschen verlangsamt. So paradox es erscheinen mag: In diesem Zustand einer gesteigerten instinktiven Sinnlichkeit wird auch unsere Aufnahmefähigkeit für höhere Potentiale des Bewußtseins verstärkt, und wir sind auf natürliche Weise eher in der Lage, emotional befriedigende Beziehungen einzugehen.

Der Geruchssinn ist als einer unserer archaischsten Sinne direkt mit dem limbischen System verbunden, dem sogenannten Reptiliengehirn. Der Geruchssinn reicht bis in die grundlegenden Instinktebenen unserer Fähigkeit zu Intimität und Beziehung hinab. Da wir an das dem Ich-Bewußtsein innewohnende Distanzieren gewöhnt sind, kann der direkte Einsatz des Geruchssinns ziemlich bedrohlich sein. Aber wenn wir zulassen, daß sich der Selbstschutzreflex des Nachdenkens über das, was wir tun, entspannt, eröffnet der Geruchssinn eine fundamentale Beziehungsebene. In dieser Übung wird niemand zur Teilnahme gezwungen, und die Tiefe der Erfahrung ist höchst subjektiv. Aber das Ergebnis ist faszinierend: Die Teilnehmer sind überrascht, daß sie sich – ohne Unterhaltung, ohne jeden offenkundigen rationalen Grund und selbst wenn der Geruch des Partners nicht besonders angenehm ist – danach einander unerklärlicherweise näher fühlen. Es ist eine Art prärationaler Vertrautheit, die eher auf einer Qualität des Schweigens und der Energie als auf objektiven Kriterien beruht.

Wie ich bereits erwähnt habe, bieten sich gewisse Sinne eher für eine bestimmte Art von Bewußtsein an als für eine andere. Das Sehvermögen ist zweifellos der Sinn, der die immanente Subjekt-Objekt-Trennung am stärksten unterstützt. Wenn ich die Menschen auffordere, stumm dazusitzen und einander anzusehen, ist oft eine anfängliche Zunahme der Nervosität festzustellen, gefolgt von Unruhe. Sie schildern, wie ihre Gedanken herumzuwandern beginnen, und schon bald setzt die Dissoziation ein. Beim Gehör beginnt sich die Grenze zwischen Innen und Außen zu verwischen. Während das Sehvermögen fast ausschließlich ein Gefühl von etwas Äußerem und Getrenntem vermittelt, erzeugt das Gehör an sich, ohne den Gesichtssinn, eine Kontinuität zwischen Innen und Außen. Daher kann es so entspannend sein und ein Gefühl der Unmittelbarkeit entstehen lassen, wenn man sich der Musik hingibt. Im allgemeinen läßt sich viel leichter sagen, was ein Mensch fühlt, wenn man seiner Stimme lauscht, als wenn man ihn nur ansieht.

Sobald wir zum Tastsinn übergehen, betreten wir einen Übergangsbereich. Der Tastsinn vermittelt viel mehr ein Gefühl der Verbundenheit als das Sehvermögen oder das Gehör. Wir lieben nur selten mit offenen Augen. Um den wahren Genuß zu empfinden, ist es fast notwendig, daß wir bei der körperlichen Liebe die Augen schließen, damit wir die Sinneseindrücke voll in uns aufnehmen können. Sobald wir zu berühren beginnen, erfahren wir eine viel befriedigendere, wenn auch weniger rationale Art von Beziehung. Dies liegt daran, daß der Tastsinn – weit mehr als das Sehvermögen – ein Urgefühl der Verbundenheit beschwört und vermittelt. Und mehr als alles andere vermittelt das Fühlen uns die Bedeutung jeden Augenblicks, zumindest insoweit wir Organismus und nicht nur Intellekt sind. Der Tastsinn ist von fundamentaler Bedeutung für den Reifeprozeß, besonders für die tiefen vorbewußten Funktionen unseres Organismus. Kleinkinder, die vernachlässigt und kaum berührt werden, entwickeln nur langsam ein räumliches Wahrnehmungsvermögen und ebenso verzögert ein gesundes Immunsystem. Zwillinge haben im Uterus viel mehr Gelegenheit zur Berührung und werden koordinierter geboren. Sie entwickeln schneller ein räumliches Wahrnehmungsvermögen als ein einzelner Fötus. Der Tastsinn ist wichtig für die gesunde Entwicklung des Körper-Ich. Der Tastsinn und ein sicheres Gefühl der Zugehörigkeit gehen buchstäblich Hand in Hand.

Wenn wir schließlich den Geruchs- und den Geschmackssinn betrachten, sind wir wieder in den ursprünglichsten Bereichen des Bewußtseins angelangt. Es ist kein Zufall, daß Mystiker das Nirwana und die höheren Bewußtseinszustände als «das Land von Milch und Honig» bezeichnen. Dieses Bild erinnert symbolisch an den frühen Prä-Ich-Zustand der undifferenzierten Teilhabe am Seinsgrund, einen Zustand, der der mystischen Entrücktheit sehr verwandt ist (wie wir später sehen werden). Wenn wir uns die Qualität des Bewußtseins vorzustellen versuchen, die durch Schmecken, Berühren und Riechen primär vermittelt wird, sind wir der instinkthaften somatischen Wirklichkeit des Kleinkinds und unserem frühesten Zustand des Einsseins ganz nahe. Daher kann bei religiösen und bei Heilungszeremonien Weihrauch oder das Aroma ätherischer Öle eine so verstärkende Wirkung haben. Düfte können als nichtrationale, sinnliche Marker fungieren, die die Trennungstendenz des Ich umgehen. Wenn wir später den Duft erneut wahrnehmen, fungiert er als unterbewußtes Indiz, das subtil den heiligen Zustand oder den Geist der Heilung wiederbeschwört.

Außergewöhnliche Fähigkeiten entwickeln sich, wenn wir eines oder mehrerer unserer Sinne beraubt sind. Ich muß dabei an einen Zeitungsartikel denken, den ich über die Schlagzeugvirtuosin Evelyn Glennie gelesen habe. Sie war zwar seit ihrer Kindheit taub, hatte aber gelernt, hohe und tiefe Töne zu unterscheiden, indem sie die Hände an die Wand außerhalb des Musikraums der Schule legte. Während ihre Lehrerin drinnen Töne erzeugte, bemerkte sie, daß einige ein Kribbeln in ihren Fingern hervorriefen, andere über ihre Handgelenke wanderten, wieder andere bis in ihren Bauch und so weiter. Sie hört Musik also durch die feinen Tonschwingungen, die sie mit ihrem Körper empfindet. Ich will damit zwar nicht vorschlagen, daß wir unsere Sinne aufgeben sollen, um zur Besinnung zu gelangen, aber es ist doch wichtig zu erkennen, wie wenig wir wirklich vom Potential unseres Organismus Gebrauch machen, wenn wir uns mit dem schlichten Bewußtsein des Ersten Wunders begnügen.

5
Das Zweite Wunder:
In Beziehung zum Unendlichen stehen

Die Lebensgeschichte von Helen Keller wird für immer ein inspirierendes Beispiel für den Sieg des menschlichen Geistes über ein widriges Schicksal bleiben. Doch von einem weniger anthropozentrischen und sentimentalen Standpunkt aus betrachtet, hat Helen sich einfach bemüht, dem instinkthaften Imperativ der Natur zu gehorchen. An ihrer Geschichte können wir klarer das Wunder erkennen, das wir gewöhnlich für selbstverständlich halten: die gesamte Entstehung des menschlichen Subjekt-Objekt-Bewußtseins aus dem undifferenzierten Seinsgrund heraus. Damit sollen zwar nicht die Entschlossenheit und der Mut von Helen, ihren Eltern und von Annie geschmälert werden, aber was sie zu erreichen suchten, war längst von der Natur vorherbestimmt.

Wie Vögel, die ein Nest bauen, wie Füchse, die einen Bau graben, oder wie die Weibchen der Schwarzen Witwe, die ihre Männchen nach der Paarung töten müssen, so müssen auch wir Menschen ins Subjekt-Objekt-Bewußtsein eintreten. Wir halten vielleicht den Instinkt für eine angeborene Tendenz, sich auf eine bestimmte Weise zu verhalten, wie das Säugen bei den Säugetieren. Aber bei den Menschen ist die Entwicklung des Subjekt-Objekt-Bewußtseins, das die Wurzel des Ich und des Intellekts ist, genauso ein angeborener Trieb. Wir können uns dieser Entwicklung ebensowenig verweigern, wie sich ein Vogel weigern kann, ein Nest zu bauen. Und wenn der Vogel gegen heftigen Wind ankämpft, um mit einem Zweig oder einem Blattstückchen im Schnabel zurückzufliegen und dies ins Nest einzufügen – ist dies heroisch? Es läßt sich darüber streiten, ob das, wozu wir vom Instinkt gezwungen werden, heroisch genannt werden kann, ganz gleich, welche widrigen Kräfte wir dabei überwinden. Ich sage dies, um von der inflationären Tendenz wegzukommen, daß wir Menschen uns aufgrund der ausgiebigen Entwicklung unseres Intellekts und unserer einzigartigen Fähigkeit, zugleich Zuschauer unseres eigenen Entwicklungsdramas zu sein, für etwas Besonderes halten müssen. Wir sind etwas Besonderes und sind es wieder nicht. Wir sind etwas Besonderes, so wie alle Aspekte der Schöpfung etwas Besonderes sind, aber auch wir sind Geschöpfe. Ein Vogel baut ein Nest oder ein Bär sucht sich einen Unterschlupf für den Winterschlaf, und beide tun dies nach ihrem Vermögen, bewußt zu handeln. Nur zu oft tun wir solche wunderbaren Verhaltensweisen damit ab, daß wir sie als instinkthaft bezeichnen. Doch wir bestehen Prüfungen in der Schule, bauen Einkaufspassagen, Wolkenkratzer, Raketen und Computer, und das meiste von dem, was wir menschliche Gesellschaft und Kultur nennen, gehorcht einem Subjekt-Objekt-Bewußtsein, das in uns genauso instinkthaft entsteht.

Vielleicht sollten wir dann, im Namen der wahren Einheit, damit aufhören, unsere modernen technischen und kulturellen Errungenschaften immer wieder als besonders heroisch oder ehrenvoll zu bezeichnen. An welchem Punkt wird denn die Ausübung des menschlichen Intellekts zur Linderung von Beschwerden oder zur Erleichterung unserer Mühen substantiell mehr sein als ein bloß instinkthaftes Handeln? Als Arzt war ich mir darüber klargeworden, daß ich nicht viel mehr als ein auswendig lernender Roboter geworden war, bis meine Unzufriedenheit mich schließlich dazu bewegte, tiefere Fragen über mich selbst zu stellen. In Wahrheit kann ein Mensch ein Doktor werden, als Arzt praktizieren, Kapital anlegen, Architekten und Bauleiter damit beauftragen, *die* Prachtvilla zu bauen, eine Familie gründen, mittwochs Golf spielen, Urlaub machen, in die Kirche gehen – und niemals wirklich erwachen. Das gleiche läßt sich natürlich über einen Börsenmakler, einen Anwalt oder praktisch über jeden modernen Berufsstand sagen. Die Menschen können Unternehmen gründen, die großen Reichtum abwerfen, indem sie die natürlichen Ressourcen ausbeuten oder

unsere Eitelkeit und Unsicherheit oder indem sie Lebensmittel-
imperien aufgrund unserer Schwäche für Zucker, Fett und Salz
errichten. Auf diese Weise können sie zwar viele Menschen
beschäftigen, aber oft läuft eine derartige Beschäftigung auf nicht
viel mehr hinaus als auf eine gesellschaftlich gerechtfertigte Ge-
fangenschaft. Politiker behaupten clever, sie würden die Steuern
senken, und leben damit von den Ängsten der Menschen, die
nicht genug für sich selbst haben, und sie fragen sich nie, was es
bedeutet, wenn Bibliotheken geschlossen werden und die Qualität vieler Schulmahlzeiten praktisch ein Todesurteil für unsere
Kinder darstellt. All dies wird gelernt und ausgeführt auf einem
Intelligenzniveau, das nie über das Subjekt-Objekt-Gefühl von
ich oder ihr, mein oder dein, entweder-oder, materiell oder
spirituell und so weiter hinausgeht. Nicht daß dies falsch wäre –
es ist einfach nicht weise. Weisheit ist der wahre Beweis für
menschliche Intelligenz, die mehr ist als nur instinkthaft. Nehmen wir zum Beispiel John Robbins, den Begründer der Earth-
save Foundation. Er verzichtete auf das Vermögen der Speiseeis-
dynastie Baskin and Robbins und widmete sein Leben fortan der
Frage: Was ist die richtige Ernährung für eine gesunde Welt?
Weisheit ist das Erkennen der Ganzheit und der fundamentalen
Beziehung, die uns alle miteinander verbindet. Wenn wir einen
Anspruch auf wahre Intelligenz und freien Willen haben, dann
besteht er nur, wenn wir zu echter Selbsterkenntnis imstande
sind und weise Entscheidungen im Rahmen der Mannigfaltig-
keit des Ersten Wunders treffen. Die Entscheidung für das Erste
Wunder war der Impuls der Natur in Richtung Bewußtsein – sie
wurde nie von uns getroffen.

Nun will ich damit ja nicht sagen, daß dieses Bewußtsein
aufgrund seiner immanenten Erzeugung von Getrenntheit prinzipiell schlecht wäre. Im Gegenteil, ich hätte es doch nicht das
Erste Wunder genannt, wenn ich damit nicht betonen wollte,
daß dies ein heiliges Geschenk des Lebens ist. Aber unser gegen-
wärtiger Gebrauch des Intellekts, mit allem, was er besitzt und
leisten kann, ist kein Selbstzweck. Und auch bei aller populären
Betonung der persönlichen Wandlung müssen wir ebenfalls daran denken, daß das, was wir erkennen oder leisten, niemals
Selbstzweck ist. Es ist ein Dienst an einem tieferen Impuls, durch

den die Natur sich ihrer selbst bewußt wird – für immer. Es ist Teil eines ununterbrochenen Bewußtseinskontinuums, das uns zu einem höheren Schicksal aufruft, welches wir für immer selbst erschaffen müssen. Darum konnte Jesus zu Recht darauf verweisen: «Wer an mich glaubt, der wird die Werke auch tun, die ich tue, und er wird noch größere als diese tun...» (Johannes 14,12)

Gerade die weise Fähigkeit, die Relativität des Ersten Wunders zu erkennen, läßt ja auf eine größere Sphäre des Bewußtseins schließen. Während sie sich allmählich in der Menschheit entwickelt, wird sie zu einem ebenso epochalen Ereignis wie der Anbruch des Ich-Bewußtseins. Und dieses neu Entstehende in seiner Totalität nenne ich das Zweite Wunder. Seinem Wesen nach ist es ein Bewußtsein, in dem die Subjekt-Objekt-Trennung aufgehoben ist – das Selbst und das Andere sind die beiden Seiten derselben Münze. Man hat es kosmisches Bewußtsein, Tao, Himmelreich und so weiter genannt. Entscheidend ist für uns die Erkenntnis, daß es nicht so sehr die Leistung spiritueller Disziplin, sondern der Ausdruck der spontanen Bewegung des evolutionären Impulses ist. In seinem Zentrum befindet sich eine viel tiefere und subtilere intuitive Erkenntnis der Beziehung zwischen allen Dingen. Die Existenz an sich, im Sinne des gesamten manifesten und nichtmanifesten Universums, ist – metaphorisch gesprochen – die Mutter, und Gott oder das Bewußtsein im weitesten Sinne ist der Vater. Damit wird ein neuer Mensch geboren, der ein getrenntes ichbewußtes Individuum und zugleich verwandt mit Allem ist. Um dieses zeitlose Bewußtsein zu erkennen, gilt es, um seiner selbst willen zu wissen, was Jesus gemeint hat, als er sagte: «Ehe Abraham wurde, bin ich.» (Johannes 8,58)

Dies ist die zweite Geburt, die geistige Geburt der mystisch-religiösen Terminologie. Daher hat Jesus gesagt: «Denn meine Mutter [hat mich geboren, aber] ... meine wahre Mutter gab mir das Leben.» (101. Logion) Von dem Augenblick an, da dieses Bewußtsein in den letzten paar tausend Jahren aufzutreten begann, in Individuen wie Buddha und Jesus, hat es ungeheuren Einfluß auf die Entwicklung des Menschen gehabt. Die Vorwegnahme dieses evolutionären Wandels in der Menschheit ist die

Wiederkunft Christi oder die Wiederkehr des Maitreya Buddha, die Ankunft des Messias. Sie bezieht sich nicht auf ein einzelnes Individuum, sondern vielmehr auf die Entstehung eines neuen Bewußtseins.

Das Zweite Wunder ist eine Metapher für eine fundamentale Wandlung in der Wurzel unseres Selbstgefühls. Auf der Ebene des Ersten Wunders stammt die persönliche Identität stets von etwas Objektivierbarem ab wie dem eigenen Körper, den Empfindungen, Gefühlen, Ideen, der Familie, dem Beruf, der Nation, der Religion, den Glaubenssystemen und so weiter. Wir charakterisieren uns selbst, indem wir sagen: Ich bin hungrig, glücklich, ein Konservativer, verheiratet, ein Architekt, eine Mutter, ein Amerikaner, ein Christ und so weiter, und wir glauben es. Ich beziehe mich auf ein Selbst, das *in Beziehung zum Endlichen steht*. Wofür auch immer wir uns halten: Von unserem Bewußtsein des Ersten Wunders her sind wir stets einen Schritt von unserer wahren Selbsterfahrung entfernt, von unserem Ich-Sein. Wir sehen uns selbst in erster Linie in einer rationalistischen, materialistischen Wirklichkeit widergespiegelt. Es ist eine Welt des Etikettierens, des Schubladendenkens, eine Welt der Grenze und Kontrolle. Daher können wir so stark von den kommerziellen Medien beeinflußt werden, die uns ständig mit Bildern dessen füttern, was wir sein könnten, wie unser Körper aussehen sollte, was wir besitzen müssen, um unserer Identität zu entsprechen. Auf dieser Bewußtseinsebene werden Phantasien, Träume, Gedanken, Film- und Fernsehbilder leicht mit dem verwechselt, was wirklich ist. Ich mußte immer wieder staunen, wenn ich Menschen an Orten wie dem Yosemite Park oder dem Grand Canyon sagen hörte: «Es ist genauso wie im Film.» Das Referenzmedium für unsere Wirklichkeit und die Wirklichkeit unserer Welt sind die Bilder aus zweiter Hand, die wir durch die verschiedenen Medien empfangen statt durch unsere eigene unmittelbare Erfahrung. Dies ist deshalb möglich, weil das Bewußtsein des Ersten Wunders bereits etwas Abgeleitetes ist, eine Darstellung und nicht das Wirkliche an sich.

In der Welt des Ersten Wunders können wir eigentlich nie etwas direkt über uns erfahren, denn dazu müßten wir aufhören, Beobachter zu sein, und in der Unmittelbarkeit aufgehen, womit wir das Risiko eingehen, uns auf Vieldeutigkeit, Paradoxes und Gefühle einzulassen. Aber auf dieser Ebene von uns selbst sind wir über die Vieldeutigkeit nie glücklich – ja, das tiefe Gefühl erschreckt uns. Das tiefe Gefühl steht am Rande des ungeformten, rudimentären Bewußtseins, wo unsere endliche Identität leicht überwältigt wird. Auch wenn ein Mensch des Ersten Wunders die Tugend der Liebe rühmt, ist er doch größtenteils nicht fähig zur Liebe. Jeder und jedes, auch man selbst, ist ein Objekt. In dem Augenblick, da das Objekt unserer Hingabe die Macht verliert, uns zu faszinieren, oder schwierige Gefühle auszulösen beginnt, wird es nicht mehr begehrenswert oder einfach gleichgültig.

Mit der Ankunft des Zweiten Wunders verlagert sich die Wurzel der Identität radikal. «Ich» bezieht sich dann auf etwas, das nicht auf objektiven Kriterien oder Eigenschaften begründet ist. Nun stehen wir *in Beziehung zur Unendlichkeit*. Es ist, als ob man in einen Spiegel schaut und alles sieht, was reflektiert wird (das Erste Wunder), und gleichzeitig *durch* den Spiegel blickt und intuitiv ein namenloses So-Sein erfährt. Doch paradoxerweise ist diese Intuition nicht unpersönlich, nicht transzendent oder für immer losgelöst, wie man sich dies vom Standpunkt des Ersten Wunders her vorstellt. Im Gegenteil, das ganze Universum ist personalisiert. Es ist ganz (und zwar mehr als nur im metaphorischen Sinne) man selbst, ganz das eigene Fleisch und Blut, ganz unmittelbar und lebendig, doch unergründlich. Ein Mutter-Vater-Mysterium. Es ist ein intelligentes Universum, erfüllt von Gefühlen, und in ihm wird die Liebe geboren. Worte können diese Qualität, diesen lebendigen, gefühlten Raum nur andeuten. Es ist der *Heilige Geist*, das *Shekinah*, die *Geliebte* von Rumi, das *I myself* von Whitman. Es ist das geheimnisvolle «Andere», eine gefühlte Gegenwart oder erfüllte Aufmerksamkeit, die den Ort der Wahrnehmung von der Trennung zur Kontinuität verschiebt. Es ist die Qualität, die jede lebendige Dichtung inspiriert. Nicht so sehr die Worte, sondern ihren Rhythmus und Fluß, das erahnte, aber nie benannte geheimnisvolle Etwas. Wenige haben den Anbruch des neuen Bewußtseins und was es uns brachte besser geschildert als Walt Whitman:

Ich gedenke, wie einst wir lagen an solch einem durchsichtigen Sommermorgen,
Wie du dein Haupt quer über meine Hüften legtest und dich leise über mich kehrtest
Und das Hemd streiftest von meinem Brustbein und tauchtest deine Zunge in mein entblößtes Herz
Und hinaufreichtest, bis du meinen Bart fühltest, und hinab reichtest, bis du meine Füße hieltest.
Alsbald erhob sich und breitete sich um mich der Friede und das Wissen, das höher ist als alle Beweisgründe der Erde,
Und ich weiß, daß die Hand Gottes die Gewähr für meine eigene Hand ist,
Und ich weiß, daß der Geist Gottes der Bruder meines eigenen Geistes ist,
Und daß alle Männer, die je geboren, auch meine Brüder sind, und die Frauen meine Schwestern und Liebsten,
Und daß der Richtkiel der Schöpfung Liebe ist,
Und zahllos Halme aufgerichtet oder geneigt auf den Feldern…

Widergespiegelt im objektiven Spiegel der Existenz bin ich, der ich bin, benennbar, in Beziehung zu irgendeiner Handlung, Empfindung, Vorstellung. Die Welt ist ein greifbarer, «realer» Ort. Da die Identität intuitiv durch den Spiegel erfahren wird, ist sie nicht mehr auf irgendeiner sonstwie gearteten Reflexion begründet. Wer oder was «ich bin», ist nicht mehr nur lokal, nicht letzthinig isolierbar oder benennbar, nicht durch irgendeine Vorstellung gewußt, außer auf symbolische Weise. Es ist eher eine Qualität der Aufmerksamkeit, eine Qualität des Wahrnehmens, wie ein klarer Raum, der vor der Hintergrundempfindung des eigenen Körpers, des eigenen Atems gefühlt wird. Dieses Wahrnehmen vergrößert die Lebendigkeit und Wesentlichkeit von allem, was wir wahrnehmen, ohne uns zu irgendeinem Etwas zu entwickeln. Es erzeugt kein Gefühl einer getrennten Identität. Wenn wir im Zustand des Zweiten Wunders erwachen, haben wir keine Vorstellung mehr, durch die wir eine Identität erwerben können – «keinen Ort, um unser Haupt hinzulegen». Doch Identität, ja, weit mehr als Identität gibt es im subjektiven Wesen von jedem und allem, von den «geneigten Halmen» bis zum himmlischen Tanz der Quasare und Supernovae. Es läßt sich genau erkennen, da das gewöhnliche Denken des Ersten Wunders nicht mehr die größere Erfahrung des Seins filtert. Man ist nicht ins Nichtbewußtsein zurückgefallen – vielmehr ist die Ich-Struktur des Bewußtseins des Ersten Wunders der Diener einer viel größeren Seinssphäre geworden. Darin ging die bewußte Annäherung an den Seinsgrund verloren, als wir vom Baum der Erkenntnis von Gut und Böse gegessen hatten. Wir haben das Paradies verlassen, nur um wieder zurückzukehren und endlich in der Lage zu sein, zum erstenmal zu erkennen, woher wir gekommen sind.

Für diejenigen, die das Zweite Wunder erfahren haben, ist es schon immer eine Herausforderung gewesen, wie sie dieses neue Bewußtsein denen schildern und vielleicht vermitteln könnten, die das Leben noch allein durch den Subjekt-Objekt-Zustand erfahren. Als Jesus sagt: «Diese Kinder, die gesäugt werden, gleichen denen, die eingehen ins Königreich», stellen die Jünger die unvermeidliche, aus dem Bewußtsein des Ersten Wunders geborene Frage: «Werden wir, wenn wir wie die Kinder sind, ins Königreich eingehen?» Sie nehmen alles wörtlich – alles muß einen endlichen Bezug haben. Im Thomas-Evangelium bezieht sich Jesu Antwort auf die grundlegende Verschiebung des Bewußtseins, die das Zweite Wunder ist. Er sagt: «Wenn ihr die zwei zu einem macht, und wenn ihr das Innere zum Äußeren macht und das Äußere zum Inneren und das Obere wie das Untere, und wenn ihr das Männliche und das Weibliche zu einem Einzigen macht, ... dann werdet ihr eingehen in das Reich.» (22. Logion)

Dies ist für mich eine der klarsten und überzeugendsten Darstellungen der Transzendenz des Ersten Wunders, die der westlichen Psyche möglich ist. Die «zwei zu einem» machen ist die Erfahrung des Zusammenfallens von Subjekt und Objekt in einem einzigen, nichtdualistischen Bewußtsein. Das Selbst und das Andere werden eins. Es ist dem undifferenzierten Zustand des kleinen Kindes verwandt, in dem innere und äußere Wirklichkeit – verglichen mit dem Erwachsenenbewußtsein – als ein Sinneswahrnehmungs-Kontinuum vereint sind. Allerdings gibt es da einen entscheidenden Unterschied: Das kleine Kind hat kein individuelles oder persönliches Ich-Bewußtsein, keinen Identitätssinn oder eigenen Standpunkt – daher kann es sich auch nicht an diese Erfahrung erinnern. Im Bewußtsein des Zweiten Wunders liefert das gereifte Ich die Basis für das Ich-Bewußtsein. Nun sind das Selbst und das ganze Feld des Bewußtseins ein und dasselbe. Geist und Körper sind ein und dasselbe. Unsere höchsten geistigen Bestrebungen und die Handlungen des Alltagslebens sind ein und dasselbe. Es ist eine Rückkehr zu einem Gefühl der fundamentalen Verbundenheit und Zugehörigkeit. Es ist eine den ganzen Körper umfassende Erleuchtung – unser Organismus wird von einer völlig neuen Lebendigkeit gesättigt. Es ist, als ob wir mit neuen Augen, neuen Ohren, neuem Tastsinn, mit völlig neuen Sinnen wahrnehmen... und einer neuen Musik lauschen – der Musik eines lebendigen Universums.

Jesus sagt zwar: «Wenn ihr das Innere zum Äußeren macht», aber damit sagt er ja nicht, daß das Subjekt-Objekt-Selbst diese Erkenntnis erzeugen oder erschaffen kann. In Jahrtausenden der Entwicklung des Bewußtseins des Ersten Wunders können wir zwar Philosophien, Religionen, Röntgenstrahllaser, politische Systeme oder Virtual-Reality-Techniken hervorbringen, aber nicht das Zweite Wunder herbeiführen. Das Bewußtsein des Zweiten Wunders bleibt für immer die höchste Ketzerei, der Grund, Sokrates zu vergiften, Jesus zu kreuzigen, Meister Eckhart zu töten und eine neue Dimension sich entwickelnder Empfindsamkeit zu ignorieren oder herabzuwürdigen, die keinen vordergründigen praktischen Wert zu haben scheint. Dieses Bewußtsein wird in jedem Menschen durch einen radikalen Wachstumsprozeß geweckt. Es läßt sich nicht in Flaschen abfüllen oder als Formel darstellen. Ein Mensch des Ersten Wunders hat eine Religion – ein Mensch des Zweiten Wunders ist eine Religion. Ein Mensch des Ersten Wunders sucht ständig nach einem Kontext, in dem er sein Leben heiligen kann, wobei er unvermeidlicherweise den einen oder anderen Aspekt seiner selbst verletzt auf der Suche nach dem Spirituellen gegenüber dem Realen. Ein Mensch des Zweiten Wunders kann sich nicht vorstellen, wo das Heilige nicht ist. Er ist der Born, der in seinen

Brüdern des Ersten Wunders Religiosität inspiriert und evoziert. Wir können sogar fragen, ob spirituelle Praktiken den Boden für die Verwirklichung des Zweiten Wunders bereiten – sie könnten genauso leicht einen Menschen des Ersten Wunders in einer neuen objektiven Struktur einkerkern. Daher halte ich es lieber mit einem Zenmeister, der gesagt hat: «Erleuchtung ist ein Zufall – die Übung macht uns zufallsabhängig.» Am Ende geschieht das Zweite Wunder einfach – durch die Gnade –, und zwar zweifellos auf die gleiche Weise, wie das Erste Wunder geschah oder wie Spiralnebel gebildet wurden oder wie das Leben in seinen Urformen in den vorzeitlichen Meeren zu existieren begann: durch einen grundlegenden Imperativ im Universum selbst. Unsere menschlichen Bemühungen können es zwar nicht geschehen lassen, aber die Unterweisung durch jene, die in diesen Raum eingetreten sind, verhilft uns zu einem Kontext für diese neuen Erfahrungen, wenn sie denn zu entstehen beginnen.

~ ~ ~

In Beziehung zum Unendlichen zu gelangen, stellt eine evolutionäre Verschiebung in der Basis der Identität und des Lebens auf allen Ebenen dar. Als Metaphern tragen die Begriffe Erstes Wunder und Zweites Wunder zwar dazu bei, daß wir die grundlegende Verschiebung erkennen, die da stattfindet. Aber der tatsächliche Prozeß ist weit weniger kategorisch, als es diese einfachen Metaphern andeuten. Es gibt ein Bewußtseinskontinuum zwischen diesen beiden archetypischen Zuständen, so daß in jedem Menschen zumindest Rudimente des Bewußtseins des Zweiten Wunders vorhanden sind. Doch der eigentliche Prozeß, den ich das Zweite Wunder nenne, ist mehr als eine einzige, fundamentale Erkenntnis oder ein Zustand eines vereinigenden Bewußtseins. Vielmehr handelt es sich dabei um einen Prozeß der fundamentalen Beziehung, in dem – während sich unser intuitives Wissen des Unendlichen vertieft – sich unsere Erfahrung des Selbst und des Anderen ständig wandelt. Intuition, so wie ich das Wort gebrauche, ist mehr als eine genaue Ahnung oder ein Gefühl von etwas. Sie ist der dem

Zweiten Wunder angeborene Bewußtseinszustand, eine Intelligenzform, die weitaus umfassender ist als der gewöhnliche Intellekt, weil es eine aus der Unmittelbarkeit des Augenblicks geborene Intelligenz ist, eine Intelligenz, die fest verwurzelt ist in unserem subjektiven Seinsgefühl und unserem objektiven Wahrnehmungsvermögen.

Die Lehre der fundamentalen Beziehung ist im Prinzip eine Lehre, die allem zugrunde liegt. Sie verwandelt den Ort, an dem wir uns selbst begegnen, unseren Gefühlen, unseren Ängsten. Darüber hinaus verwandelt sie die Art und Weise, wie wir uns aufeinander einlassen, wie wir zuhören oder genauer: von wo aus wir zuhören. Was dies für jeden Aspekt des Lebens mit sich bringt, ist gewaltig. Da kehrt man auf eine Weise zu sich selbst zurück, die dem einfachen Ich-Selbst immerdar gefehlt hatte, und dies gestattet es, daß wir eine größere Wirklichkeit und Offenheit in all unseren Beziehungen riskieren. Die Angst ist nicht mehr der Gott, der sie gewesen war – sie ist zwar noch immer eine gefährliche Kraft, aber das Zweite Wunder ist der Anbruch des wahren Glaubens an eine Seinsweise, die letztlich nicht mehr gefährdet werden kann. Ich möchte noch einmal betonen: Da es keine bewußte Erinnerung an den undifferenzierten Prä-Ich-Zustand gibt, erwächst das Subjekt-Objekt-Bewußtsein im psychologischen Sinne aus dem Nichts oder aus dem Fehlen heraus. Daher ist das aus dem Ersten Wunder geborene Ich ein auf Treibsand gebautes Haus – es ist für immer unsicher. Wie sehr das Ich sich auch bemühen mag, ein Selbstgefühl zu entwickeln, das nicht gefährdet ist – dieses Selbst jedenfalls ist stets von Grund auf getrennt, stets von Grund auf zerbrechlich. Es wird von der Angst beherrscht.

Da das Ich des Ersten Wunders so zerbrechlich ist, empfindet es Sehnsucht, ja, es fühlt sich geradezu getrieben, ein Gefühl des Behaustseins oder der Verbundenheit und Sicherheit zu bekommen. Dies ist somit für uns als Menschen des Ersten Wunders unser erstes fundamentales Projekt. Wir sehen uns nicht als Diener einer größeren Wirklichkeit, die durch uns erwacht, sondern als Selbstzweck, dem alle anderen Zwecke, sogar Gott, unterworfen werden müssen. Das Ich des Ersten Wunders bringt Gott genau durch jene Art und Weise unter Kontrolle, in der es ihn objektiviert und personalisiert. Beherrscht vom Ersten Wunder, kann ein Mensch das Geheimnis des Lebens nicht unmittelbar intuitiv nachvollziehen, eine höhere Ordnung nicht direkt wahrnehmen. Vielmehr vermittelt ihm seine Wahrnehmung ein Gefühl seiner eigenen Bedeutungslosigkeit, ein Bedürfnis, harmonisch und gehorsam zu werden, um die Erlösung zu erlangen. Auf der einen Seite fühlt er sich unbedeutend und hilflos vor Gott; er bittet und bettelt, dankbar für kleine Häppchen Freude, dann kriecht er wieder in dumpfem Leiden dahin. Auf der anderen Seite braucht er Gott gar nicht. Er selbst ist die Krone der Schöpfung, der «Eigentümer» des Planeten Erde; sein Schicksal ist es, alles sich zunutze zu machen und zu kontrollieren, und in seiner intellektuellen Überheblichkeit versucht der Mensch des Ersten Wunders ein unterschwelliges Gefühl des Nichtseins in den Griff zu bekommen.

Halt! Das sind ja Sie und ich. Das sind ja all die guten Männer und Frauen, die wir kennen, und all die bösen. Das ist heute, letztes Jahr, vor tausend Jahren, und es ist morgen so. Dies ist die Geschichte des Kindes, das wir waren, und der Kinder, die wir großziehen. Dies ist die Art und Weise, in der wir traurig erleben, wie ihre ständig kreativen und verspielten Phantasien langsam den konkreten Wahrnehmungen des (v)erwachsenen Bewußtseins weichen. Es ist die Art und Weise, in der wir heranwachsen, um das Bewußtsein als eine Möglichkeit auszuüben, Kontrolle und Sicherheit zu erzeugen, statt damit das Wunder unserer Existenz zu feiern und anzubeten. Es ist traurig, und es ist unsere Geschichte – wie sie sich gerade abspielt.

Das Bewußtsein des Ersten Wunders ist in einem Teufelskreis gefangen, dem es nicht entkommen kann. Die damit verbundene Schmerzlichkeit und Trostlosigkeit wird in uns in dem Maße stärker, wie uns die Intuition des Zweiten Wunders deutlicher zu Bewußtsein kommt. Je mehr wir uns bemühen, heimzukehren, uns sicher zu fühlen, unsere Welt sicher zu machen, desto mehr gefährden wir paradoxerweise unsere eigene Sicherheit. Dies ist die Wunde, die das Ich nicht heilen kann. Sie läßt sich nur heilen, indem wir im Glauben aufgehen, was wiederum nur möglich ist, wenn unsere Intuition sich vertieft. Bei diesem Prozeß entdeckt der Mensch Gott. Aber für das junge Ich des

Ersten Wunders ist die Vorstellung vom Höchsten, von Gott, noch nichts weiter als etwas, das irgendwo dort draußen gerade außerhalb unserer Reichweite existiert. Dieser Gott verkörpert noch nicht die Unmittelbarkeit der Liebe, sondern ist vielmehr ein geistiges Übergangsobjekt. Ein Übergangsobjekt dient als Brücke. So wird beispielsweise ein Schmuseobjekt wie ein Teddybär oder eine weiche Decke von einem Kind dazu verwendet, ein Gefühl des Kontakts mit der Mutter während ihrer Abwesenheit aufrechtzuerhalten. Auf die gleiche Weise benützt das Bewußtsein des Ersten Wunders die Vorstellung von Gott dazu, zwischen seinem Bedürfnis nach irgendeinem endlichen Bild und dem unendlichen Bezug zu vermitteln, der die Wirklichkeit Gottes ist. Bei diesem Prozeß geht der wahre Bezug verloren oder wird vorübergehend vergessen. Statt das Universalmittel zu sein, in dem jeder Subjekt-Objekt-Dualismus sich auflöst, wird Gott ein weiteres Bewußtseinsobjekt. Leider ist dies in den Händen der Mentalität des Ersten Wunders kein gewöhnliches Bewußtseinsobjekt. Vom Ich selbst erwählt, dem gesunden Menschenverstand, dem Mitgefühl und der Brüderlichkeit spottend, wird Gott angerufen, er möge doch einige der größten Grausamkeiten und Wahnsinnstaten der Menschheit unterstützen. Ja, *dieser* Gott besitzt überhaupt keine Existenz, außer der eines vom Ich des Ersten Bewußtseins imaginierten Bewußtseinsobjektes. Wir können uns auch Phantasievorstellungen über Popcorn hingeben, und vielleicht sollten wir dies auch tun: Als Bewußtseinsobjekt ist Popcorn unendlich gütiger.

Für den Menschen des Ersten Wunders wird Gott nur eine weitere Vorstellung, die ihm einmal mehr Glaubwürdigkeit und Gehalt vermittelt. Aber da das Subjekt-Objekt-Bewußtsein psychologisch gesehen auf nichts beruht, gilt dies auch letztlich für den Gott, den es imaginiert. Und da das Nichtsein für das ans Endliche gebundene Ich bedrohlich ist, ist auch dieser «Gott» bedrohlich. Gott muß man fürchten, versöhnlich stimmen, gehorchen. Dies ist ein Gott, der für immer außerhalb ist, ein Gott, der die Menschen voneinander trennt, der Sekten und Nationen erschafft. Wenn das Zweite Wunder entsteht, wird unser intuitives Wissen um die Beziehung zur Existenz direkter, verbundener, inwendiger. Gleichzeitig wird Gott immer weniger faßbar, während das intuitive Wissen um Gott eine Atmosphäre der Verbundenheit, Liebe und Einheit erzeugt.

Die Unfähigkeit des Menschen des Ersten Wunders, den unendlichen Bezug zu verstehen, der seinen endlichen religiösen Symbolen und Glaubensvorstellungen zugrunde liegt, kommt in dem folgenden Artikel aus der *Australian Times* anschaulich zum Ausdruck.

Klos schauen nach Mekka

Dreißig Moslemfamilien in Lancashire haben ihren Gemeinderat aufgefordert, die Toiletten in ihren Häusern umzusetzen, weil sie gen Osten zur heiligen Stadt Mekka ausgerichtet seien, so die Zeitung *The People*. Sie müßten seitlich dazu sitzen, hieß es, um Allah nicht zu beleidigen.

Man kann sich leicht darüber lustig machen, wenn eine Religion so wörtlich genommen wird, aber wir sollten dies erst tun, wenn wir uns darüber im klaren sind, daß dies überall in unserem Leben geschieht. Wenn wir beispielsweise verliebt sind, projizieren wir Güte, Stärke, Kreativität, Fürsorglichkeit und vieles mehr in den Menschen, den wir lieben. Und folgt daraus nicht vielfach eine Neuorientierung im Hinblick auf unsere eigene Stellung im Leben, den Ort, an dem wir leben, arbeiten und so weiter? Doch wenn die Liebe vergeht und wir uns einander entfremden, ist unser Partner plötzlich ein Versager, gemein, unsicher, egozentrisch und so weiter. Und nun orientieren wir uns wieder neu, oft ziemlich brutal und schmerzhaft. Ja, das Umsetzen der Klos kann als eine Metapher für die Verrenkungen angesehen werden, die wir unserem Körper, unseren Gefühlen, unserer Umwelt zumuten, weil das Bewußtsein des Ersten Wunders ständig versucht, uns irgendeiner Idee oder einem Bild anzupassen. Selten sehen wir uns selbst oder andere als echte Menschen – wir können nicht durch den Spiegel schauen, um zu sehen, wie sich das Unendliche in uns allen verbirgt. Daher kann unser Selbst des Ersten Wunders nicht tiefer Liebe fähig sein – das Objekt dieser Liebe bleibt für immer ein Objekt, besten- und schlimmstenfalls die Projektion von

Aspekten unser selbst. Unsere Organismen verstehen die Liebe – das ist so natürlich, wie wenn zwei Wasserstoffatome ein Sauerstoffatom umarmen, um Wasser zu werden. Aber aufgrund der Erschaffung des jungen, an die Trennung von Subjekt und Objekt gebundenen Ich bleibt der geliebte Mensch für immer außer Reichweite, und die Kommunikation scheitert unweigerlich, bis wir die wahre Liebe erneut geortet haben: in uns selbst und überall. Bewußte Liebe zwischen den Menschen und zu unserem Universum beginnt bei unserem Selbst des Zweiten Wunders.

Sobald das Selbst des Ersten Wunders genügend Dinge in seiner Welt etikettiert hatte, mußte es sich wohl schließlich fragen, wer denn dieses Etikettieren vornähme. Und nun wendet sich das Ich-Bewußtsein plötzlich der Betrachtung seiner selbst zu und entdeckt/erschafft das Selbst, das archetypische Zentrum des Seins. Es ist ein Ort, den das gewöhnliche Selbstbewußtsein nie erfassen kann, aber in der Kontemplation dieser Beziehung wird das Ich für immer verwandelt. Ich glaube, daß dieser fundamentale Wechsel der Aufmerksamkeit zunächst spontan vollzogen wurde (und noch immer wird). Aber als wir schließlich bewußt auf diese einzigartige Erfahrung zurückzukommen begannen, gelangten wir hinein in die reiche Dimension der Meditation. Mit dieser inneren Entdeckung nahm gleichzeitig auch die äußere Wertschätzung der Welt zu. Auch hier galt: Je bewußter wir uns der äußeren Welt wurden, desto mehr erkannten wir, daß es etwas Größeres gab, das stets jenseits unserer Wahrnehmung lag. Indem wir dieses geheimnisvolle Etwas objektivierten, entdeckten/erschufen wir die Götter, und als sich unser intuitives Wissen vertiefte, erkannten wir das Eine hinter all diesen Kräften. Auf diese Weise wurde die Vorstellung von Gott für uns zur bewußten Existenz, und als wir eine Beziehung zu diesem höchsten Wesen herzustellen suchten, entdeckten wir das Gebet. Im tiefsten Sinne werden diese beiden Modi der Wahrnehmung: Meditation und Gebet ein und dasselbe – Gott ist innen und außen.

Gebet und Meditation sind die großartigsten Instrumente unseres Selbst des Ersten Wunders, um das Bewußtsein des Zweiten Wunders herbeizuführen. Doch diese Instrumente in

den Händen unseres Ich des Ersten Wunders beschränken uns
und unseren Gott ebensosehr, wie sie uns mit einer tieferen
Wirklichkeit verbinden. Das ist das Dilemma des Selbst des
Ersten Wunders. Es meditiert und betet, um Frieden zu finden,
um den Weg durch die Herausforderungen des Lebens zu «sehen». Es nimmt die Meditation und das Gebet wie eine Tablette
gegen das Unglücklichsein, bedient sich ihrer wie einer Methode für den Seelenfrieden – kurz, als einer Möglichkeit, sich
selbst zu schützen. Es wird vielleicht friedvoller und gesünder,
wie einige Untersuchungen an Meditierenden zeigen. Aber
wenn Meditation und Gebet nichts als Balsam für ängstliche,
verzweifelte Seelen sind, werden die Menschen eher platter in
ihrem Fühlen, weniger originell und vital. Weil wir uns selbst
schützen, stellen wir uns zugleich schützend vor unseren Gott
(oder unsere Meditationsgemeinschaft). Die mit uns meditierenden Menschen werden zu einer Quelle der Besonderheit und
Exklusivität statt zur eigentlichen Basis für eine Vereinigung und
Verbundenheit mit allen anderen. Menschen, die auf diese Weise
meditieren und beten, begeben sich in einen Kreis, in dem jede
Störung und jedes Unbehagen vermieden werden sollen, und
damit werden Gebet und Meditation zu einem Weg in die Ver-
einzelung, als ob man sich viel zu lange in einem energetischen
Schoß aufhält und Angst hat, herauszukommen und dem ganzen
Chaos und Anspruch des Lebens zu begegnen.

Aber mit zunehmender Reife lassen Meditation und Gebet
unser persönliches Bewußtsein immer tiefer in einen univer-
saleren Bewußtseinsstrom übergehen. Das ist, als begebe man
sich in ein Feuer, in dem das Ich langsam verzehrt wird, ein
Prozeß, der große Energiemengen freisetzt. Dann werden Gebet
und Meditation wahrhaft mehr sein als Beruhigungsmittel für
das Nervensystem oder ein Trost für das geplagte Herz. Sie
führen uns immer tiefer in unser Wesen des Zweiten Wunders
hinein. Gebet und Meditation sind auf dieser Ebene starke Instrumente, deren wir uns mit Weisheit und tiefem Respekt bedienen müssen, sowohl für die Möglichkeit des Höheren in uns
wie für unser gewöhnliches Selbst, das grundlegende Grenzen
braucht. Das Schöne daran ist, daß diese tiefergehende Übung
tatsächlich die nötige Weisheit herbeiführt, sofern wir nur erken-

nen können, daß Gebet und Meditation nicht bloß Instrumente sind, um unsere eigenen Zwecke zu erfüllen, sondern Mittel, uns der tieferen Intelligenz des Lebens und seinen Zielen anheimzugeben. Ganz entscheidend ist dabei die Erkenntnis, daß es bei der spirituellen Reife nie um eine Flucht aus dem Leben geht, sondern um die Erweiterung der Fähigkeit, uns immer tiefer darauf einzulassen.

Wenn wir uns darüber im klaren sind, daß sich unser Ich für unser Wachstum selbst der wertvollsten Ressourcen bedienen kann, dann verstehen wir auch, daß die größte Dummheit der Menschheit des Ersten Wunders vielleicht darin besteht, Gott darum zu bitten, unser persönliches Leid zu lindern oder ichbezogene Hoffnungen zu erfüllen, denn damit stehen wir oft unserem tieferen Wachstum im Wege. In unserer Angst vor dem Nichtsein und unserem Traum von Erlösung paßt Gott sich uns einfach an. Als ein Bewußtseinsobjekt ist dieser Gott schließlich nichts weiter als unsere eigene Schöpfung und wird entweder liebevoll oder zornig, je nachdem, wie weit wir uns selbst durch unser Gebet wirklich darauf einlassen. Alles, was in einer derartigen Beziehung wirklich erschaffen wird, sind wir selbst, nicht Gott, und das ist eigentlich schon eine ganze Menge. Das intuitive Wissen um Gott ist zu Recht der Anfang vom Ende des isolierten, sich selbst schützenden individuellen Ich und niemals der sich selbst verwirklichende Diener unserer egoistischen Wünsche.

Die Intensität der Beziehung zum Mysterium, die durch tiefe Meditation oder versunkenes Gebet hergestellt wird, ist eigentlich ein Attribut unseres Wesens des Zweiten Wunders. Das Bewußtsein des Zweiten Wunders ist ohne jede Absicht oder Mühe ein kontinuierlicher Zustand des Gebets. Ja, oft merken wir gar nicht, wie tief wir bereits von diesem Bewußtsein durchdrungen sind. Wenn wir uns dann aus Gewohnheit formal in Gebet und Meditation versenken, verstellen wir oft schon allein dadurch das innerliche Gebet, das bereits zu unserem Wesen des Zweiten Wunders gehört.

~ ~ ~

Eine der größten Ursachen der Verwirrung ist das fehlende Wissen über die gleichzeitige Notwendigkeit von getrenntem Ich-Bewußtsein und Ich-Transzendenz. Die Verwirklichung des Zweiten Wunders beseitigt oder «tötet» nicht das Ich des Ersten Wunders. Vielmehr muß das Ich erhalten bleiben, um ein selbstreflektierendes Bewußtsein und das Potential einer einzigartigen, individuellen Selbstverwirklichung zu ermöglichen. Der Umstand allein, daß wir zu dem neuen Bewußtsein erwachen, spricht noch nicht gegen die endlose Objektivierung, die vom Ich des Ersten Wunders ausgeht. Es ist eher so, daß das Erste Wunder im größeren Potential des Zweiten Wunders nistet. Das Menschsein schließt diese beiden Arten von Bewußtsein ein, aber das letztere muß so lange verborgen bleiben, bis sich die Ich-Entwicklung vollzogen hat. Es ist, als ob die Natur selbst von den Menschen verlangte, sich ihrer selbst bewußt zu werden, und so vollzog sich allmählich, im Verlauf von Äonen, das Erste Wunder. Aber dafür mußte ein Opfer erbracht werden: der Verzicht auf den Seinsgrund, die unbewußte, instinkthafte Einheit mit der Wirklichkeit. Das Zweite Wunder ist die bewußte Rückkehr zu dieser Einheit. Die Natur mußte zwei Schritte vorwärts tun, hinein in das Subjekt-Objekt-Bewußtsein, und einen Schritt zurück, heraus aus der Unmittelbarkeit und der Zugehörigkeit.

Aber in dem Augenblick, da dieser erste große Schritt getan wurde, war er bloß eine Bewegung innerhalb des tieferen Geheimnisses, und schon begann das Zweite Wunder bei den Menschen aufzutreten – in welcher Form es am Ende auch immer verwirklicht wurde. Wenn wir aus unserer Wahrnehmung des Ersten Wunders heraus danach Ausschau halten, hat es bezeichnenderweise den Anschein, als ob es große Mühe bereitete, den Segen des Zweiten Wunders zu erlangen. Tatsächlich muß zwar nur ein hauchdünner Schleier beiseitegezogen werden, doch dazu ist ein radikaler Wechsel der Aufmerksamkeit notwendig. Der Wechsel an sich bereitet überhaupt keine Mühe, sondern ist paradoxerweise die Frucht einer sich vertiefenden Intuition, die in einem Augenblick oder einer Reihe von Augenblicken des simplen Seins geboren wird. Hier ist der Hafen, in dem das große Schiff des Selbst vor Anker geht. Das Zweite Wunder bricht an. Dafür Raum zu schaffen, ist vielleicht das Wichtigste, was wir in der sich immer mehr beschleunigenden Geschäftigkeit unseres Lebens tun können.

Zwischen diesen beiden verschiedenen Bewußtseinsebenen hat es eine unaufhörliche dynamische Interaktion gegeben, die es auch weiterhin geben wird und die oft ganz paradox ist. Der Wechsel ereignet sich in einem zeitlosen Augenblick oder in einer Reihe derartiger Augenblicke, aber die Inkarnation dieses Wechsels in der ganzen Komplexität des Lebens vollzieht sich in der Zeit. Jedesmal, wenn sich die einigende Dimension öffnet, dient das Erste Wunder als Zeuge, indem es diese Erfahrung bewußt macht. Aber wenn diese Dimension wieder schwindet, was mehr oder weniger unweigerlich geschieht, nimmt das Ich des Ersten Wunders die Erfahrung des Öffnens für sich in Beschlag und macht sie zu einem Objekt des Nachdenkens, einer kostbaren Erinnerung, der Quelle des Lehrens – und begrenzt sie damit erneut auf das Endliche. Dieses Dilemma ist der Prozeß der Vereinigung, die Möglichkeit, durch die wir entdecken, was dieses neue Bewußtsein ist und was es für unser Leben bedeutet. Auf diesem Dilemma basieren einige der rätselhaftesten Bemerkungen Jesu. Etwa: «Als ihr einer waret, wurdet ihr zwei. Wenn ihr aber zwei geworden seid, was werdet ihr tun?» (11. Logion) Oder: «Kein Mensch kann zugleich auf zwei Pferden reiten und zwei Bogen spannen. Ein Knecht kann auch nicht zwei Herren dienen, oder er wird den einen ehren und den anderen beleidigen.» (47. Logion) Zwei zu sein (das heißt, Subjekt-Objekt), ist das Bewußtsein des Ersten Wunders. Eins zu sein ist das Zweite Wunder. Aber wenn die Öffnung des Zweiten Wunders zu einer Erfahrung der Vergangenheit geworden ist, dominiert erneut das Subjekt-Objekt-Bewußtsein. Das Eine ist zwei geworden. Die Aufmerksamkeit ist für die Unendlichkeit nicht mehr offen – die Vision und die Präsenz des Zweiten Wunders schwinden. Es ist nicht ausgelöscht, sondern beginnt wie ein Same, der langsam im Dunkeln keimt, im Ich zu wachsen, indem es den unterschwelligen Bezug vom Endlichen zum Unendlichen hin verschiebt. Das Ich des Ersten Wunders mag versuchen, «zwei Pferde zu reiten», weil es sich einbildet, es sei offen für die Unendlichkeit, aber diese Einbildung besitzt in

Wahrheit keine Macht. Erst allmählich, wenn das Ich im größeren Bewußtsein aufgeht, arbeiten die beiden zusammen und werden eins. In normalen Augenblicken, wenn wir glauben, das neue Bewußtsein wäre verschwunden, oder wenn wir uns so sehr im Dunkeln befinden, daß wir meinen, es habe nie Licht gegeben, dann ist diese Arbeit die Geburt des Glaubens.

Nach meiner persönlichen Erfahrung und Beobachtung kann praktisch niemand – nicht einmal jene, die das tiefste vereinende Bewußtsein erlebt haben – den ursprünglichen Zustand der Einheit aufrechterhalten, ohne daß dabei der gesamte persönliche Lebensbereich beeinträchtigt wird. Wir entwickeln kein größeres Bewußtseinsvermögen, indem wir eine Art von Bewußtsein eliminieren und durch ein anderes ersetzen. Ich meine, daß sich die Evolution auf immer größere Komplexität hin entwickelt. Das Erste Wunder verleiht uns unsere Fähigkeit zum Ich-Bewußtsein und einen einzigartigen Standpunkt, aber im Grunde vereinzelt es uns. Wir werden anfällig für eine Erstarrung und die Wiederholung von Mustern, die uns neurotisch, konformistisch, isoliert werden und auf niedrigerem Energieniveau fühlen läßt. Das Bewußtsein des Zweiten Wunders öffnet uns für das Eine, das unendliche Bewegung, unendliche Potentialität und erhöhte Energie ist. Dabei kann es unser Ich gefährden, wenn die Ich-Struktur nicht voll ausgereift ist oder durch ein früheres Trauma beeinträchtigt wurde. Aber wenn diese beiden als endliche Existenz des Ich und als unendliches Einssein in ihrem archetypischen Wesen in einer reifen Verbindung koexistieren, dann haben wir unsere wahre Authentizität entdeckt und nehmen unseren Platz in der Evolution als Gott-Mann und Gott-Frau ein. Diese Vorstellung wird immer wieder allzusehr romantisiert, zu sehr vom normalen Leben abgehoben. Dabei handelt es sich um keinen endgültigen Zustand, sondern um die Entstehung von Individuen, die sogleich wahrhaft authentische, energiereiche und zutiefst aufeinander bezogene Individuen sind, die in ihrem Ich-Sein ruhen.

Das Zweite Wunder existiert archetypisch als ein reiner Zustand der objektlosen Aufmerksamkeit in Augenblicken, die man mit so unterschiedlichen Begriffen wie Satori, Samadhi, fundamentale Erkenntnis und so weiter definiert hat. Aber dieser reine

Zustand stellt eher ein Extrem dar, das eine neue Möglichkeit von Beziehung innerhalb der Evolution definiert, als daß es ein Ziel der Evolution ist. Das Zweite Wunder als einen Zustand der fundamentalen Verwirklichung zu erfüllen, heißt in Beziehung zur Unendlichkeit zu treten und nicht, für immer in der Unendlichkeit aufgehoben zu sein. Schließlich muß das Ich-Bewußtsein einen Keil in die Fülle des Bewußtseins des Zweiten Wunders treiben und uns wieder aus der Unmittelbarkeit herausholen. Dies ist eine natürliche Bejahung des gewöhnlichen Lebens, denn wir sind ja erst Anfänger bei der Verwirklichung dieser neuen Kraft des Bewußtseins, und genauso wie wir als Ich isoliert werden können, können wir uns dem großen Strom der universalen Lebendigkeit und Energie zu tief öffnen, so daß unsere Gesundheit und unser geistiges Gleichgewicht gefährdet werden.

Aber auch wenn wir zustimmen, «jener Aspekt der Natur zu sein, der seiner selbst bewußt wird», beginnen wir unweigerlich Fragen über das neue Bewußtsein zu stellen – und vielleicht geht es in Wirklichkeit gerade darum. In diesem Sinne mag das Zweite Wunder zwar zunächst das Bewußtsein des Ersten Wunders transzendieren, aber später muß es sich diesem Bewußtsein unterwerfen. Dies ist die große Spiralbewegung zwischen den Polen der Zwei und des Einen. Dies ist die fundamentale Spannung zwischen der spirituellen Verwirklichung und der Verkörperung eines neuen Bewußtseins.

Der Reifungsprozeß des Bewußtseins des Zweiten Wunders ist das größte Abenteuer des Lebens, und das Bemühen um entsprechende Leitlinien dabei stößt ständig auf Paradoxien. So sagt Jesus beispielsweise: «Wer seinen Vater und seine Mutter nicht haßt wie ich, wird nicht mein Jünger sein können.» Doch gleich darauf fährt er fort: «Und wer seinen Vater und seine Mutter nicht liebt wie ich, wird nicht mein Jünger sein können.» (101. Logion) Diese Art von Widerspruch ist typisch für den ganzen Prozeß, das Wissen des Ersten Wunders mit der neuen Qualität des entstehenden Zweiten Wunders versöhnen zu wollen.

Im ersten Satz will Jesus wohl sagen: Wenn wir weiterhin zulassen, daß unser Wahrnehmen vom alten Bewußtsein (meta-

phorisch) bevormundet wird, können wir das neue nicht ent-
decken. Der Weg des neuen Glaubens erfordert ein neues Zuhören, eine neue Wahrnehmung, ein neues Erkennen unserer
Ängste und der Art und Weise, wie wir ihnen begegnen. Dieses
Lernen vollzieht sich nicht rational durch Memorieren und Re-
petieren, so wie das Lernen auf der Ebene des Ersten Wunders.
Statt dessen entsteht es spontan auf seine eigene geheimnisvolle
Weise. Schließlich müssen die intellektuelle Dynamik ebenso
wie die Glaubensvorstellungen und Ideen, die unser mentales
Ich zeugen, sowie die Gefühle, Wahrnehmungen und Empfindungen, die unser Spüren der körperlichen Existenz gebären,
zu einer tieferen Intuition, einem tieferen Strom der Lebendigkeit sich vereinen. Indem wir unser Selbstbewußtsein einsetzen
– um die alten Bewußtseinsmuster zu erkennen, die unserer
fundamentalen Beziehung im Wege stehen –, hören wir paradoxerweise allmählich auf, diese Muster mit Energie zu versorgen.
In diesem Sinne «hassen wir unseren Vater und unsere Mutter».
Es bedarf keiner Ablehnung des Ersten Wunders, sondern einer
Art von Fasten – wir müssen aufhören, das alte Bewußtsein zu
nähren. Dann fängt für uns das neue Leben an.

Einiges davon läßt sich zwar gezielt durch spirituelle Praktiken in Angriff nehmen, aber der tiefere Prozeß wird eigentlich
aus sich selbst in Gang gesetzt. Die wirkliche Herausforderung
besteht gar nicht so sehr in dem, was wir zu tun versuchen, um
die Wandlung durch unsere eigenen Bemühungen zu fördern,
vielmehr geht es darum, daß wir in der Lage sind zu erkennen,
was mit uns geschieht, damit wir aufhören, dagegen anzukämp-
fen, und auf eine neue Weise zu hören beginnen. Mit dieser
Erkenntnis sind wir allmählich immer weniger Opfer unserer
alten Psychologie, unseres alten Körperbewußtseins. Nun können wir damit anfangen, von unseren Fähigkeiten des Ersten
Wunders Gebrauch zu machen, um Zeugen dieses Vorgangs zu
sein, um das alte Verhalten und die alten Muster aufzugeben und
uns in wachsendem Glauben darzubieten. In diesem Sinne werden wir auf die neue Weise des erwachenden Bewußtseins «unsere Mutter und unseren Vater geliebt» haben.

Das Zweite Wunder ist paradoxerweise eine Erfahrung der
Verwirklichung, die alle Maßstäbe aufhebt, mit denen man sich

selbst oder die Existenz mißt oder kategorisiert, und doch beginnt genau in diesem Augenblick eine ganz neue Ich-Bezogenheit. Diesen Zeitpunkt meinte Jesus, als er sagte: Das «Königreich ... ist einem Senfkorn gleich; kleiner ist es als alle Samen. Wenn es aber auf die Erde fällt, die man bearbeitet, treibt es einen großen Sproß und wird zum Schutz für die Vögel des Himmels.» (20. Logion). Mit anderen Worten: Die Erfahrung der Verwirklichung ist nicht das gleiche wie das Bewußtsein, das verwirklicht wird. Die Erfahrung ist ein winziger Samen, der in den Boden unserer Seinsweise gelangt und etwas völlig Neues anfängt, aber dieses neue Bewußtsein muß in seiner eigenen Zeit wachsen, bis es zum Sitz eines neuen spirituellen Lebens wird. Verwirrung und Gefahr entstehen, wenn wir nicht geduldig sind. Das Ich verlangt danach, zu kategorisieren und das Besondere herauszustellen, zu begreifen, zu nutzen und zu kontrollieren. Wir trauen dem Samen nicht zu, daß er auf seine eigene Weise wächst. Oft versuchen wir schon bevor wir genügend gelebt haben, unsere neuen spirituellen Einsichten dem Leben anzupassen, zu dem sie uns unserer Vorstellung nach hinführen. Historisch gesehen, tendiert die Überbewertung der unpersönlichen Weite des neuen Bewußtseins zur Abwertung des gewöhnlichen Alltagslebens. Das Spirituelle wird dem Weltlichen gegenübergestellt, und ohne daß wir es eigentlich wollen, kann es dazu kommen, daß wir unsere eigene Menschlichkeit vergewaltigen. Was wir mit unserer Öffnung anfangen, wie wir uns entscheiden: ob wir mitten im Alltagsleben das Geheimnis bejahen oder leugnen – all dies bestimmt den gesamten Verlauf, den unser Leben nehmen wird. Vielleicht mehr als jeder andere Mensch, der mir bekannt ist, hat Walt Whitman dieses Dilemma verstanden und sich damit angefreundet: «Ich glaube an dich, meine Seele, mein andres Teil soll sich nicht erniedern vor dir, noch du dich vor ihm.»

Es ist wichtig zu erkennen, daß das Zweite Wunder nicht bloß ein Phänomen von spiritueller oder religiöser Bedeutung ist. Es ist genau der Prozeß, der in allem menschlichen Streben vor sich geht. Jeder echte Durchbruch in der Mathematik und den Naturwissenschaften bedeutet einen Zuwachs an Verständnis über die fundamentale Beziehung zwischen Dingen, die zuvor nicht als miteinander in Beziehung stehend wahrgenommen wurden. Newton definierte mathematisch das intuitive Wissen um das Kausalitätsprinzip und ermöglichte uns damit, die Umlaufbahnen der Planeten zu ermitteln und Mondraketen zu bauen. Einsteins Intuition führte ihn zum Relativitätsprinzip, das die Beziehung zwischen Zeit und Raum, Materie und Energie erschloß. Aber beide konnten ihre Erkenntnisse nur im Rahmen der Grundlage des wissenschaftlichen und mathematischen Wissens entwickeln, das ihnen zu ihrer Zeit zur Verfügung stand. Im Endeffekt war Newtons Erkenntnis notwendig für die Einsteins. Und dies gilt für uns alle. Jede kulturelle Entwicklung, auf sittlicher oder wissenschaftlicher Ebene, ist nur in dem Maße möglich, wie wir unsere Fähigkeit zur Beziehung entwickelt haben.

Sobald das Bewußtsein in Beziehung zur Unendlichkeit gelangt, läßt sich Gott niemals aus irgend etwas destillieren und auf ein Objekt an sich reduzieren. Es gibt keine Erfahrung, die mehr oder weniger real, mehr oder weniger spirituell ist. Diese Erkenntnis der Immanenz ist das wahre Königreich. Und nicht nur unter besonders spirituell aufgeladenen Umständen, sondern in jedem Augenblick, sogar oder besonders in den banalsten Augenblicken. An diesem großen Annehmen und Umfassen des normalen Lebens erkennt man die vollständigere Reife des Zweiten Wunders.

~ ~ ~

In Beziehung zur Unendlichkeit zu stehen, beendet jede Illusion, daß es ein letztes Wissen geben könnte. Jedes Wissen, das wir besitzen, ist nur innerhalb ganz enger, endlicher Kategorien des Handelns genau. Wir können wissen, wo wir den Staubsauger verstauen oder wie man ein Flugzeug baut oder einen Computer programmiert, aber in diesen Beispielen ist ein spezifischer Kontext vorhanden, der die Parameter der Erfahrung definiert. Aber im Leben gibt es meist keine derartigen fixierten Parameter. Welches sind denn die Parameter von so unendlichen Dimensionen wie der Intimität, dem Fühlen, der menschlichen Psyche, selbst von unseren Organismen? In dem Augenblick, da wir uns – wie dies zur Zeit der Fall ist – in einem großen Meer befinden, das nach allen Richtungen zum Unendlichen hin offen ist, betreten wir einen Bereich, in dem endliches Wissen nie ausreicht und letztlich unmöglich ist. Nur die dem Intellekt des Ersten Wunders immanente Abstraktion erzeugt die Illusion von Wissen. Bloß weil das Subjekt-Objekt-Selbst eine Stimmung oder ein Verhalten mit einem Etikett versehen, eine Diagnose machen, eine Ursache zuschreiben oder die Chemie eines Enzyms oder die Molekularstruktur eines Gens ermitteln kann, ist damit nicht gesagt, daß es das tiefere Wesen wirklich kennt. Noch einmal Walt Whitman: «Ehre, ihr Herren, euch vor allen und allezeit! Eure Tatsachen sind von Nutzen, doch Wohnung sind sie mir nicht. Durch sie trete ich erst in einen Vorraum zu meiner Wohnung ein.»

In Beziehung zur Unendlichkeit zu stehen, heißt in einem Zustand der heiligen Unwissenheit zu leben. Es bedeutet, im Glauben als einem Freund der Existenz zu leben. Es bedeutet, in heiliger Aufmerksamkeit anwesend zu sein und manchmal voller Angst, manchmal voller Unbefangenheit genau am Rand des sich ewig entfaltenden Spiels des Lebens zu tanzen. Wir können bewußt sein, ohne zu wissen. Dies ist das Reich der Intuition, wo Fühlen, Empfinden und Denken ein einheitliches Kontinuum bilden, das nicht auf die Grenzen unseres individuellen Körpers beschränkt ist, nicht unbedingt auf die Zeit beschränkt ist, wie wir sie normalerweise kennen. Allerdings ist es unmöglich, vom Wissen im absoluten oder unendlichen Sinn zu sprechen. Doch dieses Unwissen ist kein Versagen, sondern ein Zustand der wahren Intelligenz. Weil das Bewußtsein nicht mehr auf der Getrenntheit beruht, bleibt es zutiefst in Beziehung stehend. In diesem Sinne wird die Aufmerksamkeit an sich der Akt der Verehrung.

~ ~ ~

Das Größte, was wir einander schenken können,
ist die Qualität unserer Aufmerksamkeit.

Auf der Ebene unseres Ich des Ersten Wunders raubt unsere Aufmerksamkeit jedem wahrgenommenen Objekt seine angeborene Subjektivität oder Seele. Unsere Aufmerksamkeit des Zweiten Wunders stellt das Gefühl für die Seele wieder her, dieses eingeborene Wesen in allen Dingen, das zur Kontinuität der Existenz gehört. Einen Menschen durch die Aufmerksamkeit des Ersten Wunders wahrzunehmen, heißt, ihn kleiner zu machen, als er ist. Ihn durch die reife Aufmerksamkeit des Zweiten Wunders wahrzunehmen, heißt, ihn als unbeschränkte, lebendige Potentialität wiederherzustellen. Dies ist von tiefer Bedeutung in jeder menschlichen Beziehung: Die Aufmerksamkeit des Zweiten Wunders stellt – ohne daß dies je in ihrer Absicht liegt – die Ganzheit und Verbundenheit wieder her.

Das Versprechen des Zweiten Wunders ist nicht das Versprechen der Erlösung oder der Gewißheit hinsichtlich der Zukunft, die unser Ich des Ersten Wunders durch unablässige Bemühungen zu definieren und zu steuern versucht. Für unser Bewußtsein des Ersten Wunders ist das Leiden etwas Endliches mit endlichen Ursachen, und wir stellen uns vor, die Erlösung sei möglich durch Religion oder Meditation, durch die Wissenschaft oder die Medizin oder durch positives Denken – welches Allheilmittel auch immer das Elend und die Angst unseres ewig zerbrechlichen Ich des Ersten Wunders anspricht. Diese Dinge können zwar durchaus unser Leiden vorübergehend lindern – aber sie können uns nicht retten. Es gibt eine tiefere Dimension des Leidens, und die ist akausal, das heißt, sie gehört unabdingbar zu unserer sich entwickelnden Inkarnation. Dieses tief verwurzelte Leiden kann unser Ich nicht heilen.

Die Kausalität hört in dem Augenblick auf, in dem wir in Beziehung zur Unendlichkeit gelangen – da gibt es kein Opfer und keinen Täter mehr. Unabhängig davon, ob wir dies erkennen können oder nicht, ist jeder Augenblick eine neue Geburt, und was da geboren wird, ist nicht bloß das Produkt der Vergangenheit, nicht bloß die Wirkung irgendeiner früheren Ursache, sondern vielmehr Teil eines endlosen Kosmos der Offenbarung.

Das Universum und die Menschen sind die sich gerade ereignende Offenbarung. In einem bestimmten Sinne kann es Kausalität geben – ein defektes Gen kann eine Krebsbildung auslösen, ein feindliches Heer kann unser Haus zerstören und unsere Familie töten –, aber aus der Perspektive des Unendlichen selbst gibt es keine definitive kausale Erklärung für unser Leiden oder für unsere Freude. Gewiß leiden wir, aber wir sind nicht bloß Opfer. Wir werden im Leiden verwandelt. Nichts ist erstarrt – alles entfaltet, entwickelt sich. Man kann nie zu dem Ereignis oder dem Zustand zurückkehren, in dem unsere Umstände verursacht wurden, weil wir inzwischen von diesem Ereignis irreversibel verwandelt worden sind. Es gibt kein Zurück, nie wieder. In diesem Sinn kann die Vergangenheit nie die Gegenwart erklären, nie fangen oder einkerkern. Die Gegenwart beinhaltet unendliche Möglichkeiten, empfängnisbereit wie im Augenblick des Urknalls oder der Geburt des Lebens aus den vorzeitlichen Meeren vor Jahrmillionen. Die Gegenwart ist stets bereit, uns mit einer Entwicklung und einer Möglichkeit zu überraschen, die wir uns nie wirklich vorstellen und nie ganz in den Griff bekommen können. Und genau dies ist es, was wir so fürchten – aber auch eine frohe Botschaft.

In Beziehung zur Unendlichkeit zu gelangen, heißt nicht, daß unsere Identität in irgendeiner endlichen Vorstellung von uns selbst angesiedelt ist. Wir sind Bewegung und Fließen. Unsere berufliche Karriere, unsere Gesundheit, unsere Familie und unsere Besitztümer mögen zwar vorübergehend einen Hafen für unser Selbstgefühl darstellen, aber letztlich sind wir immer weitaus mehr. Whitman hat dies sehr schön gesagt:

Menschen, die mir begegnen, der Einfluß meiner Kindheit,
    des Viertels oder der Stadt, in der ich wohne, oder meiner
    Nation,
Tagesereignisse, Entdeckungen, Erfindungen, Gesellschaften,
    tote und lebende Autoren,
Mein Essen, meine Kleidung, meine Gefährten, mein Aus-
    sehen, meine Arbeit, Komplimente oder Verpflichtungen,
Die wirkliche oder vermeintliche Gleichgültigkeit eines
    Mannes oder einer Frau, die ich liebe,

Meine Krankheit oder die von Familienangehörigen, Misse-
taten, Verlust von etwas Geliebtem oder Mangel an Geld,
Niedergeschlagenheit oder Überschwang…
Dies alles stößt mir zu bei Tag und Nacht und wendet sich
wieder von mir,
Aber dies alles ist nicht mein Ich.
Was ich bin, steht abseits von dem Ziehen und Zerren,
Steht belustigt, beschaulich, teilnahmsvoll, müßig, einig mit
sich selbst…

Wahre Freude kann es erst geben, wenn wir selber verstanden
haben, warum wir da sind, und wenn wir uns entschieden haben, diesem Verstehen zu gehorchen. Für mich – und ich vermute, Walt Whitman hätte mir da recht gegeben – sind wir nicht
nur «jener Aspekt der Natur, der seiner selbst bewußt wird». Wir
sind jener Aspekt der Natur, der das Geheimnis der Existenz zu
verehren lernt. Wir sind jener Aspekt der Natur, der sich selbst zu
lieben lernt. Wahrhaft ein Zweites Wunder!

Teil II

Die Arbeit

Und daher nahm ich, vielleicht zum erstenmal in meinem Leben, die
Lampe, und indem ich den Bereich der alltäglichen Beschäftigungen
und Verhältnisse verließ, wo alles so klar zu sein scheint, begab ich
mich hinab in mein innerstes Selbst, in den tiefsten Abgrund, von dem
aus, wie ich vage fühle, die Kraft meines Handelns ausstrahlt. Aber als
ich mich von den konventionellen Gewißheiten, durch die das
Gesellschaftsleben oberflächlich erleuchtet wird, immer weiter entfernte,
wurde mir bewußt, daß ich den Kontakt zu mir selbst verlor. Bei jeder
Stufe des Abstiegs wurde eine neue Person in mir enthüllt, deren
Namen ich mir nicht mehr sicher war und die mir nicht mehr gehorchte.
Und als ich meine Erkundung abbrechen mußte, da der Weg unter
meinen Schritten verschwand, entdeckte ich einen bodenlosen Abgrund
zu meinen Füßen, aus dem − ich weiß nicht woher − der Strom
aufsteigt, den ich MEIN Leben zu nennen wage.

Teilhard de Chardin

6
Die obersten Gebote

Meister,
welches ist das höchste Gebot im Gesetz?
Jesus aber antwortete ihm:
«Du sollst den Herrn, deinen Gott, lieben
von ganzem Herzen, von ganzer Seele und von ganzem Gemüt.»
Dies ist das höchste und größte Gebot.
Das andere aber ist dem gleich:
«Du sollst deinen Nächsten lieben wie dich selbst.»
An diesen beiden Geboten
hängt das ganze Gesetz und die Propheten.

Matthäus 22,36–40

Der Weg ist nie so eindeutig wie der Kommentar dazu. Dieses Erwachen zu leben, ist planloser und vieldeutiger: flüchtige Blicke erhaschen; ein sehnsuchtsvolles Gefühl; ein neugieriges Interesse am spirituellen Leben, wenn die alten Strukturen unseres Lebens sich verändern oder zusammenbrechen. Dann bilden sich neue Assoziationen, gefolgt von einem Verlust des Interesses an den alten Leidenschaften. Dann laden uns faszinierende neue Assoziationen ein, unser Leben zu überdenken, neu zu bewerten; das Interesse an den alten Leidenschaften geht verloren. Und warum können wir unsere alte Begeisterung nicht mobilisieren? Nun wird eine Erholung von allem Tun und Treiben unabdingbar. Anscheinend brauchen wir immer mehr Zeit.

Was uns durch irgendein anderes Erkenntnismedium als das gewöhnliche Denken erreicht, kommt auf seine eigene Weise. Nur selten ist ein Buddha, ein Jesus oder ein Whitman da, wenn es plötzlich eine größere Diskontinuität gibt, eine großartige

Verwirklichung des Zweiten Wunders, die mehr oder weniger in sich abgeschlossen ist. Häufiger vollzieht sich diese Rückkehr so langsam wie der Anbruch der Dämmerung: unmerkliche Diskontinuitäten, ein kleiner Vorgeschmack des Staunens, des Empfindens, daß wir dazugehören, daß wir verbunden sind. Das Buch, das unerwartet vom Regel fällt, erfüllt unser tiefes Bedürfnis. Der Tod, den wir vorausahnten, würde uns eigentlich am Boden zerstören, aber irgend etwas tröstet uns unerklärlicherweise. Irgend etwas, das wir nicht zu benennen wissen, öffnet unser Herz einem unbekannten Frieden. Die Offenbarung des Augenblicks, in dem wir völlig im Skifahren, Klettern, Tanzen, Musizieren, Lieben aufgehen – die ungehinderte Intelligenz des Körpers übernimmt die Führung, und für kurze Zeit sind wir mehr, als wir uns dies je von uns vorstellen konnten. Paradoxerweise erkennen wir, daß es genau das ist, was oder wer wir sind. Und der Ruf wird stärker.

Die Bedeutung solcher Augenblicke ist weitaus mehr in der Erfahrung enthalten, als gesagt werden kann. Aber sie entwickelt sich stärker, bewußter in uns, wenn wir in der gleichen Nacktheit des Seins Worte sich selbst gebären lassen. Worte kommen, von denen wir nicht wußten, daß wir sie kannten, Worte, die zu etwas in Beziehung stehen, das wir nur mit aller Vorsicht benennen, voller Respekt, denn wie leicht kann doch die Fülle im Aussprechen gefährdet werden. Aber es sind Worte, die wir nicht leugnen können, Worte, die unser Herz und unseren Verstand unterweisen, Worte, die unsere eigene Verwandlung bezeugen. Wir haben, wie Walt Whitman es formuliert hat, «das Land der knospenden Bibeln», betreten. Nun werden wir von der tieferen Intelligenz darin unterwiesen, unsere eigenen Wahrheiten zu entdecken.

Eine Verwandlung, die sich in zeitlosen Augenblicken andeutet, wenn das schwierige, «mühsame» Skifahren mühelos wird, wenn mein Wille dein Wille wird, wenn scheinbar unerträgliches Leiden Frieden wird und wir uns «einen Wimpernschlag lang» eins fühlen. Es gibt im Laufe eines Lebens Hunderte, vielleicht Tausende dieser Augenblicke einer plötzlichen Diskontinuität in der Entwicklung von einem kleinen Ich zu einem größeren Ich, die zusammengenommen vielleicht nur

Stunden oder Tage in der endlosen, selbstreflektierenden Mühe und Plage ausmachen. Doch für sich genommen, und besonders wenn sich uns dabei andere anschließen, sind sie der Schlüssel zu Regeneration, Vitalität und Gesundheit. Atemzüge zwischen Welten, zwischen Dimensionen. Diese Augenblicke sind Tore zur Unendlichkeit oder Tore zur Unendlichkeit des Seins.

Haben Sie gewußt, daß es unendlich viele Unendlichkeiten gibt? In der Mathematik beispielsweise gibt es die Unendlichkeit rationaler Zahlen, die Unendlichkeit irrationaler Zahlen, die Unendlichkeit transzendenter Zahlen und so weiter und so fort. Aber in einem nur Eingeweihten verständlichen Zweig der Mathematik, der sogenannten Zahlentheorie, sind einige Unendlichkeiten größer als andere! So heißt es da etwa, die Unendlichkeit transzendenter Zahlen wie π sei größer als die Unendlichkeit rationaler Zahlen wie eins, zwei, drei. (Eine transzendente Zahl in der Mathematik ist eine Gleichung oder Menge, die sich nicht durch irgendeine endliche Anzahl von Termen mathematisch ausdrücken läßt. Die moderne Bezeichnung für solche Zahlen heißt «irrational», aber mir ist der alte Ausdruck lieber.)

Eine Unendlichkeit, die größer ist als eine andere Unendlichkeit – getrennte Unendlichkeiten? Wie kann das sein? Es liegt im Wesen der Unendlichkeit, daß es schwierig ist, über sie nachzudenken. Sie ist grenzenlos, nicht etwas ganz, ganz Kleines oder ganz, ganz Großes – wie der Begriff üblicherweise falsch verwendet wird. Die Unendlichkeit hat keine Umrisse, ist kein Ding, kein Ort. Von der Unendlichkeit zu sprechen, heißt, eine Diskontinuität einzuräumen zwischen dem, was sich quantifizieren läßt, und etwas, was jedes Maß oder Begriffsvermögen übersteigt. Wir können das Tun quantifizieren. Wir können Ziele setzen, Ergebnisse messen und uns für eine Leistung belohnen. Aber wie quantifizieren wir beispielsweise das Sein? Heißt das, daß es unterschiedliche Unendlichkeiten des Seins gibt? Jesus sprach zu seinen Jüngern: «Wenn man euch fragt: ‹Was ist das Zeichen eures Vaters an euch?›, so antwortet ihnen: ‹Es ist Bewegung und Ruhe.›» (50. Logion) Eine wunderschöne Umschreibung unserer tieferen Seinsweise, andeutend, aber nicht begrenzend.

Es ist zwar irreführend, etwas über die Unendlichkeit sagen zu wollen, doch die Vorstellung, daß einige Unendlichkeiten größer sind als andere, hilft uns beim Vergleich zwischen dem Bewußtsein des Ersten und dem des Zweiten Wunders. Nehmen Sie zum Beispiel die Unendlichkeit rationaler Zahlen. Aus dieser Unendlichkeit stammen die Bausteine für die einfachste Mathematik und das Universum simpler Abstraktionen, das sich uns durch Berechnungen offenbart, wie wir sie jeden Tag anstellen: wenn wir eine Rechnung bezahlen, unser Geld zählen, einen Scheck ausfüllen, Entfernungen messen oder ein Baby wiegen. Im Gegensatz dazu verbirgt sich die Unendlichkeit transzendenter Zahlen im fließenden Fluß, in jeder Kurve in der Natur, in der Elastizität eines Weidenzweigs, in den Feinheiten der Quantenfeldtheorie. Die Entdeckung der transzendenten Zahlen gebar die höhere Geometrie, die ursprünglich nur in den Mysterienschulen des antiken Griechenland gelehrt wurde. Daß diese Geheimlehren inzwischen zum Standardlehrplan in praktisch jeder Schule auf der Welt gehören, zeigt, wie weit das Bewußtsein im Kollektiv der Menschheit verbreitet ist. Die Unendlichkeit transzendenter Zahlen erlaubt uns, eine abstrakte Beziehung zur Existenz in einer größeren Annäherung an ihre gewaltige Komplexität und Fülle herzustellen, während die Unendlichkeit rationaler Zahlen uns erlaubt, effektiv zu interagieren, wenn auch nur auf sehr grobe und oberflächliche Weise. Doch gerade auf dieser oberflächlichen Ebene bewegen wir uns praktisch jeden Tag, während wir nur selten in unserem Leben eine transzendente Zahl verwenden. Damit verhält es sich genau wie bei unserer gewöhnlichen Erfahrung des Bewußtseins des Ersten und des Zweiten Wunders: Insgesamt spielt sich unser bewußtes Wahrnehmen zu über 99 Prozent innerhalb der Vielfalt des Ersten Wunders ab, doch so selten die Augenblicke des Bewußtseins des Zweiten Wunders auch sind – sie sind weitaus repräsentativer für unser wahres Wesen und das Universum, in dem wir existieren.

Die Unendlichkeit ist ein Problem – sie stoppt den rationalen Verstand, sie fordert zu einem Sprung auf, einer Diskontinuität über das intellektuelle Denken hinaus. Wir können das Unendliche nicht kennen, nur das, wohin es uns führt: in einen anderen

Modus des Bewußtseins, etwas Poetisches, Fließendes, das nie konkret oder endlich ist. Ich behandle daher die Unendlichkeit zuweilen als etwas, das für Gott steht.

~ ~ ~

Du sollst den Herrn, deine Unendlichkeit, lieben von ganzem Herzen, von ganzer Seele und von ganzem Gemüt…

Wie lieben wir etwas, was wir denkend nicht begreifen können? Wie richten wir unsere tiefste Zuneigung und die Fülle unserer Intelligenz auf etwas, was sich nicht im Bereich des Quantifizierbaren, Endlichen befindet? Wie öffnen wir unsere Seele, den tiefsten Ort des Seins, für etwas, was uns nie widerspiegeln wird? Es ist, als ob man in den Spiegel blickt und alles und nichts sieht – für immer. Was soll uns hier gezeigt werden? Es ist radikal tiefreichend, wenn wir seine Alchemie in uns gewähren lassen.

Genauso wie es unterschiedlich große Unendlichkeiten gibt, gibt es unterschiedliche Tiefen des Seins. Ein anschauliches Beispiel: Sie fahren ganz in Gedanken zur Skipiste, sind sich gar nicht bewußt, daß Sie einen Körper haben. Und dennoch könnte Ihr Denken die ganze Zeit Gefühle unterdrücken oder erregen. Auf jeden Fall operiert das Denken autonom, und Ihr Selbstgefühl ist getrennt und fragmentiert, obwohl Sie sich dessen nicht bewußt sind. Und Ihr Energieniveau ist relativ niedrig. Sollte Sie plötzlich jemand nach Gott fragen, wären Sie vielleicht verwirrt. Vermutlich würden Sie darauf mit den Vorstellungen reagieren, die man Ihnen in der Kirche eingeimpft hat. Was auch immer Sie sagen würden – Gott wäre nicht unmittelbar. Ganz sicher wäre Gott nicht Sie!

Stellen Sie sich nun vor, wie Sie einen anspruchsvollen Hang hinunterfahren wollen, der aber für Ihr Können nicht zu schwer ist. Ganz plötzlich – es läßt sich nicht erklären, es ist eine Diskontinuität, es geschieht einfach – finden Sie diesen tiefen, auf den Körper konzentrierten Rhythmus. Die Muskeln, die Reflexe, der Atem, die Aufmerksamkeit – alles arbeitet reibungslos zusammen. Das Denken geht schlagartig ins Fühlen über. Das

Tun in das Sein. Da ist Wachheit, Lebendigkeit, Fließen – «Bewegung und Ruhe». Ihre Wahrnehmung als Skiläufer auf dem Hang ist der Empfindung eines Kontinuums mit dem Hang gewichen. Ihr Körper erweitert sich durch die Skier in die Sprünge, in die Buckel der Piste, in den Schnee, ins Eis. Und diese wiederum stehen in einer Wechselbeziehung mit Ihnen: Sie sind die Sprünge, Sie sind die Buckel. Dies ist ein Zustand von hoher Energie. Sie können Ihre eigene Stimme hören, als ob sie von irgendwo anders herkäme, wie sie vor Freude schreit. Sie sind die Freude. Es ist möglich, auch wenn es nicht als Denkvorgang abliefe, daß Sie erkennen: Ich bin Gott nahe! Ja, für viele von uns sind dies die einzigen Augenblicke, in denen wir uns Gott jemals nahe fühlen. Aber in einem derartigen dynamischen Seinszustand ist Gott nicht ein Substantiv, nicht irgendein «Ding». Wir wollen daher Gott einmal als Verbum ansehen, nur um unser übliches Denken über Gott zu verändern. Wenn wir uns in einem derartigen Zustand des Fließens befinden, eins in uns selbst sind, dann «vergöttern» wir in einem gewissen Sinne oder werden «vergöttert». Wir lassen irgend etwas durch uns leben, was mehr ist als unser getrenntes Selbst.

Doch wenn nun in diesem Augenblick Ihre Wahrnehmung abgelenkt wird – plötzlich ist das selbstreflektierende Ich da und objektiviert die Erfahrung. Dann denken Sie vielleicht: «Toll, ich schaff's wirklich!» In diesem Augenblick werden Sie wahrscheinlich hinfallen. Dies ist ein Mikrokosmos des Sündenfalls, des Verlusts der Gnade, der Vertreibung aus dem Paradies. Genauso geheimnisvoll und auf seine eigene Weise genauso wunderbar, wie es der Eintritt in den göttlichen Zustand war, ist es vorbei – weg. Sie sind wieder in den Ich-Zustand des Ersten Wunders zurückgefallen – ins Ich-Sein –, erneut fragmentiert in ein denkendes Selbst, getrennt vom Fühlen und vom Körper und vom Schnee und von den Buckeln. Sie sind zwar noch erregt durch den Rest der Lebendigkeit aus dem höheren Energiezustand. Aber der ist inzwischen Vergangenheit. Sie landen auf der Erde.

Zustände des Einsseins und des Fließens, wenn Körper und Geist vereint sind und eine tiefe Verbundenheit mit der äußeren Wirklichkeit herrscht, sind im Grunde eine Kategorie der religiösen Erfahrung, eine Begegnung mit der Unendlichkeit des Seins. Das Skifahrer-Sein ist eine Metapher für eine spezifische Unendlichkeit, die in einem ganz besonderen Kontext zugänglich ist, in diesem bestimmten Augenblick, mit dieser Wandlung. Es ist ein Schritt aus dem gewöhnlichen Bewußtsein des Ersten Wunders hinaus in einen höheren Energiezustand. Aber in dieser Unendlichkeit kann ein Großteil unserer Persönlichkeit und unserer inneren Psychologie außer acht gelassen werden. Wir können meisterhafte Skifahrer, Surfer oder Leichtathleten sein und im Kontext unseres Könnens regelmäßig über unser gewöhnliches Selbst hinausgehen und doch in vielen anderen Kontexten nicht wissen, wie wir uns selbst nahekommen können. Wir können in den meisten anderen Bereichen unseres Lebens ganz und gar unfähig sein zur wahren Offenheit und Intimität mit anderen, unzugänglich für das Göttliche. Diese Art von Unendlichkeit, so wunderbar sie auch ist, ist eine kleinere Unendlichkeit – wir sind (im Rahmen der Vorstellung von Gott als Verbum) von einem kleineren Gott vergöttlicht. Dieses Vergöttlichen ist erst der Anfang, ein Schritt hin auf unsere Möglichkeit des Zweiten Wunders. Das Ich macht sich die Erfahrung allzu leicht zu eigen – diese Art von Lebendigkeit kann zur Sucht werden, eine Form der Flucht in einen Zustand der hohen Energie, in die die Menschen getrieben werden, statt der Anfang echter Befreiung von dem ganzen begrenzten Aspekt des Ich-Seins zu sein. Wir verlieren uns im Wunder des Fließens, nur um diesen Raum zur Basis für eine neue Identität zu machen, zu einem neuen Ort, um «unser Haupt hinzulegen».

Mich haben diese Zustände des Fließens beim Klettern, Skifahren, Surfen, Lieben und bei anderen Gelegenheiten zutiefst fasziniert. Anfangs habe ich dies alles um seiner selbst willen betrieben, weil ich mich dabei so wohl gefühlt habe. Allmählich begann ich mir darüber klarzuwerden, daß diese Beschäftigungen deshalb soviel Energie spendeten, weil mein kleines Selbst für kurze Zeit in der Fülle dieser Tätigkeit aufging und ich mich weit und frei fühlte. Für kurze Zeit war mein Denken nicht abgespalten, sondern bloßer Zeuge der Fülle des Erlebens. Nach und nach stellte ich das Potential dieses Prozesses in all meinen Tätigkeiten fest, und dies wurde die Basis für eine fundamentale

Verlagerung des Gewahrseins. Mit der Metapher vom Zweiten Wunder sprechen wir nicht von einem Endzustand, einer höchsten Erleuchtung, sondern vielmehr von einem Kontinuum der Verlagerung vom Endlichen zum Unendlichen, vom Getrennten zum Verbundenen, auf dem sich der Schwerpunkt des Bewußtseins näher zum Pol des Unendlichen, näher zu Gott hin bewegt. Wenn wir uns dem Bewußtsein des Zweiten Wunders nähern, weisen immer mehr von unseren Tätigkeiten ein natürliches Fließen auf. Verschiebt sich dieser Schwerpunkt näher zum endlichen Ich hin, verlieren wir das Fließen und leben mechanischer, von uns selbst getrennt und allem anderen.

Das Skifahrer-Sein ist eine Metapher für Zustände des Fließens, die wir alle auf die eine oder andere Art und Weise erkennen. Aber wir können auch auf andere Weise vergöttlichen. Wir können von Liebe, Zorn, Haß, Freude – von jedem Zustand vergöttlicht werden, in dem wir unser isoliertes Ich-Bewußtsein verlieren und ganz in der Unendlichkeit dieses Zustands aufgehen. Wenn wir von der Liebe vergöttlicht werden, ist die Welt ganz und wunderbar, wir bewegen uns langsam, und jeder Augenblick kommt uns wie ein Wunder vor. Wenn wir von der Angst vergöttlicht werden, wird unser Herz von Dunkelheit erfüllt, die Welt zieht sich um uns herum zusammen, und wir werden praktisch blind für alles, was gut und ganz ist. Sie halten das für verrückt? Welche Bedeutung hat Gott, wenn er uns genauso mit allem, was uns Angst macht und wofür wir uns schämen, verbinden kann wie mit dem, was wir lieben und was uns heilig ist? Whitman hat dies so formuliert: «Und das Ungesehene wird bewiesen durch das Gesehene, bis dies zum Ungesehenen wird und seinerseits den Beweis empfängt.» Wir vergöttlichen immer, aber um zu erkennen, welche Unendlichkeit Gottes wir leben (oder welche uns lebt), müssen wir uns anschauen und in uns hineinschauen; wir müssen uns anschauen, was wir leben, und vor allem müssen wir in den Spiegel dessen schauen, wie wir miteinander umgehen. Wenn wir die kleinere Unendlichkeit zu erkennen beginnen, die sich hinter unserem Leben verbirgt, sind wir bewußter geworden, und unsere ganze Art zu sein ändert sich, wird offener. Wir haben erkannt, wie «das Ungesehene bewiesen wird durch das Gesehene». Und nun beginnen wir automatisch intuitiv eine tiefere Ebene der Unendlichkeit zu erfassen, die durch unsere neue Offenheit «bewiesen» wird, «bis dies ungesehen wird und seinerseits den Beweis empfängt».

Ich habe mich der Metapher des Skifahrer-Seins bedient, um darauf hinzuweisen, daß es unendlich viele Ebenen des Lebendigseins gibt, wobei einige weitaus energiereicher und weitaus mehr mit einer größeren Wirklichkeit verbunden sind als andere. Die Metapher des Vergöttlichens und des Ich-Seins soll uns wieder zum Jetzt zurückbringen, uns zu der Erkenntnis verhelfen, daß unser Ich kein Ding ist, sondern ein Prozeß der Aufmerksamkeit. Gleichermaßen ist Gott oder die Unendlichkeit kein Ding, sondern eine grundlegend andere Dynamik der Aufmerksamkeit. Eine entscheidende Frage lautet sodann: Wie läßt sich diese grundlegende Verlagerung der Aufmerksamkeit erreichen? Können wir lernen, in die Fülle des Zweiten Wunders einzutreten und die Unendlichkeit auf andere Weise zu verwirklichen als durch die Intensität des Skifahrens, des Leidens oder der Krise? Könnten wir die Unendlichkeit einfacher Augenblicke verwirklichen, das gewöhnliche Leben uns so sinnlich, so total überwältigen lassen, wie es ein kleines Kind überwältigt? Können wir mit dem Vergöttlichen beginnen, hier, jetzt, ohne daß die Intensität und die Krise die Diskontinuität beschleunigen? JA, ganz eindeutig. Es ist nur eine Frage der Aufmerksamkeit.

~ ~ ~

Du sollst den Herrn, deinen Gott, lieben ...

Hier also der Schlüssel des Ersten Gebots: Worauf richtet sich unsere Aufmerksamkeit? Das selbstreflektierende Ich-Sein ist nicht auf den Akt des Skifahrens gerichtet oder auf das Selbst, das Ski fährt. Der ganze Organismus ist beteiligt, jede Zelle, das ganze erkennende, fühlende, empfindende Selbst. Worauf bloß ist unsere Aufmerksamkeit gerichtet? Daran will uns das Erste Gebot erinnern. Es ist die wesentliche Weisung, die unser Bewußtsein des Ersten Wunders sich auf seine tieferen Wurzeln zurückbesinnen heißt. Sie lautet: Zuerst und vor allem richte deine Aufmerksamkeit leidenschaftlich, mit dem tiefsten Gefühl, mit all deinem Genie und deiner Intelligenz auf das, was über jeden Begriff, jede Vorstellung, jedes Gefühl, jede Empfindung hinausgeht, selbst über die sublimste Erfahrung von Energie oder Präsenz, etwas, das keinerlei Eigenschaft besitzt. In diesem Augenblick wird das Bewußtsein relativiert, wird jede intellektuelle Tätigkeit kurzgeschlossen, das Bewußtsein vom Subjekt-Objekt-Ich-Sein frei für einen Zustand des ungehinderten – ich bin versucht zu schreiben «Seins», aber vielleicht gibt es für diesen Zustand kein Wort.

Es gibt einen faszinierenden Film mit dem Titel *War Games*, in dem ein Supercomputer von einem jungen Computerfreak aufgefordert wird, das Spiel Globaler Atomkrieg zu spielen. Unglücklicherweise ist der Freak in den militärischen Computer des Verteidigungsministeriums eingedrungen, und dieser Computer erkennt nicht, daß es sich nur um ein Spiel handelt – er beginnt eine echte Angriffssequenz für einen globalen Atomkrieg einzuleiten. Es gibt nur eine Möglichkeit, den Computer daran zu hindern, diesen Alptraum in die Realität umzusetzen: Man muß ihm beibringen, daß ein globaler Atomkrieg sinnlos ist, weil es keinen Sieger geben kann. Aber wie kann man einem Computer die Vorstellung einer Pattsituation vermitteln? Der Freak kommt auf die geniale Idee, mit dem Computer in einem Parallelprogramm Tic-Tac-Toe zu spielen. Als er jeden Zug millionenfach durchspielt, kommt der Computer dahinter, daß niemand gewinnen kann, wenn beide Parteien das Spiel beherrschen – es endet immer unentschieden. Dann vollzieht der Computer den Verständnissprung, daß auch ein globaler Atomkrieg ein Spiel ohne Gewinner ist, und bläst die Angriffssequenz ab.

~ ~ ~

Du sollst den Herrn, deinen Gott, lieben:
Tic-Tac-Toe für das denkende Selbst?

Während wir immer mehr Bewußtsein entwickeln, werden wir uns über die Grenzen im klaren, die dem Bewußtsein des Ersten Wunders innewohnen. Wir gehen über unser gewöhnliches Bewußtsein hinaus und blicken hinein in die Unmittelbarkeit jedes Augenblicks. Daher ist das Gebot «den Herrn, deinen Gott, zu lieben von ganzem Herzen, von ganzer Seele und von ganzem Gemüt» so wichtig und so paradox. Es ist lehrreich, die Autorität des Subjekt-Objekt-Bewußtseins in Frage zu stellen, indem man genau dieses Bewußtsein in einer Tätigkeit benutzt, die es zwar kurzschließt, doch eigentlich unser Bewußtseinsvermögen nicht mindert. Diese Aktivität besteht darin, daß wir mit Leidenschaft, Entschlossenheit und Intelligenz über etwas meditieren, das unser Bewußtsein nicht auf irgendein endliches Objekt reduzieren kann, etwas, das es nicht denken kann!

~ ~ ~

Du sollst den Herrn, deinen Gott, lieben ...

Dieses Erste Gebot ist nicht als Einführung in eine monotheistische Religion gedacht – es ist eine profunde Leitlinie für die Entwicklung einer radikalen Intuition, für den Teil von uns, der für immer auf das Ungesehene, ja, Unsehbare ausgerichtet ist. Die gewöhnliche Aufmerksamkeit betrachtet unseren inneren Zustand und verpaßt ihm augenblicklich ein Etikett, auf die gleiche Weise, wie es das Objekt namens Baum oder unseren Nächsten betrachtet und dort innehält. Und je nach unserer Erinnerung und Prägung handeln wir gegenüber diesem etikettierten Objekt, reagieren darauf, ignorieren es. Aber wenn es sich um die radikale Intuition handelt, dann betrachten wir uns selbst, den Baum oder unseren Nächsten und sehen all das, während wir gleichzeitig etwas anderes intuitiv erfahren. In Gegenwart der radikalen Intuition beginnt die innere Wunde der Subjekt-Objekt-Trennung zu heilen. Das Gefühl der Distanz, des Andersseins von uns selbst, von den Bäumen oder von unserem «Nächsten» schlägt mehr oder weniger um in eine Dimension der Verbindung, genauso wie beim Skifahrer-Sein. Wo die radikale Intuition ist, werden wir immer mehr durch das gewöhnliche Leben vergöttlicht. Die Aufmerksamkeit wird zutiefst relational. Die Erfahrung des Selbst wird grenzenlos – die Getrenntheit und ihre Stiefkinder Mißtrauen und Angst lösen sich auf. Wenn wir in Beziehung zur Unendlichkeit stehen, beginnen wir wahrzunehmen, daß das andere auch man selbst ist.

~ ~ ~

Du sollst deinen Nächsten lieben wie dich selbst...

Die gleiche Vereinigung, die auf der Skipiste zwischen Skifahrer und Hang zustandekommen kann, ereignet sich nun im wichtigsten Bereich überhaupt: im Miteinander. Die radikale Intuition der Beziehung macht aus der gewöhnlichen Berührung ein Segnen. Zuwendung wird ein Sakrament. Wenn wir in der Beziehung vergöttlicht werden, wird die Sinnlichkeit äußerst verstärkt, und unser Körper reicht weit über unsere Haut hinaus. Wir beginnen die Energie weit über die Hautgrenze hinaus zu erfahren. Wir schmecken eine lebendige Präsenz. Die Intimität wird weitaus mehr als Sexualität. Sie ist ein atmendes Miteinandersein, und die Beziehung wird ein völlig spontanes Fließen der Verbundenheit und der Entdeckung. Das macht den Jazz so wunderbar: Er verlangt eine außerordentliche Intimität. Nur in diesem tiefen Aufgehen im Akt der gemeinsamen Schöpfung wird aus der Getrenntheit jedes Musikers ein dynamisch-intimes Fließen der Musik, das weitaus lebendiger und komplexer ist als alles, was jeder Musiker allein erreichen könnte.

Dabei wird es zwar immer die Unendlichkeit des Ersten Wunders geben, in der der Nächste getrennt ist und wir (oder sie) freundlich oder selbstsüchtig miteinander umgehen können. Aber da gibt es auch noch die größere Unendlichkeit des Zweiten Wunders, in der wir wahrnehmen, daß unser Nächster eigentlich ein anderer Ausdruck von uns selbst ist. Genauso wie die Unendlichkeit der transzendenten Zahlen die Unendlichkeit der rationalen Zahlen enthält, so enthält auch die Unendlichkeit des wechselseitig durchdringenden Einsseins die Unendlichkeit des Getrenntseins. Wir mögen zwar unseren Nächsten nur in kurzen Augenblicken unseres Lebens wie uns selbst lieben, aber dieser Zustand steht unserer wahren Beziehung näher als den Tausenden von Stunden, die in der Illusion des Getrenntseins verbracht werden. In meinem Leben ist die engagierte, intime Beziehung eine der größeren Unendlichkeiten – sie enthält so viel von mir, vom Höchsten bis zum Niedrigsten. Darum kann diese Ebene der Beziehung ein so tiefreichender spiritueller Weg sein.

Je nachdem, wo wir in dem Kontinuum zwischen dem Sein des getrennten Ich und dem Unendlich-Sein stehen, werden die Gebote «Den Herrn, deinen Gott, zu lieben... und deinen Nächsten zu lieben» entweder Beschränkungen oder einfache Bestätigungen dessen, was in einer tieferen Schicht in uns bereits der Fall ist. Im ersteren Falle fühlen wir uns genötigt und eingegrenzt. Oft begehren wir auf und weigern uns, einen tieferen Blick auf den Sinn des Gebotes zu werfen. Im letzteren Falle gibt es kein Gefühl der Nötigung – wir können einfach nicht anders, als Gott und einander zu lieben. Dies führt zum fundamentalen Paradox jeder mystischen Unterweisung: Was in der größeren Unendlichkeit eine einfache Bestätigung des Seins ist, kann in der kleineren Unendlichkeit ein lebensverneinendes Dogma werden. Ich glaube, daß die Zehn Gebote eine Bestätigung des Seins sind, eine Bestätigung dessen, was wir für immer sind und immer schon gewesen sind.

Wenn wir die Herausforderungen unserer Zeit betrachten, sollten wir daran denken, daß kein Problem auf seiner eigenen Ebene gelöst wird. Ichs werden Frieden oder Krieg fordern. Ichs werden die Anständigkeit verteidigen oder Grausamkeiten an Menschen und Völkern begehen. Ichs werden für eine gerechte Verteilung des Reichtums eintreten oder für den Schutz privater Gewinne, ganz gleich, wie sehr dies auf Kosten anderer geschieht. Ichs werden rationale Begründungen finden für die Ausbeutung oder für die Erhaltung der Regenwälder und der Arten. Aber unabhängig davon, auf welcher Seite wir stehen, werden sich die vom Bewußtsein des Ersten Wunders erzeugten

Probleme nicht durch das Ich-Sein des Bewußtseins des Ersten Wunders lösen lassen.

Das Leben hat sich für immer verschworen, unsere Ichs zu kränken. Während der Tod die höchste Kränkung für das Ich ist, leisten auch das sexuelle Verlangen und die Leidenschaft gute Arbeit, ebenso wie die Forderung nach tiefer Intimität. Wie sagte doch der Dichter Kabir über die Liebe: «Wer ihr mit Vernunft begegnen will, wird scheitern.» Und darin liegt eine unglaubliche Klugheit. Unser tieferes Sein lebt nicht von der Vernunft, sondern von der Energie der ganz und gar verkörperten Unmittelbarkeit, von der Vergöttlichung. Es lebt nicht vom Denken allein oder von intellektuellen Vorstellungen, die bar solcher Unmittelbarkeit sind, selbst wenn sie edel sind.

Das Bewußtsein des Ersten Wunders liebt die Leidenschaft und Unmittelbarkeit nur so lange, wie sein Ich sie für sich beanspruchen kann, nur solange es sich nicht ganz hingeben muß, nur solange es einen neuen Zweck oder einen neuen Sinn erzeugen kann, indem es sich mit seinen Freuden, seinen edlen Idealen, dem zu lösenden Problem oder sogar mit seinem Leiden identifizieren kann. Im Grunde muß das Ich nicht vernichtet, sondern zutiefst gekränkt werden. Es muß entthront werden und Demut lernen. Es muß der Diener werden statt der Souverän des menschlichen Handelns. Gegenwärtig droht das ganze Projekt Menschheit eine ungeheure Kränkung für das Bewußtsein des Ersten Wunders zu werden, da der Erfolg des rationalistisch-materialistischen Intellekts die Fähigkeit der Erde gefährdet, das Leben zu erhalten. Wir haben die Wahl, diese Kränkung zu erkennen und unsere Erniedrigung zu akzeptieren oder uns für immer der Angst zu beugen und damit in der Illusion zu verharren, daß wir uns selbst wieder in Ordnung bringen können.

~ ~ ~

Du sollst den Herrn, deinen Gott, lieben...
Du sollst deinen Nächsten lieben wie dich selbst...

Vielleicht wenn das gewöhnliche Bewußtsein die Herausforderung annimmt, sich für immer nach den obersten Geboten zu richten – der Computer mußte schließlich auch millionenmal Tic-Tac-Toe spielen –, können wir Menschen uns wahrhaft der Aufgabe unterziehen, schöpferisch mitzuwirken am größeren Potential des Lebens.

Mitschöpfertum ist eine der wundervollsten Vorstellungen. Für mich heißt das: Wenn ich gedemütigt wurde und nicht mehr so in meinem isolierten, narzißtischen Selbst gefangen bin, dann achte ich automatisch auf die größere Intelligenz des Lebens und bringe sie mehr oder weniger zum Ausdruck. Um mit Gott mitzuerschaffen, muß ein Teil unserer Aufmerksamkeit für immer in Beziehung zur Unendlichkeit stehen. Wir müssen unsere Vorstellungen davon loslassen und uns dem Fluß des Lebens überlassen. Dies ist die taoistische Idee vom Nicht-Tun. Wir tun, aber wir sind auch die, die getan werden. Dies macht es erforderlich, daß wir glauben, aus unserem Herzen leben. Unser Herz ist weitaus mehr als die Sentimentalität unseres sich sehnenden Ich. Unser Herz ist der tiefere Kern unseres Seins, unseres Ich-Seins, wo wir mit dem Unendlichen tanzen, wo alles, was wir erschaffen, der lebendige Ausdruck einer tieferen Ganzheit ist. Was aus unserem Herzen kommt, ist äußerst subtil, doch ungeheuer stark.

Vor allem aber ist es zutiefst relational. Es bedeutet, daß wir zu uns selbst heimkehren und die Immanenz Gottes in unserem Atem atmen fühlen. Wir fühlen uns gebadet im Gutsein des Lebens. Wir tolerieren und vergeben uns unser eigenes Verbrechertum. Wir freuen uns über das Anderssein von anderen, weil wir in der Authentizität ihrer Einzigartigkeit unsere Verbundenheit mit dem Unendlichen um so direkter erleben. Daß ich in meinem Leben dieses stille nahende Gefühl zu spüren vermag, in Gottes Intelligenz gehalten zu sein, hat mir eine Befriedigung verschafft, die nicht einmal der transzendentale Zustand des Einsseins, den ich gekannt habe, zu gewähren vermochte. In dieser Erfahrung war mein gewöhnliches Selbst praktisch irrelevant. Aber nun ist es gerade mein gewöhnliches Selbst, das in der Außergewöhnlichkeit Gottes badet. Ich fühle mich sogleich völlig unbedeutend und gleichzeitig wichtig und leidenschaftlich engagiert. Ich weiß, daß ich nicht tue, was ich tue, ich bin nicht die Quelle der Lehre. Sie wird mit mir miterschaffen – in jedem Augenblick.

7
Radikale Intuition

Bittet, so wird euch gegeben;
suchet, so werdet ihr finden;
klopfet an, so wird euch aufgetan.

Matthäus 7,7

Bitten, suchen, anklopfen – nichts anderes tun wir, manchmal bewußt, manchmal nicht, den ganzen Tag, in jedem Augenblick. Bewußtsein kann als eine Frage aufgefaßt werden: Wer bin ich? Oder: Was bist du? Oder: Was ist das? Dabei sind wir uns gar nicht darüber klar, daß wir diese Fragen stellen. Diese Fragen sind impliziert in jener Beziehung zur Existenz, die wir Bewußtsein nennen. Die Antwort ist automatisch all das, dessen wir uns bewußt sind: der Hund, unsere Stimmung, das technische Problem, der Chromosomendefekt. Diese Dialektik zwischen dem Subjekt und dem Objekt des Bewußtseins ist der fundamentale Zustand, der unser Menschsein und insbesondere unser Selbst des Ersten Wunders definiert.

Aber wie steht es mit der Beziehung zu Gott? Jung hat in seiner Autobiographie gesagt, die wichtigste Frage, die jeder in seinem Leben beantworten müsse, sei seine Beziehung zum Unendlichen. Diese Beziehung definiert letztlich das Herz und die Seele dessen, was wir als Individuum sind. Darin liegt ein tiefes Paradoxon: Unsere Fähigkeit zur Beziehung zu Dem, das für immer im Prinzip unerkennbar ist, für immer jedem Bewußtseinsobjekt vorausgeht, macht uns eigentlich menschlicher, realer, substantieller, als ob das Unendliche das Sonnenlicht wäre, vor dem wir uns immer klarer als Silhouette abheben. Wie schon gesagt, ist dabei nicht jene dogmatische und statische Beziehung zu Gott gemeint, die viele von uns der konventionellen Religion entfremdet hat. Gemeint ist vielmehr eine unaufhörliche Dynamik der Aufmerksamkeit, die uns ständig selbst im Blick hat, die unser Ich-Bewußtsein genau deshalb erhöht, weil wir uns über uns hinaus ausrichten. Ich nenne diese Qualität von Aufmerksamkeit «radikale Intuition».

Aber das Benennen allein macht sie nicht zu etwas, das wir tun, so sehr sie auch ein Aspekt dessen ist, was wir sind. In diesem Sinne können wir sagen, daß wir die radikale Intuition kultivieren, wenn wir unsere Aufmerksamkeit bewußt an den tieferen Strom des Seins anschließen, wie zum Beispiel in der Meditation. Doch die radikale Intuition ist genauer gesagt auch etwas, zu dem uns das Leben führt, wenn wir immer mehr aus unseren Tiefen leben. Sie ist ein sehr tiefes Zuwenden, aber sie macht uns nicht unflexibel oder spröde, schließt uns nicht aus der Fülle des Lebens aus, wie dies vielleicht bei einer vom Ich-Bewußtsein gesteuerten Technik der Fall wäre. Die radikale Intuition läßt uns in etwas jenseits unseres gewöhnlichen Bewußtseins Wurzeln schlagen, das uns frei macht, das Leben noch voller zu erleben. Es ist, als ob wir uns sowohl im Fluß des Lebens befinden und ganz und gar fühlen und erleben und zugleich am Ufer in aller Ruhe dasitzen und einfach zuschauen. Wie Jesus sagte: «Wenn man euch fragt: ‹Was ist das Zeichen eures Vaters an euch?›, so antwortet ihnen: ‹Es ist Bewegung und Ruhe.›» (50. Logion)

Diese Intuition bedeutet nicht, daß Gott unpersönlich ist; die Unmittelbarkeit des Gefühls der Beziehung zur transzendenten Realität erlaubte Jesus, so persönlich vom Vater zu sprechen. Aber eine persönliche Beziehung zu Gott zu haben, heißt nicht, daß Gott immer darauf wartet, unsere Fragen zu beantworten und uns unsere Ich-zentrierten Probleme lösen zu helfen, wenn wir ihn nur aufrichtig darum bitten würden. Eine derart personalisierte Sicht, die davon ausgeht, daß Gott ein gütiger Vater ist, erweist sich oft als eine Möglichkeit, einer tieferen und fundamentaleren Beziehung zur Existenz, einer Beziehung im Glauben auszuweichen. Für unser Ich ist es zwar erschreckend, sich von einem schützenden Gott zu lösen, aber wenn sich unser Herz dieser unaufhörlichen Beziehung im Glauben öffnet, entdecken wir ein wirkliches Gefühl persönlicher Freiheit, der

Selbstbeherrschung und einer sich ausweitenden Verbundenheit mit unserer Welt.

In dem Augenblick, da wir unser intuitives Erfassen der Unendlichkeit zu vertiefen beginnen, kommt es zu einer radikalen Verwandlung von uns selbst. Emotionen, Phantasien, Träume, Gedanken und Verhaltensweisen, die uns in ihrer Ungleichheit und ihren widersprüchlichen Richtungen verrückt machen können, werden vereint, als ob die ganze Zeit nichts anderes gefehlt hätte als ein größeres Gefäß, ein erweitertes Bewußtsein. Zuweilen ist dies ein beglückender Vorgang; zuweilen aber, zumindest am Anfang, ist er ziemlich beunruhigend, denn sich dem Unendlichen zuzuwenden, heißt nicht, bewahrt zu werden im üblichen Sinne von gesichert werden, sondern im tieferen Sinne von als Ganzes erhalten werden. «Jesus sprach: Nicht aufhören mit seiner Suche soll der, welcher sucht, bis er findet. Und wenn er findet, wird er verwirrt sein...» Wenn sich unsere radikale Intuition vertieft, rückt vieles, was unbewußt in uns war, ins Blickfeld, und dies kann zunächst verwirrend sein. Aber wenn wir uns weiterhin in unserer intuitiven Anschauung des Göttlichen vertiefen, weicht diese anfängliche Verwirrtheit einer neuen Stabilität und Integration. Und dann trifft ein, was Jesus abschließend sagt: «...und wenn er verwirrt ist, wird er sich wundern, und er wird Herr sein über das All.» (2. Logion)

Die radikale Intuition ist nicht bloß die Tätigkeit des Mystikers oder des spirituell Suchenden – es ist eine Bewegung, die in uns allen erwacht. Ein Mystiker spricht von Gott, Tiefenpsychologen wie Jung sprechen vom Archetypus des Selbst, während ein theoretischer Physiker, ein Kosmologe oder ein Student der reinen Mathematik von Hyperraum und höheren räumlichen Dimensionen sprechen würde. Das in neuerer Zeit erwachte Interesse an der Superstring-Theorie ist ein Versuch, alle Grundkräfte der Physik durch die Einführung der Geometrie des n-dimensionalen Raums zu vereinheitlichen. Da wir in einem dreidimensionalen Universum zu leben scheinen, klingt dies für die meisten von uns phantastisch. Aber die Idee eines vier- und fünfdimensionalen Raums ist eine Art von radikaler Intuition der Geometrie des Raums – jenseits der drei Dimensionen, die uns unser Gehirn nur zu sehen erlaubt –, die bereits zu Entdeckungen geführt hat, welche unsere Welt nachhaltig verändern. Erstaunlicherweise verhilft uns der höherdimensionale Raum dazu, die physikalischen Gesetze des Universums zu vereinheitlichen, auch wenn sich eigentlich niemand diese höheren Dimensionen vorstellen kann.

Dies ist das gleiche Phänomen, das wir auch in der Psychologie und in der Spiritualität beobachten können. Gott als ein Objekt der radikalen Intuition verhilft uns durch die geheimnisvolle Alchemie des Geistes dazu, eine tiefe und bedeutsame Beziehung zu den existentiellen Fragen unseres Lebens herzustellen. Der Archetypus des Selbst führt das Transzendente in die Psychologie ein, die uns – wieder durch geheimnisvolle Alchemie – erlaubt, die riesige Vielfalt der inneren Dynamik der Psyche wirkungsvoller zu vereinheitlichen. Jede dieser Intuitionen trägt dazu bei, eine sich vertiefende Beziehung zur Existenz, zu uns selbst und zu unserer Welt herzustellen, doch niemand kann direkt «das Gesicht Gottes erblicken» oder sich das Selbst vorstellen. Letztlich stehen wir vor dem Geheimnis, ob wir nun Wissenschaftler, Psychologen oder Mystiker sind. Aus diesem Grund ist für mich eine Wissenschaft, die Medizin oder die Psychologie ohne Gott oder irgendeine Vorstellung von einer transzendenten Wirklichkeit unmöglich. Ohne die radikale Intuition höherer Dimensionen kann es keine Integration der ungeheuren Vielfalt der Kräfte geben, der inneren wie äußeren, aus denen das unendliche Leben von uns und unserem Universum besteht.

Suchen, bitten, anklopfen – das heißt nicht so sehr, die Antwort zu bekommen, die wir haben möchten oder die haben zu müssen wir uns einbilden, sondern unsere natürliche Fähigkeit zur Beziehung zu dem auszuüben, was auf immer unser gewöhnliches Bewußtsein übersteigt. Und in dieser Bewegung verwandeln wir unser Wissen über uns selbst und unsere Beziehung zu allem anderen. Wichtig ist, daß wir immer eine Antwort bekommen. Und wenn unsere Aufmerksamkeit wirklich radikal ist, indem sie sich genau dem Kern des Augenblicks zuwendet, werden wir – ob wir es wollen oder nicht, aber mit beachtlicher Intelligenz – in eine neue und wundervolle Lebendigkeit hineingeführt. Dies ist eines der großen Geheimnisse des Lebens.

Dies ist das Herz der alten Tradition der Alchemie. Wir nehmen das Grundmetall unseres gewöhnlichen Bewußtseins und verwandeln es in das Gold eines neuen Bewußtseins und einer neuen Lebendigkeit. Durch unsere radikale Intuition des Unendlichen werden wir von einem Augenblick zum anderen Mitschöpfer Gottes, zusammen mit dem Geheimnis Miturheber unseres Schicksals, gebären uns selbst neu und sind in diesem Augenblick «Herr über das All».

~ ~ ~

Die spirituelle Reifung und die Entwicklung der radikalen Intuition sind ein und derselbe Prozeß. Wenn wir spirituell jung sind, kann unser Glaube noch nicht auf dem Leben beruhen, wie es ist – er bedarf der Zeichen und dessen, was ich bestätigende Ereignisse nenne. Faszinierenderweise arbeitet das Leben mit uns zusammen. Wenn wir in gewissen entscheidenden Augenblicken unserer Entwicklung ein Wunder brauchen, um zum Glauben zu erwachen, dann bekommen wir ein Wunder. Wenn wir Beweise der spirituellen Kraft sehen müssen, wie Heilungen oder Materialisierungen, um die Heiligkeit und die spirituelle Autorität anzuerkennen, entdecken wir einen Heiligen oder Lehrer, der solche Kräfte besitzt. Oft, bevor wir in einer direkteren und radikaleren Intuition des Geheimnisses ruhen, brauchen wir vielleicht viele bestätigende Ereignisse: Energieerfahrungen, ein aufsteigendes Kundalini, Heilungen, paranormale Phänomene, Zustände der Glückseligkeit und so weiter. Während unsere Intuition noch jung ist, bekommen wir gleichsam spirituelle Krücken, die unsere erwachende Spiritualität stützen.

Ich erinnere mich noch an einige meiner ersten bestätigenden Ereignisse. Ein ganz starkes fand im Notaufnahmeraum statt, als ich gerade einen Patienten behandelte. Eine Stimme in mir sagte: «Du kannst nichts anderes mit ihm teilen als Liebe.» Plötzlich fühlte ich mich von Wärme durchströmt, und als ich die Hände auf den Mann legte, schwand all sein Schmerz. Ein anderes Mal, als ich Anfang zwanzig war und mich wirklich down fühlte, warf ich gedankenlos Steinchen nach einem kleinen Stock, der etwa drei Meter von mir entfernt war, ohne ihn zu treffen. Plötzlich sagte ich zu mir: «Wenn es Gott wirklich gibt, werde ich den Stock innerhalb der nächsten drei Würfe treffen.» Und genau der nächste Stein landete direkt auf dem Stock. Mein Intellekt versuchte das zwar als Zufall abzutun, aber das Gefühl dieser Bestätigung verließ mich nicht mehr.

Die Bestätigung, die wir brauchen, um Glauben zu haben, hängt von der Tiefe unserer Intuition ab. Um diesen Gedanken zu vermitteln, möchte ich eine lehrreiche Anekdote erzählen:

Ein großer Meister lebt tief im Wald am Fuße des Himalajagebirges. Seine Kraft ist gewaltig, und wenn er durch den Wald geht, wachsen die Bäume unter seiner Berührung oder seinem Blick höher und üppiger als irgendwo sonst auf der Welt. Die Kunde von seinen wundersamen Gaben breitet sich aus, und von überallher kommen Suchende herbei, um den Segen seiner Lehre zu empfangen.

Dann spricht sich herum, daß eine große Schamanin in den entlegenen Dschungeln von Südamerika lebt. Wo auch immer sie in den Gärten ihrer Einsiedelei wandelt, gedeihen alle Farne prächtig und groß. Sie sind zweimal so groß wie ein Mann, die größten Farne auf der Welt. Angezogen von diesem Wunder, strömen viele Menschen herbei, um an ihrer Lehre teilzuhaben (einige verlassen sogar den Himalaja-Weisen), denn ganz sicher ist dies der Beweis für eine große Seele.

Diese Geschichte weist darauf hin, daß unsere Fähigkeit zur intuitiven Anschauung des Göttlichen sich im Beweis erkennen läßt, den wir benötigen, um die spirituelle Wirklichkeit und Autorität anzuerkennen. Große Bäume oder große Farne sind eine Metapher für das Außergewöhnliche, das den spirituell jüngeren Suchenden anzieht. Aber was stellen wir uns denn wirklich unter spiritueller Kraft vor? Wenn ich diese Geschichte kommentiere, weise ich gern auf folgendes hin: Wenn die Bäume so abnorm hoch wachsen, nehmen sie den Farnen und den anderen Waldpflanzen das Licht weg und schwächen sie. Und wenn die Farne so hoch wachsen, entziehen sie dem Boden übermäßig viele Nährstoffe und Wasser, und darunter werden die Bäume leiden. Was also ist spirituelle Kraft wirklich? Wie erkennen wir die tiefere Intelligenz des Lebens? Was passiert, wenn jemand durch den Wald ginge, und alles würde entsprechend seiner Beziehung zu allem anderen Nahrung erhalten? In diesem Fall würde uns nichts außergewöhnlich vorkommen. Würden wir irgendeine Kraft erkennen? Könnten wir von dieser Kraft angezogen werden, wenn wir keinen offenkundigen Beweis ihrer Existenz erblicken würden? Das hängt wirklich davon ab, wohin wir schauen, und dies ist im Prinzip die Frage nach der radikalen Intuition. Das, was alle Dinge segnet, liegt ohne eine tiefere Intuition jenseits unserer Wahrnehmungsfähigkeit. Diese Intuition selbst ist eine Beziehung, die spontan in uns entsteht, je mehr wir alles Leben so begrüßen, wie ein Liebender die Liebste begrüßt.

Die Geschichte und der Kommentar verweisen auch auf die Gesetze von Gegensatz, Ausgleich und Harmonie, die uns in verschiedenen Stadien unseres Reifungsprozesses beherrschen. Zunächst brauchen wir den Gegensatz, um uns einer Sache bewußt zu werden. Aber im Falle der spirituellen oder psychologischen Entwicklung erfordert der Gegensatz automatisch eine Art von Übertreibung oder die Überbetonung gewisser Fähigkeiten des Bewußtseins gegenüber anderen, so daß sie auffallen und unsere Aufmerksamkeit anziehen. Dies wird automatisch dadurch bewerkstelligt, daß wir andere Teile von uns selbst unterdrücken oder ignorieren. Diesen Weg nehmen wir gewöhnlich zu Beginn unserer spirituellen Reise. Wir werden von der Kraft angezogen, insbesondere von Werkzeugen und Techniken, die uns beispielsweise erlauben, rasche Fortschritte im Hinblick auf unser negatives Denken oder unsere Ängste zu machen. Wenn wir Selbstvertrauen entwickeln, unsere eigenen Ziele erreichen und gewisse Kräfte selbst ausüben können, haben wir das Gefühl, daß wir wachsen, daß etwas funktioniert.

Bei meiner Arbeit konnte ich erkennen, wie wichtig es für die Menschen war, ein starkes Energieerlebnis zu haben. Für sie, genauso wie anfangs für mich, bestätigte die Stärke der Energie irgendwie den Wert ihrer Arbeit. Im Laufe der Zeit hat sich das für mich geändert. Mein Leben wurde nun vom Gesetz des Ausgleichs beherrscht, und ich wurde zur interpersonalen Arbeit berufen, die ich noch nicht getan hatte. Das Gesetz des Ausgleichs verlangt, daß wir an dem arbeiten, was wir hinter uns gelassen haben. Dies ist eine typische Schattenarbeit, eine Arbeit an unbewußten Mustern, denen man sich nur ungern stellt, nicht das Hochgefühl der frühen Triumphe und Entdeckungen. Und während wir Fortschritte machen, sind sie nicht so offenkundig, wie dies unsere früheren Schritte gewesen waren, weil es bei dieser Arbeit nicht ums Erweitern, sondern ums Auffüllen geht. Sie bereitet uns auf eine tiefere Bewegung in unserem Innern vor, die wir noch nicht sehen können. Für mich war diese Zeit besonders verwirrend, weil es keine psychologisch schmeichelhafte Arbeit war und weil man das Gefühl hatte, der «spirituelle» Fortschritt sei viel langsamer, viel weniger offenkundig. Ich hatte das Gefühl, mein höheres Selbst zu verraten, jeden Kontakt zu Gott zu verlieren. Ich wurde eine Zeitlang ziemlich krank. Aber das bewegte mich dazu, tiefer in mich und ins Leben hineinzuhören. «Warum», fragte ich mich, «glaube ich denn, daß ich nicht wachse, wo es doch auch nicht mein Tun war, das mich zunächst erweckt hatte?» Allmählich begann ich intuitiv etwas Tieferes zu erfassen, was durch mein Leben lebte und diese schwierigen Forderungen stellte. Zuvor verspürte ich die Strahlung in erweiterten Räumen mit erhöhter Energie, aber allmählich, gerade durch das Demütigende der Ausgleichsarbeit, begann ich zu akzeptieren, wie wenig ich wirklich wußte.

Dies veränderte meine Arbeitsweise sehr. Mehr und mehr wurde ich einfach nur der Beobachter des Prozesses der Ganzheit, den ich in mir und in den Menschen, mit denen ich arbeitete, erwachen fühlte. Immer mehr begann ich die Energiearbeit mit psychologischer Arbeit, Körperarbeit und Meditation zu verbinden, weil ich erkannte, daß spirituelle Reife nicht in der Demonstration von erhöhter Energie und erweiterten Zuständen besteht, sondern von etwas viel Einfacherem: einer einfachen Intimität mit uns selbst in jedem Augenblick. Wenn wir uns auf tiefe Weise begegnen, entdecken wir das Göttliche in einfachen Dingen und treten wahrhaft in Beziehung. Als dies tiefer in mich eindrang, vertiefte sich auch meine intuitive Anschauung des Göttlichen. Immer weniger hatte ich das Gefühl, die Ursache dessen zu sein, was in der Arbeit passierte. Ich rief die Menschen zu etwas auf, wozu sie bereits ihr Inneres aufrief.

Nun war die Intuition so weit gewachsen, daß sie das Göttliche in jedem wahrnahm. Ich hörte auf, irgend etwas in meiner Arbeit geschehen lassen zu wollen – in meinem Privatleben geht das etwas langsamer –, und merkte, daß ich der Diener von irgend etwas weitaus Intelligenterem war, das durch mich und durch uns alle lebte. Dies hat dazu geführt, daß mein ganzes Leben einen anderen Sinn und einen zutiefst anderen Schwerpunkt hat. Oft habe ich das Gefühl, im Schoß des Göttlichen aufgehoben zu sein, und das ist nicht die Folge von irgend etwas Außergewöhnlichem, sondern es erfüllt mich immer dann, wenn ich mich einer größeren Aufrichtigkeit in meinem Leben einen winzigen Schritt genähert habe.

Ich erzähle meine Geschichte, um zu zeigen, daß sich die radikale Intuition auf natürliche Weise entwickelt, wenn wir in uns tiefer werden. Dann beginnt sich allmählich das Gesetz der Harmonie durchzusetzen. Harmonie erfordert, daß jeder Aspekt von uns in natürlicher Proportion und Intimität zu allem übrigen von uns wächst. Nun kann es fast keine offenkundigen Hinweisschilder geben, an denen sich spirituelles Wachstum ablesen ließe, weil unser Wachstum unauflöslich mit dem Wachstum von jedem und allem anderen vereint ist. Auf dieser Ebene besteht die Arbeit – wenn wir das denn so nennen können – darin, ein gewöhnliches Leben zu leben, in dem unser Herz stets für das Unendiche offen ist.

Statt das Göttliche in allen Menschen zu erkennen, berufen wir uns zunächst auf den Heiligen, den begabten Heiler, den spirituellen Meister als Vermittler, als eine Art Übergangsobjekte, durch die unsere spirituelle Intuition eine höhere Dimension zu erkennen beginnt. Durch sie entsteht das Gefühl des psychischen Reichtums und der Dynamik und die anfängliche Intuition dessen, das in allem gegenwärtig ist. Diese Anfangsphase ist oft ganz magisch. Wir haben das Gefühl, endlich die Wahrheit entdeckt zu haben, endlich heimgekehrt zu sein. Oft ist damit eine Menge übersteigertes Ich-Gefühl verbunden – wir meinen dann, die *einzige* Wahrheit entdeckt zu haben, den *wahren* Weg zu kennen.

Aber dieser Trip zum Himmel ist notwendigerweise von kurzer Dauer. Letzten Endes beruht die transzendente Wirklichkeit nicht auf irgendeiner Erfahrung, irgendeiner Manifestation von wunderbarer Beweiskraft. Wenn wir spirituell reifen, fallen diese Krücken weg, und dann durchleben wir auf verschiedene Weise, was der heilige Johannes vom Kreuz die dunkle Nacht der Seele nennt. Dies ist die Zeit, da uns die Immanenz Gottes, die wir indirekt durch unsere Glaubensvorstellungen, unsere spirituellen Übungen, unseren Glauben an unseren Guru kennengelernt haben und die zur Stützung unseres Glaubens genügt hat, uns entzogen wird. Nun fühlen wir uns verlassen, allzu menschlich, tief verloren und beschämt wegen unseres plötzlichen Zusammenbruchs und unserer Schwäche. Wir versuchen, unser Selbstbild auf vielerlei Weise wiederherzustellen, indem wir uns Reinigungen unterziehen, uns mit neuer Leidenschaft unserer Arbeit und unseren Übungen widmen, aber letzten Endes verschwinden unsere ganze Motivation und die Hoffnung auf eine triumphale Rückkehr zu einem größeren Leben einfach, und wir müssen unseren Weg in Leere und spiritueller Dunkelheit gehen. Wir versuchen Gott durch das Gebet, durch Kontemplation zu erreichen, und nichts geschieht. Uns ist nichts weiter geblieben als das schlichteste Gefühl des Seins. Es ist weniger als gewöhnlich – es ist ein Gefühl von entsetzlichem Versagen und der Selbstanprangerung. Ein unerklärlicher Kummer brennt in unserer Brust. Wir sind allein – so scheint es jedenfalls. Wir sind auf die Wunde gestoßen, die das Ich nicht heilen kann. Ohne es zu merken, haben wir uns in Gottes Hand begeben. Unser jüngeres Selbst, unser kleinerer Geist begegnet urplötzlich dem älteren Selbst. Und nun beginnen wir vielleicht zum erstenmal das wahre Wunder des Glaubens zu verstehen und zu achten – denn es beruht wahrhaftig auf nichts, und doch begegnet es uns in einer Fülle jenseits unserer Vorstellungskraft.

Wir können gar nicht oft genug daran erinnert werden, daß wir, wenn wir Gott oder Vater oder heilige Mutter sagen, Gedanken verwenden, die ihrerseits Übergangsobjekte sind. Auf der ersten Stufe des Gebets geht es darum, daß wir unsere Aufmerksamkeit dem Unendlichen über irgendein Übergangsobjekt zuwenden. Wir «sprechen» oder halten Zwiesprache mit Gott, Jesus, dem Vater, Mutter Maria, Krishna, sogar Ideen wie das Tao oder die Buddha-Natur wirken für uns auf diese Weise.

Aber die radikale Intuition entsteht genau dann, wenn die Kraft dieser Objekte zurückgenommen wird, genau dann, wenn wir anfangen müssen, eine neue Tiefe des Glaubens zu entdecken. Es ist eine Wunde, die nie durch irgendeine Tätigkeit unseres Ich geheilt werden kann.

Vor einigen Jahren hat mich ein Benediktiner-Abt, der vierzig Jahre seines Lebens in Kontemplation verbracht hatte, für ein paar Tage besucht. Er stand vor einer schwierigen, lebensverändernden Entscheidung: Sollte er im Kloster bleiben oder es verlassen? Wenn er seine Frage im Gebet gestellt habe, sagte er, habe er nie eine Antwort erhalten. Ja, während seines ganzen religiösen Lebens habe er nie vernommen, daß Gott zu ihm sprach. Viele, viele Jahre lang habe ihn das zutiefst verwirrt und in große Verzweiflung gestürzt. Und dann fügte er kichernd hinzu: «Zumindest jetzt ist es ein gütiges Schweigen.»

Gütiges Schweigen… eine Qualität des Hörens, der Zuwendung zum Geheimnis, des schlichten Offenseins und der Bereitschaft. Gütiges Schweigen ist eine Antwort, eine tiefgreifende Antwort. Nicht die Antwort, die sich das Ich wünscht; nicht eine konkrete Lösung für ein reales Problem; nicht die vorübergehende Unterstützung durch Zuversicht und Gerechtigkeit, die Vertrauen und Sicherheit schenkt. Mir schien es, als ob er zu tief gelebt hatte, um seinen Glauben weiterhin auf falsche Voraussetzungen zu stützen.

Wenn wir Gott weiterhin als Übergangsobjekt behandeln, verlangen wir unbewußt, daß Gott sich wie ein Objekt verhält – wir erwarten eine persönliche Antwort. Und wie ich schon sagte: Wunderbarerweise ist die Psyche so großzügig, daß wir eine Zeitlang genau das empfangen – Gott verhält sich gehorsam wie ein Objekt. Er oder sie wird sprechen, uns anleiten und so weiter. Aber wenn sich unsere Intuition vertieft, werden wir diesen Trost verlieren. Gewöhnlich erleben wir ein paar ordentliche Schocks, wenn sich unsere Anleitung als völlig falsch erweist. Ich jedenfalls möchte keinen Gott haben, der mich leitet – ich möchte einen haben, in dem ich völlig aufgehen kann. Es ist keine Beziehung, *um* irgendeinen Zustand zu erreichen, es ist einfach eine Beziehung. Diese Beziehung hat weniger mit den Entscheidungen zu tun, die wir treffen, sondern vielmehr mit der Qualität unserer Seinsweise, wenn wir derartige Entscheidungen ausleben. Daher wenden wir uns nicht an Gott, damit er unsere Probleme löst, sondern wir wenden unsere Aufmerksamkeit dem Unendlichen zu, das unser Leben im tiefsten Sinne von Verbundenheit und Zugehörigkeit begründet.

Jesus hat gesagt: «Denn wer sein Leben erhalten will, der wird's verlieren.» Wenn wir gelegentlich mitten in der Nacht voller Angst erwachen, verteidigen und wehren wir uns reflexhaft, bevor wir Zeit haben, uns wirklich ungeschützt auf dieses Gefühl einzulassen. Wir versuchen «unser Leben zu erhalten». Der Widerstand nimmt die Form des Denkens an, und das führt fast augenblicklich zu dem Versuch, die Angst zu erklären, zu dem Plan, eine Lösung für irgendein Problem zu finden, das dahintersteckt, zu dem Entschluß, mit dem Therapeuten zu sprechen oder sich vielleicht zu einer Meditation zurückzuziehen. Sobald es irgendeine Distanz zur Unmittelbarkeit unseres Gefühls gibt, beginnt irgendein unendliches Universum der Antwort/Reaktion zu existieren, und damit wird ein bestimmtes Selbstverständnis geboren und all das, was darum herum entstehen wird.

Dies ist das Wesen des Karma: Es wächst im Verhältnis zu unserer Distanz gegenüber unserem Ich-Sein. Jeder Augenblick der bewußten Existenz ist wirklich nur eine Beziehung, und alle Beziehungen sind reziprok. Je nachdem, welche Ebene unseres Selbst in diese Beziehung eintritt, entstehen relativ reale Unendlichkeiten des Handelns, Fühlens und Denkens, die wiederum unser Selbstverständnis definieren und prägen. Nehmen wir beispielsweise den Kummer. Wenn wir dem Kummer wie einem Feind begegnen, von einer Prägung aus, in der Kummer als negativ etikettiert ist, wird sich der Kummer fast augenblicklich in Scham verwandeln, und dann fangen wir an, uns vom Leben zurückzuziehen und bilden uns vielleicht ein, daß die Leute uns verurteilen. Wenn wir uns andererseits dem Kummer aus unserem tieferen Sein heraus öffnen, wird daraus oft Mitgefühl. Hier ist das Karma völlig anders: Unser Herz öffnet sich anderen, und wir fühlen uns verwandt – wir entdecken, daß man uns vertraut und uns schätzt.

Es ist paradox, daß die radikale Intuition des Göttlichen ei- ·

gentlich bloß eine unmittelbarere und nacktere Beziehung ist zu dem, was ist. Wenn wir mit dem Gefühl der Furcht oder Angst erwachen, könnten wir – statt uns selbst zu schützen – uns dem Gefühl hingeben. Das Ich folgt dem Reflex, sich zu bewahren, aber die radikale Intuition ist wie ein tiefer Gegenstrom, der sagt: «Hier, nimm mich, ich gebe mich dir hin.» Augenblicklich wird die Angst ein Tor, und wir treten in einen völlig neuen Seinszustand ein.

Vor kurzem hatte ich Probleme mit meinem Knie und entdeckte, daß ich nicht mit einer Gruppe von Männern mithalten konnte, die ich zu einer Meditationsübung in die Berge führte. Ich wandere und klettere gern und genieße es, mich stark und fähig zu fühlen, schwieriges Gelände zu erkunden. Aber plötzlich war ich nicht in der Lage, mein starkes, kompetentes Freiluft-Selbst zu sein. Eine Stimme in mir hob zu einem Klagelied an – ich würde alt und schwach, müsse ein Beispiel geben und mithalten, würde unbedeutend und ersetzbar werden, wenn ich nicht mehr führen könnte. Eine Zeitlang spürte ich, wie ich mich gegen diese Gedanken wehrte und angespannt und verbittert wurde. Und dann auf einmal, in der Ruhe der Meditation, erblickte ich das Geschenk: Laß diese ganze Vorstellung, ein starker, fähiger Führer zu sein, sterben. Laß diese dunklen Gedanken ihr Werk tun – laß sie genau das tun, was sie sagen. In einem Augenblick der radikalen Intuition der unendlichen Seinsweise wurde dieses ganze Bild von mir selbst unwichtig. Ich ließ es sterben. Indem ich in Beziehung zur Unendlichkeit stehe, bin «ich» nicht dieses Selbstverständnis oder irgendein – attraktives oder unattraktives – Selbstverständnis… Augenblicklich war die Weite des Seins wieder da. Vielleicht war es nur Zufall, daß es meinem Knie gleich besserging, aber ich bezweifle das.

Wenn unser Selbstgefühl überwiegend in Beziehung zu irgendeiner Ebene der auf dem Ich basierenden Identität steht, dann existiert das (ganz reale) Potential der Ich-Vernichtung wirklich, und wir dürfen uns selbst nicht aufgeben. Reflexhaft vermeiden wir die tiefere Beziehung und «suchen unser Leben zu erhalten». Aber das führt dazu, daß wir in eine unendliche Welt der Reaktionen, Rationalisierungen und Rechtfertigungen eintauchen, in der das tiefere Selbst vorübergehend verlorengeht. Wenn das Bezugssystem für das Selbst die Unendlichkeit geworden ist, besteht wirklich kein Grund, zu widerstehen. Wir wissen zwar vielleicht nicht, was da entstehen wird, aber irgend etwas wird immer aus der Beziehung geboren. Und im Wesen des Glaubens liegt ein inneres Vertrauen darauf, daß das, was da geboren wird, eine erneuerte Verbundenheit mit unserem Ich-Sein darstellt, Nichts, was wir erfahren können – ganz gleich, ob es seinem gefühlsmäßigen oder geistigen Gehalt nach positiv oder negativ ist –, sagt uns, was oder wer wir in unserem tiefsten Wesen sind. Indem wir unser relatives Selbst sterben lassen, nehmen wir teil an einem unaufhörlichen Zyklus der Wiedergeburt. Jedes neue relative Selbstverständnis wird das nächste Tor oder Sprungbrett zu einem Prozeß des unaufhörlichen Entstehens, das der gegenwärtige Augenblick ist. Dies ist das Wesen der Erleuchtung, die Glaube ist.

8
Worte, die beide Wege erhellen

Es gibt einen alten englischen Kinderreim, der frei übersetzt etwa so lautet: «Stock und Stein bricht dir das Bein, doch Namen tun nie weh.» Gemeint ist damit, daß Wörter uns nicht verletzen können, wenn wir uns weigern, uns von ihnen ärgern zu lassen. Aber die echte Gefahr, die von Wörtern ausgeht, besteht nicht darin, ob sie verwendet werden, um Schaden anzurichten, sondern sie liegt in der Beschaffenheit des Bewußtseins, das das Benennen vornimmt.

Eines Tages saß ich gerade auf dem Balkon meines Zimmers direkt über dem Strand, etwa zwanzig Meter von einem ruhigen Ozean entfernt, als ein großer Vogel vorüberschwebte, dessen Flügelspitzen anmutig nur ein paar Zentimeter über der Wasseroberfläche dahinglitten. Abrupt senkte er einen Fuß, klatschte fast ungeschickt ins Wasser und stieß mit dem langen Schnabel nach unten, auf der Jagd nach Nahrung. Der Schnabel war nicht nur lang, sondern darunter hing auch eine Art Sack. Es war ein Pelikan.

P-e-l-i-k-a-n. Ein Wort. Ein Name.

Der Name sagt uns so viel. Er macht uns die einzigartige Dinglichkeit dieses Lebewesens bewußt. Nun erhebt sich der Pelikan vor dem Hintergrund der Unbewußtheit und nimmt seinen Platz als ein bewußtes Objekt ein, das analysiert und beurteilt werden kann. Wir können den Paarungszyklus beschreiben, das Migrationsmuster und den Pelikan in einem größeren Seins-Kontext einordnen. Aber indem uns das ein Gefühl der Vertrautheit und des Wissens vermittelt, beendet es paradoxerweise auch einen anderen Prozeß. An jenem Morgen hörte ich, wie ein Kind begeistert rief: «Daddy, Daddy, schau nur! Schau dir diesen wunderschönen Vogel an. Daddy, Daddy, er ist so nah überm Wasser. Uiiii!» Hier gibt es Staunen und Entzücken, nicht nur Dinglichkeit. Der Preis, den wir für Wörter bezahlen, ist die Gefahr des Exils im Bewußtsein des Ersten Wunders. Dies ist das große Spiel, das die Schöpfung augenblicklich auf unserem Planeten spielt.

Es gibt ein altes Sprichwort: Vertrautheit erzeugt Geringschätzung. Das Wort Geringschätzung bedeutet so viel wie «schneiden, teilen oder bestimmen». Mit anderen Worten: Wir neigen dazu, das, womit wir vertraut werden, von seiner Ganzheit abzuschneiden. Wir teilen es von einem größeren Feld der Verbundenheit ab, wobei wir es unbeabsichtigt von seiner Blutzufuhr abtrennen. Wir bestimmen sein Wesen, wobei wir vergessen, daß dies im tiefsten Sinne bestenfalls nur eine Annäherung ist.

Dies geschieht genau durch den Akt des Benennens. Wenn wir «meine Frau», «mein Haus», «mein Hund» und so weiter sagen, machen wir sie zu etwas anderem. Sie werden Dinge ohne ihre Seinsweise, ihr Geheimnis und beginnen zu sterben. Unaufhaltsam fallen – nein, nicht «fallen» – gleiten wir fast unmerklich aus der Liebe heraus. Und langsam, vom Kindsein zum Erwachsensein, gewinnen wir die Welt durch das Symbol, durch Wörter ... und verlieren unsere Seele. Paradoxerweise segnen und verfluchen uns Wörter. Sie segnen unseren Intellekt und verfluchen unsere unmittelbare, sinnliche Verbundenheit mit der Welt drinnen und draußen. Das Wort ist ein Symbol: Es repräsentiert das Objekt. Aber es ist nie das Ding an sich. Wir müssen besser verstehen lernen, wie die Sprache uns auf einer Ebene bewußt und auf eine andere Weise unbewußt macht. Der Dichter Rilke zog über die Überheblichkeit her, mit der jemand sagt «mein Haus» oder «meine Frau». Natürlich reden wir beiläufig alle so daher, aber unbewußt verstärken wir die Objektivierung des anderen. Indem wir jedes Ding an sich von seiner einzigartigen Subjektivität scheiden, verliert es sein Gott-Wesen. Denn es ist Gott, in dem unendlichen Sinn, in dem er das Innewohnende Mysterium ist, die unbeschränkte Möglichkeit zur Teilnahme, Veränderung und Entwicklung, die das Wesen unseres Universums und von allem darin ist. Man nehme dem hörenden und benennenden Selbst die Unendlichkeit, und alles, was wir wahrnehmen, erstarrt für immer, verliert für immer die Möglichkeit zu Veränderung und Wachstum. Darum lautet die oberste Weisung, daß wir unsere Aufmerksamkeit Gott zuwenden als dem unendlichen Bezug, der nie objektiviert werden kann. Wir müssen lernen, die endlose Objektivierungsneigung des Ich auszugleichen, besonders in unserer Aufmerksamkeit im Hinblick auf das, was wir sagen und wie wir Wörter verwenden.

Wenn wir unseren Gott unbewußt ein Bewußtseinsobjekt werden lassen, wird auch alles andere ein Objekt: unsere Frau, unser Nachbar, die Bäume, die Mineralien der Erde und so fort. Was dann geschieht, können wir leicht erkennen. Wenn wir in Beziehung zur Unendlichkeit stehen, ist Gott in allen Objekten/ als alle Objekte gegenwärtig. Nun ist «meine Frau» ein Geheimnis und läßt sich nicht von ihrem Gott-Wesen trennen, das mir nicht gehören kann – sie kann nie etwas werden, was ich bis ins letzte definieren oder «kennen» kann. In diesem Sinne vermag unsere Beziehung uns paradoxerweise in unserem Wesen einander näherzubringen und läßt uns gleichzeitig als Individuen mehr allein sein. Beziehungen auf dieser Ebene können sich unendlich erneuern – diese Ebene unseres Selbst verliert die Liebe nicht. Die Intensität des Fühlens und Empfindens, die von der Mentalität des Ersten Wunders gewöhnlich mit Liebe gleichgesetzt wird, beginnt damit, daß wir das Gott-Wesen im anderen achten – «sich verlieben» ist an sich ein kurzzeitig geöffnetes Fenster zur Unendlichkeit –, aber die unvermeidliche Objektivierung des anderen vergreift sich schließlich an diesem Wesen. In unserem Wesen des Zweiten Wunders wird diese Achtung immer wieder neu entdeckt. Selbst die für die Liebe charakteristischen Empfindungen und Gefühle ebenso wie die sexuelle Intimität werden unendlich, Tore zur Entdeckung statt endliche, vertraute Selbstzwecke. Und diese Tore öffnen sich nicht zu ihrem vollsten Geheimnis, bloß weil wir sie benennen können – sie öffnen sich nur, wenn wir uns jedem Augenblick mit Aufmerksamkeit, tiefer Achtung und echtem Unwissen nähern.

In unserem Körper, unseren Gefühlen, unserem ganzen Organismus muß die reiche sinnliche Dimensionalität der Liebe immer wieder neu entdeckt werden. Die Unendlichkeit hütet ihre Geheimnisse, indem sie absolut alles fordert. Wie T. S. Eliot geschrieben hat:

> Den Schnittpunkt des Zeitlosen mit der Zeit zu verfolgen, ist die Beschäftigung des Heiligen. Nein, überhaupt keine Beschäftigung, sondern ein lebenslanger Tod in Liebe, Leidenschaft, Selbstopfer und Selbstaufgabe.

Wenn wir diese zwingende Notwendigkeit, uns der Liebe zu unterwerfen, blockieren, wenn wir einen Menschen auf bestimmte Etiketten, selbst auf positive Etiketten reduziert haben, dann ist die Liebe längst verloren. Und wir sind es auch. Ein Objekt an sich, wie erhaben oder niedrig es auch sein mag, ist immer blockiert. Und in dieser Sichtweise sind wir in uns selbst blockiert. Wir mögen uns und den anderen Menschen zwar zu kennen glauben, aber gerade diese Vertrautheit ist an sich schon eine Form der Geringschätzung. In einer derartigen Sicherheit zu leben, heißt ein Schattendasein führen. Dann sind wir die Toten, wie Jesus sagt, die ihre Toten begraben müssen.

Alles Wissen hängt davon ab, wie es erworben wird. Es gibt zwei grundlegend verschiedene Arten von Wissen: Das Wissen, das durch Wörter erworben wird, und das Wissen, das durch die Unmittelbarkeit des Seins kommt. Durch Wörter vermitteltes Wissen ist seinem Wesen nach intellektuell. Franklin Merrell-Wolff, einer meiner Lehrer, bezeichnete dieses Wissen als Objekt-Wissen. Wir erwerben es von anderen, in der Schule oder bei der Arbeit, aus Büchern und durch unsere eigenen intellektuellen Beobachtungen. Diese Art des Lernens vermittelt uns ein falsches Sicherheitsgefühl, denn beim Erwerben eines solchen Wissens wird das Ich nie dazu herausgefordert, sich über sich selbst hinaus zu öffnen. Es bleibt souverän in seiner Isolation. Die fundamentale Beschränkung für ein Selbstverständnis, das sich auf diese Art von Wissen gründet, besteht darin, daß es uns nicht mit unserem tieferen Wesen verbindet – es ist nur die halbe Weisheit. Wenn wir gestreßt sind, wird uns dieses Pseudo-selbst verraten, und wir fallen wieder in die Überlebensimpera-tive des einfachen Organismus zurück. Dann wird der Intellekt einfach der Jünger der Furcht werden, und wir sind entweder aggressiv oder hilflos. Das Objekt-Wissen lebt in unserem Kopf, aber nicht in unserem Herzen.

Im Gegensatz dazu vereint das direkte Wissen, das aus der Unmittelbarkeit des Seins kommt, Kopf und Herz und mehr. Wir erkennen es, wenn das Subjekt ins Objekt umschlägt und wir eins sind mit unserer Erfahrung. Diese Art von Wissen ist nicht abstrakt, nicht aus zweiter Hand. Es ist die natürlichste Sache für ein Kind, aber es verschwindet, wenn das Ich sich ganz unserer Wahrnehmung bemächtigt. In dem Maße, wie jemand von uns auf diese Weise «weiß», besitzten wir spirituelle Autori-tät, zumindest in Beziehung zu uns selbst. Aber dies ist auch die Autorität eines wahren Lehrers und die Basis für eine authenti-sche Lehre. Dies ist das Wissen, von dem Whitman so beredt spricht, wenn er sagt: «Und ich weiß, daß die Hand Gottes meine ältere Hand ist.»

Wissen, das man selbst ist − das ist der Schlüssel. Für eine Eisläuferin besteht es darin, daß sie weiß, wie sie einen drei-fachen Lutz machen muß; für einen Golfspieler in der Art und Weise, wie der ganze Körper den Schwung versteht. Wir wissen es, wenn oder weil wir es sind. Es ist der Ort, wo technisches Wissen wahres Wissen, wo es Kunst wird. Dies ist die Art und Weise, wie der Mystiker Gott kennt oder der Prophet sieht oder der Heiler das Muster begreift, das eine Krankheit erzeugt. Wir können den Ort andeuten, aber wir können ihn nicht voll-ständig erklären. Diese Art von Wissen kann nicht direkt an andere weitergegeben werden. Nur die Voraussetzungen zur Empfänglichkeit lassen sich erbitten, und das heißt auf eine grundsätzliche Weise, daß wir zu uns selbst heimkehren. Wir müssen langsamer werden, sanfter werden in unserem Körper, unseren Atem fühlen, uns in der Musik treiben lassen, sin-gen und tanzen, verspielt sein, aufhören, so viel zu tun, und mit unserem Herzen hören lernen. Es hilft, wenn man medi-tiert, eine wachsame, aber entspannte Aufmerksamkeit entwik-kelt, so daß wir gleich erkennen, wann wir mit unseren Tiefen verbunden und wann wir durch das Denken davon getrennt sind oder in Emotion versinken und in uns selbst verloren sind.

Sobald wir einmal die tiefere Verbundenheit haben, können wir sie nicht mehr verlieren, auch wenn wir uns dies oft einbilden. Es ist eine Sichtweise, die ihrerseits Wissen ist, und sie führt uns, benutzt uns, also genau umgekehrt wie beim Objekt-Wissen. Sie läßt uns nur dann im Stich, wenn wir uns selbst aufgeben, wenn wir der Furcht erliegen. Aber auf diese Weise lehrt sie uns heimzukehren.

Während unser Ich im gewöhnlichen, äußeren Lernen sicher bleibt, wird das Wissen, das direkt in unserem Sein ist, durch einen viel anstrengenderen Prozeß erlangt. Das Ich selbst muß eine Zeitlang in einen größeren Fluß, eine vollere Lebendigkeit eingebunden sein. Das kann eine Zeit der Ungeschütztheit sein; das Ich mag anfangs seine Mühe damit haben, diese Ebene der Erfahrung zu integrieren – es kann nicht so ohne weiteres das neue mit Hilfe des alten Seins interpretieren. Wir brauchen, wie Jesus gesagt hat, neue Schläuche für neuen Wein. Die Integration ist wie das Senfkorn, das in seiner eigenen Zeit wachsen muß. Leider kennt unser Ich keine Geduld. Da haben wir also eine starke, geheimnisvolle, zuweilen tief verstörende und verwirrende Erfahrung gemacht – schon muß sie benannt, erklärt, organisiert, benutzt werden. Dies ist der Punkt, an dem das entstehende Spirituelle manchmal wirkt, als sei es psychopathologisch, und leicht wird es von den modernen rationalen/materialistischen medizinischen und psychologischen Mustern falsch etikettiert. Aber auch wir selbst etikettieren es falsch, fürchten zuweilen um unsere geistige Gesundheit oder identifizieren es fälschlicherweise mit Komponenten der Erfahrung und durchlaufen einen Prozeß der Übersteigerung. Wir halten uns für etwas Besonderes, verteidigen die Erfahrung gegen weise Kritik und können dazu neigen, absolut und dogmatisch zu werden. Weises Unterscheidungsvermögen im Hinblick auf dieses Potential ist entscheidend, aber gewöhnlich wählen wir den schwierigsten Weg beim Lernen. Es gibt viele Lehrer, die intellektuelles Wissen vermitteln, aber in dieser schwierigen Zeit des spirituellen Erwachens brauchen wir jemanden, der diese Räume bereits passiert und sie in sich aufgenommen hat. Ein solcher Lehrer kann die sich öffnende Person einfach durch seine Gegenwart zentrieren und besitzt die Erfahrung, eine klare Perspektive zu vermitteln: «Nein, du bist nicht verrückt – aber laß uns mal einen Blick auf die Wurzeln deiner Furcht und Verwirrung werfen.» Oder was zuweilen genauso wertvoll ist: «Aha, du hast eine große Erfahrung gemacht, du bist also erleuchtet... Na und? Laß uns zum Alltag zurückkehren.» Man könnte noch viel mehr dazu sagen, wie wichtig es etwa ist, seinen Pflichten bestmöglich nachzukommen, mehr Zeit in der Natur zu verbringen, seinen Körper zu trainieren, die Meditation zu verkürzen oder abzubrechen – in der heutigen Zeit steht uns genügend offen. Ein Ich, das einen Geschmack von Weite genossen hat, mag oft nicht diese Art von Feedback, aber gewöhnlich ist dies genau das, was es braucht.

Manchmal habe ich das Gefühl, statt daß Erfahrungen von Unmittelbarkeit integriert werden, so daß sie unser Ich-Sein wahrhaft befähigen, wird die Integration verfälscht, wenn sie auf metaphysische Objekte gerichtet wird. Ich spreche hier von Engeln, vergangenen Leben, höherem Selbst, Vorstellungen von karmischer Schuld und sogar von verschiedenen übernatürlichen Wesen. Da wird eine ganze metaphysische Landschaft erschaffen, um die neuen Energien und Erfahrungen zu erklären. Ich selbst hatte viele Erlebnisse gehabt, die auf gewöhnliche Weise nicht zu erklären waren, so daß ich wohl aufgeschlossen bin hinsichtlich der Existenz von Engeln, Dämonen und vielem mehr. Doch für mich geht es gar nicht um die Wirklichkeit dieser Phänomene, sondern um die Menschlichkeit des Betreffenden. Für mich besteht der Lackmustest der spirituellen Reife in unserer Fähigkeit zu bewußter Beziehung. Ein Großteil der New-Age-Szene repräsentiert eine Vielzahl von Formen der Egomanie und Selbstbeweihräucherung, von raffinierten (und weniger raffinierten) Abwehrmaßnahmen gegen echte soziale und zwischenmenschliche Verantwortung, gegen die tiefe Demütigung, die das Leben uns unvermeidlicherweise antun muß. Es ist eben leichter, sich hinter einer metaphysischen Phantasiewelt zu verstecken, als sich auf die Herausforderung einer vollen psychischen Reife und tiefen Demut einzulassen.

Für mich kommt die Lösung für dieses Dilemma aus einem vollen und aufmerksamen Leben. Das übersteigerte oder bedrohte Ich möchte diese Aspekte des Lebens, die seine Souveränität beleidigen, ausschließen, und der beste Spiegel dafür ist das gewöhnliche Leben. Was ist für uns zu unbedeutend? Was verschmähen wir, und worauf wollen wir uns nicht einlassen? Wann sagen wir ja, wenn wir vielleicht oder nein meinen? Wann mogeln wir, statt uns einer unangenehmen aufrichtigen Konfrontation zu stellen? Die Integration höherer Energien, die nicht durch unser Ich und unseren Intellekt bewerkstelligt werden kann, wird auf natürliche Weise in unserem Körper und in unserem Leben bewirkt, wenn wir uns nicht abwenden von der Alchemie der «grimmigen Rätsel des Lebens», wie Walt Whitman das nannte. Wir müssen nicht lange danach suchen – das Leben ist voll davon. Worin besteht beispielsweise unsere eigene authentische Beziehung zum Leiden, zum Tod, zum Altern? Wie lösen wir solche Rätsel wie: aufrichtig sein und doch die Empfindlichkeit anderer respektieren? Wie steht's um die individuelle Authentizität und die Zugehörigkeit zu einer Gruppe oder Gemeinschaft? Wie versöhnen wir das, was gut ist für den einen, mit dem, was gut ist für die vielen, oder wie erfüllen wir langfristige Bindungen wie Ehe und Elternschaft, ohne unser Bedürfnis nach Spontaneität zu verraten? Während wir diese Dilemmata leben, führen sie uns bis an den Rand, wo der Glaube beginnt und wir das Wissen um unser eigenes Wesen erwerben. Dann findet das, was uns in Zeiten tieferer Kommunion mit der Wirklichkeit offenbart wird, hinein in unser Leben gerade in der Bescheidenheit und Einfachheit unserer Lebensweise. Das Leben in der Wahrheit ist das Feuer, und unsere falschen ichsüchtigen Einstellungen sind – Schicht um Schicht – das Stroh, das verbrannt werden muß.

Damit dies geschieht, müssen wir das Risiko eingehen, aus unserem Herzen heraus zu leben, müssen wir bereit sein, unser Gefühl der Sicherheit in Frage zu stellen, indem wir in all unsere Beziehungen das tiefste Bewußtsein einbringen. Dies, meine ich, ist das definitive Yoga des heutigen Lebens. Ganz gleich, ob es nun Engel, Dämonen, Außerirdische, Channeling, Karma und spirituelle Führer gibt oder nicht – dies alles kann als Objektivierung einer Kraft außerhalb von uns selbst aufgefaßt werden. Wir werden die Gesalbten oder die Opfer dieser Kräfte. Aber was ist mit echter spiritueller Substanz? Sie kann nur kommen, indem wir tief leben. Letztlich ist dies nicht etwas, wovon wir reden, sondern etwas, was wir ausstrahlen. Vor allem ist es das Wissen um das eigene Ich-Sein. Unabhängig von jedem Bild oder Selbstverständnis ist dies eine Verbundenheit mit dem eigenen Selbst, die einem weder durch Veränderung der Lebensumstände noch durch Elend und Not weggenommen werden kann. Dies ist ein Wissen, das uns nie verraten wird.

Dies ist mehr als nur eine Reise des Geistes, dies bedarf einer Verwandlung des ganzen Seins. Der ganze Organismus, nicht bloß das Ich, muß darauf vorbereitet oder in einem gewissen Sinne trainiert werden, dem Energieschock zu widerstehen, wenn man sich zwischen unterschiedlichen Wirklichkeiten jenseits der gewöhnlichen Unendlichkeit des Bewußtseins des Ersten Wunders bewegt. Statt den Streßsituationen aus dem Weg zu gehen, die die Psyche des Ersten Wunders bedrohen, besteht die Aufgabe darin, solche Zeiten zu nutzen, um zu lernen, wie man allmählich immer verfügbarer und transparenter wird. Es spielt keine Rolle, welche Etiketten das Bewußtsein des Ersten Wunders solchen Streßzuständen versuchen wird zu geben, um eine Reaktion oder eine Abwehr zu rationalisieren. Aus der Perspektive der Unendlichkeit handelt es sich dabei nur um Energie, die die erstarrte Struktur des Körper-Geistes des Ersten Wunders erschüttert. Indem wir lernen, nichtdefensiv und transparent zu bleiben, dringt der Strom höherer Energie allmählich immer tiefer in unsere Verkörperung ein.

Ein gut gelebtes Leben ist nach meiner Einschätzung eines, das uns zu einem größeren Bewußtseinsvermögen und speziell zu einer größeren Beziehungsfähigkeit verhilft. Wenn wir das Leben einmal als eine Art Schule ansehen wollen, dann werden wir tagtäglich jeden Augenblick dafür ausgebildet oder darauf vorbereitet, das Zweite Wunder zu verkörpern. Die Fähigkeit zum Ich-Bewußtsein des Ersten Wunders zu entwickeln, ist von fundamentaler Bedeutung für das Kind und den jungen Menschen, aber die Aufgabe eines Erwachsenen besteht darin, wieder für den Grund verfügbar zu werden. Es ist nicht nur eine

Reise des Verstandes, sondern des ganzen inkarnierten Seins, denn unser Organismus in seiner Totalität ist weit mehr in der Lage, die höheren Energien zu integrieren, als das denkende Selbst.

Zur Unmittelbarkeit zurückkehren und Worte haben, zu dem Punkt zurückkehren, an dem endliche Worte und unendliches Sein wieder konvergieren. Weder in einer ungebundenen Sinnlichkeit absorbiert sein wie ein Kleinkind, noch in eine intellektuelle Abstraktion verbannt sein. Seine Verbundenheit mit dem Leben und der unvergänglichen Lebendigkeit kennen. Das ist Intelligenz. Dann werden die Wörter, die wir verwenden, relational, werden zur Eingebung, zur Dichtung, zu Gleichnissen oder Metaphern. So hat Whitman geschrieben, so hat Jesus gesprochen. So spricht jemand, der eine Geschichte zu erzählen hat, die zugleich jedermanns Geschichte ist.

«Im Anfang war das Wort,
Und das Wort war bei Gott,
und Gott war das Wort...»

Eines Tages, als ich in den Bergen wanderte, wurde ich mir der Sonne bewußt und wurde mir klar über den zeitlosen Raum des Seins, in dem sie zum erstenmal benannt worden war. Es war nicht nur ein Wort, sondern eine Offenbarung. Ich konnte buchstäblich die Ehrfurcht spüren, die die ersten Wörter begleitet haben mußte, als sie aus dem Seinsgrund auftauchten. Sonne... Ja... erst im Laufe der Zeit sind uns die Wörter allmählich entglitten und haben ihre Verwurzelung in der größeren Intelligenz verloren. Statt Tore zum Geheimnis zu sein, wurden sie Selbstzweck.

Manchmal können wir diese Bewegung erkennen, wenn wir uns den Ursprung gewisser Wörter ansehen. Nehmen wir beispielsweise das englische Wort *abundance*. Heute verbindet man damit die Bedeutung von «große Menge, eine überreichliche Quantität, nur im quantitativen Sinne verwendbar». Doch das lateinische Wort *abundare* bedeutet «wie ein Fluß fließen». Wir sehen, daß das Wort einst seine Wurzel in der Natur hatte, dem

Seinsgrund näher war. Ein Fluß bringt Wasser, eine Quelle des Lebens. Für die meisten frühen Gesellschaften bedeutete das Fließen des Flusses Leben. Aber ein Fluß ist auch eine Quelle von Geheimnis und Kontemplation. Flüsse fließen langsam und tief, schnell und wild; sie mäandrieren; sie überschwemmen und vernichten, selbst wenn sie den Boden der Täler wiederauffüllen. Fließen, wie ein Fluß fließt – darin klingt so viel mehr an als nur Reichtum oder Fülle. Darin klingt Fließendes, Stärke und Weichheit, Geduld und Kraft und vor allem Bewegung an. Wahre Abundanz ist eine innere Bewegung, die uns davor bewahrt, «unser Haupt hinzulegen» in einer statischen Identität. Aber im modernen Sprachgebrauch impliziert Abundanz oft einen gewissen Grad an Immunität gegenüber Veränderung – wenn wir im Übermaß reich sind, brauchen wir keine Angst vor einer Rezession zu haben, und so weiter. Ich bezeichne dies als den Frieden des Ich. Aber es gibt einen anderen Frieden, den «Frieden, der über das Wissen hinausgeht», und dieser Frieden braucht keinen Reichtum, auch wenn er das abundare braucht. Mit einem Wort: *abundare* stellt eine spirituelle Qualität dar und nicht so sehr den materialistischen Sinn des modernen Sprachgebrauchs.

Die Erklärung «das Wort war Gott» erkennt die unnennbare Wurzel von Sprache und Intelligenz an. Das Wort taucht aus dem Unnennbaren auf, und die frühesten Wörter kleideten sich in die üppigen Metaphern der Natur. Wörter zu verwenden, ist in Wahrheit ein Beschwören des Heiligsten. Das Wort erhellt beide Wege, den in die Unendlichkeit und den ins Leben.

Wenn wir für die Unendlichkeit offen sind, hallt die Stimme eines anderen in unserem tieferen Sein wider und vermittelt weit mehr als die wörtliche Bedeutung der Wörter. Ja, der Einfluß der Wörter, der Stimme darf nie unterschätzt werden. Jacques Lusseyran, der mit acht Jahren blind wurde, hat in diesem Zusammenhang bemerkt:

Die menschliche Stimme erzwingt sich ihren Weg in unser Inneres ... Will man sie richtig hören, muß man sie im Kopf und in der Brust vibrieren, in der Kehle nachklingen lassen, als ob sie für einen Augenblick die eigene wäre ... Was die

Stimmen mich lehrten, lehrten sie mich fast immer sofort...
Es gab... eine moralische Musik. Unsre Gelüste, unsere Launen, unsere heimlichen Laster und selbst unsere sorgsamst gehüteten Gedanken übertrugen sich auf den Klang unserer Stimme, wurden offenbar in ihrer Modulation, in ihrem Rhythmus... An dem Tag, an dem gierige, skrupellose Menschen die Kunst, die menschliche Stimme zu durchschauen, ganz beherrschten, sie zu entziffern und nach Belieben zu formen verstünden, wäre es mit dem bißchen Freiheit, das wir haben, vollends zu Ende.

Für das erleuchtete Ohr sind Wörter kinästhetisch, sie tanzen auf der Haut, dringen ins Fleisch ein, schwingend, streichelnd oder kratzend. Die Wörter vermitteln die wahre Seele des Menschen, die Qualität seiner Lebendigkeit, die sich von der buchstäblichen Bedeutung der Wörter unterscheidet. Einen Menschen einfach, mit ehrlicher Aufrichtigkeit aus dem Herzen sprechen zu hören, ist wie ein Trank, ein Nektar, ein sinnliches Geschenk. Es ist wunderbar nahrhaft. Gott ist in solchen Worten, und im nackten Zuhören, das unbekleidet ist vor der Unendlichkeit, wird das Universum zusammengeknüpft, «das Zeitlose mit der Zeit». Für das innere Ohr kann die Stimme nie lügen. Die Stimme eines Menschen, der unter der Ich-auflösenden Nähe der Unendlichkeit leidet, wird Verfügbarkeit und Offenheit kommunizieren, ungeachtet der qualvollen Klage des Ich, die sich in seinen Worten ausdrückt. Und gleichermaßen werden die optimistischen Worte eines Menschen, der in seiner Ich-Dynamik befangen ist, nicht so sehr die Freude kommunizieren, die er zu empfinden behauptet, sondern die Botschaft der Isolation und des Selbstschutzes aussenden. Jeder, der offen ist für die tiefere moralische Resonanz dieser Stimme, wird das ungelebte Leben verspüren.

Das Wort ist sinnlich. Aber zunächst müssen wir lernen, uns zu entkleiden, nackt zu werden vor einer tieferen Wirklichkeit. «Wenn ihr euch nicht mehr schämt und eure Kleider nehmt und sie unter eure Füße legt wie die kleinen Kinder und darauf tretet. Dann werdet ihr den Sohn des Lebendigen sehen, und ihr werdet ohne Furcht sein.» (37. Logion) In jedem Augenblick kleiden wir uns in psychische Strukturen, die festlegen, was wir uns selbst erfahren oder wahrnehmen lassen. Denken Sie an Michelangelos Bild an der Decke der Sixtinischen Kapelle, auf dem Adam und Gott einander die Hand entgegenstrecken. Dies ist der «Schnittpunkt des Zeitlosen mit der Zeit», der Ort, an dem die materielle, endliche, zeitgebundene Subjekt-Objekt-Wirklichkeit gleichzeitig zeitlos, raumlos, ohne Ort ist – mit Worten läßt sich dies einfach nicht beschreiben. Die Seinsweise ist nur gegenwärtig, wenn wir aufhören, uns in irgendwelche Erwartungen oder Ziele zu kleiden. Dies heißt, sich der Beziehung zu nähern ohne das Bedürfnis, verstanden zu werden oder den anderen zu verstehen. Das heißt, sich der Beziehung zu nähern ohne das unbewußte Bedürfnis, gemocht zu werden oder den anderen zu mögen. Nicht, daß wir nicht gemocht, nicht verstanden werden möchten. Nur sind dies nicht mehr Vorbedingungen für unsere Verfügbarkeit. Nackt zu sein heißt letztlich, daß wir nicht mehr unterbewußt darauf bestehen, sicher zu sein oder den anderen sicher zu machen. Im Grunde müssen wir uns und unseren Gott bedingungslos werden lassen. Dann hoffen wir nicht einmal, daß es so etwas wie Liebe geben wird, denn wer diese Erwartung hegt, ist bereits ein Gefangener der Furcht. Und das Wunder dieser psychischen Nacktheit besteht darin, daß unsere Beziehungen nun vom Großen Liebenden erleuchtet sind... und die Liebe erblüht. Sie sind von der Großen Intelligenz durchdrungen... und Wissen fließt aus unbekannten Tiefen. In solcher Nacktheit sind wir von einem Gefühl der Zugehörigkeit erfüllt und kennen die wahre Grundlage für Sicherheit: unser Ich-Sein.

Wenn wir unsere Wörter nicht als Türen leben, wenn sie nicht beide Wege erhellen, in Beziehung zum Endlichen, zum Ding an sich und zum Unendlichen jenseits der Repräsentation stehen, wird jedes gesprochene oder gedachte Wort ein Akt der Unterdrückung. So werden Wörter tödlich, richten sie immer mehr Schaden an als Stock und Stein. Alles hängt davon ab, wo wir in uns selbst sind, wenn wir sie aussprechen. Eine Chemievorlesung kann eine langweilige Wiedergabe auswendig gelernter Fakten sein – oder eine lebendige, nachhallende Offenbarung des Geheimnisses unserer Welt. Erstere ist bestenfalls eine

Geschichte über das Leben, letztere dagegen eine Geschichte, die lebt.

Die größte Krankheit der Menschheit ist nicht der Krebs oder der Herzinfarkt oder der Krieg. Es ist der allzu bequeme Umgang miteinander und das gedankenlose Gerede. Die Verwendung von Wörtern, die nicht beide Wege erhellen, sperrt uns in unseren Vorstellungen ein, genauso wie wir andere in den Bildern einsperren, mit denen wir sie charakterisieren. Zornige Worte, scharfe Worte, intelligente Worte, gerechte Worte, wohlmeinende Worte, von Herzen kommende Worte, milliardenmal tagtäglich in jeder Minute gesprochen, wobei die einen uns dem Urquell der Verbundenheit und Beziehung öffnen, der uns mit lebendiger Gegenwart erfüllt, während die anderen uns distanzieren und trennen und die begrenzte Lebenskraft verschwenden, die wir besitzen. Und wenn wir unbewußt unsere Lebenskraft verschwenden, wenn unser Energieniveau gerade durch den Akt unserer Kommunikation abnimmt, werden wir anfällig für die größte seelenlose Objektivierung und die größte trennende Illusion, die dem Bewußtsein des Ersten Wunders innewohnt. Das Zweite Wunder ist genau deshalb ein höherer Energiezustand, weil es ein Zustand der unaufhörlichen Beziehung ist. Das Wort ist ein Tor zu einem Universum. «Am Anfang war das Wort» *und* die Wandlung, das «in meinem Namen», aus dem jene Worte fließen. Wenn wir letztlich nicht versammelt sind im Namen von etwas, was wir nicht am Ende auf irgend etwas reduzieren können, auf irgendein Bewußtseinsobjekt, werden unsere Worte uns reduzieren, abtöten, uns unsere Sinnlichkeit stehlen und uns den Reichtum der Zugehörigkeit vorenthalten.

Wenn Jesus davon spricht, daß «zwei oder drei versammelt sind in meinem Namen», meint er den Geist, zu dem er uns aufruft – wir stehen vor dem unwandelbaren Geheimnis, vor der unerschaffenen Quelle, aus der alles andere aufsteigt. Wenn wir so dastehen, verbindet unsere Aufmerksamkeit das Endliche mit dem Unendlichen, das Zeitlose mit der Zeit. Worte werden lebendig, und wir werden lebendig mit ihnen. Wie Rilke dies in seinem Gedicht *Der Schauende* formuliert hat:

Wie ist das klein, womit wir ringen,
was mit uns ringt, wie ist das groß;
ließen wir, ähnlicher den Dingen,
uns *so* vom großen Sturm bezwingen –
wir würden weit und namenlos.

Was wir besiegen, ist das Kleine,
und der Erfolg selbst macht uns klein.
Das Ewige und Ungemeine
will nicht von uns gebogen sein.

Als ehemaliger Arzt meine ich, daß das Potential zur Heilung
und zur Gesundheit (oder anders gesagt: der Wahrscheinlichkeit,
in Ganzheit reorganisiert zu werden) exponentiell zunimmt,
wenn wir damit aufhören, uns mit den Wörtern zu begnügen,
die wir oder andere dazu verwenden, unser Krank-Sein zu definieren. Ein Herz ist nicht nur *ein Herz*. Eine *Leber* ist nur ein
Abglanz des unerhörten Organs. *Furcht, Angst, Depression,
Schwäche* – jedes Symptom, das wir benennen, ist eine Unendlichkeit an sich. Sie sind Anfänge, keine Enden, Tore in ein
Universum von Kreativität und Entdeckung, nicht Barrikaden.
Schauen Sie durch diese Wörter, als ob Sie in einen halbdurch-
lässigen Spiegel blickten. Die Objekte sind so hell im Spiegel –
sie nehmen unsere Aufmerksamkeit des Ersten Wunders gefangen. Etiketten wie multiple Sklerose, chronische Müdigkeit,
amyotrophische Lateralsklerose und all die anderen unzähligen
Etiketten machen uns scheinbar real für uns selbst. Doch wir
sind erst ganz lebendig, wenn wir durch sie hindurchschauen
können – ganz gleich, wie dunkel oder matt es dahinter aussehen
mag.

Tiefer und tiefer in den gegenwärtigen Augenblick hinein-
hören. Am Tor unserer Sinne und durch sie hindurch hören. Am
Tor unserer Gedanken und Visionen und über sie hinaus meditieren. An der Schwelle jedes Gefühls stehen und wortlos bleiben, nicht benennen. In die Existenz hineinschauen, wenn sie
entsteht und gerade in unserem Bewußtsein auftaucht, und
durch die Wörter, die wir verwenden, um dies zu beschreiben,
hindurch und über sie hinausschauen. Jeder von uns ist ein

Kosmos – immer in Bewegung, immer in etwas Unveränderlichem verwurzelt. Wir könnten jedes Wort erschöpfen, das je erschaffen wurde und je erschaffen wird, und doch nicht auch nur einen von uns ausloten. Wenn wir dann sprechen, nachdem wir dies verstanden haben, ist dies Das Wort.

9
Der verlorene Sohn in neuem Licht

Das Gleichnis vom verlorenen Sohn erzählt die Geschichte eines jungen Mannes, der sein reiches und sicheres Vaterhaus verläßt und auszieht, sein eigener Herr zu werden. Im Laufe der Zeit verschwendet er sein Erbe, verliert den Mut und kehrt in bitterem Elend und geschlagen zu seinem Vater zurück, der ihn mit offenen Armen wiederaufnimmt. Das Gleichnis ist eine Neuformulierung des Paradies-Mythos durch Jesus. Er will damit zeigen, daß die ursprüngliche Vertreibung sich immer wieder in jedem Menschen wiederholt – wir sind alle «verlorene Söhne» und «Töchter». Jesu geniale Lehre bestand darin, daß er die Verlorenen wieder auf ihren Platz im Universum zurückstellt. Er schildert, wie die Menschen wiederversöhnt und in der größeren Sphäre des Seins wiederaufgenommen werden.

Der verlorene Sohn ist ein anderer Name für den Menschen des Ersten Wunders. Aufgrund seiner Natur kann das Subjekt-Objekt-Bewußtsein an der reichen Unmittelbarkeit und Zugehörigkeit des Vaters/der Mutter nicht teilhaben. Indem er seiner selbst bewußt wird, muß der verlorene Sohn aus seiner eigenen Energie, aus seiner eigenen getrennten Existenz heraus leben. In seines Vaters Haus zu bleiben, heißt, für immer in ein universales Bewußtsein eingetaucht zu sein. Dies entspricht dem Unbewußtsein oder dem instinkthaften Potential der sogenannten niederen Lebewesen.

Es wäre eine Fehlinterpretation des Gleichnisses, den verlorenen Sohn für einen vorsätzlichen oder aufsässigen Sünder zu halten. Das Aufbegehren und die Vertreibung des Ersten Wunders sind, wie wir sagten, von der Natur vorherbestimmt. Ob die anschließenden Handlungen des Verschwenders gut oder schlecht sind vom moralischen Standpunkt des Menschen des Ersten Wunders her, ist irrelevant. Dies ist keine Geschichte über Lohn oder Strafe. Ganz gleich, ob es sich um einen guten Sohn/ eine gute Tochter oder um einen schlechten Sohn/eine schlechte Tochter handelt – jeder Verlorene wird so oder so vertrieben, und welche sogenannten Sünden er/sie auch immer begangen, welche Übertreibungen er/sie auch immer gemacht hat, um sein/ihr Leben zum Himmel oder zur Hölle zu machen: Jeder wird für immer vom Zustand des Zweiten Wunders aufgenommen werden, wenn das Ich schließlich bereit ist, sich dem neuen Potential zu unterwerfen.

Das Subjekt-Objekt-Ich ist von den alten Mystikern mit einem Becher Wasser verglichen worden, der in den Ozean getaucht wird. Der Ozean ist eine Metapher für das universale Bewußtsein oder Selbst, das den Becher sowohl füllt wie umgibt. Aber das Ich erkennt nur den Aspekt des Wassers, das im Becher ist, und hält dies für sein Selbst. Das verschwenderische Selbst muß fortgehen, um vom Leben zu trinken, wobei es jeden Augenblick mit verschwenderischer Objektivierung erfüllt und damit für immer von der unmittelbaren Teilhabe am größeren Selbst getrennt ist. Allmählich entdeckt der Verschwender, wie wir alle dies schließlich tun, daß das Leben im Becher letztlich so lange unergiebig ist, bis es zusammen mit dem größeren Leben existiert. Indem er sich selbst zu erfüllen versucht, stellt er fest, daß er ständig von seiner eigenen Natur als Lebewesen erniedrigt wird und sich gegenüber der Erde, die er bewohnt, pervers zerstörerisch verhält. Wenn er ganz erschöpft und erniedrigt ist – nach heutigem Sprachgebrauch: deprimiert, entfremdet, ausgebrannt, lustlos, chronisch müde und so weiter –, beginnt er unweigerlich die Heimreise zu seiner tieferen Natur anzutreten. Die Schönheit von Jesu Geschichte, die er aus seinem eigenen Leben heraus verstand, besteht darin, daß es keine Rolle spielt, wie weit wir uns verirrt haben mögen – wenn wir schließlich in den Kern unseres Seins zurückfallen, werden wir stets wiederaufgenommen.

Dieses Potential zur profunden Versöhnung des kleineren mit dem größeren Selbst, ganz gleich, wie tief die Wunden oder

Traumata sind, ist die Basis für den größten Teil meiner eigenen Heiltätigkeit. Statt mich auf die Krankheit oder das Trauma zu konzentrieren, konzentriere ich mich auf den Zustand des Heimgekehrtseins. Selbst ein paar Minuten der Erfahrung der Zugehörigkeit können die Möglichkeit der Gesundheit und des Wohlbefindens schon wiederherstellen.

Zuhause. Wir alle sehnen uns danach. Wir alle sehnen uns nach Zugehörigkeit, nach der Ruhe in der Unmittelbarkeit des Jetzt, wie sie sich in der Einfachheit und Fülle des Seins verwirklicht. Und es ist niemals eine Frage, ob wir akzeptabel oder es wert sind – wir werden zu Hause immer willkommen geheißen. Ob wir durch die Tür des Schlecht- oder des Gutseins eintreten, ist der Unmittelbarkeit egal. Der Heilige wie der Sünder ist gleichermaßen willkommen. Der verlorene Sohn/die verlorene Tochter mag eine harte, häßliche, grausame oder eine freundliche, liebevolle, schöne Existenz geführt haben – so oder so: Solange er/sie im Bewußtsein des Ersten Wunders verharrt, ist er/sie vertrieben. Aber wenn er/sie bereit ist, seinen/ihren Ich-getriebenen Willen abzulegen, erwartet ihn/sie stets die Ganzheit des Seins.

Ich habe mich oft gefragt, welcher geheimnisvolle Prozeß die bewußte Reise hin zum Zweiten Wunder in einem bestimmten Individuum initiiert. Sicher vollzieht sich das nicht auf eine einzige, sondern auf vielerlei Weise. Offenbar ist die Initiation möglich, indem man einen Weg der spirituellen Disziplin einschlägt. Vermutlich genauso wichtig ist das spontane Entstehen des neuen Bewußtseins. Menschen, die sich eigentlich nicht für spirituell halten, entdecken hier plötzlich, daß sie eine ganz neue Dimension erleben. Klassische Beispiele einer mehr oder weniger unmittelbaren Wandlung sind Paulus auf der Straße nach Damaskus und Walt Whitmans Erwachen, das er so eloquent im *Gesang von mir selbst* beschrieben hat. Doch ich glaube, der Prozeß kann sich auch in kleineren Schritten vollziehen, die weniger dramatisch, aber auch nicht so radikal und tief sind. Wie auch immer sich dies abspielt: Ich vermute jedenfalls, daß der Umwandlungsimpuls, der die Entfaltung des Universums antreibt, die wahre Ursache ist, und all unser Suchen und Tun ist eine Reaktion auf seine inneren Auslöser. Vielleicht besteht die

Aufgabe des verlorenen Sohns, wie mein Freund Aster Barnwell meint, darin, sich bei seiner Suche, in seinem Ich-getriebenen Überschwang zu erschöpfen und damit fast durch ein Versäumnis für das nächste Potential frei zu sein.

Unbedingt muß das Ich reif und stark sein, um für die Weite des Bewußtseins des Zweiten Wunders transparent sein zu können und nicht die Unversehrtheit des Selbstbewußtseins zu verlieren. Wir haben bereits festgestellt, daß alles, was die Unversehrtheit der frühen Ich-Entwicklung beeinträchtigt, wie sexueller oder körperlicher Mißbrauch, entscheidende Traumata, mangelnde elterliche Zuwendung und so fort, die künftige Fähigkeit zum evolutionären Wandel schwer behindern kann. Eine zerbrechliche Ich-Struktur empfindet die Ausdehnung oder Auflösung der üblichen Grenzen wie ein Ballon mit Schwachstellen – das Ich spürt, daß es zerrissen und in einzelne Teile zerfetzt wird. In derartigen Fällen kann das Ich-Bewußtsein so gestört werden, daß es die Basis der persönlichen Identität bedroht. Die sogenannte Borderline-Persönlichkeit – eine klinische Allerweltskategorie für alle möglichen Menschen, die unterschiedliche Schwierigkeiten damit haben, die Ich-Grenzen aufrechtzuerhalten – ist besonders dafür anfällig. In diesen Fällen können wir sagen, daß der verlorene Sohn Probleme hat, nach Hause zurückzukehren, weil er es nie ganz verlassen hat, nie den reifen Zustand des Ersten Wunders ganz erreicht hat. Somit also ist es ganz entscheidend, daß die Entwicklung des Ersten Wunders auf einer sicheren Grundlage stattfindet.

Paradoxerweise besitzen die meisten introspektiven und kreativen Menschen, auch wenn sie keine spirituell Suchenden sind, eine gewisse Borderline-Qualität, die eigentlich kein Nachteil ist. Diese Zerbrechlichkeit kann der Heimkehr des verlorenen Sohnes wegen des dadurch verursachten Leidens zugute kommen. Ein leidender Mensch ist nicht selbstzufrieden, kann nicht so ohne weiteres «sein Haupt niederlegen» und wird im Laufe der Zeit dadurch gestärkt, daß er sich auf sein Leiden einläßt. Hier wird der einzelne Mensch von einer existentiellen Qualität des Leidens aufgrund seiner Offenheit gegenüber der universalen Energie des Seinsgrunds getrieben. Einerseits kämpft er darum, seine Ich-Identität zu begrenzen, andererseits wird er durch die universale Energie erweitert. Oft erleben dies Genies und Menschen mit starken künstlerischen Anlagen. Sie können neurotisch wirken und empfinden sich selbst auch so. Und während ihre Persönlichkeit neurotische Elemente aufweist, sorgt die tiefere Kraft hinter ihrem Leiden und ihrer Intensität dafür, daß sie näher am Feuer stehen als der Durchschnittsmensch. Typischerweise erleben solche Menschen eine späte soziale Reife, weil sie das Bedürfnis haben, sich selbst zu finden und die Kraft auszudrücken, die sie in sich verspüren. Ich glaube, ihre tiefere Intuition erfordert solidere Beziehungen, die in einem organischeren, weniger vorgeprägten zeitlichen Rahmen entdeckt werden.

Jede Vorstellung, das Ich würde getötet oder stürbe auf der spirituellen Reise, ist ein tiefes Mißverständnis. Offenbar ist der Egoismus eine Form der Selbstbezogenheit, die sehr destruktiv sein könnte, wenn sie durch eine Bewußtseinsvergrößerung verstärkt würde. Aber ein starkes und gesundes Ich ist ganz entscheidend für jede weitere Entwicklung. Ja, es bedarf eines starken Ich, um den Stolz und die Charakterstärke zu haben, die dem Leben Fülle verleihen. Selbst wenn ein Mensch total auf Sicherheit, die Ansammlung von Reichtum, auf Machterwerb bedacht ist – auf all die weltlichen Tätigkeiten des verlorenen Sohns: Wenn er diese Impulse voll auslebt, erzeugt gerade diese Erfüllung größere Energie, die die nächste Ebene herbeiführen kann. Wenn es denn überhaupt eine Anfälligkeit gibt, dann ist es die Mittelmäßigkeit. Mittelmäßigkeit zeugt von Mangel an Energie, und Energie ist erforderlich, um das Subjekt-Objekt-Selbst in die Knie zu zwingen, so daß es schließlich der großartigen Erfrischung teilhaftig wird, die jenseits des eigenen Becherrands liegt.

In unserer Kultur gibt es eine Verschwörung zum Schutz von Ichs. Zu viele Menschen begnügen sich damit, passiv zu leben, das Leben ersatzweise durchs Fernsehen zu erleben, und entwickeln nur selten mehr als ein bescheidenes Bewußtseinsvermögen. Schüler sind gelangweilt, weil sie von der Schule nicht genügend gefordert werden. Lehrer mit hohen Maßstäben, die harte Arbeit verlangen und schwierige Hausaufgaben stellen oder ehrliche schlechte Noten geben, werden oft dafür kritisiert, daß sie ihre Schüler möglicherweise demoralisieren. Sie können in ihrer Arbeit beeinträchtigt werden oder gar ihren Job verlieren, weil Eltern nur allzugern ihr eigenes Ich schützen wollen, indem sie dafür sorgen, daß ihre Kinder nicht als Versager hingestellt werden oder sich wohl fühlen. Und gerade das sind die guten Lehrer. Wo bleibt der Protest gegen mittelmäßige Erzieher, die es sich während ihrer Amtszeit gutgehen lassen, nach dem gleichen Lehrplan Jahr für Jahr unterrichten, während sie ihre eigene Frustration oder ihr totales Desinteresse verbergen? Wie können wir nur damit weiterleben, daß wir unsere Kinder Institutionen anvertrauen, in denen nicht unbedingt die Allerbesten von uns tätig sind?

Die Verschwörung zum Schutz des Ich hat zur Lähmung der Führerschaft geführt. Dem unverschämten Ich, das zuweilen in privaten Interessengruppen organisiert ist, schmeichelt man und beugt man sich, statt es als das zu erkennen, was es nur allzuoft ist: ein sich selbst schützendes Verharren in Mittelmäßigkeit. Der Physiker Andrej Sacharow war ein wahrhaft bedeutender Gegner der Mittelmäßigkeit in der Sowjetunion. Einmal wurde er gefragt, warum er sich so negativ und pessimistisch über sein Land äußere. Er erwiderte, er sei weder negativ noch pessimistisch. Im Gegenteil, er empfinde sich als echten Optimisten, weil er als Wissenschaftler dafür ausgebildet worden sei, objektive Beobachtungen anzustellen, die Dinge exakt so wiederzugeben, wie er sie sehe. Er habe seine optimistische Einschätzung der Seele seiner Landsleute dadurch zum Ausdruck gebracht, daß er bereit sei, ihnen die Wahrheit zu sagen. Er weigerte sich, Ichs vor genau der Verwundung zu schützen, die den verlorenen Sohn nach Hause treibt.

Heute verweisen uns politische Auseinandersetzungen und soziale Kontroversen nur selten auf das entscheidende Fundament, auf dem jede Gesellschaft aufgebaut sein muß: die Charakterstärke ihrer Mitglieder. Hier ist Moral nicht einfach mit biblischen Werten gleichzusetzen, sondern mit dem Bewußtseinsvermögen in einem Volk. Auseinandersetzungen wie die Abtreibungsdebatte – inzwischen schon fast so etwas wie ein Krieg – sind höchst bedeutsam, weil sie eines der uralten schwierigen Rätsel des Lebens lebendig und ungelöst in der kollektiven

Seele bewahren. Eine derartige Frage einseitig zu beantworten hieße eine Spannung aufzuheben, die notwendig für unsere Bewußtseinsentwicklung ist. Wenn ich mir so ansehe, wie die Menschen in derartigen Fragen Partei ergreifen, habe ich oft das Gefühl, daß manche Menschen buchstäblich geopfert werden, nicht für eine Sache, an die sie entschieden glauben, sondern einfach dafür, daß sie unbewußt diese evolutionäre Spannung in der Gesellschaft aufrechterhalten. Jede Seite löst das Problem, indem sie sich für eine konkrete Position entscheidet und dadurch «ihr Haupt niederlegt» und unbewußt der Mittelmäßigkeit anheimfällt. Die tiefere Frage lautet ja nicht, auf welcher Seite man steht, sondern ob man in sich die Spannung zwischen beiden Seiten aushalten kann.

Ein automatisches Ja oder Nein zur Geburtenkontrolle beispielsweise geht an der tieferen Frage vorbei. Entscheiden wir uns etwa für die Mittelmäßigkeit, ganz gleich, ob wir die Geburtenkontrolle anwenden oder nicht? Ein übermäßiges Bevölkerungswachstum ist derzeit vielleicht die größte unmittelbare Gefahr für die Menschheit. Aber das ist nicht einfach eine Frage von Zahlen – vielmehr geht es darum, was wir tun, um das höchste Bewußtseinspotential in uns zu wecken. Wenn wir uns bloß nach dem religiösen Dogma richten und die Geburtenkontrolle ablehnen, beansprucht dies nicht unsere vollste Aufmerksamkeit und mindert unsere Energie. Wenn wir die Geburtenkontrolle anwenden, um die Sexualität freizügiger zu machen und dadurch in unserer Aufmerksamkeit nachlassen, kann dies auch zu einer Minderung von Energie führen. Bei all diesen Fragen schützen einfache Antworten das Ich. Doch wenn man die Spannung der Aufmerksamkeit in sich selbst aushält, öffnet dies die Seele einem größeren Bewußtseinspotential.

Heutzutage sind die Berichte und Analysen komplexer sozialer Fragen von Mittelmäßigkeit durchdrungen. Die Idee der Political correctness, die zunächst eine Befürwortung fundamentaler Menschenrechtsfragen war, ist inzwischen zu einer Kapitulation vor Ichs verkommen. Statt unsere Mitmenschen zu erhöhen, indem wir erkennen und erwarten, daß sie ihre göttlichen Fähigkeiten zum Ausdruck bringen, achten wir darauf, daß wir uns nach den populären Etiketten richten. Mittelmäßigkeit durchdringt auch die in der Medizin verbreitete Angst, die eigene Unwissenheit einzugestehen, und die damit verbundene Weigerung, von jedem Patienten zu verlangen, daß er sich dem ganzen Ausmaß der Beleidigungen und des Elends des Lebens auf eine Weise stellt, die Würde und Stärke wecken kann. Sie durchdringt das Rechtssystem, indem es Menschen zum Mißbrauch des Prozeßrechts ermutigt, weil sie hoffen, für ihre Leiden durch phantastische Summen entschädigt zu werden. Es liegt im Wesen von Menschen des Ersten Wunders, nach Ursache und Wirkung in ihren gröbsten Formen und damit nach Schuldzuweisungen Ausschau zu halten. So gehen wir den schwierigen Paradoxien des Lebens aus dem Weg, den kniffligen Rätseln, die der wahre Schmelztiegel sind, der die Seele auf ihre höhere Reise vorbereitet.

Wäre Gott die himmlische Autorität, als die man ihn sich oft vorstellt, könnte er etwa folgendes sagen:

Ich habe ihnen einen Leib gegeben, aber von wenigen abgesehen erleben die meisten niemals die köstlichen Empfindungen, deren sie fähig sind. Sie verschaffen sich in kurzen Spannungskrämpfen Erleichterung und halten dies für die Fülle des Lebens, statt darin den allereinfachsten Reflex zu sehen, der an der Schwelle zu den herrlichsten Universen steht. Sie nehmen ihre Sinne wie selbstverständlich hin und benützen ihren Leib wie Lasttiere, um ihre sakrosankte Persönlichkeit von einem Augenblick zum andern zu schleppen. Selbst jene, die ihre physischen Grenzen wirklich ausdehnen, scheinen sich damit zufriedenzugeben, dies immer wieder in den gleichen alten Sportarten zu tun. Und dann ihr Verstand! Ich habe ihnen doch einen wunderbaren Verstand gegeben, aber die meisten begnügen sich damit zu denken, was schon ihre Vorfahren gedacht haben. Sie stellen nicht genug in Frage − vor allem stellen sie sich selbst nicht in Frage. Sie benützen die gleichen alten Etiketten für ihre Empfindungen, ihre Gefühle, ihre Meinungen. Wann raffen sie sich endlich auf, das Wunder zu entdecken, das ich ihnen bereitet habe?

Wäre Gott der Generaldirektor einer großen Detroiter Automobilfirma, könnte er angesichts der schwachen Leistung seiner Schöpfung beschließen, das Modell auslaufen zu lassen. Leider kann genau dies dem Homo sapiens passieren. Ja, wenn zu viele Menschen sich mit der Mittelmäßigkeit abfinden, dann fürchte ich, daß nur großes Leiden sie noch zu irgend etwas erwecken und wieder zu ihres Vaters Haus zurückbringen wird. Und viele werden dabei zugrunde gehen.

Daher ist das, was ich die Huldigung der Lebenskraft nenne, die praktische Seite der spirituellen Reise. Die Huldigung der Lebenskraft folgt der obersten Weisung, wie sie sich in jedem Augenblick in unserem gesamten Organismus manifestiert. Sie ruht im Leben, öffnet sich für jeden Weg der größten Lebendigkeit, ganz gleich, was für eine Herausforderung dies für das Ich ist. Was soll's, wenn wir es nicht schaffen? Wenn wir mißverstanden werden? Diese Ängste sind Energie, die uns auf das Zweite Wunder zutreibt, wenn wir ihretwegen nicht abschalten.

Auf der körperlichen Ebene ist die Huldigung der Lebenskraft die fortwährende Empfänglichkeit für den inneren Strom der Empfindung und der Lebensenergie. Brauche ich gymnastische Übungen oder irgendeine Form der aktiven Meditation, um meine Energie in Gang zu halten und mich jetzt zu öffnen? Ist es an der Zeit, mich auszuruhen und zu bremsen? Psychologisch gesehen, ist es eine sorgfältige Einschätzung der Spannung zwischen der Offenheit und der Verfügbarkeit für andere und dem Bedürfnis nach Stille und Einsamkeit. Grundsätzlich gilt für eine Psychologie des Bewußtseins, daß die Erfahrung des Seins davon abhängt, wie unsere Energie in jedem Augenblick fließt. Ungenutzte Energie wird krank. Und solange die Energie in unserem Denken bleibt, ist sie immer mehr oder weniger krank. Wenn wir die Verantwortung des Bewußtseins zu begreifen beginnen, wird die Huldigung der Lebenskraft die Grunddisziplin, mit der wir unser heiliges Potential ehren. Wir sind nicht mehr die Opfer unseres Lebens – niemand ist schuld daran … niemals. Unsere Wahrnehmungen, Stimmungen, unser Denken, körperliches Wohlbefinden, unsere geistige Klarheit und Gesamtverfassung hängen davon ab, daß wir das Leben durch uns fließen lassen.

Die Offenheit für ein größeres Bewußtsein zu kultivieren, ist das große Abenteuer. Da gibt es keine Formel, die für jeden gut ist – bei diesem Prozeß geht es im Prinzip darum, auf den Organismus zu hören und feinen Hinweisen in ihm zu folgen. Wenn dies *Huldigung* genannt wird, dann heißt das, daß dies etwas mit Freude zu tun hat und nicht eine erzwungene Disziplin ist. Es ist der Hunger der Seele nach der Nahrung des Geistes. Wie man auch immer diese Huldigung nennen mag oder welcher Mittel sie sich bedient: Sie zeichnet das Leben aller Künstler, Mystiker und Wahrheitssuchenden aus. Diese Huldigung gehört unabdingbar zu jeder Bemühung um Heilung und Maximierung der Gesundheit.

Wir müssen nicht an Gott glauben oder auch nur die geringste Neigung zu Spiritualität besitzen. Aber keinesfalls dürfen wir die Lebenskraft durch Rauchen, Alkohol- und Drogenkonsum oder irgendeine Form der Selbstabtötung wie dem Workaholismus untergraben oder schwächen. Geschäftigkeit ist oft das Opium der Ängstlichen. Eine derartige Betriebsamkeit vergeudet unsere Lebendigkeit und schwächt unsere Fähigkeit, höhere Energien aufrechtzuerhalten. Allein schon das Abstellen eines derartigen Verhaltens sorgt automatisch für eine Energiezunahme und vergrößert die Chance, das Bewußtsein weiterzuentwickeln. Wenn ein Mensch so selbstzerstörerisch ist, daß es ihm gelingt, die Fähigkeit seines Organismus zur Aufrechterhaltung der Lebenskraft zu vernichten, ist ein vermindertes Bewußtseinsvermögen die Folge. Unter solchen Umständen kann er durchaus das Potential verlieren, das Zweite Wunder zu verwirklichen.

Ich glaube, das hat Jesus gemeint, als er sagte: «Wer den Vater lästert, dem wird vergeben werden. Und wer den Sohn lästert, dem wird vergeben werden. Wer aber den Heiligen Geist lästert, dem wird nicht vergeben werden, weder auf Erden noch im Himmel.» (44. Logion) Das Bewußtsein des Ersten Wunders ist, seinem Wesen nach, eine Lästerung des Vaters. Aber damit schadet es bloß sich selbst. Das wirkt sich überhaupt nicht auf die Wirklichkeit aus: Daher mindert eine derartige Lästerung keineswegs das evolutionäre Potential für das Zweite Wunder – sie wird vergeben. Ebenso ist die Leugnung der Autorität jener Lehrer, die das Zweite Wunder verwirklicht haben, nur ein Ausfluß von Stolz, Angst und Denken. Auch das besitzt keine reale Macht, irgendeinen verlorenen Sohn von der Wiederaufnahme durch den Vater auszuschließen. Aber der Heilige Geist ist jenes Bewußtseinsvermögen, das allen empfindungsfähigen Lebewesen innewohnt. Handlungen wie die Zerstörung des eigenen Geistes und Körpers mit Alkohol und Drogen, die irreparabel das Bewußtseinsvermögen im Organismus ruinieren, können nicht vergeben werden. Das hat nichts mit Strafe zu tun. Wenn die Fähigkeit zum Ersten Wunder beeinträchtigt ist, wird die bewußte Verkörperung des Zweiten Wunders unmöglich. Wenn es keine Kontinuität des Bewußtseins gibt, kann das, was im Himmel bestimmt ist, nicht auf Erden bestimmt werden, und umgekehrt. Andererseits behindern Krankheiten, zumindest am Anfang, nicht das Potential für ein höheres Bewußtsein. Ja, die Krankheit ist oft die Dienerin der Entwicklungsmöglichkeit, indem sie dem Ich unangenehm ist. Damit kann sie sogar unsere Verfügbarkeit für das Zweite Wunder beschleunigen.

Es gibt gewisse Erlebnisse und Zeiten im Leben, wenn wir von Haus aus eher für die Möglichkeit disponiert sind, das Zweite Wunder zu verwirklichen, Zeiten, in denen der verlorene Sohn auf natürliche Weise zu Hause aufgenommen wird. Dies sind Zeiten, in denen das Leben selbst uns ins Zweite Wunder einweiht. Dazu gehören etwa die Wehen, die Geburt neuen Lebens. Ich hatte das Erweckungspotential der Wehen schon vor langer Zeit intuitiv erahnt, aber bis zu meiner Ehe mit Ariel habe ich die Reichheit dieser Erfahrung nicht ganz zu würdigen vermocht. Ihre Initiation ins Zweite Wunder erfolgte während ihrer dritten Schwangerschaft. Diese Reise begann damit, daß sie sich danach sehnte, sich selbst zu vertrauen, sich von ihrem eigenen angeborenen Wissen leiten zu lassen. Sie hatte das Gefühl, daß sie in ihren vorangegangenen Schwangerschaften blindlings den Ärzten vertraut und auf ihre eigene Autorität verzichtet hatte. Sie hatte diese Erfahrungen nicht aus ihrer tiefsten Intuition heraus gelebt.

Dies ist das Leben des verlorenen Selbst. Wenn es nicht erkennt, daß es noch irgendeine andere Möglichkeit gibt, läßt das verlorene Selbst zu, daß seine Vorbereitung von den medizinischen Richtlinien und den sozialen Normen bestimmt wird, von denen es umgeben ist. Kurz, meine Frau widmete sich, wie

die meisten Frauen, ihren Schwangerschaften rational und bewußt. Ihre ersten beiden Geburten waren zwar wunderbare
Erfahrungen gewesen, aber allmählich hatte sie das Gefühl, daß
irgend etwas Ungelebtes und Wichtiges in ihr verraten worden
war. Diese Intuition wuchs sich zu einem tiefen Schmerz aus,
der sie aufforderte, ein drittes Kind zu bekommen.

Diesmal gehorchte sie ihren eigenen Instinkten, ihrer eigenen
angeborenen körperlichen Intelligenz. Sie begann sich sogar
noch mehr in alles zu vertiefen, was sie über Gebären, Schwangerschaft, Ernährung in Erfahrung bringen konnte. Sie fand
einen Geburtshelfer, der daran glaubte, daß eine Frau zu be-
wußtem Gebären fähig sei. Einer neuen Ebene der Intuition
gelang der Durchbruch aus ihrer tieferen Psyche. Die Schwangerschaft und die Geburt wurden zu Durchgangsriten. Im metaphorischen Sinne der verlorenen Tochter begann sie, zum Haus
ihres Vaters/ihrer Mutter zurückzukehren.

Aber der eigentliche Prozeß der Wehen, der ganz natürlich
verlief, mit Unterstützung, aber ohne ärztliche Einmischung, ja
sogar ohne die Aufnötigung einer bestimmten Atemtechnik –
dieser Prozeß war letztlich das Erweckungsereignis. Hier, in der
Intensität der Wehen ohne äußere Ablenkungen und mit einem
tiefen inneren Gefühl, sich selbst vorbereitet zu haben, vertraute
sie ihrer eigenen Körperintelligenz, die Wehen zu leiten. Alles
verschwand bis auf die Ansprüche ihres Körpers und der Geburt.
Sie wurde ein Zustand der völligen Zugehörigkeit, ein Zustand
der Qual, der Erleuchtung und der Gnade. Sie fühlte sich auf
eine Weise offen gegenüber dem Geheimnis und vereint mit
ihrem Baby, die bis heute die Epiphanie ihres Lebens geblieben
ist. Es ist eine Geschichte, die ich mir immer gern anhöre, wenn
sie das Gefühl hat, sie erzählen zu müssen. Ihre Stimme ist erfüllt
von dichterischem Staunen, wenn sie noch einmal das mystische
Gefühl des Einsseins erlebt, das sie erfüllte. Wenn ich meiner
Frau zuhöre, kann ich die Verwandlung ihres Seins spüren, die
damals geboren wurde, und da ich Andreas, ihren Sohn, kenne,
lautet eines meiner persönlichsten Gebete, daß jede Frau und
jedes Kind in einem derartigen Zustand der Gnade gebären und
geboren werden könnte.

Andreas wurde sofort nach seiner Geburt, als die Nabelschnur noch nicht durchtrennt war, seiner Mutter übergeben. Er suchte und fand ihre Brust und begann zu saugen, während sanfte, vertraute Stimmen, Stimmen erfüllt vom Wunder der Geburt, um ihn herum murmelten. Er war völlig wach, überhaupt nicht traumatisiert oder erschöpft. In den ersten Stunden lag Andreas wach da, zwinkerte und sah sich überall um, ganz friedlich. Die Mutter und ihr kleiner Sohn erblickten einander, atmeten einander, schwebten in einem Zustand der mystischen Kommunion, stillten, berührten, beobachteten. Während meine Öffnung zum Strom bei dem Erlebnis mit dem schwarzen Schmetterling erfolgte, begegnete Ariel dem Strom in den Stunden und Tagen nach der Geburt von Andreas. (1977 ließ sich ein schwarzer Schmetterling mitten auf meiner Stirn nieder, und unversehens trat ich in einen Zustand des Satori ein und wurde für immer verändert. Ich habe über diese Art von Erfahrung ausführlich in meinem Buch *Der schwarze Schmetterling* berichtet.) Er wurde buchstäblich in diese Welt eingeweiht, erfüllt vom psychophysischen Strom, der seine Mutter durchdrang, als sie im Strahlen des Bewußtseins des Zweiten Wunders ruhte. Von diesem Tag an wurde ihr Leben von einem Gefühl der Einheit geleitet, das seine Wurzeln in ihrem Körper und in einer weitaus tieferen Intuition von Ganzheit hatte.

Weil wir uns das verlorene Selbst gern als vorsätzlichen Sünder vorstellen, dessen Erlösung als ein Akt der religiösen Konversion erfolgt, kann uns nur allzu leicht die tiefere Bedeutung dieser Geschichte entgehen. Ariels erste Geburten waren die Akte des verlorenen Selbst. Der Intellekt, der sich als gesunder Menschenverstand ausgab, und die gesellschaftliche Norm definierten den Möglichkeitsbereich für ihre Erfahrung. Sie war keineswegs in irgendeinem vorsätzlichen Sinne verloren, nur hatte sie es zugelassen, daß sich ihre Babys schon weit von den Wurzeln ihrer eigenen tieferen Natur entfernt hatten. So wunderbar diese Erfahrungen auch waren – infolgedessen fehlte ihnen irgend etwas Ungreifbares, etwas Ungelebtes.

Die dritte Schwangerschaft dagegen war die Tat der verlorenen Tochter, die schließlich wieder ins Haus ihrer Mutter zurückgekehrt ist. Durch die Rückkehr zur eigenen angeborenen Intelligenz war die Schwangerschaft eine Erfahrung der

Vereinigung mit dem Universum, des Zurückgegebenseins in einen Zustand der vorherigen Ganzheit. Das göttliche innere Licht des Bewußtseins erfüllte sie und hat seither die Qualität ihres Lebens für immer verwandelt. Der Umstand, daß Andreas das Urtrauma des Lebens in einem derartigen Licht gebadet erlebt hat, hat ihm nach meiner Beobachtung die Gabe eines fundamentalen Gefühls des Wohlbefindens vermittelt, die es ihm, wie ich vermute, ermöglichen wird, von Haus aus verfügbarer für eine größere Wirklichkeit zu leben – auch wenn sich das erst im Laufe der Zeit bestätigen wird. Außerdem meint Ariel, daß die anfängliche Tiefe des Kontakts zwischen ihr und Andreas sie mit einer tieferen Fähigkeit zur Mutterschaft begnadet hat. Eine besondere Qualität des Respektierens und einer natürlichen Friedlichkeit fließt zwischen ihnen und ist stets gegenwärtig – ganz gleich, welche Spannungen sich im Umgang zwischen Mutter und Kind ergeben. Ich glaube, wenn die Wehen einer Frau einen Vorgeschmack auf das Bewußtsein des Zweiten Wunders vermitteln, unterweisen sie sie auch in ihrer Fähigkeit zur Mutter- und Elternschaft, indem sie ihr eine tiefe körperliche Konzentration zuteil werden lassen, einen Prüfstein eines reichen inneren Fühlens, das sie leitet.

Ein derartiges körperliches Wohlbefinden und eine solche Reife des fühlenden Wesens sind, meine ich, der Fels, auf dem wir die Kirche der reifen Spiritualität errichten. Ohne sie stehen unsere spirituellen Philosophien und Psychologien, so tief sie auch sein mögen, am Ende nur im Dienste unserer Furcht und unseres Schmerzes, statt unser Ich-Sein zu feiern und zu umfassen. Wie konnten wir nur jemals geglaubt haben, daß das Fundament der Verstand allein wäre? Wie konnten wir den ganzen Organismus so nachhaltig verunglimpft haben? Diese verzerrte Auffassung hat zu einer jahrhundertelangen entkörperlichenden Spiritualität geführt statt zu einer Bewegung in eine reichere Inkarnation.

Wir erkennen unser eigenes verlorenes Selbst nicht nur in jenen Augenblicken der Dunkelheit und der Reue, wenn wir darum beten, unser Wohlbefinden und unseren Frieden wiederzuerlangen. Unser verlorenes Selbst hat genau die Welt erschaffen, in der wir heute leben. Unser verlorenes Selbst hat das ganze unendliche Möglichkeitsspiel gezeugt, das wir die heutige Welt nennen – unsere Institutionen, unser Gesundheitswesen, unsere Regierungen, unsere Armeen, unser Plündern der Erde. Das ist die Art und Weise, wie wir uns vorstellen, die uns heimsuchenden Probleme der Umweltzerstörung lösen zu können. Unser verlorenes Selbst ist alles, was wir mit unserem Denken anstellen wollen, alles, was wir aus der Unendlichkeit der Selbstvorstellungen heraus unternehmen, bevor wir überhaupt in unserem Körper und in unserem Herzen ein Gefühl der Unmittelbarkeit und der Teilhabe am Leben erfahren haben, das uns, einander und diesen herrlichen Planeten zum heiligen Grund macht. Doch ganz gleich, wie weit wir von einem Weg der Teilhabe als Geschöpf in der Schöpfung abgewichen sind – unser Wesen des Zweiten Wunders wartet schon für immer. Uns ist schon für immer vergeben. Wir sind schon ganz. Die Erde wird für immer verändert sein, vielleicht werden wir nicht einmal überleben, aber das Potential, als eins mit unserer Welt teilzuhaben, das an sich die Manifestation einer unaussprechlichen Intelligenz ist – dieses Potential ist uns nie verweigert worden und wird es nie werden. Dies ist die Geschichte der verlorenen Kinder, die wir sind.

Es ist eines der großen Geheimnisse des Prozesses der spirituellen Entwicklung, daß oft erst das offenkundig selbstzerstörerische Wesen des verlorenen Selbst erforderlich ist, um die Heimkehr einzuleiten, ja sogar zu ermöglichen. Wie ein Teenager, der das Nest beschmutzt, eine Krise herbeiführt und rebelliert, um den Schwung zu gewinnen, aus dem Zuhause der Kindheit auszubrechen und in die größere Welt hinauszuziehen, so muß sich auch das auf dem Ich basierende Selbstverständnis untergraben, um in der Lage zu sein, sich einem höheren Potential zu beugen. Das ist Destruktivität im Dienst eines höheren evolutionären Imperativs. Das ist ein selbstzerstörerischer Impetus, der eher das Subjekt-Objekt-Ich schwächt, als daß er tatsächlich das Bewußtseinsvermögen stört.

Gewöhnlich tritt das verlorene Selbst die Heimreise erst an, wenn es ganz und gar elend und desillusioniert ist. Warum soll es etwas Neues riskieren, wenn das Leben zu funktionieren scheint, wenn auch nur ganz bescheiden? Bis vor kurzem ist dieses Vermeiden des Risikos, dieser Schutz von Ichs, die Einstellung der Industrienationen gegenüber ihrer auf übermäßigen Konsum abzielenden Wirtschaftstätigkeit gewesen. Wir haben so getan, als wäre alles in Ordnung, selbst als immer mehr Länder der Dritten Welt verarmten und verelendeten und die Umweltbedingungen sich zunehmend verschlechterten.

Selbst im Elend widerstrebt es dem Ich, der Diener einer neuen und ganz anderen Qualität von Bewußtsein zu werden. Ein gutes Beispiel sind die Überlebenden des uruguayischen Rugbyteams, dessen Flugzeug 1972 in den Anden abgestürzt war. Selbst als keine Aussicht auf Rettung bestand und der sichere Tod drohte, konnten sich die beiden Männer, die von der Gruppe der Überlebenden losgeschickt wurden, um Hilfe zu holen, nicht einigen. Der eine wollte lieber wieder zur vertrauten Absturzstelle zurückkehren, als sich auf die unbekannten Schrecken einzulassen, die gefährlichen Berge zu überqueren. Der andere entschied sich für das Unbekannte und war bereit, unterwegs zu sterben. Seine Beharrlichkeit hat sie alle gerettet.

Ist ein Großteil der Menschheit zu unsicher und zu ängstlich, eine neue Einstellung zu unserem Leben und zur Welt zu riskieren? Hat unser verschwenderisches Wesen, das uns so lange zu Autonomie und Freiheit zu führen schien, uns bloß noch nicht genügend ins Elend gestürzt? Ist unser überstürzter kollektiver Drang zu immer mehr Technik und Konsum samt der daraus folgenden Zerstörung von Umwelt und Gesellschaft eine Art globaler Nestbeschmutzung von uns verlorenen Söhnen und Töchtern – das Vorspiel zur Heimkehr in die Gemeinschaft mit der Erde? Wird das Elend einer sterbenden, verschmutzten Erde groß genug sein? Oder ziehen wir wie der zögerliche uruguayische Rugbyspieler die verrottete Hülle der Erde und die zerbrochenen, fremdenfeindlichen Gesellschaften einem neuen, aber unsicheren Leben als kooperative Mitglieder der globalen Gemeinschaft vor?

Was sollen wir von unserer Zerstörungswut halten? Ist sie nicht oft gerade die Route der Heimkehr des verlorenen Sohnes? Das alte Sprichwort «Hochmut kommt vor dem Fall» bringt das Dilemma auf den Punkt. Die Verwirklichung des Zweiten

Wunders impliziert ein stark entwickeltes Selbstgefühl. Wäre dies nicht der Fall, würde die Untewerfung unter das Zweite Wunder zu einer Auflösung des Ich-Bewußtseins und einem Verlust des Bewußtseins führen statt zur Ausweitung in ein größeres Bewußtsein. Stolz ist ein Attribut eines starken Ich, ein Mittel, wodurch sich die Menschheit des Ersten Wunders verwirklicht und ihre eigenen Ich-bestimmten Ideale vorbildlicher erfüllt. Aber der Stolz macht uns blind für die Konsequenzen unseres Handelns, bis plötzlich das, was wir nicht wahrhaben wollten, auf uns zurückfällt und gerade die Wurzel unseres stolzen Selbstgefühls verletzt.

In der schönen Ökologie der Psyche haben wir uns diese Wunde oft selbst beigebracht. Als Beispiel fällt einem da das Leben von Malcom X ein. Er stieg auf aus den Straßen des schwarzen Ghettos und wurde eine mächtige und wichtige Stimme der Empörung und des Stolzes der Schwarzen. Angesichts der Atmosphäre der furchtbaren rassischen Unterdrückung und Verunglimpfung in seiner frühen Jugend war kriminelles Handeln ein Mittel, Individualität und Autonomie geltend zu machen. Ich will zwar kriminelles Verhalten nicht verteidigen, doch in einem bestimmten sozialen Klima mag ein derartiges Verhalten für einen einzelnen, der ein starkes Ich entwickeln will, gesünder sein, als sich anzupassen und einer ungerechten sozialen Norm zu unterwerfen. Für Malcolm X haben seine mächtige Lebenskraft und sein Stolz sich durch Gewalt und Verbrechen Ausdruck verschafft. Schließlich wurde dies die Quelle der Wunde, die eine neue Bewegung in seinem Bewußtsein einleitete. Ich meine seine selbstzerstörerische Rebellion im Gefängnis, die dazu führte, daß er zu Einzelhaft verurteilt wurde. Hier stürzte er am Ende in ein tiefes psychisches Chaos, in dem ihn sein eigener Wille und Stolz eine Zeitlang nicht mehr aufrechterhalten konnten – er war gezwungen nachzugeben. Dieses Nachgeben, ein Riß im Panzer des Ersten Wunders, wurde das Tor zu einem neuen Leben, das sich in Form einer spirituellen Wandlung einstellte. Unter Anleitung eines Mentors der Black Muslims unterzog er sich einer strengen Selbstdisziplin im Dienste eines neuen Selbstverständnisses: Er widmete sich der Sache der Schwarzen in Amerika.

Aber diese ganze Verwandlung, auch die Tatsache, daß er ein berühmter Prediger der Black Muslims wurde, beschränkte sich auf das Bewußtseinsvermögen des Ich des Ersten Wunders. Als Krimineller stand er in Beziehung zu seiner stolzen Maßlosigkeit und fehlgeleiteten Rebellion – nun stand er in Beziehung zur strikten Identität eines Black Muslim und insbesondere zu Elijah Muhammed, seinem Guru und Meister. Zuerst brauchte er Gott nicht – nun war er ein Fanatiker mit ganz konkreten Vorstellungen von Gott, die sich bis in seine ganze Weltanschauung erstreckten. Frauen waren Objekte, die Männer und ihren Familien zu dienen hatten. Kinder waren Objekte, die wie Farmen kultiviert werden mußten. Weiße Menschen waren dämonische Objekte, und schwarze Menschen waren die Auserwählten.

Rassismus in jeder Form impliziert stets eine Übertreibung des Objektpols im Bewußtsein des Ersten Wunders. Und ohne daß der Rassist sich dessen bewußt ist, ist auch er ein Objekt für sich, ein Zustand, in dem es letztlich kein Gefühl persönlicher Heiligkeit und wahren inneren Friedens geben kann. Erst als Malcolm die Wunde empfing, indem er erkannte, auf welchen tönernen Füßen sein Lehrer stand, begann sein verlorener Stolz zu bröckeln, und er wurde auf eine völlig neue Weise auf sich selbst zurückgeworfen. Er unternahm eine Pilgerfahrt nach Mekka. Aber Mekka ist nur ein äußeres Symbol für eine innere Wahrheit – er hatte mit der Suche nach seiner eigenen unendlichen Subjektivität begonnen. Von nun an sah er sich selbst in allen Menschen und in allem Leben gespiegelt. Damit begann sich sein spirituelles Herz zu öffnen – dies war der Anbruch des Zweiten Wunders. Seine Verwirklichung einer neuen Toleranz am Ende seines Lebens macht, meiner Meinung nach, seine wahre Größe aus und die Hoffnung, die sein Leben allen Menschen von jeder Rasse aufzeigt.

Für mich besagt das Leben von Malcolm X folgendes: Wenn wir nur die äußere Erscheinung eines Lebens betrachten wollen, dann können wir leicht die tieferen psychischen Kräfte, die dort am Werk sind, falsch einschätzen. Sogar ein selbstzerstörerisches und antisoziales Verhalten kann zuweilen im Dienst einer tieferen Wahrheit stehen: der Wahrheit der Entfaltung der Seele. Wenn Malcolm X schließlich nicht durch seinen übertriebenen

Stolz ins Unglück gestürzt worden wäre, dann wäre er vielleicht nie für ein tieferes Leben bereit gewesen. Wie so viele Millionen andere Menschen hätte er vielleicht einfach in ein Leben der Mittelmäßigkeit und der Selbsterniedrigung untertauchen können.

Der Verwandlungsimpuls, der tiefe Ruf der Evolution in unserer Seinsweise erfordert psychische Energie. Ich bin zwar keineswegs für Gewalt, aber wahrer innerer Frieden ist nicht die Frucht irgendeiner Art von Mittelmäßigkeit und Selbstunterdrückung. Im Gegenteil, er ist die Frucht der Verwirklichung eines größeren Zustands der Zugehörigkeit. Welche Irrtümer und Fehler ihm auch immer unterwegs widerfahren mögen: Wenn der verlorene Sohn sich schließlich unterwirft – und der Impuls zur Unterwerfung kann zunächst durchaus wie Selbstzerstörung aussehen –, dann erwartet ihn stets ein neues Bewußtsein. Vielleicht lautet heute für uns alle die entscheidende Frage: Hat unser kollektiver Hochmut des Ersten Wunders einen derartigen Höhepunkt erreicht, daß wir uns unmittelbar vor dem Fall befinden? Werden wir uns in den nächsten paar Jahrzehnten tief genug verwundet haben, um unsere Rückkehr anzutreten?

10
Die vier Säulen
der spirituellen Reise

Im Laufe der Jahre ist mir klargeworden, daß es vier Gebiete oder Fundamente gibt, auf die sich meine Arbeit konzentriert. Dabei hatte ich dies gar nicht beabsichtigt – vielmehr entwikkelte es sich ganz natürlich aus den Anforderungen für einen allgemeinen und ausgewogenen Umgang mit meiner eigenen spirituellen Entwicklung und der anderer Menschen. Mir scheint, daß diese Gebiete allgemeingültig sind für jeden umfassenden Weg der Bewußtseinserkundung, ja, daß sie ineinander verwoben und in einem gewissen Sinn unteilbar sind. Dies sind 1. **Meditation und Gebet** (sowie Andachtsübungen und Kontemplation), 2. **symbolische Wirklichkeit** (Mythen, Märchen, lehrhafte Geschichten, Filme, Bilder und ganz besonders Träume), 3. **Körperbewußtsein** (einschließlich verschiedener Formen von Yoga, Stretching, Körperarbeit, Tanz und alle Sportarten, wenn wir diese Betätigungen leben statt sie nur zu betreiben) und 4. **Energiebewußtsein** (dazu gehören Heilpraxis, Aufmerksamkeits- und Präsenzübungen, Energieübertragungsübungen wie die Heilige Meditation – ein Ritual der gemeinsamen Liebesenergie – und so weiter). Jedes dieser Gebiete ist für sich genommen ein tiefgründiger Weg, sogar eine Form der Lebenskunst, und in Wahrheit kann man keinem tief genug folgen, ohne zu den anderen überzuwechseln. Jedes ist Gegenstand zahlloser Bücher und Debatten im Laufe der Menschheitsgeschichte gewesen. Worin sich die einzelnen Glaubenssysteme auch immer unterscheiden – auf der ganzen Welt steht die spirituelle Praxis in unterschiedlichem Maße auf diesen Säulen. In diesem Kapitel möchte ich jede einzelne kurz unter dem Aspekt des Bewußtseins betrachten, das sie im Prinzip ansprechen, und berichten, wie ich gelernt habe, sie in meine Arbeit zu integrieren (siehe dazu auch meine Bücher *Der schwarze Schmetterling* und *Krankheit – Tor zur Wandlung*).

Meditation und Gebet

Meditation und Gebet sind uralte und tiefgründige Künste, bei denen es um die Beziehung zu unserem tiefsten Wesen geht. Als Praxis ermutigt die Meditation zu einer immer feineren Beobachtung der Bewegung des Denkens, Empfindens und Fühlens. Während unsere Fähigkeit zunimmt, distanzierte Beobachter zu werden (manchmal spreche ich gern davon, daß wir über uns selbst zu lachen lernen, und zwar in dem Sinne, daß wir nicht mehr von Dingen abhängig sind, die in unserem Bewußtsein entstehen), beginnen sich viele Dinge zu entwickeln. Zum Beispiel werden wir dann weniger von unseren Gedanken bedroht, geraten weniger in Gefahr, im Bauchdenken befangen zu sein, dem Teufelskreis des Denkens, das die Gefühle nährt, die wiederum mehr Denken nähren und so weiter und so fort. Auf diese Weise entwickeln wir allmählich Gelassenheit. Gleichzeitig, und das ist sogar noch wichtiger, beginnen wir eine radikale Intuition zu entwickeln, wenn wir weniger in unzentrierter mentaler und emotionaler Tätigkeit befangen sind. Nach und nach werden wir selbst auf die feinsten Ebenen des Bewußtseins so eingestimmt, daß wir die Unmittelbarkeit dessen zu erfahren beginnen, was für immer jedem identifizierbaren Objekt des Bewußtseins vorausgeht. Dann wird die Meditation ein wahrhaft spiritueller Weg.

Meditation und Gebet ermutigen unsere Verletzlichkeit zu einer größeren Wirklichkeit. Verletzlichkeit ist nicht Leiden – es ist wahre Stärke, auch wenn damit ein gewisses Risiko und sogar Unbehagen verbunden ist, wenn wir am Rande der unendlichen Weite, am Rande des Neuen und Unbekannten stehen. Das Paradox des Glaubens lautet: Je tiefer unser Glaube, desto größer unsere Verletzlichkeit, doch um so mehr sind wir in der Lage, in dieser Verletzlichkeit zu ruhen. Meditation und Gebet sind Mittel, den Bezug vom endlichen Objekt des Bewußtseins zum Unendlichen zu verlagern. Der feine Unterschied zwischen Gebet und Meditation besteht darin, daß die Meditation eine Form des distanzierten Zuhörens kultiviert, während das Gebet ein aktiverer Dialog mit dem Mysterium ist. Vor allem nähert sich das Gebet dem Unendlichen durch das Gefühl. Die Andacht des Gebets greift nach dem Unendlichen wie ein Liebender, der horcht, ob die Geliebte kommt. Das Gefühl, mit dem wir zu Gott sprechen, ist wiederum das Fühlen, mit dem wir unser erfülltestes Selbst umfassen. Genauso wie die Musik uns zu Erlebnissen führen kann, die sich mit Worten nicht beschreiben lassen, erlaubt uns das Fühlen, eine weitaus größere wechselseitige Verbundenheit mit der Wirklichkeit zu würdigen, als dies durch das Denken allein möglich ist. Der ganze Andachtsaspekt des Gebets ist ein Greifen nach Gott durch das Fühlen, durch unsere Verzweiflung, durch unsere Empörung, unsere Hoffnung und im tiefsten durch unsere Liebe. Indem wir uns verletzlich für Gott machen, beginnen wir wie bei der Meditation verantwortlich zu werden für eine größere Intelligenz. Wenn wir dies wahrhaft als Liebe erkennen, erkennen wir uns selbst als Ganzes.

Die Kunst, die Aufmerksamkeit von der Identifikation mit den Objekten des Bewußtseins auf immer feineren Ebenen zu befreien, ist das Hauptgeschenk der Meditation. Es gibt viele Techniken oder Formen, wie sich diese Kunst entwickeln läßt. Einige wie das Zazen haben mit Körperhaltung, Atmung und wachsamer Aufmerksamkeit zu tun. Diese Art der Meditation springt im allgemeinen rasch in einen relativ unpersönlichen Zustand der Aufmerksamkeit und eignet sich daher meiner Meinung nach nicht am besten für die Entwicklung einer subtilen Einsicht in die persönliche psychische Musterbildung. Das ist fast so, als würden wir ein notwendiges Stadium der Intimität mit der miesen Seite unserer persönlichen Psyche überspringen, und das bereitet uns nicht unbedingt auf die Begegnung mit unserem Unrat vor, der im Laufe des gewöhnlichen Lebens unweigerlich hochkommt.

Andere Meditationsformen wie Vipassana bedienen sich der Empfindung des Atems im Körper, um die Aufmerksamkeit zu binden, und regen dann eine sanfte, empfängliche Offenheit für alles an, was entsteht. Diese Art von Meditation ist ausgezeichnet, wenn wir ziemlich ruhig sind, besitzt aber nicht genügend Intensität – es sei denn, sie wird über längere Zeiträume ausgedehnt oder in Intensivgruppen praktiziert, wo es eine Menge kollektiver Unterstützung gibt –, um von jemandem angewendet zu werden, der sich in einer schweren Krise befindet. In ähnlicher Weise eignet sich auch die Transzendentale Meditation – bei der die Aufmerksamkeit an ein immer wiederholtes inneres Wort, ein Mantra, gebunden werden muß – ausgezeichnet zur Entwicklung einer tiefen Entspannung und inneren mentalen Stille. Aber auch hier gilt: Wenn ein Mensch ein intensives Gefühl empfindet, wird er nicht in der Lage sein, den Geist zu zwingen, dem Mantra zu folgen. Dies gilt für die meisten Meditationsübungen, wenn sie von einem einzigen Menschen praktiziert werden – da muß schon von Anfang an ein gewisses Maß an Gelassenheit vorhanden sein. Aber wenn wir wirklich die Disziplin aufbringen, regelmäßig zu meditieren, entwickelt sich allmählich eine gewisse Zentriertheit, die uns in einem weitaus größeren Maße erlaubt, uns des endlosen geistigen Materials bewußt zu werden, ohne darin zu ertrinken.

Ich habe mich mit verschiedenen Meditationstraditionen befaßt, neige aber dazu, zwischen ihnen je nach meinem inneren Zustand zu wechseln, statt an einer spezifischen Form festzuhalten. Eine ausgezeichnete kontemplative Technik beispielsweise, die die Aufmerksamkeit auf das Erkennen des eigenen psychoemotionalen Seinszustands zurückwendet, ist die Frage: «Wer bin ich?» Dies ist schließlich die erste Frage, die jeder Mensch entschieden mit seinem Leben beantworten muß, und jede Antwort ist ein Tor zu einem unendlichen Durchleben von allem zwischen Himmel und Hölle. Indem wir diese Frage stellen, sieht sich unsere Aufmerksamkeit genau an, wie wir uns fühlen und was wir denken. Beispielsweise könnte ich gerade jetzt darauf antworten: «Ich bin mir bewußt, daß ich im Akt des Schreibens aufgehe, aber den Vogel draußen zwitschern höre.» Wenn wir diese Frage beantworten, können wir uns darauf konzentrieren, schlicht zu akzeptieren, wo wir uns gerade befinden. Ich schlage oft vor, daß wir, bevor wir zwischenmenschliche Probleme bei der Arbeit oder in einer Ehe zu lösen versuchen, uns hinsetzen und nur diese Frage zehnmal wiederholen und jede Antwort immer tiefer ergründen. Wenn Ihre erste Antwort auf die Frage «Wer bin ich?» beispielsweise lautet: «Ich habe Angst vor Zurückweisung», könnten Sie beim zweitenmal die Frage etwa so formulieren: «Wer bin ich, der ich Angst vor Zurückweisung habe?» Nun wird die Antwort subtiler, mehr in die Tiefe gehen. Vielleicht lautet sie nun: «Der Teil von mir, der sich unsicher fühlt.» Jetzt könnte die Frage lauten: «Wer bin ich, der ich mich unsicher fühle?», und darauf könnte die Antwort folgen: «Ein Mensch, der den Kontakt zu seinem tieferen Selbst verloren hat.»

Somit kann uns das kontemplative Nachdenken über diese Frage immer tiefer in einen Erkenntnisprozeß hineinführen. Stets habe ich entdeckt, wenn ich die Antwort treffe, die urplötzlich in meinem Körper nachhallt und augenblicklich den emotionalen Zustand (oder den Zustand des Beurteilens, des Begehrens und so weiter) beruhigt, habe ich eine tiefe Beziehung zu mir selbst erlangt. Und nun ist die Zeit gekommen, die zwischenmenschliche Arbeit zu leisten oder sich in einen tieferen Meditationszustand zu versenken, der einfach empfänglich ist und nicht mehr die Aufmerksamkeit auf irgendeine bestimmte Weise ausrichtet. Die Frage fällt weg und wird der Zustand der Aufmerksamkeit selbst. Nun können wir ganz spontan irgendeine andere Meditationstechnik anwenden oder einfach aufmerksam bleiben. Befinden wir uns in einer intensiven Krise, wird keine dieser Meditationstechniken ausreichen, um gegen die Kraft der Emotion anzukommen, die unsere Aufmerksamkeit in Beschlag genommen hat. In diesem Fall, so habe ich herausgefunden, läßt sich mit bioenergetischen Übungen – etwa wenn man dreißig Minuten lang mit seitlich ausgestreckten Armen dasteht – so viel inneres Feuer und Willenskraft erzeugen, daß wir dann Herr über unseren aufgewühlten Geist werden. Nun können wir vielleicht einen Erkenntnisprozeß mit der Frage «Wer bin ich?» einleiten und sogar in eine tiefere Meditation eintreten.

Ich glaube nicht, daß das Erreichen einer derart tiefen Ebene der objektlosen Aufmerksamkeit, wie es gewissen Yogis gelingt, die den größten Teil ihres Lebens in dieser Versunkenheit verbringen, das Ziel der Evolution oder für die Entwicklung der meisten Menschen notwendig ist. Aber die Fähigkeit, die feinen Bewegungen des Denkens und Empfindens beobachten zu können, ist wichtig, wenn wir lernen wollen, auf unsere Verbindung zum Leben zu hören. Dann können wir spüren, wenn wir abschalten und von unserer fundamentalen Beziehung zu uns selbst, zum Unendlichen und natürlich zu anderen Menschen getrennt sind.

Letzten Endes spiegeln Meditation und Gebet unsere Beziehung zum Mysterium wider. Wenn man in der Hoffnung meditiert, erleuchtet zu werden, ist man bloß im Rad der Begierde gefangen. Eine subtilere Form der Meditation besteht darin zu lernen, ohne Erwartung zu hören. Selbst wenn wir uns im Gebet vorstellen, zu Gott zu sprechen, dann sprechen wir auch zu uns selbst in einer Tiefe, die wir gewöhnlich nicht für uns selbst halten. Wir müssen noch mehr tun. Oft sage ich den Menschen: «Sie müssen lernen, mit sich selbst so zu sprechen, als würden Sie mit dem weisesten Wesen sprechen, das Sie sich vorstellen können.» Aber die Weisheit ist der Schlüssel, und Weisheit muß gelernt sein. In einer Schwitzhütte oder bei anderen Ritualen, bei denen Gebete gesprochen werden, habe ich zuweilen das Gefühl, daß meine Verantwortung zum Teil darin besteht, andere Menschen stumm vor ihren Gebeten zu schützen. Manche Menschen beten törichterweise um zuviel. Sie beten um etwas, was auf einer Ebene zwar wundervoll, auf einer anderen Ebene von ihnen aber sehr gefährlich oder gar unmöglich ist. Sicher sollten wir unser Immunsystem nicht bedingungslos liebevoll handeln oder die Gewalt mißbilligen lassen, wenn wir von einem Ansturm von Bakterien oder Viren bedroht sind. Manchmal beten Menschen darum, so geläutert zu werden, daß nur ihr tiefstes Wesen übrigbleibt. Aber würde ein derartiges Gebet erhört, könnte dies ein furchtbar grausamer Prozeß für das simple Selbst und den einfachen Organismus sein.

Es gibt ein altes und sehr weises Sprichwort: «Achte darauf, worum du betest.» Es ist ganz wichtig, daß wir lernen, mit unserem tiefsten Selbst zu reden, denn dabei lernen wir, ein intimes Gefühl der Beziehung zu Gott zu haben. Aber wir dürfen nicht das Paradox vergessen, daß Gott letztlich jenseits aller Bezüge ist und daß das Gebet oder der innere Dialog auf dieser Ebene eigentlich eine Unterhaltung mit uns selbst ist. Wenn wir einen gütigen Gott haben wollen, müssen wir anfangen, ein weises Mitgefühl mit unserem eigenen evolutionären Potential zu empfinden.

Symbolische Wirklichkeit

Wenn ich hinsichtlich der Meditation zur Vorsicht rate, dann deshalb, weil die Meditationsübung der Diener unserer tiefsten Intelligenz sein muß. Sie muß auf dem gewöhnlichen Leben basieren. Das heißt, statt daß wir meditieren, um uns den Unannehmlichkeiten des Lebens zu entziehen oder irgendeine Idee von Selbstüberwindung zu verwirklichen, sollte das Geschenk der Meditation darin bestehen, selbstbewußter zu sein, so daß wir damit aufhören, den Teil von uns mit Energie zu versorgen, der dem Leben widersteht. Unser Ich kann erstaunlich raffiniert und trickreich sein – dann kann unsere spirituelle Übung die Wurzel einer Pseudoidentität werden, und die ist nicht unser tiefstes Wesen.

Ich habe mehrere fortgeschritten Meditierende kennengelernt, die genau vor diesem Problem standen. Ein Mann, ein westlicher buddhistischer Mönch seit fast zwanzig Jahren und selbst Meditationslehrer, zog sich allmählich eine schwere Krankheit zu, weil er sich mit seiner Übung identifizierte. Mit dem Segen seines Meisters hatte er sich für ein Jahr zu einsamen Meditationsexerzitien zurückgezogen. Nach zwei Monaten wurde er immer kränker, und die Leute, die ihm sein Essen brachten, fragten mich, ob ich nicht mit ihm sprechen wolle. Als er zu mir kam, schilderte er seine Übung: eine Stunde lang im Lotossitz und dabei sehr anstrengende Techniken zur inneren Aufmerksamkeit anwenden, anschließend dreißig Minuten bis eine Stunde Gehen. Dieser Zyklus wurde den ganzen Tag lang vom frühen Morgen bis zum Abend wiederholt. Jeden Tag. Als sein Körper dagegen mit immer stärker werdenden Unterleibskrämpfen aufbegehrte, versuchte er dies anfangs zu ignorieren und widmete sich um so entschiedener seiner Übung. Aber schon bald konnte er nicht mehr sitzen, und nur wenn er sich ausruhte, ließ der Schmerz nach. Ich konnte erkennen, daß seine Übung von seinem Ich ausging und speziell auf einer männlichen Vorstellung von Leistung und Selbstüberwindung basierte. Also fragte ich ihn einfach: «Wissen Sie, was die Existenz von Ihnen will?» Er erwiderte: «Nein.» Ich fragte ihn, ob er glaube, daß sein Meister dies wisse. Er antwortete, er bezweifle, daß irgend jemand letztlich die Antwort auf diese Frage im Hinblick auf sich selbst oder einen anderen kenne. «Warum zwingen Sie sich denn dann?» fragte ich ihn. «Gehen Sie nicht bei einer derartigen Entschiedenheit irgendwie davon aus, daß Sie wissen, wohin Sie gehen und was Sie leisten müssen?»

Als wir über den spirituellen Ehrgeiz und die Unsicherheit diskutierten, die vielleicht hinter seinen Bemühungen steckten, ging ihm ein Licht auf, und er erzählte einen einfachen Traum. Darin hatte er Rada, die Gefährtin Buddhas, gesehen. Sie rekelte sich ungezwungen, fast schlampig (sein Ausdruck) auf einem üppigen Sofa oder Bett. Aus diesem Traum schien klar hervorzugehen, daß ihr ganzes Verhalten eine völlig andere Einstellung gegenüber der spirituellen Übung suggerierte. Er nahm das Geschenk dieser Erkenntnis an. Für den Rest des Jahres suchte er die Gesellschaft anderer Menschen, lernte Klettern, meditierte nur, wenn er sich dazu von innen heraus berufen fühlte. Nach ein paar Monaten bat er seinen Meister, ihn von seinem siebzehn Jahre währenden Zölibat zu befreien. Innerhalb eines Jahres heiratete er und wurde sogar Stiefvater. Nein, dies ist nicht meine Geschichte, auch wenn sie ihr in vielerlei Hinsicht ähnelt. Aber sie ist wahr, und sie zeigt uns, daß wir mehr brauchen als Meditationsübungen – wir müssen auf die tiefere Intelligenz hören, die zu uns durch Symbole spricht, insbesondere in unseren Träumen.

Das narzißtische Ich ist wie ein Schwarzes Loch, das alles in sich hineinzieht, und vermeidet im Grunde für immer die fundamentale Beziehung. Aber Träume, spontane Bilder, Mythen und lehrreiche Geschichten sind uns dabei behilflich, außerhalb des Ereignishorizonts unseres Ich zu stehen und die Muster in unserem Ich-getriebenen Verhalten zu sehen. Mehr als fast auf irgendeine andere Weise beginnen wir durch Träume eine weitaus größere Intelligenz, die durch jeden von uns lebt, wirklich zu erkennen und ihr zu vertrauen.

Ein Großteil des Lebens, mehr als wir uns vorstellen können, geht über unsere Fähigkeit hinaus, bewußt wahrzunehmen oder uns einzubeziehen. All das, was wir Realität nennen, ist eigentlich eine Darstellung und kann in diesem Sinne als symbolisch bezeichnet werden. Es war ein großer Schock für mich, als ich merkte, wie tief dies einfach geht. Als ich mein eigenes Leben betrachtete und sorgfältig das Leben Tausender anderer Menschen beobachtete, ihre Träume vernahm, Einblick in ihr verborgenes Phantasieleben erhielt, wurde ich mir darüber klar, daß wir oft nicht zwischen den inneren und den äußeren Symbolen unterscheiden können. Sie überlagern einander, so daß wir vielleicht meinen, eine Wirklichkeit zu erleben, während dies doch eher eine Schöpfung unserer eigenen Vorstellungen ist. Diese Projektion unserer inneren symbolischen Wirklichkeit auf die äußere Welt kann zutiefst bedrohlich sein für unsere Fähigkeit, dem Leben direkt und echt zu begegnen. Eine Möglichkeit, einen Blick in dieses Labyrinth zu tun, besteht darin, daß wir unsere Träume studieren. Durch Träume und Bilder präsentieren sich uns Kräfte, Dynamiken, Muster und Strukturen, die ansonsten über unsere bewußte Wahrnehmung hinausgehen – weil wir in sie so eingebettet sind. Wenn wir die Bedeutung der Symbole oder der Geschichte im Traum oder in der Vorstellung dechiffrieren können, werden wir uns dessen bewußt, was zuvor unbewußt in uns war.

Mit Träumen zu arbeiten, ist eine subtile Kunst, die weitaus mehr ist als ein Deuten der Symbole des Traums, indem man ihnen nur andere Namen gibt. Ja, auch wenn gewisse Symbole universal sein oder aus einem archetypischen Bewußtseinsstrom kommen können, wie Jung erklärt hat, kann es in der Wirklichkeit für jedes Symbol viele Deutungsmöglichkeiten geben, die von Mensch zu Mensch verschieden sind. Eine der wichtigsten Erkenntnisse besagt, daß die Person oder das Ding, die oder das in einem Traum dargestellt ist, überhaupt nichts mit dieser Person oder diesem Ding im äußeren Leben zu tun haben kann.

Zum Beispiel hatte sich eine Frau, die ich kenne, leidenschaftlich in einen Mann verliebt, den ich hier Frank nennen möchte. Nach einer kurzen, aber intensiven Affäre brach Frank die Beziehung ab, was sie in tiefes Elend stürzte. Im Laufe der Zeit wurde es ganz klar, daß er nicht die Absicht hatte, diese Beziehung jemals wiederaufzunehmen. Aber in ihren Träumen blieb Frank weiterhin eine wichtige Gestalt. Oft träumte sie, daß er sie ignorierte, und das bereitete ihr Kummer. Dann wieder träumte sie davon, daß er sie anrief, und das erfüllte sie mit Hoffnung und Freude. Sie war so von Frank besessen, daß ihre Phantasien über ihn sie daran hinderten, die Gesellschaft anderer Männer zu genießen. Ihr Problem bestand darin, daß sie den Frank in ihren Träumen, der ein inneres Symbol war, mit dem äußeren Frank verwechselte, der nie ein Gefährte im wirklichen Leben sein würde. Ich wies sie darauf hin. Dann begann sie zu erkennen, daß Frank das Symbol für ihren inneren Geliebten geworden war. Wenn sie träumte, daß Frank sie beachtete und zärtlich war, war sie im Wachzustand voller Glück und Energie – sie war verbunden mit dem Geliebten in ihr. Wenn Frank sie in ihrem Traum ignorierte, war sie im Wachzustand leer und deprimiert – sie hatte ihre Verbindung zum inneren Geliebten verloren. Ja, als sie schließlich zuließ, daß sie sich für John, einen neuen Gefährten, öffnete, passierte es genau da, daß sie träumte, Frank würde sie anrufen. Da wurde sie so verwirrt, daß sie sich von John zurückzog und ihre Hoffnung auf Frank erneut nährte. Aber als sie sich darüber klar wurde, daß der Traum-Frank ein Symbol ihrer eigenen Liebesenergie war, hörte diese Verwirrung auf. Gerade ihre Öffnung gegenüber der neuen Liebe zu John wiederholte sich in ihren Träumen über Franks Rückkehr und Zuneigung. Daher ist die Interpretation von Symbolen eine so große Kunst: Wir müssen auf sie zu hören lernen, und zwar mit unserem ganzen Sein und im Kontext unseres ganzen Lebens, nicht bloß mit unserem Intellekt, der die Wirklichkeit nur sehr begrenzt wahrzunehmen und zu ordnen vermag. Träume können sich auf einen ungeheuer großen Bereich beziehen. Das ist natürlich nur ein Beispiel dafür, wie ein Symbol eine Energie oder Dynamik und nicht das Objekt selbst repräsentieren kann. Ich kann hier unmöglich ausführlich auf die Tiefe und den

Nuancenreichtum der Traumarbeit eingehen, aber einige entscheidende Vorschläge und Einsichten können doch ganz hilfreich sein.

Vor allem sollten Sie auf den Traum so tief wie möglich entspannt in Ihrem Körper hören. Diese Art des Hörens ist für mich fast ein Zustand der Leere, in dem die üblichen assoziativen geistigen Prozesse außer acht gelassen werden und ich einfach in meinem ganzen Sein ruhe. Stellen Sie sich den Traum als Wandteppich oder als bemaltes Fenster vor. Gehen Sie auf Distanz zu den einzelnen Bildmotiven und nehmen Sie möglichst den ganzen Traum auf einmal in sich auf. Spüren Sie, wohin die Aufmerksamkeit gelenkt wird, zu dem, was ich den Schwerpunkt des Traums nenne. Es kann mehr als einen Schwerpunkt geben. Dann achten Sie darauf, ob es irgendein Muster in der Art und Weise gibt, wie sich die Handlung des Traums um jeden Schwerpunkt herum ordnet. Der Traum von Rada ist offenbar ganz einfach. Einfach bloß das Bild fühlen, sagt alles. Die weibliche Spiritualität ist nicht so getrieben, nicht so ausschließend, nicht so geteilt zwischen dem, was spirituell ist und was nicht. Formlosigkeit ist ebenfalls eine Form, Trägheit ist ebenso rigoros wie konzentrierte Aufmerksamkeit.

Eine andere Möglichkeit, mit einem Traum umzugehen, besteht darin, daß man ihm einen Namen zu geben versucht. Träume sind oft Geschichten, deren Bedeutung in der Geschichte selbst liegt. Die einzelnen Symbole lassen sich vielleicht nur als notwendige Darstellungselemente der Geschichte interpretieren. Zum Beispiel hatte am Ende einer meiner zehntägigen Exerzitien ein männlicher Teilnehmer, ein Anwalt, folgenden Traum: Er steht vor dem Haus seiner Familie auf dem Lande. Es ist ein sonniger, wunderschöner Tag. Plötzlich sieht er, wie bewaffnete feindliche Soldaten um einen fernen Hügel herumkommen. Sofort fordert er seine Familie auf, ins Haus zu gehen. Aber als er die Tür schließen will, springt sie wieder auf. Die Soldaten stürmen herein und feuern auf alle mit Maschinenpistolen. In großer Angst erwacht er. Er deutete den Traum so, daß es in ihm sehr viel Zorn gäbe, von dem er nichts wußte. Er schämte sich wegen der Gewalt im Traum und weil er seine Familie nicht beschützen konnte. Andere Teilnehmer der Gruppe begannen sich andere Deutungen auszudenken und Geschichten zu erzählen, in denen die verschiedenen Symbole neu gedeutet wurden: Die Soldaten wären seine männliche Seite, die seine weibliche Seite überwältigen würde, und so weiter. Manchmal hat diese Interpretationsebene einen gewissen Wert, aber zu oft konstruiert nur der Intellekt eine seiner endlosen Abstraktionen und weicht damit eigentlich der Beziehung zu etwas Unmittelbarem und bewußt Gelebtem aus.

Für mich war dieser Traum ganz offenkundig und direkt. Nach zehn Tagen Exerzitien, die ihn stark erweitert hatten, besagte diese Geschichte ganz einfach: Meine üblichen Abwehrmaßnahmen funktionieren nicht. Der Traum bereitete ihn auf seine Heimkehr vor. Er machte ihm seine Verletzlichkeit bewußt. Der Traum erklärte ihm zwar nicht, was er zu tun hätte, aber indem er sich darüber im klaren wurde, wie offen er war, konnte er entsprechende Maßnahmen ergreifen – etwa sich langsam bewegen, in seinem Körper bleiben, sich nicht gegen das Gefühl der Verletzlichkeit verteidigen. Das Niveau der Intelligenz, deren Offenbarung in Träumen ich erlebt habe, hat mich wie alles andere in meinem Leben dazu bewegt, der unglaublichen Weisheit in jedem von uns zu vertrauen. Genauso hat es mir die Immanenz Gottes immer wieder klargemacht. Wenn ich auf meine Träume und die anderer Menschen höre, selbst wenn ich davon nur einen Bruchteil verstehe, führt mich das immer tiefer in den Glauben hinein.

Wenn die Geschichte des Traums nicht auf der Hand liegt, hat es sich als hilfreich erwiesen, die Frage zu stellen, die Jung oft gestellt hat: «Was will dieser Traum kompensieren?» Mit anderen Worten: Wenn Sie diesen Traum nicht gehabt hätten – was hätten Sie dann nicht erfahren? Was der Traum uns zur Kenntnis bringt – ein Gefühl, Verwirrung, Angst, Freude, Wohlbefinden, Verbundenheit oder Getrenntsein –, kann alles sehr wichtig für uns sein, wenn wir wieder in unser äußeres Leben zurückkehren. Ich wünsche mir oft, daß vor jeder größeren Regierungsentscheidung, wie der Kürzung von Mitteln für die Jugendfürsorge oder der Teilnahme an einem Krieg, jeder Politiker einen entsetzlichen Alptraum hätte, so etwas wie die Träume in Dickens' Weihnachtsgeschichte, die schließlich das Herz von

Scrooge öffnen. Wenn wir nach einem Alptraum nicht sogleich wieder unser Herz verhärten und unsere Fassade zurechtrücken, sind wir für kurze Zeit sterblich, erschüttert, und dann zählen einfache Dinge. Und gerade in solchen einfachen Dingen: dem Augenblick, den wir innehalten und einem anderen zuhören, Mitgefühl empfinden, dankbar für ein Lächeln sind – da erinnern wir uns an das, was wirklich zählt. Wenn wir es zulassen, kann ein Alptraum den Zugriff unseres üblichen Egoismus abschütteln – er kann unser Herz öffnen. Und dies vermögen auch viele Träume. Sie können uns zeigen, daß wir nicht allein sind, wenn wir das im Alltagsleben glauben. Sie können uns zeigen, daß wir nicht so stark sind, wie wir vorgeben. Sie können unsere Lügen aufdecken, sowohl die, die uns kleiner machen, als wir sind, als auch die, die uns zu groß, zu bedeutend machen. Träume sind wichtig, weil sie unser waches Bewußtsein auf eine Weise neu formulieren oder wiederholen, die uns helfen kann, die Muster zu erkennen, in denen wir leben, die aber für uns so lange unsichtbar bleiben, bis sie uns in einer kontrastierenden Form präsentiert werden.

Und daher besteht der letzte Schritt jeder Traumarbeit für mich darin, den Traum so tief zu empfinden, daß wir uns etwas Neuem bewußt werden – eines Musters, einer Art und Weise, uns selbst zu verteidigen, eines Bedürfnisses, das wir ignoriert oder verleugnet haben –, und zwar so, daß wir nun die Fähigkeit besitzen, bewußter zu leben. Als der Anwalt einen Traum hatte, in welchem er sich als so verletzlich erlebt hatte, wurde er aufgefordert, mit dieser Verletzlichkeit auf neue Weise umzugehen. Statt beim ersten Anzeichen von Gefahr abzuschalten, konnte er sein Gefühl identifizieren: «Aha, dies also ist mein Traum – ich fühle mich zu offen, zu verletzlich. Ich glaube, ich hole ein paarmal tief Luft und versenke mich in meinen Körper. Ich gehe ein bißchen langsamer und ruhe mich näher bei meinem Ich-Sein aus.» Ohne den Traum hätte er vielleicht in Panik geraten können, seine Reaktionen hätten zu größerer Spannung führen können oder zu einem Zyklus von Abwehr und Angriff. Der Traum öffnete eine Tür zu einer neuen Möglichkeit einfach dadurch, daß er ihn sich selbst auf eine Weise erkennen ließ, die ihm vor dem Traum eigentlich nicht bewußt gewesen war.

Die Traumarbeit ist deshalb ein Bestandteil fast all meiner Seminare, weil ich mir über das Wesen eines anderen Menschen in der ganzen Komplexität seines Lebensprozesses nicht klar genug bin. Wenn ich bloß die Energie der anderen empfinde oder sie in den verschiedenen Situationen und Übungen beobachte, die zum Seminar gehören, dann erhalte ich zwar Hinweise auf das, woran sie gerade arbeiten oder wo sie vielleicht einige Vorschläge benötigen. Aber ihre eigenen Träume sind unbestreitbare Aussagen ihres Seins. Die Träume können von so vielen Ebenen kommen – das ist das Großartige an ihnen –, doch sie unterliegen nicht der Kontrolle des einfachen Ich. Sie enthüllen das Ich und die Muster, die den Ausdruck des Wesens fördern oder behindern. Sie offenbaren weitaus mehr als nur die Ich-Dynamik: Sie können auf Möglichkeiten verweisen, die uns über die tieferen Kräfte der Psyche unterrichten. Aber selbst hier maße ich mir nicht an, die Träume eines anderen Menschen zu deuten. Besonders wenn ein Traum als Teil eines Gruppenprozesses dargestellt wird, fordere ich jeden Teilnehmer, mich inbegriffen, auf, den Traum so zu kommentieren, als wäre er der eigene, wobei dieser Kommentar mit den Worten beginnen soll: «In meinem Traum …» Wie Mythen, Märchen, Geschichten, Filme oder das Lesen von Tarotkarten lösen Träume unsere eigenen Projektionen aus. Auf diese Weise wird der Traum eines Menschen der Spiegel für die psychische Orientierung vieler Menschen. Wir hören einen Traum, aber zusammen sprechen wir von vielen Träumen. Und wenn der einzelne Teilnehmer, der uns diesen Traum mitgeteilt hat, sich anhört, was ich und andere Menschen bei dem Traum empfunden haben, werden vielleicht einige von diesen Deutungen plötzlich eine Resonanz in ihm auslösen, und er wird sich mit dem Traum auf eine direktere Weise verbunden fühlen. Nun ist der Traum keine intellektuelle Konstruktion mehr, sondern eine direkte Verbindung zu ihm selbst, und zwar so, daß sich sein Selbstbewußtsein neu orientiert. Und das deutet für mich dann darauf hin, daß wir den Umkehrprozeß begonnen haben, uns von der Geschichte und dem Symbol wieder zum Gefühl und zur tieferen Energie des Traums zurückzubewegen.

Angenommen, die Geschichte lag nicht klar auf der Hand

und wir sind nicht in der Lage gewesen zu spüren, was der Traum bewußt zu machen sucht, dann gibt es eine Technik, die diese wichtige Umkehr herbeizuführen vermag. Sie besteht darin, daß wir jedes Schlüsselsymbol nehmen, und indem wir uns ins Körperbewußtsein versenken, lassen wir es sich selbst in ein Gefühl oder irgendeine Dynamik übersetzen, die wir in unserer Energie erkennen können. Beispielsweise können wir nicht so ohne weiteres Begriffe wie weiblich, männlich, das innere Kind oder das höhere Selbst in unserem Körper erkennen. Aber ein Kind in einem Traum könnte eine Qualität des Fühlens oder ein ganz offener Seinszustand sein. Eine Ratte in einem Traum könnte Angst sein. Ein Ehemann oder eine Ehefrau, der oder die in einem Traum erscheint, mag nichts mit dem Menschen zu tun haben, mit dem wir verheiratet sind. Aber er oder sie könnte die belebende Energie einer bestimmten Eigenschaft unserer Persönlichkeit oder eines wichtigen Aspekts unseres Lebens sein, wie der «Ehemann» unseres Körperbewußtseins oder die «Ehefrau» unseres Gefühlslebens. Eine Bekannte träumte einmal, sie würde ohne Sattel auf einem Hengst reiten. Ihr Mann lief neben dem Pferd her, die Zügel fest in der Hand. Nach ihrer Deutung wies der Traum darauf hin, daß sie und ihr Mann eine gute Beziehung hätten. Doch in dieser Deutung lag wenig Überzeugung oder Energie – sie half ihr nicht in ihrem Leben. Im Laufe des Seminars kam sie dahinter, daß ihr «Ehemann» ihr Intellekt war und daß er ihre Lebendigkeit ungeheuer behinderte. Diese Deutung war wie ein Offenbarungsschock. Sogleich nahm sie ihre altmodische Brille ab, löste ihr Haar und trug es offen und gab sich ganz im Tanz hin. Kurz vor dem Ende des Seminars hatte sie einen weiteren Traum. Auch diesmal ritt sie ohne Sattel auf einem Hengst. Aber ihr Mann saß nun auf einem anderen Pferd, und beide galoppierten über eine Weide und sprangen über die Zäune. Offenbar hatte sie die Energie aus ihrem Intellekt in ihren Körper befreit, aber ihr Verstand war dabei, um dies mit ihr zu feiern, ohne ihre Lebendigkeit zu unterdrücken.

Wenn wir jedes Symbol nehmen und uns in den Teil von uns selbst einfühlen können, der von dem Symbol repräsentiert wird, erreichen wir einen Punkt, an dem sich der Traum zuweilen als eine Bewußtseinsdynamik in unserem ganzen Organismus neu formulieren läßt, wie es diese Frau erlebt hatte. Ich finde, daß dies leichter fällt, wenn wir viel meditiert und gelernt haben, die Verlagerung subtiler Bewußtseinszustände zu beobachten. Es fällt uns noch leichter, wenn wir eine tiefe Verbundenheit mit unserem Körperbewußtsein entwickelt haben, so daß wir eine tiefe und subtile Verbindung zu unseren Empfindungen und Gefühlen haben. Wenn sich diese Ebene des Empfindens und des Wissens um uns selbst mit dem Traum verbindet, können wir tiefe Erkenntnisse gewinnen. Der Traum kann uns eine Geschichte oder ein Bild liefern, die oder das etwas aufgreift, was unterbewußt am Werk war, und es in die bewußte Wahrnehmung verlagert. Offensichtlich gibt es da unendlich viele Möglichkeiten, aber entscheidend dabei ist, daß das Bewußtsein zur Ebene des Fühlens zurückgebracht wird, die uns mit unserem Organismusgefühl verbindet, das uns die ganze Zeit am Leben erhält. Wenn der Traum uns dabei hilft, bewußter zu werden in der Unmittelbarkeit des Jetzt, dann hat er uns uns selbst wie dem Geheimnis in unserem bewußten Leben nähergebracht. Unser Bewußtseinsvermögen hat zugenommen. Dies heißt Wachsen, Entwickeln.

Der schöpferische Prozeß, dem Traum zu begegnen, ist für mich genauso wichtig wie oder sogar noch wichtiger als die Frage, ob wir den Traum wirklich verstehen. In einem geschlossenen Universum mag es eine korrekte Deutung eines Traums geben. Aber in einem offenen Universum wie dem unseren ist allein schon die Beziehung unserer Aufmerksamkeit zum Traum ein Entstehungsprozeß, der alle Arten des Verstehens hervorbringen kann. Selbst wenn wir nichts weiter als verblüfft sind, so daß das Ich den Traum als bedeutungslos abtun möchte, könnten wir doch eigentlich sehr viel mehr Verblüffung auf der Ebene unseres Ich gebrauchen. Die Welt ist weitaus geheimnisvoller und komplexer, als uns unser auf dem Ich basierendes Bewußtsein je erkennen läßt. Letzten Endes werden wir vielleicht nie wissen, ob die Deutung richtig oder falsch ist – was wirklich zählt, ist das, was wir hervorbringen, daß der Traum uns geöffnet hat für eine kreative Beziehung zu uns selbst. Die Psyche ist geheimnisvoll. Sie fordert uns nicht auf, recht zu haben, sondern nur, daß wir zu ihr in Beziehung treten, daß wir sie nicht ignorieren und ihre Intelligenz nicht leugnen.

Körperbewußtsein und Energiebewußtsein

Zu oft wird die in der Meditation oder durch unsere Träume geborene Erkenntnis nur ein weiteres geistiges Universum, wenn sie nicht in der Unmittelbarkeit unserer Fähigkeit begründet ist, voll und ganz zu fühlen, das Vermögen zur sinnlichen Intuition einer größeren Wirklichkeit zu entwickeln. Wenn wir lernen, in uns hineinzuspüren, in unsere Empfindungen, unsere Gefühle, unsere Emotionen, den Raum unseres Körpers, und gleichzeitig uns dem Unendlichen zuzuwenden, dann beginnen wir den Wortschatz unseres Selbstbewußtseins zu erweitern und zu verfeinern. Das Unendliche ist wie der Horizont: Wir können es nie erreichen. Aber wenn wir einen Schritt auf das Unendliche in uns zu tun, werden wir inkarnierter. Dies erfordert es, daß wir direkt mit dem Körperbewußtsein arbeiten. Der tiefere Impuls der Spiritualität, der Evolution an sich, besteht nicht darin, über Gott nachzudenken, sondern uns Gott direkt in unserem eigenen Fleisch zu nähern. Unser menschlicher Organismus entwickelt Informationen. Wir verkörpern die Intelligenz des Universums. Und diese Inkarnation ist nie vollständig – wir sind ein Geheimnis über jedes reduktionistische Nachdenken hinaus. Denken wir nur an die Millionen chemischer und elektrischer Interaktionen, die gerade jetzt in unseren Billionen von Zellen stattfinden. Augenblicklich sind wir uns darüber im klaren, daß nur eine unendlich kleine Menge davon bewußt gesteuert ist. Ein tanzender, singender, sprechender, spielender, liebender oder hassender Mensch ist nur die kleinste Spitze eines unbeschreiblich riesigen Eisbergs, nur der allerkleinste Spiegel dieser riesigen untergetauchten Seinsweise.

Wenn wir unsere Augen schließen und einfach unsere Aufmerksamkeit tiefer in unserem Organismus ruhen lassen, nehmen wir einen Raum wahr, der fast keine Eigenschaften aufweist, ein vages Gefühl von etwas, das wir Erschöpfung nennen könnten oder Reizbarkeit, Unruhe, fließende Energie, Ruhe, Angespanntheit und so weiter – und dieser Raum verändert sich ständig, es sei denn natürlich, daß wir in irgendeiner starken Emotion oder in einem heftigen Schmerz eingeschlossen sind. (Selbst das verändert sich, aber es ist für uns sehr schwierig, die Art von Aufmerksamkeit aufrechtzuerhalten, die diese Veränderungen erkennen kann.) Das Ausmaß, bis zu dem wir Worte für unsere Erfahrung in diesem Raum haben, ist das Ausmaß, in dem wir uns selbst bewußt geworden sind. Wie viele Namen haben Sie denn für diesen subtilen Raum des Selbst? Für manche Menschen wäre es schon eine ganze Menge, auch nur fünfzig solcher Namen zu finden. Ein Mensch, der viele Hunderte zu benennen vermag, ist viel selbstbewußter und inkarnierter. Er wird erheblich mehr innere Autorität besitzen. Er wird Gott in sich nähergekommen sein. Einem Menschen mit einem viel kleineren Repertoire des inneren Seins würde ein derartiger Mensch wie ein Gott vorkommen, genauso wie es den normalen Menschen mit Jesus oder den Heiligen erging und ergeht. Dabei ist das Benennen selbst gar nicht so wichtig, sondern vielmehr die Bewegung zum Unendlichen, zum Liebsten in uns selbst. Dies ist das Herz und die Seele der Vertiefung des Körperbewußtseins.

Wenn wir nun – die Augen noch immer geschlossen und ganz gezielt, doch gelassen in diesen Raum von uns selbst hineinhörend – unsere Aufmerksamkeit auf das verlagern, was außerhalb von uns zu sein scheint, entdecken wir, daß diese Grenze nur sehr schwer auszumachen ist. Für unsere tiefere Aufmerksamkeit bilden das Innere und das Äußere ein Kontinuum. Für den Surfer ist das innere Kontinuum ebenso definiert von der Welle, auf der er reitet, wie von irgend etwas, von dem man sagen kann, daß es nur innen ist. Unser bewußtes Erleben ist die Reflexion, in der wir nicht nur unsere Beziehung zu uns selbst erkennen, sondern auch unsere Beziehung zu einer weitaus größeren Seinsweise. Diese Bewußtseinsebene hat nicht nur mit unserer Geistigkeit zu tun, sondern mit unserem ganzen Organismus, insofern er eingebettet in einem grenzenlosen Universum existiert. Körperbewußtsein ist nicht nur Bewußtsein *von* uns selbst als isolierten Geschöpfen, sondern Bewußtsein *als* wir selbst. Körperbewußtsein, wie ich den Begriff verwende, bezeichnet die Erfahrung von Bewußtsein *als* Körper, als ein ganzer unteilbarer Organismus, statt von Bewußtsein *vom* Körper. Das Bewußtsein *vom* Körper ist die Beziehung zu unserem körperlichen und fühlenden Selbst als einem Objekt, das man sezieren, analysieren, benutzen, trainieren, manipulieren und reparieren kann. Das Bewußtsein *als* Körper ist das fundamentale Milieu für die Beziehung zur Existenz.

Immer wieder bestimmt das Ich des Ersten Wunders, wie wir gesehen haben, über unsere Beziehung zu uns selbst. Oft werden Yogaübungen, Sportarten, gymnastische Übungen, ja, fast alle Dinge, die wir mit unserem Körper tun, zu Tätigkeiten, bei denen der Körper nichts weiter als eine Maschine ist, die zu irgendeinem erwünschten Zweck gesteuert und diszipliniert wird. Wir können unser ganzes Leben damit verbringen, unseren Körper auf diese Weise zu benützen, und nie wirklich lernen, auf das Leben durch unseren ganzen Organismus zu hören, die Intelligenz des Universums gerade in unseren Zellen zu vernehmen.

Alles in unserer Welt verändert sich. Jedes Atom in unserem Körper wird in ein paar Monaten oder ein wenig später ersetzt. All unsere Vorstellungen von uns und unserer Welt werden sich in ein paar Jahrzehnten völlig verändert haben. Ob im Privatleben oder im Beruf – der einzige Halt, den wir in all dieser Veränderung für uns finden, ist das, was wir fühlen, was wir unmittelbar in unserem Körper empfinden. Im Grunde besitzen wir nur unsere Aufmerksamkeit, unsere Fähigkeit zuzuhören. Dies ist vor allem das, was wir sind. Doch die meisten Menschen können sich nicht sehr tief fühlen. Statt zuzulassen, daß ihre Fähigkeit zunimmt, in sich hineinzuhören, glauben sie sich davon zutiefst bedroht und versuchen sich zu betäuben. Vielleicht muß sie erst der Konsum von Zigaretten und Alkohol oder eine schlechte Ernährung krank machen, bevor sie auch nur zu merken beginnen, daß sie einen Körper haben. Wenn sie Glück haben, hilft ihnen das Leiden, zu erwachen. Ansonsten können viele Menschen durchs Leben gehen und nie um das Wunder der vertiefenden Verkörperung wissen. So gesehen, sind die verschiedenen Dinge, die viele an sich selbst vollziehen im Namen einer spirituellen Übung oder auch nur eines kulturkritischen Aufbegehrens – von der Selbstkasteiung bis zu langen Fastenzeiten, von der Hyperventilation bis zur Einnahme psychedelischer Drogen –, so oder so Versuche, einen Kontrast herzustellen im Ozean unserer Seinsweise, um ein größeres Bewußtsein von sich selbst zu entwickeln.

Schon seit langem bin ich mir darüber klargeworden, daß es vergeblich ist, eine spirituelle Entwicklung zu betreiben, ohne direkt an der Totalität unserer Seinsweise zu arbeiten. Ich nähere mich dieser Totalität in meiner Arbeit auf vielerlei Weise: durch Sprechgesang, Singen, Stegreifreden, Atemarbeit, Fasten, Stretching und verschiedene, Energie freisetzende Übungen. Ich verwende die unterschiedlichsten Arten von Musik zum Tanzen, Zuhören und für verschiedene Bewegungsprozesse und kombiniere sie alle zuweilen in Ritualen. Auch die ästhetische Beschaffenheit der Umgebung des Lehrens und die Qualität und Präsentation der Mahlzeiten tragen zu einem vertiefenden Erleben der Verkörperung bei. In der Praxis besteht die Arbeit darin, allmählich die alte Körper-Ich-Musterbildung so durcheinanderzubringen, daß sie sich einer neuen und größeren Musterbildung öffnet. Das erfordert ein Ausbalancieren von Intensität und tiefer Entspannung und ein so häufiges Variieren der Übungen, daß das Ich diese Erfahrungen nicht so ohne weiteres in einen vertrauten Kontext einordnen kann. Fast alle speziellen Meditationen und Induktionen versetzen jeden Menschen in eine direktere Beziehung zu seiner eigenen tiefen Sinnlichkeit und seinem fühlenden Wesen. Viele dieser Übungen sind sorgsam ausgearbeitete interaktive Meditationen in Partnerschaft mit anderen, so daß der andere Mensch ein Spiegel wird, in dem man sich selbst nackter, mit weniger Selbstschutz zu sehen riskiert. Ganz entscheidend ist die Induktion der Übungen. Dabei dient meine eigene Offenheit gegenüber der Unendlichkeit als Matrix, die die Tätigkeiten davor bewahrt, ein Mittel zu einem Zweck statt ein Selbstzweck zu werden. Immer wieder zielt die Anleitung darauf ab, in Beziehung zum Mysterium zu stehen, präsent zu bleiben, sich – mit und durch den eigenen ganzen Organismus – der Unmittelbarkeit des Augenblicks zu überlassen und damit zu unterwerfen. Es ist ein Prozeß, bei dem eine verfeinerte, doch ausgewogene Sensibilität für das eigene ganze Sein beschworen werden soll. Indem wir zulassen, daß wir selbst bewegt, gesungen, gesprochen werden und daß wir vor allem auf uns auf immer tiefer werdenden Ebenen hören, beginnen wir diese Intelligenz zu entdecken. In der Spontaneität und Kreativität dieser Tätigkeiten wird das Bewußtsein des ganzen Organismus wieder freigesetzt in seine natürliche Fähigkeit, sich in das grenzenlose Universum einzufühlen.

Eine derart spontane Selbstdarstellung ist nur selten die Art von wilder Katharsis, die in gewissen Schulen der Bewußtseinserkundung beliebt ist. Die Beziehung, zu der ich auffordere, ist eine neue Intelligenz in jedem Menschen, die dazu tendiert, Emotionen aus ihrem üblichen Bezugssystem freizusetzen, so daß es nicht zu einer Regression in Emotionen kommt, die wir bereits benannt (und denen wir die Schuld an unserem Dilemma gegeben) haben, sondern zu einer allgemeinen Entdeckung einer neuen Fähigkeit, zu fühlen. Das Herzstück der Arbeit wird es dann sein, daß man lernt, sein eigener Lehrer zu sein, daß man lernt, wie man sich Gefühlen unterwirft und ihnen vertraut und keine Angst hat zu fühlen, was auch immer da kommt. Ohne daß man irgendein bestimmtes Ziel oder einen bestimmten Zustand zu erreichen versucht, gibt es eine vertiefende Immanenz des Bewußtseins. Entscheidend ist nicht, daß wir angenehme Bewußtseinszustände erzeugen, sondern daß die Aufmerksamkeit immer natürlicher im Gefühl des Organismus ruht – Bewußtsein *als* Körper.

Mit dem Körperbewußtsein zu arbeiten, heißt mit seiner ganzen Persönlichkeit und seinem ganzen Sein zu arbeiten. Die Persönlichkeit ist nicht einfach ein mentales Phänomen, sondern auch ein Körperphänomen. Wir können dies als Körperpersönlichkeit oder Körper-Ich verstehen. Dies ist ein Ich-Sein, das sich im Timbre der Stimme ausdrückt, in der Art unseres Lachens, in unserem Atmen, in der Elastizität unserer Gelenke, der Geschmeidigkeit der Sehnen, im Stählen der Muskeln. Körper-Ich-Sein verbirgt sich in unseren Bewegungen, in unserer Haltung, in unserer Fähigkeit, uns im Tanz, im Gesang oder im Spiel zum Ausdruck zu bringen. Und es geht sogar noch tiefer als diese augenfälligeren Manifestationen. Das Körper-Ich beeinflußt nachhaltig unsere grundlegende Physiologie. Es beeinflußt unsere Stoffwechselprozesse und unseren Hormonhaushalt, wie wir Streß und Anspannung vertreiben oder aushalten, es beeinflußt unsere Anfälligkeit und unsere Reaktion bei Krankheiten, ja sogar den Alterungsprozeß selbst.

Die Einsetzung des Körper-Ich läßt sich leicht vorstellen, wenn wir einmal daran denken, wie ein Kind die physischen Manierismen seiner Eltern zu imitieren beginnt. Und dann übernimmt jedes Kind allmählich und schleichend die körperliche Norm seiner ganzen Kultur. Wenn das Ich unseren Körper in ein Objekt verwandelt, nimmt es nach und nach unser ganzes Gefühl für das Lebendigsein in Beschlag. Statt der Intelligenz unseres Organismus zu vertrauen (wir verlieren sogar die Intuition, daß es überhaupt so eine Intelligenz gibt), richtet sich das Ich nach der Außenwelt. Und damit beginnt die Terrorherrschaft, in der wir unseren Körper den Bildern von Gesundheit, Vitalität und Jugend unterwerfen, mit denen uns die populären Medien bombardieren. Hier liegt die Wurzel von Freßsucht, Bulimie und von brutalen Diät- und Fitneßprogrammen, vom unsäglichen emotionalen Elend ganz zu schweigen. Wir werden Opfer einer oberflächlichen Wahrnehmung und verlieren unsere Fähigkeit, auf das Universum in seinen größeren, unsprünglicheren, geheimnisvollen Tiefen zu hören. Aber gerade dieses körperliche Hören ist die organische Basis der tiefen Gefühls-Intuition unseres Ich-Seins. Wenn wir nicht das Ich-Sein in der tiefsten Dimension des Fühlens verwurzeln, dann existiert alles, wovon wir hier sprechen, nur als Begriff ohne körperliche Unmittelbarkeit, und der einzelne läßt sich von jeder Angst und jeder wechselnden Mode verführen und hinreißen. Das Ich ist der Jünger der Angst und wird unseren Körper jeder Demütigung unterwerfen, die ein vorübergehendes Gefühl der Zugehörigkeit und Sicherheit vermittelt.

Was wir Persönlichkeit nennen, bezieht sich auf bestimmte Muster und Qualitäten der geistigen Aktivität, des emotionalen Ausdrucks, des Verhaltens und so fort, aber offensichtlich ist es sinnlos, dies alles vom ganzen Gefühl des Körperbewußtseins zu trennen. Die Wissenschaftlerin Joan Borysenko beispielsweise beschreibt einen Fall von multipler Persönlichkeit bei einem jungen Mann, der nur in einer dieser Persönlichkeiten Diabetiker ist. In der Persönlichkeit des Diabetikers weist er alle fortgeschrittenen physiologischen Veränderungen auf, wie sie für einen schweren Diabetes typisch sind, wie die Degeneration der Netzhaut und partielle Blindheit. Aber wenn er zu einer anderen Persönlichkeitsstruktur überwechselt, werden nicht nur seine Blutzuckerwerte normal, auch diese anderen «körperlichen» Veränderungen kehren rasch in den Normalzustand zurück. Gewöhnlich läßt unsere Vorstellung von Persönlichkeit unseren Organismus mehr oder weniger außer acht. Doch ein derartiger Fall verweist darauf, daß Persönlichkeit, Verhalten und Gesundheit ein Kontinuum bilden, das von unserem Körperbewußtsein, unserer Inkarnation nicht zu trennen ist. Gerade dieses Beispiel zeigt, daß wir keineswegs auf einer Ebene der Inkarnation erstarrt sind, daß sich mit unserem Körperbewußtsein auch alles andere verlagert.

Bei jeder spirituellen Arbeit oder Bewußtseinsarbeit geht es um die Aufmerksamkeit. Die Kraft unserer Aufmerksamkeit – unser eigentliches Energieniveau – ist unser Bewußtseinsvermögen, unsere Fähigkeit, die fundamentale Beziehung zu uns selbst, zu anderen Menschen und zum Unendlichen aufrechtzuerhalten. Was einen Christus, einen Buddha, einen Mystiker, einen Heiligen, einen großen Denker, Künstler oder Geschäftsmann vom Durchschnittsmenschen unterscheidet, ist die Kraft der Aufmerksamkeit. Es ist die Tiefe, in der sie mit dem Mysterium vertraut sind, indem sie gleichzeitig immer tiefer in sich selbst verkörpert sind und die untrennbare Beziehung zu allen anderen Menschen und allen anderen Dingen entdecken. Aufmerksamkeit in diesem Sinne ist das kostbarste Gut überhaupt, und sie läßt sich kultivieren. Dies ist das Grundprinzip der Energiearbeit – ja, eigentlich das Grundprinzip der spirituellen Arbeit.

Damit die Aufmerksamkeit mehr ist als nur ein abstrakter Begriff, müssen wir zunächst lernen, sie zu fühlen oder in irgendeiner Weise zu spüren, und dabei sind Körperbewußtsein und Energiebewußtsein untrennbar miteinander verbunden. Dann können wir allmählich feststellen, wie Verlagerungen der Aufmerksamkeit unser Selbstbewußtsein und das Erkennen unserer Welt verändern. All die verschiedenen Formen der Energiearbeit haben eines miteinander gemeinsam: die Aufteilung der Aufmerksamkeit. Dies ist eigentlich paradox, da die Aufmerksamkeit ein Kontinuum ist und nicht etwas, was sich teilen läßt. Doch genauso wie das Licht sowohl als Welle wie als Partikel existiert, je nach unserer Betrachtungsweise, läßt sich von unserer Aufmerksamkeit sagen, daß sie eine unendliche und eine endliche Dimension besitzt. Bei der Aufteilung der Aufmerksamkeit geht es im Prinzip darum, die radikale Intuition des Unendlichen mit der Empfindung zu verbinden. Die üblichste, am leichtesten verfügbare und universalste menschliche Empfindung ist das Atmen. Indem wir eine Ecke unserer Aufmerksamkeit mit der Empfindung unseres Atems verbinden, bleiben wir in uns präsent. Ich vergleiche die Aufmerksamkeit für das Atmen gern mit der Aufmerksamkeit des Musikers für den Taktstock des Dirigenten. Zuviel Aufmerksamkeit für den Taktstock (das Atmen), und schon verlieren wir die Noten, die wir spielen, und das Gefühl für das übrige Orchester (die ganze Erfahrung des Seins, innen wie außen). Nicht genug Aufmerksamkeit für das Atmen, und schon sind wir zwar auf unseren Kopf, auf unsere Emotionen oder sonstwas konzentriert, aber nicht eingestimmt auf die größere Musik des Hier und Jetzt.

Sobald die Aufmerksamkeit unmerklich in uns selbst durch den Atem verankert ist, können wir damit beginnen, die Teilung der Aufmerksamkeit zu erkunden. Dies ist schwer zu beschreiben – um Menschen in diesen Raum zu bringen, führe ich sie gewöhnlich im Gespräch durch einen Induktionsprozeß, indem ich meine Stimme und meine Vertrautheit mit diesem Raum verwende, um sie dorthin zu rufen. Stellen Sie sich vor, indem Sie sich beim Einatmen dem Unendlichen – Gott, Christus, der Universalen Quelle, dem Weißen Licht – öffnen, daß es unzählige Konzepte gibt, die, wie die Höchsten Weisungen, unsere Intuition zu einem größeren Gefühl des Seins verlagern. Werden Sie sich beim Ausatmen Ihres ganzen Körpers bewußt, Ihrer Hände und des unmittelbar um Sie herum befindlichen Raums. Lassen Sie beim Ausatmen die Aufmerksamkeit ins Unendliche übergehen, das stets präsent ist in der Unmittelbarkeit Ihres eigenen Organismus. Aber weil die Aufmerksamkeit nicht zwischen Innen und Außen unterscheidet, können wir unsere Aufmerksamkeit über unsere Hautgrenze hinaus ausdehnen. Beim Ausatmen können wir unsere Aufmerksamkeit so ausdehnen, daß sie jemand anderen einbezieht, der uns entweder nahe ist oder sich in einer gewissen Entfernung befindet. Reiki, Auragleichgewicht, Polaritätstherapie, therapeutische Berührung, das Auflegen der Hände – all das sind Formen, bei denen eine Seite unserer Aufmerksamkeit für die Transzendente Wirklichkeit offen ist, während wir unsere volle Aufmerksamkeit auf einem anderen Menschen ruhen lassen. Auf diese Weise erhöhen wir unseren Schwingungszustand, und mit einiger Übung – und, ganz wesentlich, wenn wir tief gelebt haben und durch die tiefen Herausforderungen und Chancen des Lebens natürlich geläutert werden – können wir das aktivieren, was das gewöhnliche Bewußtsein als außergewöhnliche Energie empfinden kann.

Und diese Energie kann uns und die Menschen, mit denen wir sie teilen, mächtig beeinflussen. Doch oft stelle ich die Frage: «Warum haben wir so viel erfahren, aber so wenig gelernt?» Energiebewußtsein gehört zur Menschheit vermutlich schon seit frühester Zeit. Jede Volkskultur hat dafür eigene Bezeichnungen und besitzt ihre eigenen Praktiken, es zu aktivieren. Vor etwa zweihundert Jahren hat der deutsche Arzt Franz Mesmer das Erkennen dieses Lebensprozesses wiederbelebt. Das Energiebewußtsein lehrt uns, daß wir allein schon durch die Verlagerung unserer Aufmerksamkeit in Richtung des Unendlichen unser Gefühl der Verbundenheit verändern. Es zeigt uns, daß wir alle in einem Kontinuum des Bewußtseins verbunden sind. Verlagern wir unsere Aufmerksamkeit, ändert sich unser ganzes Gefühl von uns selbst und damit die Basis, von der aus unsere Beziehungen stattfinden. Darum sage ich immer wieder: «Das größte Geschenk, das wir einander machen können, ist die Qualität unserer Aufmerksamkeit.»

Aber selbst nach Jahrtausenden derartiger Erfahrungen weigern wir uns noch immer irgendwie einzusehen, daß die Verbundenheit existiert, ob wir nun unsere Aufmerksamkeit verlagern oder nicht. Die Verlagerung der Aufmerksamkeit, die das Bewußtsein des Energiefelds erzeugt, ist mit dem raschen Bewegen unserer Hände durch unbewegte Luft zu vergleichen, das uns die Luft spüren läßt. Noch bestimmt unser Ich den Kontext; die Energieerfahrung wird zu einem Selbstzweck, und die Rituale und Glaubensvorstellungen, durch die wir sie beschwören, werden zu einer neuen Basis für die persönliche Identität und die Besonderheit des Ich.

Daher ist ein Schritt ins Tiefere erforderlich. Wir müssen die ganze Übung der Verlagerung der Aufmerksamkeit und der Erzeugung der erhöhten Energie von der gesamten Vorstellung der Energiefelddynamik befreien, die zur Trennung führt zwischen Heiler und Geheiltem, Therapeut und Patient, Guru und Jünger und so weiter. Im tiefsten Grunde beruht die Aufmerksamkeit weder auf dem Gefühl der Aktivierung oder Bewegung der Energie, noch braucht sie dieses Gefühl. Ich habe diesen Schritt Heilige Aufmerksamkeit genannt. Hier werden wir stiller in uns selbst, eingestimmter auf das wirkliche Zentrum, unser Ich-Sein, das Leere ist. Hier werden das Energiebewußtsein und das Arbeiten mit Energie zur tiefen Meditation, zum tiefen Gebet. Hier werden wir auf natürliche Weise auf eine Ebene der Beziehung zum Mysterium versetzt, auf der sogar das Gefühl von Energie nicht mehr wahrhaft ein Mittel zur Wahrnehmung der tieferen Ebene unserer Verbundenheit mit uns selbst, mit Gott oder jemand anderem ist. Letztlich werden wir aufgefordert, einander im Glauben zu begegnen. Ganz gleich, ob wir uns in Harmonie oder im Konflikt befinden – jenseits jeder Emotion, jedes Gefühls, jeder Empfindung oder irgendwelcher Glaubensvorstellungen über unsere Verbundenheit, inmitten des ganz gewöhnlichen Lebens also sind wir längst eins in den Armen des Liebsten. Diese göttliche Gewöhnlichkeit ist für mich geistige Gesundheit. Dies ist wahre Authentizität. Und wenn wir einander hier begegnen, werden wir einander wahrhaft gut begegnet sein, werden wir das Gefühl haben, gesehen zu werden, heimzukommen.

11
Inkarnation und
die Heilung früher Kindheitswunden

Als kleiner Junge bin ich in der Nähe des Ozeans aufgewachsen. Im Sommer habe ich viel Zeit am Strand verbracht, habe Sandburgen gebaut und sie gegen die Wellen mit kunstvollen Mauern zu verteidigen versucht. Am Nachmittag wurde ich müde und legte mich zu einem Nickerchen hin. Wenn ich zwischendurch aus diesem Dösen erwachte, öffnete ich die Augen wegen des gleißenden Lichts nur zu schmalen Schlitzen. Da, gleich unter meinen Augen, befand sich ein nicht enden wollendes Durcheinander von winzigen Sandkörnchen und Holzstückchen und Muscheln. Aus der Ferne schien der Strand weiß zu sein, aber aus dieser Nähe gab es so viele Farben.

Wie ich so dalag, gebadet von der Wärme des Sandes und der Sonne, entdeckte ich ein Spiel. Ich nahm meinen Finger und steckte ihn langsam in den Sand. Nur wenige Zentimeter von meinen Augen entfernt sah der Sand wie Felsbrocken aus, die in einem Erdbeben wogten, als Tausende davon vor meinem mächtigen Finger zurückwichen. Schließlich versuchte ich fasziniert, mit Hilfe meines Fingers ein einzelnes Sandkorn zu bewegen. Als dies mißlang, nahm ich einen kleinen Zweig. Ich hielt den Zweig wenige Zentimeter von meinen Augen entfernt und konzentrierte mich mit aller Kraft darauf, meine Hand ruhig zu halten. Beim geringsten Zittern fielen Dutzende von Körnchen durcheinander. Manchmal blies ein unbedachtes Ausatmen eine winzige Sandwolke in meine Augen, oder ein leichtes Luftholen ließ mich am Staub fast ersticken. So sehr ich mich auch bemühte – es gelang mir nie, nur ein einzelnes Sandkorn zu bewegen.

Jahre später, als ich nach einem Bild suchte, um das Gefühl des reifenden Bewußtseins als einen Prozeß der Inkarnation statt als eine Philosophie zu vermitteln, kehrte die Erinnerung an dieses Kindheitsspiel wieder als eine Allegorie über die Welt von Steinmann und Sandmann.

Stellen Sie sich einen Menschen vor, der aus kleinen Steinen besteht. Nach außen wirkt er ganz wie ein Mensch, aber im Innern setzt er sich aus Tausenden von Steinen zusammen, die so groß wie Murmeln sind. Wenn er von irgendeiner Erfahrung mit genügender Kraft berührt wird, so daß die Steine in ihm sich bewegen, dann nimmt er eine Art von Beziehung zwischen sich selbst und dem wahr, was ihn da berührt hat. Wenn er Interaktionen einleitet, nimmt er seine Wirkung wahr, je nachdem, wie seine Steine davon beeinflußt werden. Wenn sich nur ein paar Steine bewegen, ist der Kontakt fast unmerklich, vielleicht weniger bedeutungsvoll. Bewegen sich viele, ist er stärker, intensiver und daher bedeutungsvoller. Wenn sich zu viele bewegen und die Ordnung seines Versteinertseins mehr gestört wird, als er verkraften kann, mag er dies für Leiden halten.

In dieser Allegorie sind die Steine metaphorische Einheiten von Bewußtsein – die Energiemenge, die erforderlich ist, um die Steine zu bewegen, ist die Bewußtseinsschwelle eines Steinmenschen. Insbesondere ist dies seine Fähigkeit zur fundamentalen Beziehung zu sich selbst, zu anderen (der Welt) und zu Gott. Das Steinsein ist seine Inkarnation, das Ausmaß, in dem das Bewußtsein in Fleisch und Blut verwurzelt ist. Sein Steinsein bestimmt sein Empfindungsvermögen, seine Intelligenz, seine Wahrnehmung von Bedeutung und seine Werte. Vor allem entscheidet das Steinsein über sein ganzes moralisches Wesen, denn unser moralisches Wesen ist nichts Geringeres als unsere Fähigkeit zur Beziehung.

Stellen Sie sich nun einen anderen Menschen vor, dessen Sein aus kleinen Kieselsteinchen oder aus Abermillionen von feinsten Sandkörnchen besteht. Jede Verfeinerung der Einheiten des Bewußtseins impliziert eine größere Fähigkeit zur Beziehung zum Leben. Im Verhältnis zum Bewegen eines kleinen Steins ist nur ganz wenig Energie erforderlich, um ein winziges Sandkörnchen zu bewegen. Somit ist das Bewußtseinsvermögen eines

Sandmenschen, seine Schwelle zur Wahrnehmung der Beziehung zum Leben, weitaus empfindlicher. Diese Verfeinerung bedeutet, daß die Beziehung zu den Menschen und zur Umwelt natürlich ein größeres Gefühl der Verbundenheit aufweist. Die ganze Seinsweise eines Sandmenschen läßt auf ein Maß an Zugehörigkeit und Verbundensein schließen, wo ein Steinmensch vielleicht überhaupt keine Beziehung wahrnimmt.

Der Intellekt hat sich im Laufe von Hunderttausenden von Jahren entwickelt. Was nun die Fähigkeiten eines Steinmenschen oder eines Sandmenschen betrifft, mit Ideen und Abstraktionen zu arbeiten, das heißt, ein Arzt, ein Anwalt, ein Politiker, ein Ingenieur und so weiter zu sein, so können beide sehr intelligent, sehr fähig sein. Aber was das Fundament der Verbundenheit betrifft, auf der der Intellekt beruht, so weisen sie doch erhebliche Unterschiede auf. Sandmenschen sind intelligenter, weil sie von Haus aus eine größere Fähigkeit zur Beziehung zu sich selbst und zum Leben besitzen.

So richtig offenkundig aber wird der wahre Unterschied im Bereich des Fühlens. Sandmenschen haben ein weitaus größeres Repertoire an Gefühlen, eine weitaus größere Fähigkeit, Gefühle zuzulassen und auszudrücken. Steinmenschen brauchen eine größere Intensität, um Beziehungen zu sich selbst, zu anderen oder zur Welt wahrzunehmen. Somit sind für einen Steinmenschen Gefühle und daran anschließende emotionale Kommunikationen gröber – in ihrem Ausdrucksvermögen gibt es ein größeres Gewaltpotential. Das soll keine Bewertung sein, sondern nur eine Feststellung, daß die Entwicklung von Bewußtsein im wesentlichen eine Entwicklung der Fähigkeit zum Fühlen ist. Dieses Vertiefen und Verfeinern des Fühlens beginnt in uns zu wachsen als Anbruch der Intuition.

Alle Menschen empfinden Leidenschaft, Angst, Ärger, Wut, Freude, Liebe und so weiter. Aber der Reichtum und die Intelligenz, die wir durch unser Fühlen erkennen, hängen von der Tiefe unserer Inkarnation ab. Die Emotion an sich ist ein Fühlen, das durch das Benennen ein wenig gezähmt ist – es ist ein Fühlen, das so weit rationalisiert ist, daß wir darüber sprechen können. Aber eine fühlende Existenz ist weitaus mehr als nur die Gefühle, die wir an diesem Punkt unserer Entwicklung benennen könnten. Darin geht es um eine niemals endende, sich immer entwickelnde Fähigkeit, zu empfinden und zu fühlen. Wir reden uns selbst ein, daß die Welt und das Universum sich auf die Grenzen unserer Wahrnehmung beschränken, daß sie von Begriffen und Ideen gezähmt und erfaßt werden können. Genauer gesagt: Wir schwimmen in einer Dimension der Informationen, die die lebendige Intelligenz des Universums ist. Die ständig erwachende Fähigkeit, diese Intelligenz zu erkennen und bewußt in Anspruch zu nehmen, ist der eigentliche Prozeß der Inkarnation. Der Verstand ist nicht bloß das Wahrnehmungsorgan des Körpers – unser Organismus in seiner Totalität ist die Wirklichkeit, die bewußte Form annimmt.

Wenn wir uns tiefer inkarnieren, werden wir bereit für diese größere Beziehung zum Universum. Auch wenn wir noch so stolz auf unseren Intellekt sind, so ist doch die Entwicklung des Bewußtseins nicht so sehr ein Prozeß des Denkens als ein Bewußtseinsvermögen in seiner Totalität, und von zentraler Bedeutung dabei ist unsere Fähigkeit zu fühlen. Das Denken erkennt, das Fühlen weiß. Das Denken läßt sich von der Komplexität durcheinanderbringen, während das Fühlen verkörpern kann und bereits die Synthese einer riesigen Komplexität ist. Wenn Sie über sich selbst und Ihr Leben nachdenken, werden Sie vor lauter Paradoxien und Widersprüchen nicht ein und aus wissen. Sie werden durchdrehen. Aber wenn Sie auf Ihr Fühlen hören, werden Sie sich zutiefst kennenlernen, auch wenn es vielleicht nicht einfach ist zu sagen, was Sie da wissen. Steinmenschen haben eine fragilere, eindimensionale und personalisierte Fähigkeit zu fühlen. Sie sind weniger imstande zu erkennen, daß andere ähnliche Gefühle haben – daher werden sie wahrscheinlich weniger Reue, Vergebung, Mitgefühl empfinden. Wenn wir das Sandsein verkörpern, ist die zunehmende Sensibilität eine größere Intuition der Gefühle anderer. Darin liegt also der Unterschied im moralischen Wesen von Steinmenschen und von Sandmenschen. Es ist ein Unterschied in der Fähigkeit zu fühlen und im Vermögen, das Fühlen als ein Kontinuum zu erkennen, in dem wir alle leben. Aus dieser Intuition erwachsen auf natürliche Weise Mitgefühl, Fürsorge und Vergebung ebenso wie ein wachsendes Gefühl für das Heilige.

Steinmenschen sind ja keineswegs unmoralischer oder weniger spirituell – ihr moralisches Wesen und ihre Spiritualität sind nur weniger entwickelt, weniger inkarniert.

Es ist sinnlos, von irgendeiner Ebene des menschlichen Verhaltens zu sprechen, ohne dabei die Dimension der Inkarnation zu bedenken. Der menschliche Organismus ist ein Organ der Beziehung, ein Ausdruck der unaufhörlichen Beziehung, die die lebende Intelligenz des Universums ist. Daß Steinmenschen dies nicht so umfassend wahrnehmen können wie Sandmenschen und in einer Welt des Rationalismus und des Materialismus leben, ist nicht ein Problem, über das man diskutieren kann, sondern schlicht ein (relatives) Versagen des Fühlens. Dies ist die Krise unserer Zeit. Und mit der können wir nicht angemessen philosophisch, politisch oder psychologisch umgehen, wenn wir nur auf der Ebene des Dialogs, des Denkens verharren. Das ist ja nicht einfach nur eine Frage unseres Denkens (und wird es auch nie sein), weil das Denken der Diener unseres Bewußtseinsvermögens, nicht dessen Quelle ist. Es ist vielmehr eine Frage der Inkarnation. Die Herausforderung jeder spirituellen Lehre, jeder erleuchteten Erziehung und Bildung besteht darin, den ganzen Körper in Anerkennung seiner Beziehung zum Leben in Anspruch zu nehmen. Unsere Arbeit besteht darin, unser Steinsein in Sandsein, in Pulversein umzuwandeln – und zwar fortwährend.

Wenn sich die Inkarnation vertieft, beginnen wir bewußter in unserem Körper zu leben. Ein Sandmensch neigt auf natürliche Weise dazu, durch seinen Organismus auf das Leben zu hören und weniger über mentale Diktate. Durch diese Fühl-Intuition erwachen wir zu einem Gefühl von Energie, einer Ebene der Aufmerksamkeit, die wir fühlen und uns darum in sie einstimmen können. Durch das Energiebewußtsein werden Beziehungen direkter verstanden, werden Menschen nicht so leicht zu bloßen Objekten. Die Subjekt-Objekt-Trennung wird weniger dominant. Die Metapher des Wegs vom Steinsein zum Sandsein ist eine Metapher für die Entwicklung vom Bewußtsein des Ersten zum Bewußtsein des Zweiten Wunders, und sie ist in unserer Verkörperung verwurzelt. Im Hinblick auf das menschliche Handeln wird diese Bewegung gelebt als eine sich vertiefende Fähigkeit zur intimen Vertrautheit mit jeder Ebene des Lebens. Im Hinblick auf die menschlichen Beziehungen geht es bei der Spiritualität nicht darum, die Dilemmata des Lebens zu transzendieren oder sich darüber zu erheben. Im Gegenteil, spirituelle Reife ist unsere Fähigkeit, bewußt präsent und relational auf immer mehr sich vertiefenden, komplexeren und subtileren Ebenen des Fühlens mit dem Leben zu bleiben. Das ganze Leben ist in einem gewissen Sinn gewöhnlich, wenn wir aufhören, einen Teil von anderen Teilen abzutrennen und einen Aspekt über andere Aspekte zu stellen. Aber diese Gewöhnlichkeit wird immer mehr mit Bedeutung erfüllt, wenn wir uns in unserer Inkarnation verfeinern. Weil die Immanenz Gottes direkter verfügbar ist durch das fühlende Wesen und die Intuition von Sandmenschen, können wir sagen, daß das Leben das Spiel der göttlichen Gewöhnlichkeit geworden ist. Wenn wir uns in unserer Inkarnation vertiefen, neigen wir aus diesem Grund dazu, dem Leben immer weniger zu widerstehen, weil es ganz und gar göttlich ist.

Offensichtlich erstreckt sich das auf das ganze sinnliche Spiel des Lebens. Die Sexualität ist schon immer eines der entscheidenden Probleme gewesen und wird es weiterhin sein, weil das Leben sie von uns verlangt, während es gleichzeitig daraus einen der unversöhnlichsten Spiegel macht, in dem wir unser Bewußtsein von uns selbst und voneinander erblicken. Aber wieder ist es sinnlos, sexuelle Probleme zu erörtern, ohne nach der Ebene der Inkarnation zu fragen. Die Totalität unserer Fähigkeit zur Beziehung – die Selbstanerkennung im und durch den Spiegel des anderen, die daraus resultierende Offenheit oder Verweigerung, das integre Verhalten, die Fürsorglichkeit und die Güte, die Qualität der gemeinsamen Aufmerksamkeit, die Reaktionsbereitschaft unseres Organismus auf die Empfindung, die Unermeßlichkeit unseres fühlenden Wesens, die Fähigkeit, energetisch einander zu begegnen und miteinander zu verschmelzen: diese Totalität entsteht aus der Tiefe unserer Inkarnation. Wenn wir uns tiefer inkarnieren, schwindet die Trennung zwischen Liebe, Sexualität und Spiritualität. Sexualität ist spirituelle Erfahrung, ein Brennpunkt für die bewußte Beziehung, ein Spiegel für unsere innere und äußere Psychologie. Ich halte es für sinnlos, über Spiritualität zu sprechen und dabei nicht direkt zu betrachten, was dies im Hinblick auf unsere sich vertiefende Fähigkeit zu sinnlicher Intimität in unserem Körper ebenso wie im Hinblick auf unsere Fähigkeit zur Intimität mit anderen bedeutet. Wenn Spiritualität nicht die Unmittelbarkeit unserer Intimität mit unserer Welt ist, wenn sie nicht in jedem Augenblick der Intimverkehr mit dem Leben ist – was könnte sie sonst sein?

Dies führt uns zu der naheliegenden prinzipiellen Frage: Wie entwickeln wir uns auf der Ebene der Inkarnation? Was ist eine Inkarnationsspiritualität? Genau darum geht es in diesem Buch. Dies ist genau das, was wir alle – oder das Leben durch uns – mehr oder weniger unbewußt tun. Ich werde oft gefragt: Kann ein frühkindliches Trauma geheilt werden? Können wir eine Verletzung in den formbildenden Phasen der Ich-Entwicklung überwinden, oder sind wir für immer dazu verurteilt, von diesen Verletzungen begrenzt zu werden? Bestimmte Schulen der Psychoanalyse, insbesondere die Freudianer, glauben, daß frühe Verletzungen irreversibel die Persönlichkeitsdynamik vorherbestimmen – wir müßten eben einfach lernen, uns ihnen anzupassen und so gut wir können zu leben.

Ich meine auch, daß wir uns anpassen müssen, aber das ist noch nicht alles. Die Möglichkeit zur Ganzheit wird nicht automatisch ausgeschlossen durch unsere frühkindlichen Traumata, und zwar aufgrund des Geheimnisses unserer Heimkehr als verlorene Söhne oder Töchter. Wenn sich das Ich dem Bewußtsein des Zweiten Wunders unterwirft, können wir in einer neuen Harmonie der Ganzheit neugeordnet werden. Ich habe nämlich die Erfahrung gemacht, daß sich diese Bereiche durchaus in dem Sinne wiederherstellen lassen, indem wir ein viel erfüllteres Potential als bewußte Menschen verwirklichen können. Aber dies ist mehr als ein psychologischer Prozeß – es ist ein grundlegend spiritueller Inkarnationsprozeß. Als psychologischer Prozeß erfordert er eine sich entwickelnde Einsicht in die eigenen Ängste und das eigene kompensatorische Verhalten. Vor allem bedeutet dies, daß wir eine Opfer-Täter-Perspektive aufgeben und uns entschließen anzunehmen, was das Leben uns gegeben hat, und dadurch ein Jünger der eigenen Erfahrung zu werden. Dies ist zwar eine wichtige und schwierige Arbeit, aber die schwierigste Arbeit, nämlich der Teil, der oft nicht in der psychoanalytischen Methode angegangen wird, ist das Inkarnieren. Ein Inkarnationsprozeß erfordert, daß wir diesen Erinnerungen und Gefühlen direkt und bewußt im Körper begegnen, nicht vermittelt durch das Denken oder die Analyse, so daß der Prozeß ein Inkarnationsereignis wird.

Mit dem Begriff Inkarnationsereignis bezeichne ich einen Prozeß der Begegnung mit einem ganz tiefen Gefühl, das gewöhnlich als Leiden erfahren wird. Es ist die Art und Weise, in der dieser Gefühlsprozeß erfüllt und erfahren wird: Wir werden von ihm mitgenommen, buchstäblich vom Fühlen geführt in die archaischsten Tiefen unseres Seins, bis an den Rand dessen, was als Ich-Vernichtung erschiene. In diesem Prozeß der Begegnung mit dem Unaussprechlichen verbrennen wir im läuternden Feuer des Unendlichen. Durch dieses Ereignis entsteht ein ganz neuer Mensch, der weitaus weniger von diesen frühen Kräften gelenkt wird. Es ist ein Inkarnationsaugenblick in uns selbst, wie die Transformation vom Steinmenschen zum Sandmenschen.

Auf eine ausführliche Erörterung dieses Prozesses möchte ich mich zwar in diesem Buch nicht einlassen, aber die Herausforderung besteht doch darin, ob wir als Erwachsene in der Lage sind, uns zur Ebene des freieren Fühlens zurückzuentwickeln, zu einem Zustand, der dem undifferenzierteren Bewußtsein des Kindes ähnlich ist – dem Zustand, in dem die ursprüngliche Verletzung in unserem körperlichen und tiefenpsychologischen Gedächtnis angesiedelt ist. Dies sind Gefühle aus einer Zeit, als wir uns nicht gegen sie wehren konnten, als es kein bewußtes Ich gab, das sie in einen Kontext integrieren konnte, und wir nicht verstehen konnten, was mit uns geschah. Dies ist eine Zeit, als der Glaube nicht bewußt war. Das müssen wir erneut erfahren, und zwar oft mehrmals. Wir müssen von diesen furchtbaren Räumen immer wieder an die Schwelle der Unendlichkeit geführt werden, bis der Glaube bewußt wird.

Diese traumatischen Empfindungszustände, die sich entweder durch Krankheiten in der Kindheit, infolge der Vernachlässigung oder des Mißbrauchs durch die Eltern oder einfach aufgrund der

Verwirrung und des Schmerzes einstellten, die der Kollision des Kindes mit den Erfordernissen der Ich-Entwicklung innewohnen – diese Zustände also bilden eine Schwelle, über die hinaus sich das Individuum nicht entwickeln kann. Jedesmal, wenn sich das Individuum einer neuen Möglichkeit zu öffnen beginnt, hört diese Bewegung überall dort auf, wo es Gefühle und Empfindungen gibt, die das Individuum nicht ertragen kann. Selbst unter den besten Umständen, auch bei einer vollkommenen, liebevollen Kindheit, ist die Rückkehr zu einem Zustand, der eine neue Musterbildung des Bewußtseins erlauben kann, von Natur aus schwierig. Die Qualität des Gefühls, selbst wenn es zu keiner größeren Verletzung gekommen war, ist noch immer so nichtrational, so ozeanisch in ihrem Wesen, daß sie für das rationale Ich zumindest am Anfang überwältigend, ja erschreckend ist. Sie wird die Grenze unseres Selbstbewußtseins, die Grenze unserer Erleuchtung. Im Grunde ist sie die Grenze unseres Glaubens.

Wenn die psychoanalytische Arbeit dieses Gebiet nicht erreichen kann, dann liegt dies daran, daß die dialogische Form des Miteinander, die Therapeut-Patienten-Beziehung nur selten die Energieebene in Anspruch nimmt, die dafür notwendig wäre. Dies erfordert eine Form, die viel höhere Energieebenen beschwört – gewöhnlich längere Exerzitien und eine Gruppendynamik und dies selten nur einmal, sondern mehr als Teil einer Verpflichtung zu einer vollständigen Lehre. Ich will damit keineswegs den Wert der reifen Psychotherapie schmälern – die Therapie hat einen unschätzbaren Anteil an meinem Leben. Sie ist einer der großen intellektuellen und spirituellen Impulse unserer Zeit und sehr wertvoll als Vorbereitung und Zusatz zu der Arbeit, die ich hier vorschlage. Doch im Hinblick auf die Frage, mit der wir uns gerade befassen, ist die konventionelle Psychotherapie als Übung insofern nur beschränkt nutzbar, als sie nur selten direkt mit Energie- oder Körperbewußtsein arbeitet und dazu tendiert, begrifflich zu bleiben – sie ist zu zahm. Außerdem verleugnet so manche Psychotherapie ihre spirituellen Wurzeln. Dies enthält den Menschen eine entscheidende innere Verbundenheit mit dem Geist und ein Fundament für einen größeren Glauben vor, das letztlich notwendig ist, wenn man das Risiko eingeht, die Energie dieser zutiefst verwirrenden Gefühlsräume zu erreichen.

Ich glaube, um das Ich zu einer gesunden Musterbildung zurückzuführen, bedarf es eines Arbeitsprozesses, wie ich ihn im Kapitel über die vier Säulen beschrieben habe und in dem meditative Erkenntnis, psychologisches Verstehen, energetisches Sich-Öffnen und vor allem Körperbewußtsein zusammen als Teil einer tief empfundenen spirituellen Praxis und Lebensweise kultiviert werden. Wenn wir den frühen Erinnerungen in ihrer Unmittelbarkeit wiederbegegnen wollen, dann muß dies in einem ähnlichen Zustand der undifferenzierten Offenheit geschehen wie seinerzeit das ursprüngliche Trauma. Dazu ist ein Lehrer mit einem tiefen Wissen um die Energieprozesse erforderlich, die die Grenzen der mentalen und der Körper-Ich-Strukturen lockern. Das heißt, der Führer verkörpert bereits direkt die höheren, integrierteren Zustände und weiß, wie er sie beschwören, stabilisieren soll und vor allem, wie er diesen Prozeß im Glauben halten soll.

Der Unterschied zwischen der frühen Verletzung und dem erlösenden Augenblick liegt in der Anwesenheit eines bewußten Ich. Gibt es in der Ich-Dynamik zuviel Unbewußtheit, dann muß zunächst eine grundlegende Arbeit auf der Ich-Ebene geleistet werden. Hier liefert die Psychotherapie ihren wichtigsten Beitrag. Wenn unser Ich bewußter wird – und damit wird die Meditation jetzt eine wichtige Praxis –, werden wir imstande sein, die Fähigkeit des Miterlebens aufrechtzuerhalten, wenn wir in die Urgefühle hinabsteigen. Das Ich mag sich zwar tief bedroht fühlen, aber solange sich das Bewußtsein nicht davon trennt und weiterhin alle aufsteigenden Gefühle und Bilder miterlebt – und das heißt, daß es dabei eine intensive Empfindung des Leidens geben kann, weil wir diese Gefühle nicht abwehren oder uns ihnen zu entziehen suchen –, beginnen wir allmählich das größere Selbst hinter dieser Wand von Qual und Schrecken intuitiv zu erfassen. Langsam läßt die Kraft des Leidens nach, das unser Selbstbewußtsein begrenzt. Dies ist im Grunde ein Lernprozeß, der etwas mit Aufmerksamkeit und Vertrauen zu tun hat. Um eine solche Arbeit auf uns zu nehmen, müssen wir uns unwiderruflich fürs Bewußtsein entschieden haben. Ich glaube, die Entscheidung für die Ganzheit gibt uns alles, was wir brauchen, auch einen Lehrer, der uns führt.

Nach meiner Erfahrung ist die Arbeit mit dem Körperbewußtsein von ganz entscheidender Bedeutung für diese Art von Heilarbeit. Eine Schlüsselfunktion unter den vielen Praktiken, mit denen man durch das tiefe Fühlen zu steuern lernt, hat die Atemarbeit. Es gibt viele Formen von Atemarbeit – sie reichen vom intensiven Hyperventilieren bis zum ganz sanften kontinuierlichen Atmen. Ich bevorzuge die sanfteren Formen, weil sie uns für mein Gefühl lehren, wie wir mit immer tieferer Aufmerksamkeit in die subtilen Räume steuern können, während die intensiveren Formen dazu neigen, uns mit der Kraft der Erfahrung zu blenden, die sie induzieren. Doch jede Form hat ihren Stellenwert. Die Intensität tendiert dazu, sich über das steuernde Ich hinwegzusetzen und starre psychische Strukturen aufzubrechen, während die Sanftheit uns im allgemeinen tiefer in die Weite hineinnimmt, sobald wir offener sind. Letztlich ist die Verbindung von Atmung und Aufmerksamkeit der Schlüssel dazu, daß wir lernen, auf immer tieferen Ebenen der Empfindung, der Phantasie und der Gefühle präsent zu sein, die Himmel und Hölle umfassen können. Auf jeden Fall sprechen wir hier von einer ganz tiefen und schwierigen Arbeit, in der die Gnade eine zentrale Rolle spielt.

Das Paradoxe an alldem, wovon hier die Rede gewesen ist, besteht darin, daß es – zumindest in meiner eigenen Arbeit – nur dann möglich ist, eine derartige tiefe Heilung in einer ursprünglichen Weise vorzunehmen, wenn wir zunächst einmal gar nicht danach Ausschau halten. Ich meine damit nicht nur, daß wir gar nicht nach den spezifischen frühen Wunden suchen sollen, sondern daß wir uns nicht einmal bemühen, uns selbst zu heilen. Dagegen könnte man einwenden, daß dies nahezu unmöglich sei, daß es ja gerade im Wesen des Bewußtseins des Ersten Wunders liege, sich selbst zu schützen und daher Gefahren zu begegnen und sie mit allen Mitteln abzuschwächen zu versuchen. Doch während das Ich die Wunde definieren mag, ist es außerstande, sie zu heilen. Die Abhilfe, um die es sich bemüht, erzeugt nur eine Wirklichkeit der Rationalisierung und der Distanzierung vom Fühlen. Gerade das stört mich am Großteil der von den Medien betriebenen populären Psychologie – darin herrscht eine Tendenz vor, jede Form des Leidens zu etikettieren, ohne daß man wirklich weiß oder wissen will, wie man sich eigentlich auf das tiefe Gefühl in einer authentisch transformativen Weise einzulassen hat. Leider führt dies oft zu einem entmutigenden Spiel von Benennen und Schuldzuweisen, einer Opfer-Täter-Mentalität, die sich durch unsere Kultur frißt wie ein Steppenbrand. Festzustellen, wo das Problem angesiedelt ist, objektiviert bereits übermäßig das Leiden und ist eine Überobjektivierung des Individuums selbst. In Beziehung zur Unendlichkeit zu stehen, heißt zu erkennen, daß es kein Selbst gibt – es gibt nur einen Prozeß, die Beziehung zur Existenz zu entwickeln und zu vertiefen. Daher ist jedes fundamentale Heilen stets ein spiritueller Prozeß, bei dem es um unsere Beziehung zu Gott geht, und speziell weitaus mehr ein Inkarnationsereignis als ein rationaler, intellektueller Vorgang. Diese Arbeit erfordert das Lockern psychologischer Abwehrmechanismen auf der Ebene ihrer körperlichen Wurzeln. Wenn wir verantwortungsbewußt auf der Ebene des fundamentalen Körperbewußtseins arbeiten, in einer Umgebung der tiefen Liebe und des Glaubens, dann können wir die Basis der psychosomatischen Identität noch einmal in Ganzheit neu definieren. Auf der Grundlage dieses einfachen Zellgefühls des Wohlbefindens, der Zugehörigkeit, des Geliebtseins, das jeder Ebene des ich-betonenden Selbst vorausgeht, entfalten wir unsere spirituelle Reise. Dies ist der wahre Felsen, auf dem wir unsere Kirche errichten: unser spiritueller Körper.

Von zentraler Bedeutung für eine derartige Arbeit ist die tiefe Ehrfurcht von der Heiligkeit von uns selbst als Persönlichkeit, als Körper – in jeder Hinsicht. Die Erkundung des Energie- und Körperbewußtseins betritt zutiefst äußerst sensible Bereiche der Psyche – daher ist es wesentlich, der tieferen Weisheit der Psyche zu vertrauen, sich langsam zu bewegen, intuitiv die zugrundeliegende Wandlung in Ganzheit zu erfassen. Auf diese Weise können Menschen allmählich zu einem Empfinden des Organismus zurückgeführt werden, das offen für die Unendlichkeit, einfach und pulsierend lebendig ist.

TEIL III

Das Leben

Woher kommt der Wind, Nikodemus?
Rabbi, ich weiß es nicht, auch nicht, wohin er geht.
STELL DICH SELBST IN DEN
WEG DES WINDES, Nikodemus.
Du wirst die Erregung kennenlernen, von etwas weitergetragen
zu werden, das größer ist als du selbst.
Du bist stolz auf deine Position, deine Sicherheit,
aber du wirst in der stehenden Luft umkommen.
STELL DICH SELBST IN DEN
WEG DES WINDES, Nikodemus.
Glänzende Blätter werden vor dir tanzen. Du wirst dich an
Orten befinden, die zu sehen du dir nie träumen ließest. Du
wirst an Orte genötigt werden, die du gefürchtet hast, und
dies wie eine Heimkehr empfinden.
Du wirst eine Kraft haben, die du nie
zuvor hattest, Nikodemus.
Du wirst ein neuer Mensch sein.
STELL DICH SELBST IN DEN WEG DES WINDES.

Myra Scovel

12
Heilung und Unendlichkeit

Wo setzen wir die Grenzen dessen an, was beim Heilen möglich ist, wenn wir wissen, daß die Menschen und das Universum des Bewußtseins ein offenes System darstellen? Ein System, das in Beziehung zur Unendlichkeit steht, läßt sich niemals auf irgendeine begriffliche Abstraktion reduzieren: «Dies ist, was du hast... Dies ist, was du bist... Dies ist, was du tust.» Offene Systeme sind dynamisch, können Metamorphosen durchlaufen, sich auf vielerlei Weise entwickeln und neu ordnen, wie wir es nie vorhersehen können. Die Medizin der Menschheit des Ersten Wunders neigt dazu, den Körper auf ein statisches, geschlossenes System zu reduzieren, und innerhalb spezifischer Grenzen, gewöhnlich von simpler biochemischer oder mechanischer Natur, kann dies ganz hilfreich sein. Aber in dem Augenblick, da wir uns auf die ganze Komplexität der meisten menschlichen Gebrechen einlassen, gibt es keinen simplen Mechanismus. Alles steht mit allem anderen in Beziehung und beeinflußt es.

Bewußtsein ist Beziehung. Die moderne Medizin oder jede Form der Medizin ist nur eine der potentiell unendlichen Dynamiken der Beziehung zu den Phänomenen von Leben und Sterben. Wenn wir krank werden, ist alles, was wir wirklich kennen, Beziehung – und zwar nicht mehr oder weniger, als wenn wir gesund sind. Die Feststellungen «Ich bin müde» oder «Ich bin krank» sind Etiketten, die eine Basis für das Selbstbewußtsein darstellen. Die Diagnose «Sie haben Krebs» gibt einen speziellen Namen einem nebulösen Komplex von Gefühlen, Empfindungen und Symptomen, die sich nicht voll kristallisiert hatten als ein bewußtes Erkenntnismuster. Die Diagnose selbst ist eine neue bewußte Beziehung zu einem selbst. Die wichtigere Frage lautet: Ist dies das Ende unserer Beziehung oder der Anfang? «Wissen» wir jetzt, womit wir es zu tun haben und was wir tun sollten, oder ergeht es uns wie Alice im Wunderland, weil diese Bezeichnungen Löcher in uns selbst sind, die – wenn wir bereit sind hineinzufallen – den Beginn eines unvorstellbaren Abenteuers darstellen?

Die Selbstheilung ist zunächst einmal unsere Fähigkeit zur Beziehung zu uns selbst. Diese fundamentale Beziehung ist ein Mikrokosmos unserer umfassenderen Beziehung zur/mit der/als Existenz. Gehen Sie tief genug in sich hinein, und Sie stehen an der Schwelle zur Unendlichkeit. An der Schwelle zur Unendlichkeit schwingen wir mit der Intelligenz des unendlich Einen. Hier wird die Wahrscheinlichkeit der Ganzheit immer größer. Daher sind die Reise des Bewußtseins und die Selbstheilung so unumstößlich miteinander verknüpft.

Um dies zu veranschaulichen, möchte ich die wahre Geschichte von Rachel erzählen. Ich lernte sie 1986 kennen, als sie eines meiner Seminare besuchte. Sie war schwer an Bauchspeicheldrüsenkrebs erkrankt, der sich auf ihre Leber ausgeweitet und ihre Aorta infiltriert hatte. Sie hatte sich einer Strahlentherapie unterzogen, ohne daß sich viel änderte. Es ging nur noch darum, ihre Schmerzen in Grenzen zu halten, und ihre Ärzte rechneten damit, daß sie in ein paar Wochen sterben würde, obwohl sie bereits länger lebte, als sie ursprünglich erwartet hatten. Aber Rachel war eine starke, eigensinnige Frau, die nicht aufgeben wollte. Als ihr 16jähriger Sohn ihr mein Buch *Der schwarze Schmetterling* gab, las sie es und beschloß, die lange und anstrengende Reise auf sich zu nehmen und einer Gruppensitzung beizuwohnen. In ihrem Zustand war dies eine wirklich mutige Tat.

Nebenbei bemerkt, ist es ganz interessant, daß ihr Sohn in eine Buchhandlung gegangen war und etwas suchte, was ihm bei seinem Kampf mit der Krankheit seiner Mutter helfen könnte. Der Buchhändler empfahl ihm mein Buch *Der schwarze Schmetterling*. Es gibt eine Verbundenheit in den Ereignissen, die über eine bloß zeitliche Beziehung hinausgeht. Wenn wir uns selbst als geschlossene Systeme sehen, die innerhalb eines geschlossenen Systems leben, dann stellten die Suche ihres Sohns, die Empfehlung des Buchhändlers, Rachels Resonanz auf das Buch und ihre Entscheidung, an meinem Seminar teilzunehmen, nur eine Reihe zufälliger Ereignisse dar. Aber wenn wir offene Systeme sind, dann beginnen wir eine wechselseitige Verbundenheit in diesen Ereignissen zu erkennen. Rachel, ihr Sohn, der Buchhändler, ich selbst hatten und haben wie wir alle stets und immer schon teil an einer größeren Intelligenz.

Als Rachel eintraf, war sie blaß und hatte Gelbsucht. Sie war sehr schwach und litt oft große Schmerzen. Im Laufe des Seminars war ich gegenüber ihrem Leiden immer äußerst sensibel. Wenn jemand in einer derartigen Krise ist und soviel Mut beweist, dann weiß ich, daß ich mich in Gegenwart des Geheimnisses befinde, und dies fordert meine Aufmerksamkeit zum tieferen Hinhören auf. Aber ein Mensch in Rachels physischem Zustand stellt stets ein Dilemma dar. Ihre Hinfälligkeit erforderte wirklich zusätzliche Fürsorge und Umsicht, und dies ließ sich nicht damit vereinbaren, sie zu Tätigkeiten zu ermutigen, die eine Selbstaufgabe verlangten. Es bestand nämlich die ganz reale Möglichkeit, daß sie sterben könnte, während sie bei uns war, ganz zu schweigen davon, daß einige der anstrengenderen Aktivitäten ihren Schmerz verstärken könnten. Wie weit sollte ich sie zur Teilnahme ermutigen, und wie mußte ich gleichzeitig ihre Grenzen akzeptieren und sie beschützen? Ein entscheidender Teil meiner Arbeit besteht ja darin, über die Grenzen des Ich des Ersten Wunders hinauszugehen, und zwar nicht nur in psychologischer Hinsicht, sondern mit dem ganzen Körper, wodurch eine neue Musterbildung von Energien veranlaßt wird. Das kann sehr anstrengend sein. Dies ist zwar ein positiver Streß, aber bei Rachel fragte ich mich doch oft besorgt, was ihr zugemutet werden konnte. Ich wollte, daß sie die Verantwortung für alles übernahm, wozu sie sich entschied, während ich ihr gleichzeitig nicht abraten wollte, ein Risiko einzugehen.

Eines Abends, als die Gruppe gerade im Dunkeln dalag und Musik hörte, sah ich, wie Rachel sich aus dem Raum schlich. Ich folgte ihr ins Nebenzimmer und sah, daß sie in kaltem Schweiß gebadet und von Schmerz zermartert war. Sie sagte, sie wolle in ihr Zimmer gehen und mehr Medikamente nehmen, bis der Schmerz vorbei sei. Ich war einfach da und horchte in die Unendlichkeit hinein. Vielleicht mißverstand sie mein Schweigen als Kritik, denn sie fragte mich, ob ich glaube, sie solle etwas anderes tun. In diesem Augenblick sagte ich sanft, ohne daß ich mir viel dabei dachte: «Wo liegt denn da der Unterschied, ob du allein in deinem Zimmer oder in Gesellschaft dieser Menschen leidest?» Eine Zeitlang starrte sie mich nur an, dann stand sie auf und ging wieder zurück.

Als sie in den Seminarraum zurückkehrte, war die Musik vorbei, und die Gruppe saß gerade still in einem Kreis. Alle spürten Rachels Qual, und darum warteten sie aufmerksam ab. Ich überließ ihr meinen Stuhl, damit sie es so bequem wie möglich hatte, und setzte mich stumm neben sie. Mehrere Minuten saßen wir schweigend da. Dann legte ich sanft meine Hand auf ihren Rücken, nur um ihr mein Mitgefühl kundzutun. Fast augenblicklich begann sie zu stöhnen und sagte, meine Hand sei wie ein Feuer gewesen, das in ihr brenne und ihren Schmerz verstärke. Für einen Moment zog ich die Hand besorgt weg, aber ich wußte, daß ich bewußt nichts anderes tat, als präsent zu sein. Ich fragte sie, ob es ihr recht sei, wenn ich meine Hand daließe, und sie nickte. Im Laufe der Jahre habe ich gespürt, wie Energie und Wärme jeder Art aus meinen Händen strömt, wenn ich die Energieverbindung betreibe, aber in diesem Fall erkannte ich, daß all das, was sie fühlte, außerhalb der Reichweite meiner eigenen Energiewahrnehmung stattfand. Mir blieb nichts anderes übrig, als zu vertrauen.

Schon bald begann ich einen sehr hohen Ton zu hören und erwähnte dies ihr gegenüber. Sie erwiderte, auch sie höre etwas. Ich schlug ihr vor, diesen Ton nachzusingen, aber sie sagte, er sei zu hoch. Da erklärte ein Mann auf der anderen Seite des Raums, daß eine der Frauen doch in einer früheren Sitzung des Seminars während einer Singübung außerordentlich hohe Töne gesungen habe. Er schlug vor, sie solle doch versuchen, die Töne für Rachel zu erzeugen. Rachel war einverstanden, und die Frau begann zu intonieren. Die Töne waren erstaunlich hoch und laut. Plötzlich spürte ich, wie sich etwas in Rachel abrupt löste – es war, als veränderte sich augenblicklich ihr gesamtes Energiefeld. Gleichzeitig holte sie tief Luft und erklärte erstaunt, ihre

Schmerzen seien verschwunden. Kurz darauf wurde die Farbe ihres Gesichts lebhafter – sie glühte beinahe.

Die Sängerin hielt inne, und Rachel saß ganz ruhig da und atmete langsam und tief. Ich konnte ihre Aufmerksamkeit spüren; sie war spontan in einen Raum der Stille und Präsenz gefallen, den ich leicht erkannte. In diesem Zustand verbindet sich der Atem mit einer tieferen Aufmerksamkeit, die den Körper durchdringt und Energie oder Präsenz darin und über die körperliche Gestalt hinaus zu zirkulieren scheint. Der Geist wird ruhig, und eine sanfte Empfindung bewegt sich wie eine Tide im Einklang mit dem Atem. Da Rachels Krebs bereits Metastasen in ihrer Leber gebildet hatte und in ihre Aorta hineinzuwuchern begann, hatte ihr seit Monaten jeder tiefere Atemzug Schmerzen bereitet – ja, sie wagte gar nicht mehr, tief zu atmen. Nun spürte sie, wie sie einen langsamen tiefen Atemzug nach dem andern nahm. Zum erstenmal, sagte sie, sehe sie in den Raum ihrer Bauchspeicheldrüse und ihrer Leber hinein. Wenn sie während ihrer Krankheit versucht habe, sich in ihren Körper hineinzufühlen, seien diese Gebiete dunkel gewesen. Nun sei es so, als ob sie sich in ihren Organen befinde und in sie hineinatmen könne. Das sei ein Wunder für sie.

In den darauffolgenden Tagen hatte Rachel keine Schmerzen, und ihre Gelbsucht ging zurück. Sie tanzte und sang, saß aufrecht da und meditierte, aß ganze Mahlzeiten, ohne krank zu werden, und brauchte keine Medikamente. Beim Abschiedsabend tanzte sie Cancan und ließ die Beine hoch in die Luft fliegen. Einen Moment lang dachte ich daran, daß die größte Arterie des Körpers von einem Tumor infiltriert war und in jeder Sekunde platzen könnte, aber sie wirkte furchtlos und erfüllt von Lebenslust.

Einen Monat später kam Rachel zu Besuch. Sie sah nicht gut aus. Sie war etwa zwei Wochen lang lebensfroh und schmerzfrei geblieben, aber dann waren die Schmerzen und die Gelbsucht zurückgekehrt, und sie hatte wieder damit angefangen, Schmerzmittel zu nehmen. Gleichwohl hatte sie bei diesem Besuch ihren Verlobten mitgebracht. Trotz ihrer schweren Krankheit hatten sie beschlossen zu heiraten. Die Hochzeit war für die kommende Woche angesetzt. Ich sagte, ich fände diese

Entscheidung bemerkenswert, aber innerlich fragte ich mich, ob sie auch klug sei. Bei der Abfahrt wollte er von mir wissen, ob er noch irgend etwas für sie tun könne. Da sah ich ein Bild vor mir und sagte: «Bau ihr eine Schaukel auf der hinteren Veranda und laß ihr viel Zeit für sich allein.»

Über ein Jahr verging, und ich hatte nichts mehr von Rachel gehört. Ich wußte nicht, ob sie noch lebte oder schon tot war, bis sie mich eines Nachmittags anrief und mir dann eine ganz und gar unglaubliche Geschichte erzählte: Nach der Rückkehr von ihrem letzten Besuch hatte sich ihr Zustand rapide verschlechtert. Sie hatte ständig Schmerzen und nahm so viele Medikamente, daß sie nur noch undeutlich sprechen konnte. Ihr Verlobter mußte sie bei der Trauung festhalten, und sie konnte kaum die Formel sprechen. Und dann erlebte sie schockiert, wie sie mitten in der Zeremonie eine tiefe Erkenntnis hatte. Sie mußte allein sein. Sie sprach darüber mit ihrem frisch angetrauten Ehemann und bat ihn um Hilfe.

Ein paar Tage nach der Hochzeit zog sich Rachel in die Abgeschiedenheit ihres eigenen Schlafzimmers zurück. Ihr Mann war damit einverstanden, sich um ihre beiderseitigen Kinder zu kümmern. Er würde dafür sorgen, daß vor ihrer Tür stets eine einfache Gemüsebrühe stand. Sie wies alle entschieden an, sie nicht zu stören, ganz gleich, was sie hörten. Falls sie schrie oder weinte, sollten sie sie einfach allein lassen. Sie habe keine Ahnung, wie lange sie das machen würde, und stelle sich vor, es würde ein paar Tage dauern. Erstaunt vernahm ich, daß sie danach über sieben Monate allein in ihrem Zimmer geblieben war!

In den ersten Tagen führte der Verlust von äußeren Anregungen dazu, daß sie in noch tiefere Schmerz- und Depressionszustände verfiel. Aber sie fiel noch weiter. Sie schlief viel, schrieb an ihrem Tagebuch, sang spontan, wie sie es im Seminar gelernt hatte. Sie verwendete viele Übungen, die wir zusammen bei der Gruppensitzung absolviert hatten. Als sie sich stärker fühlte, wirbelte sie herum wie ein Derwisch und tanzte zu ihren eigenen Liedern. Aber sie hielt sich nicht an irgendein Programm – sie folgte nur ihren momentanen Eingebungen. Zu irgendeinem Zeitpunkt verband sie sich die Augen für mehrere Wochen.

Schon bald waren ihr Gehör und ihr Geruchssinn wie neu-
belebt. Der Morgen kündigte sich durch den Duft frischen
Kaffees an, der durch ihre Fenster hereinzog. Töne hatten eine
ganz neue Kraft. Ihr Raumgefühl veränderte sich und damit
auch der Ort ihrer Aufmerksamkeit – sie ließ sich noch tiefer auf
ihre eigene Unmittelbarkeit ein. Während der ganzen Zeit ihrer
Einsamkeit wurden ihre Träume sehr lebhaft. Sie kontemplierte
das Gefühl darin und versuchte sie zum Leben zu erwecken.
Besonders einer, ein immer wiederkehrender Falltraum, veranlaßte sie, sich mit der Empfindung des Fallens zu befassen. Zuerst
ließ sie sich aus dem Sitzen aufs Bett fallen. Später begann sie,
sich in voller Länge fallen zu lassen. Sie sprang sogar von einer
Kommode auf die Matratze. Sie versuchte das körperliche Gefühl der völligen Selbstaufgabe zu entwickeln. Nach und nach
wurde sie still – und atmete.

Nach etwa sechs Wochen benötigte sie keine Schmerzmittel
mehr. Der Zustand der Stille und des Atmens, in den sie während der Gruppensitzung spontan gelangt war, hatte sich wie-
dereingestellt. Nach sechs Monaten wußte sie, daß sie geheilt
war, aber als sie sich vorstellte, sie würde zu ihrem Arzt gehen
und wieder untersucht werden, spürte sie, wie sie Angst bekam.
Sie erkannte, daß sie sich in der neuen Musterbildung noch
nicht ganz eingerichtet hatte, und daher verharrte sie in ihrer
Einsamkeit. Als sie sich schließlich in ihrer Phantasie vorstellen
konnte, wie sie die Ärzte aufsuchte, die Tests machte, den Reaktionen der anderen ohne Angst begegnete, da wußte sie, daß
sie soweit war, und gab ihre Einsamkeit auf.

Nachdem sie wiederaufgetaucht war, blieb die neue körperliche Lebendigkeit ihre Lehrmeisterin. Sie wachte jeden Tag um
halb vier Uhr morgens auf und unternahm einen langen Strand-
spaziergang. Oft wirbelte sie herum. Dann wieder tanzte sie. Sie
machte Eintragungen in ihr Tagebuch, sang, meditierte, reflek-
tierte und bewegte sich in jedem Augenblick mit dem Fließen
ihres inneren Seins. Dieser Prozeß dauerte oft fünf bis sechs
Stunden pro Tag, und selbstsüchtig achtete sie darauf, daß sie
diese Zeit für sich hatte. Sie hatte für sich entdeckt, was ich die
Huldigung der Lebenskraftenergie nenne.

Schließlich wurden Freunde und Bekannte neugierig, und

ein paar von ihnen wollten sich ihr anschließen. Lange Zeit lehnte sie dies ab – es war ja ihr eigener Prozeß. Aber am Ende, falls sie bereit waren, so früh aufzustehen, ließ sie sie mit ihr zusammen herumwirbeln und tanzen oder tun, wonach immer ihr am Morgen der Sinn stand. Sie erzählte mir, als einer der ersten habe sich ihr Onkologe ihr angeschlossen. Er sei beeindruckt gewesen, daß sie geheilt war und wie sehr sie sich verändert hatte. Sie war völlig frei von allen Anzeichen von Krebs. Bis 1991, als Rachel und ich zum letztenmal Kontakt miteinander hatten, vier Jahre, nachdem sie ihre Einsamkeit wieder aufgegeben hatte, war dies so geblieben. Merkwürdigerweise ließen die Nebenwirkungen der Strahlentherapie nicht spontan nach. Etwa ein Jahr nachdem sie ihre Einsamkeit verlassen hatte, bekam Rachel Unterleibsschmerzen und fürchtete, der Krebs würde zurückkehren. Wieder begab sie sich in die Einsamkeit, aber diesmal nur kurz, um sich auf den exploratorischen Eingriff vorzubereiten. Es gab keinen Krebs, nur Verklebungen und Narbengewebe von der Strahlung. Dies ließ sich leicht behandeln, und ihre postoperative Genesungszeit verging erwartungsgemäß rasch. So bald wie möglich nahm Rachel ihre persönliche Praxis der Huldigung wieder auf.

Ein halbes Jahr nachdem Rachel ihre lange Zeit der Einsamkeit beendet hatte, besuchte sie mich zum drittenmal. Als sie ihre Geschichte einer großen Gruppe meiner Schüler erzählte, war der beeindruckendste Aspekt die Qualität ihrer Präsenz, die sie ausstrahlte. Wenn ich mich neben sie setzte, verfielen wir augenblicklich in Schweigen.

Ironischerweise wirkten sich diese Veränderungen verheerend aus auf ihre Ehe. Nachdem ihre Familie sie während dieses Martyriums unterstützt hatte und über sieben Monate ohne sie gewesen war, fühlten ihr Mann und ihre Kinder sich vernachlässigt. Sie waren zwar nach wie vor froh und dankbar, daß sie am Leben und wohlauf war, aber Rachels Praxis der Huldigung der Energie kam ihnen doch ungewöhnlich selbstbezogen vor. Wann würde sie wieder die Frau und Mutter sein, die sie in Erinnerung hatten? Aus ihrer Sicht erschien sie unberechenbar, widersprüchlich und beherrschend. Sie konnte in einem Augenblick ja zu etwas sagen, änderte dann aber oft ihre Meinung, wenn sich ihr innerer Zustand veränderte. Sie konnte auch mit einschüchternder Gewalt aufbrausen. Aus ihrer Perspektive gehorchte sie nur der Energie. Sie hatte das Gefühl, ihr Leben hinge davon ab, auch wenn sie sich darüber im klaren war, daß es für ihre Lieben nicht leicht war. Es würde sich zeigen müssen, ob sie lernen würde, ihre neue Lebendigkeit auszuleben, ohne gegenüber anderen gefühllos zu sein. Dies ist für keinen von uns eine leichte Aufgabe.

Rachels Geschichte ist der lebendige Beweis für die Ressourcen, die wir alle haben, wenn wir uns an die Kraft unseres Ich-Seins anzuschließen beginnen. Ich verlange nichts anderes, als daß wir unsere Aufmerksamkeit wieder der Wurzel unserer unmittelbaren Erfahrung zuwenden und dadurch wieder den Zugang zum Seinsgrund zurückerlangen. Der erste Schritt besteht darin zu erkennen, daß wir keine geschlossenen Systeme sind, sondern Manifestationen des Bewußtseins in Beziehung zur Unendlichkeit.

Auf der Welt gibt es viele Wege um die Polarität von Subjekt und Objekt herum. Die östliche Psyche ist generell zum subjektiven Pol hin orientiert. Grundsätzlich lautet das Gebot, «nach innen zu gehen». Das hat den ganzen Reichtum der östlichen Mystik und die vielen Yogatraditionen hervorgebracht, bei denen es im wesentlichen um Selbstbeherrschung geht. In dieser Orientierung entwickelt sich die Idee der Energie oder Lebenskraft um die Beziehung zur zugrundeliegenden Energie des Universums herum. Diese Beziehung wird durch die Tätigkeit des äußeren Verstandes verstellt, durch das also, was wir das Erste Wunder genannt haben. Wenn wir durch den äußeren Verstand hindurchzuschauen vermögen, läßt sich die Beziehung zum tieferen Strom der Lebenskraft optimal aufrechterhalten und ausgleichen, und der Organismus stellt seine Gesundheit selbst wieder her. Diesen Prozeß kann man durch direkte Abstimmungen auf den Energiefluß unterstützen, wie in der Akupunktur oder durch die Verwendung von Kräutern und Naturheilmitteln. Die homöopathische Medizin ist eine relativ neue oder in neuerer Zeit wiederentdeckte Form der auf der Energie basierenden Medizin, die direkt auf der Ebene des Körperbewußtseins funktioniert. Sie geht von der Prämisse der Ganzheit des Organismus aus und konzentriert sich auf Körper, Geist und Emotionen als einer unteilbaren Beziehung der wechselseitigen Durchdringung. Die Homöopathie sucht das natürliche Selbstheilungsvermögen unseres Organismus zu verstärken, indem sie ihn mit hochverdünnten Substanzen herausfordert, die eine Energiereaktion auslösen. Die moderne Homöopathie wurde zwar von dem deutschen Arzt Samuel Hahnemann begründet, aber ihre Wurzeln liegen im Osten.

Im Gegensatz dazu ist die westliche Psyche zum Objektpol hin orientiert. Ich nenne dies die Mystik des Objekts, die in ihrer reinsten Form Wissenschaft ist oder etwas, was man «Anderbeherrschung» nennen könnte. Die Kraft dieser Mystik ist klar ersichtlich in all dem, was wir in technischer Hinsicht und auf den Gebieten erreicht haben, auf denen die moderne westliche Medizin sehr effektiv ist.

Aber ob wir uns nun durch das Objekt oder das Subjekt annähern – am Ende erreichen wir eine Ebene des Bewußtseins, die beides und keins von beiden ist. Damit führt in den tiefsten Zuständen der Selbstverwirklichung die Mystik des Subjekts zum Einssein mit dem ganzen manifesten Universum. In gleicher Weise hat die Quantenphysik bewiesen, daß es auf der subatomaren Ebene keine Trennung mehr zwischen dem Beobachter und dem Beobachteten gibt, wenn wir nur tief genug in das Geheimnis jedes Objekts eindringen. Damit hat die Wissenschaft den Kreis zum Subjekt, dem Selbst wieder geschlossen.

Zwischen diesen beiden Extremen liegt der ganze Bereich der Phänomene des Ersten Wunders und ein relativ vorhersagbarer, stabiler, aber auch mittelmäßiger Bereich von Energie und Lebendigkeit. Aber in dem Augenblick, da wir die Unendlichkeit erreichen – wobei es keine Rolle spielt, ob durch das Subjekt oder das Objekt –, erschließen wir eine ungeheure kreative Kraft, die Kraft des sich entwickelnden Universums selbst. Dies, glaube ich, hat Rachels Reise bewiesen, und im nächsten Kapitel werde ich mehr darüber sagen, wie jeder von uns diese Reise für sich auf seine eigene, einzigartige Weise machen kann.

~ ~ ~

Heute erleben wir eine immer stärkere Zunahme von AIDS und anderen Krankheiten, die mit der erhöhten Reaktivität oder Schwächung des Immunsystems zusammenhängen. Es war klar, daß Rachels Fall in eine Urerfahrung des Selbst zu einer beachtlichen Stärkung ihres Immunsystems führte. Dieses Potential steht uns allen zur Verfügung. Aber wir müssen unser Verständnis der Kräfte revidieren, die unser Bewußtsein als Organismen beleben.

Die mystische Metapher vom Menschen als Becher im Ozean, die für die Beziehung des Ich zur universalen Energie steht, kann hilfreich sein bei der Überlegung, wie man Krankheiten des Immunsystems verstehen und auf sie reagieren soll. Ungeachtet der sekundären chemischen und anderer biologischer Dynamiken, die wir vielleicht noch entdecken, glaube ich, daß sich auf einer einfachen Ebene dieses Problems ein Kampf abspielt zwischen dem Körper-Ich (der personalisierten Lebenskraft im Becher) und dem Seinsgrund (dem Ozean der universalen Energie). Eigentlich ist innen und außen die gleiche Energie, aber das Körper-Ich erkennt dies so nicht. In dieser Zeit der Beschleunigung des Potentials des Zweiten Wunders, das uns alle erweckt, beginnt jeder sich energetisch zu öffnen. Aus der Perspektive unseres bewußten Selbst sind wir uns vielleicht nicht darüber im klaren, daß dies geschieht. Aber trotzdem nimmt die vom Seinsgrund oder dem größeren Selbst ausgehende neue Energie zu, und sie wird von der personalisierten Energie des Körpers als anders wahrgenommen. Von der energetischen Basis unseres gewöhnlichen Körperbewußtseins aus wird sie abgewehrt, bekämpft. Dies ist, glaube ich, die Grundlage des zunehmenden Autoimmunproblems – im Prinzip kämpft hier das gewöhnliche gegen das größere Selbst.

Unser Hauptproblem bei der Beilegung dieses Konflikts besteht darin, daß unsere Intelligenz des Ersten Wunders in der Trennung verwurzelt ist und daher alle Dynamiken im Hinblick auf das Selbst und die anderen wahrnimmt. In diesem Paradigma ist es das Ziel des Immunsystems, Eindringlinge abzuwehren, zu vernichten oder zu neutralisieren, um die Unversehrtheit des Selbst gegen das Eindringen fremder Kräfte zu schützen. Doch das Immunsystem ist wie das Gehirn und alles übrige von uns ständig damit befaßt, zu lernen, sich zu entwickeln, sich zu transformieren. Beim Schützen der Unversehrtheit des Selbst vor etwas, das als anderes wahrgenommen wird, wird eine Beziehung erzeugt, in der das Selbst und das andere für immer transformiert werden. Wenn das Immunsystem ein zuvor nie existierendes Molekül, einen sogenannten Antikörper, synthetisch herstellt, um einen bestimmten Eindringling zu neutralisieren, findet eine Kommunikation statt, die ein Teil des körperlichen Erbguts wird. So gesehen ist das eigentliche Ziel des Immunsystems wie das unseres Universums nicht Trennung und Vernichtung, sondern Beziehung. Das Immunsystem ist daran beteiligt, wie unser Organismus lernt, immer mehr in Beziehung zur Totalität der Existenz zu stehen. Es ist ein Teil der Körperintelligenz, die eine Beziehung zu den neuen und unbekannten Chemikalien, Viren, Bakterien und so weiter entwickelt, die die Identität unseres Organismus immer in Frage stellen werden.

So gesehen wäre es vielleicht passender, es in Kommunsystem umzubenennen, da seine eigentliche Aufgabe darin besteht, Gemeinschaft zu erzeugen, oder zumindest ein gewisses Maß an nachhaltiger Beziehung, wann immer dies möglich ist. Infolge der Reibung mit dem Neuen und Unbekannten werden wir intelligenter. Gewiß, einige Immunzellen attackieren eindringende Organismen, und beide werden getötet; dies ist eine Beziehungsebene. Aber das Immunsystem von heute ist die Gemeinschaft, die wir buchstäblich im Laufe von Jahrmilliarden der Interaktion und Beziehung generiert haben. Einige dieser Interaktionen werden immer feindselig sein, während andere in unsere Gemeinschaft integriert werden. Dies geschah vor Jahrmillionen oder -milliarden, als Viren Ribosomen und Bakterien Mitochondrien wurden – wesentliche Elemente von jeder Zelle unseres Körpers und jedes anderen höheren Lebewesens.

Nehmen wir zum Beispiel unseren gegenwärtigen Kampf gegen das AIDS-Virus. Wir haben es hier mit einem Organismus zu tun, der so rasch mutiert, daß die meisten menschlichen Körper nicht wissen, wie sie sich dieser Invasion anpassen sollen. Aber im Laufe der Zeit werden wir dies lernen, entweder durch unseren Intellekt, indem wir irgendein Medikament oder einen Impfstoff erfinden, oder durch die Tiefen unserer eigenen Körperintelligenz. AIDS ist zwar eine Tragödie, aber für unser Immunsystem ist es auch ein Lehrer. Wir könnten uns fragen, wer wir als Organismen wären, wenn in zehn oder zwanzig Generationen die Mehrheit von uns eine Möglichkeit in unserer Zellintelligenz erlernt hätte, sich von der Attacke des AIDS-Virus nicht überwältigen zu lassen. Wieviel werden unsere Zellen gelernt haben? Wieviel intelligenter werden wir als Organismen geworden sein? Dies ist uns schließlich schon bei zahllosen anderen Angreifern gelungen, deren wir uns nicht einmal bewußt sind, weil sie längst keine Gefahr mehr darstellen. Sogar die Tuberkulose war einmal weitaus infektiöser als heute. Und während ein neuer Stamm auftritt, ist er ein Teil im endlosen Tanz der Beziehung, in dem nicht nur wir lernen, sondern ebenso die Bakterien und anderen Lebewesen.

Wenn wir das Immunsystem unter der Annahme erforschen, daß seine Aufgabe in Angriff und Ausschluß bestünde, verfehlen wir sein wahres Wesen, weil wir noch nicht das Wesen unseres Universums erkannt haben. Dieses Wesen ist, wie wir gesagt haben, unaufhörliche Beziehung. Um die Intelligenz des Immunsystems zu unterstützen, müssen wir mit unserem ganzen Organismus arbeiten und unsere Fähigkeit erhöhen, unserer eigenen tieferen Energie zu begegnen und sie zu bejahen. Wir müssen auch die Energie unserer menschlichen Gemeinschaft erhöhen – wie Jesus schon sagte: «Denn wo zwei oder drei versammelt sind in meinem Namen, da bin ich mitten unter ihnen.» Diese höhere Energie bringt uns in Brüderlichkeit zusammen, sie weiß, wie sie uns mit der Intelligenz erfüllen soll, um eine Gemeinschaft mit dem ständig «anderen» zu erzeugen, das sich immer unserer Gemeinschaft des Seins anschließen oder sie in Frage stellen wird. Solange wir nicht wissen, wie wir die Beziehung und das Potential für die Gemeinschaft mit diesen Wesen herstellen sollen, werden wir krank, büßen unsere körperliche Unversehrtheit ein und sterben vielleicht. Die Krankheit an sich ist das Mittel zu lernen, wie wir eine Beziehung zu diesen neuen Wesen haben sollen. Darum ist es nicht immer gut, gegen die Krankheit anzugehen. Unser Körper braucht wie unser mentales Ich Diskontinuitäten, damit das alte Muster von einem neuen ersetzt wird. Genauso wie das Skifahrer-Sein uns kurzzeitig für höhere Energien in der Diskontinuität öffnet, wenn das Ich in den Zustand des Fließens eintritt, so können Krankheit, hohes Fieber und sogar das Koma für unsere Zellbewußtseinsebene Formen der Diskontinuität sein, in der die alte Struktur so geschwächt wird, daß eine neue Musterbildung beginnen kann. Vielleicht hat die medizinische Forschung aus diesem Grund festgestellt, daß es keine gute Idee ist, Kinderkrankheiten überzubehandeln, indem man jedes Fieber und jede Infektion mit Antipyretika und Antibiotika unterdrückt. Kinder, die auf diese Weise zuviel behandelt wurden, sind anfälliger für eine Immunschwäche, wenn sie älter werden. Eine der großen Herausforderungen heute besteht darin, daß wir uns im Alltagsleben und auf immer häufiger werdenden Reisen so vielen neuen Chemikalien und Allergenen aussetzen. Um uns diesem Streß anzupassen, müssen wir Zugang zu einer höheren Energie haben, die in der Lage ist, sich mehr von diesen Kräften einzuverleiben. In meinen früheren Büchern habe ich ausführlich Wege geschildert, über die man Zugang zu diesen Energien erhält.

In meinen Seminaren und durch meine Arbeit mit Einzelpersonen habe ich festgestellt, daß Allergien und Autoimmunphänomene nachlassen oder völlig verschwinden, zumindest für eine Zeitlang, wenn die Menschen offener und transparenter für die universale Energie werden. Ich habe mit mehreren Asthmatikern gearbeitet, die regelmäßig auf die Anwendung von Bronchoinhalatoren angewiesen waren und die entdeckten, daß sie sie eigentlich nicht brauchten oder die Dosis erheblich verringern konnten. Viele Menschen mit Hyperimmunkrankheiten finden heraus – falls sie imstande sind, sich auf die Exploration einzulassen –, daß sie eine große Vielfalt von Lebensmitteln essen können, die sie früher sehr krank gemacht hätten. Und dies geschieht schon wenige Tage nach Beginn der Arbeit. Wenn die Energien unseres verlorenen Körpers im tieferen Ozean der Lebendigkeit aufgehen, wenn das gewöhnliche Selbst mit dem größeren Selbst versöhnt wird, dann kehren wir heim zur universalen Intelligenz unseres Organismus. Diese Intelligenz weiß, wie Gemeinschaft in einer äußerst komplexen Welt herzustellen ist. Dies ist die wahre Gesundheit.

13
Die drei Schlüssel zum Königreich:
Das Herz der Selbstheilung

Ich sage oft: Wenn wir zum erstenmal für das Zweite Wunder geöffnet werden, dann ist es eine Gnade. Das zweite Mal ist harte Arbeit, eigentlich ein Lebenswerk. Beim erstenmal stört keine Erwartung, keine frühere Erinnerung. Die neue Energie ergreift von uns Besitz. Eine dauerhaftere Rückkehr zu diesem Zustand bezieht unser ganzes Leben ein und erfordert die Integration aller Facetten unseres komplexen Wesens. Wir sind befangen, da unser Bewußtsein des Ersten Wunders intakt ist. Da ist die Erinnerung an die ursprüngliche Erfahrung, und die stört immer, weil sie uns jeden Augenblick zeigt, der nicht der Augenblick der Fülle und des Seins ist, an den wir uns erinnern. Auf diese Weise verletzt uns die Erinnerung, und oft begnügen sich die Menschen mit einem kostbaren Traum und streben nicht nach der vollen Verkörperung. Aber wie Rachels Erfahrung mit ihrer Heilung zeigt, kann die Rückkehr durchaus gelingen – nicht in den Zustand der Vergangenheit, sondern in einen neuen und dauerhaften Zustand.

In *Der schwarze Schmetterling* habe ich ausführlich die drei fundamentalen Aspekte dargestellt, die zusammen den Nexus des Transformationspotentials bilden. Es erscheint mir wichtig, sie jetzt vor dem Hintergrund von Rachels Erfahrung kurz zu rekapitulieren.

Ich habe diese drei Kräfte spontane Kreativität, Intensität und bedingungsfreie Liebe genannt. In den Jahren, seit ich jenes Buch geschrieben habe, habe ich diese Begriffe verfeinert. Heute verwende ich zwar immer noch den Begriff der spontanen Kreativität, aber Intensität habe ich durch Autorität ersetzt, und was die bedingungsfreie Liebe betrifft, so bin ich entschieden der Meinung, daß es wichtiger ist, von Gnade zu sprechen. Bevor wir fortfahren, sollten wir unbedingt erkennen, daß dies keine getrennten Kräfte sind. Die Sprache zwingt uns, sie der Reihe nach darzulegen, aber eigentlich sprechen wir von verschiedenen Aspekten eines unteilbaren Geheimnisses: begnadete, spontane, kreative Urheberschaft. Ich denke dabei an ein intuitives Erfassen des Zeugungspotentials der Natur, wenn sie durch uns als Menschen lebt.

Spontane Kreativität bezeichnet die einzigartige Subjektivität, die wir verkörpern. Jeder von uns hat einen einzigartigen Blickpunkt, den kein anderer besitzt. Wir können dies praktisch durch unendlich viele Möglichkeiten ausdrücken, aber wenn wir wahrhaft spontan kreativ sind, ist dieser Ausdruck eine direkte Verbindung mit unserer eigenen einzigartigen Subjektivität, unserem Ich-Sein. Ohne daß wir uns bemühen oder gar erkennen, was wir tun, ist die spontane Kreativität eine Bestätigung unseres tiefsten Wesens. Während wir alle in so vielerlei Hinsicht einander gleich sind, ist gleichwohl jeder von uns einzig in seiner Art, partizipiert er in jedem Augenblick einzigartig am Leben. Keine zwei Stimmen sind miteinander identisch. Keine zwei Menschen lachen identisch. Es gibt etwas in unserem intuitiven Erfassen von Gott und der unfaßbaren Weite des Universums, mit den großartigen physikalischen Gesetzen, die wir gerade zu verstehen beginnen, und das hat sein Gegenstück in der tiefgründigen, unwiederholbaren Subjektivität jedes Menschen und jedes erschaffenen Dings. Wenn unsere Handlungen auf eine Weise belebt sind, die unser authentisches Wesen spontan zum Ausdruck bringt und ehrt, dann geschieht somit etwas, was nie zuvor geschehen ist und nie wiederholt werden kann. Auf diese Weise werden wir buchstäblich die Instrumente des Unendlichen und sind, ganz unbewußt, ein Ausdruck der Intelligenz und Ganzheit des Universums. Für Rachel waren es offensichtlich die Einsamkeit und die phantasievollen Möglichkeiten, die sie experimentell an sich ausprobierte. Für jemand anderen könnte es etwas völlig anderes sein.

Nun muß allerdings betont werden, daß es keine Garantie für die Fähigkeit gibt, sich wahrhaft authentisch und spontan selbst auszudrücken, nur weil wir das Erste Wunder geschafft haben. Die enorme Kraft der kollektiven Mentalität, Konformismus und Mittelmäßigkeit zu erzeugen, kann gar nicht überschätzt werden. Wir erreichen zwar automatisch das Bewußtsein des Ersten Wunders, aber solange wir nicht wahrhaft selbständig denken und in einem gewissen Maß zum Zweiten Wunder erwachen, ist es zweifelhaft, ob wir als bewußt bezeichnet werden sollten. Ja, die meisten Menschen handeln, als würden sie einer Herde angehören, indem sie immer nur aufeinander und auf die Vergangenheit schauen, um ihre Hoffnungen und Ängste, ihre Rollen in Familie und Gesellschaft zu definieren, und ihren Erfolg oder ihr Versagen in diesen Rollen immer nur an allgemein anerkannten Werten messen. Dieser potentiell seelentötende Konformismus durchdringt sogar die Art und Weise, wie wir unsere eigenen Empfindungen und Gefühle erleben und auf sie reagieren. Unsere Sprachgewohnheiten und Etikettierungen können unserer Fähigkeit im Wege stehen, eine spontan kreative Beziehung zu unserer eigenen Lebendigkeit zu haben. Das hat für die Selbstheilung ungeheure Folgen.

Wenn wir krank sind, fangen wir natürlicherweise damit an, die Symptome zu definieren. Indem wir unserem Leiden ein Etikett verpassen, glauben wir, wir könnten vielleicht die Kontrolle über das gewinnen, was da geschieht. Dies ist in Ordnung, solange damit der Beginn einer tieferen Beziehung zu uns selbst und nicht der Endpunkt bezeichnet ist. Aber bloß ein Etikett für unsere Krankheit zu finden und sie mit allen möglichen Behandlungsformen anzugehen, geht kaum hinaus über die zwanghaften Benennungs- und Reaktionsmechanismen des Bewußtseins des Ersten Wunders. Nur selten kann dies als spontane Kreativität angesehen werden. Genau diesen Weg war auch Rachel gegangen wie fast alle Menschen, wenn sie mit einer Krankheit konfrontiert sind. Sie suchte die Ärzte auf, unterzog sich Tests, bekam die Diagnose und begann mit der empfohlenen Behandlung. Leider gibt sich die moderne Medizin im Prinzip damit zufrieden. Im Gegensatz dazu bedeuten für unser unendliches Wesen weder Etikett noch Behandlung das Ende – das ist nur der Beginn einer potentiellen Entwicklung einer zutiefst radikalen Beziehung zum Lebendigsein.

Die gesamte menschliche Kultur ist das Produkt der spontanen kreativen Urheberschaft zahlloser Menschen, die meist längst nicht mehr auf dieser Welt weilen. Was wir heute als Grundlage für Wissenschaft, Technik, Recht, Literatur und Kunst akzeptieren, war anfangs ein Augenblick, in dem ein Mensch eine ursprüngliche Beziehung zu sich selbst und zu dem herstellte, was zwar schon gegenwärtig gewesen, aber noch nicht bewußt erkannt worden war. Genau die Wörter, die wir verwenden, die Einstellungen, die wir bekunden, kurz: alles, was wir als Wirklichkeit annehmen, hat auf diese Weise angefangen – im Mysterium. Wir stehen auf den Schultern unzähliger Individuen, die solche Augenblicke der radikalen Lebendigkeit gelebt, spontan ihre kreative Urheberschaft zum Ausdruck gebracht und allmählich, dank der Gnade, die Geheimnisse des Universums offenbart haben. Aber statt diesen lebendigen Brunnen als unser wahres Erbe zu verehren, machen wir aus ihren Entdeckungen und Schöpfungen falsche Götter. Wir verraten den Mut und die Anmut ihres Lebens, indem wir die Gefangenen ihrer Leistungen werden. Jesus hat gesagt, wir würden größere Dinge tun, aber ach, welchen Schmerz würde er empfinden, sähe er die Särge, die wir – innen und außen – in seines Lebens Namen gebaut haben. Unsere Neigung, gerade aus den aus unserem Göttlich-Werden geborenen Dingen falsche Götter zu machen, bleibt eine der großen Anfechtungen der Menschheit.

Heute ist die moderne Medizin zwar das kumulative Ergebnis zahlloser Augenblicke der fundamentalen, spontan kreativen Urheberschaft, doch die Institution der Medizin ist ein erstarrtes Ungeheuer geworden. Sie macht uns zu Gefangenen unseres Körpers statt zur Inkarnation des Mysteriums. Im Bereich der Psychologie, wo wir auf ewig an der Schwelle des Unbewußten stehen, sind wir unendlich begeistert von den Nachfahren der großen Psychologen wie Freud und Jung. Was diese Männer aus ihrer Urheberschaft hervorgebracht haben, ist in manchen Händen eine immer mehr sich vertiefende Erforschung des Geheimnisses der Psyche geworden, aber in anderen eine Trivialisierung der Komplexität der Seele. Jeden Tag wird die Liste der verschiedenen inneren Selbste und der Archetypen immer länger, bis man sich nur noch vorstellen kann, daß sich in uns eine ganze Masse befindet. Wie sonst auch im Leben führt das richtige Werkzeug in den falschen Händen zu falschen Ergebnissen.

Es gibt eine fundamentale Spannung zwischen Form und Formlosigkeit, Ordnung und Unordnung, Verkörperung und Körperlosigkeit. Für jeden Menschen besteht eine fundamentale Spannung zwischen der Authentizität des Selbst und der Zugehörigkeit zur Gruppe. Diese Spannung läßt sich nur auf Kosten unserer Lebendigkeit lösen. In und mit dieser Spannung zu leben, heißt radikale Lebendigkeit, wie ich das genannt habe.

Jeder Tag ist eine Gelegenheit, so zu leben. Es ist schwer, sich zunächst einmal, im Kontext der traditionellen Medizin, die Möglichkeit der spontanen Kreativität vorzustellen wie jene an diesem bedeutungsvollen Abend, an dem Rachel zum erstenmal die Umwandlung von Schmerz und die Geburt der Stille erlebte. Doch dieses Prinzip vollzieht sich die ganze Zeit, sogar in traditionellen Forschungseinrichtungen. So zeitigen beispielsweise neue Behandlungsprotokolle oft bessere Ergebnisse im ursprünglichen Laboratorium als in anderen Institutionen, die versuchen, die ursprünglichen Ergebnisse zu wiederholen und zu bestätigen. Beeinflußt da nicht das Prinzip der spontanen Kreativität den Fluß der Lebendigkeit? Während die Mimesis eine fundamentale Form des Lernens ist, fehlt dem Wiederholen gerade ein wenig die Originalität, die, wie ich glaube, ursprüngliche und spontane Handlungen mit einer Kraft erfüllt, die über jede rationale Analyse dieser Handlungen hinausgeht.

Selbst das Gebet, eine altehrwürdige Form der Beschwörung des Transzendenten, erstarrt, wenn es institutionalisiert wird. Und wenn ein Mensch das Gebet als einen fundamentalen Akt der kreativen Beziehung wiederentdeckt, tut er dies aus einer spontanen und ursprünglichen Persönlichkeit heraus, die oft im Widerspruch zum kirchlichen Dogma steht. Viele Gesundheitsfürsorgeeinrichtungen bieten seelsorgerische Beratung und Bittgebete als Mittel an, in ein ansonsten als wissenschaftlich begründet geltendes Unternehmen eine spirituelle Dimension einzubringen. Doch die Zuweisung einiger Dinge zur Wissenschaft und anderer Dinge zur Religion ist der Ganzheit abträglich.

Die spontane und unbehinderte Art und Weise, wie sich Rachels Krise an jenem Abend bei der Gruppe entwickelte, ist weder etwas, das ich zu instrumentieren weiß, noch rechne ich jemals mit derartigen Ereignissen. Die Kunst besteht darin, Raum für eine solche Möglichkeit zu lassen. Die Gesellschaft an sich ist in diesem Dilemma befangen. Ich glaube, das zunehmende Auftreten von Krebs und vielen anderen Krankheiten ist ebenso wie die eskalierende ökologische Krise der Preis, den wir zahlen für die zunehmende Beschränkung unserer Fähigkeit, spontan aus dem Inneren heraus zu leben. Wir haben zwar ein gewisses Maß an Sicherheit gegenüber vielen alten Heimsuchungen des Lebens erlangt, aber dafür müssen wir bezahlen. Nun werden wir mit den Heimsuchungen aus unserer zunehmend unterdrückten Seele konfrontiert.

Wie ich bereits sagte, habe ich ursprünglich den Begriff der bedingungsfreien Liebe statt den der Gnade verwendet. Ich selbst befand mich wie immer in einem Entdeckungsprozeß, und der Begriff der bedingungsfreien Liebe erschien mir gerade richtig, um damit den zugrundeliegenden Zusammenhalt des Universums zu bezeichnen. Aber im Lauf der Zeit erkannte ich, daß die Vorstellung von bedingungsfreier Liebe vereinnahmt zu werden drohte durch ein egoistisches Bemühen, diese Art von Liebe zu erlangen. Es ist ein Fehler zu glauben, daß bedingungsfreie Liebe etwas ist, was wir tun können – sie ist vielmehr etwas, was durch uns ausgedrückt wird, wenn unser Herz offen ist. Wir können uns der bedingungsfreien Liebe zwar hingeben, aber jede bewußte Bemühung, bedingungsfrei zu lieben, ist eine Manipulation, der eine Hingabe an die Ablehnung zugrunde liegt, entweder von einem selbst oder von den Umständen. Ich erkannte, daß der von mir verwendete Begriff eher mißverständlich als hilfreich war. Ich weiß nicht mehr, wie die Gnade, als Begriff, in mein Verständnis gelangte, aber eines Tages sprach er einfach direkt mein Herz an.

Wie ich bereits ausgeführt habe, sehe ich in der Gnade die Intelligenz des Ganzen, die sich uns allen im allgemeinen dann offenbart, wenn wir aus einem offenen Herzen heraus leben. Das offene Menschenherz ist eines der wahren Wunder des Lebens. Es ist ein absichtsloses Ja zur Existenz, so daß wir am

Rande des Unendlichen ohne irgendein verstecktes Programm leben. Offenherzigkeit und Gnade waren an jenem Abend bei Rachel und uns anderen präsent, als die Töne ihren Schmerz lösten. Herz und Gnade waren in ihrem Entschluß, in Einsamkeit zu leben, und in ihrer Entschlossenheit, dies auch weiterhin zu tun, bis sie wußte, daß sie sich in ihrem Ich-Sein sicher fühlte. Dabei ist es nicht so, daß die Gnade nur zu manchen Zeiten zur Verfügung steht und zu anderen nicht oder daß es in der modernen Medizin weniger Gnade gibt als in dem, was Rachel schließlich tat. Vielmehr agiert die Gnade, wenn wir in unserem Ich befangen sind, durch eine kleinere Unendlichkeit und erscheint weniger aktiv in unserem Leben. Wenn wir aus einem offenen Herzen heraus leben, ist überall Gnade.

Doch wieder irrt das Ich, falls wir erwarten, daß wir der Gnade teilhaftig werden, wenn unsere Handlungen bloß die Wiederholung oder Nachahmung früherer begnadeter Handlungen sind. Würde man beispielsweise versuchen, sich selbst zu heilen, indem man imitiert, was Rachel getan hat, könnte dies zwar in einigen Fällen durchaus zu positiven Ergebnissen führen, aber wenn man die Einsamkeit wie eine Formel anwendet, fürchte ich, würde dies ebensoviel Schaden anrichten wie Gutes tun. Das ist eine gar nicht so ungewöhnliche Situation für manche Mönche und Nonnen, die zu emotionalen und psychischen Krüppeln werden können, indem sie sich einer Disziplin unterwerfen, die nicht von ihrer eigenen spontan kreativen Autorität ausgeht. Daher habe ich auch Vorbehalte gegenüber den meisten Selbsthilfemethoden. Sie sind authentisch bei dem Menschen, für den sie sich aus dem Fluß der spontanen Kreativität ergaben, aber wenn sie nachgeahmt werden, wo bleibt da der kreative Impuls? Wenn ich das Lachen als Therapie anwende, weil ein Experte mir das geraten hat, dann ist dies nicht meine eigene spontan kreative Urheberschaft. Wenn ich etwas tue, das nicht aus meinem eigenen Ich-Sein herrührt, kann dem eine Selbstablehnung zugrunde liegen, eine Angst, in mein eigenes Wunderland zu fallen. Gewiß lernen wir immer und wenden uns um der Inspiration willen an andere. Dies ist zwar ein guter Anfang, aber es ist doch weniger Gnade in der Nachahmung als in dem, was aus der eigenen, spontan kreativen Urheberschaft entsteht.

Ich möchte natürlich niemand davon abhalten, nach neuen Möglichkeiten Ausschau zu halten, sich selbst zu verstehen, indem er auf andere Menschen hört. Doch die Herausforderung der Selbstheilung darf nicht durch irgendeine Verschwörung zum Schutz unseres Ich in Frage gestellt werden. Früher oder später müssen wir alle vor der Tür zum Alleinsein stehen, wie ich das nenne. Dies kann der Augenblick des physischen Todes sein, dem das Ich bis zuletzt hartnäckig widerstehen wird, oder es kann lange davor in einem radikalen Lebendigsein dazu kommen. Paradoxerweise hat dies nichts mit Heilen, sondern mit Leben zu tun. Es geht auch nicht um Isolation, sondern um eine neue Gemeinschaft der Beziehung, die auf Zusammenarbeit, Mitschöpfertum und Aufeinanderbezogensein basiert. Jeder von uns ist der Urheber seines Lebens, und sein eigener Urheber zu sein, Urheberschaft im Hinblick auf uns selbst auszuüben, ist wahre Autorität. Rachels Geschichte ist nichts anderes als ein Aufruf zu einer derartigen Selbsturheberschaft.

Wann hat Rachels Rückkehr zu sich selbst eigentlich begonnen? Von der konventionellen medizinischen Behandlung, über die Teilnahme an der Gruppensitzung und die Erfahrung eines Vorgeschmacks auf ihr tieferes Lebendigsein, ihre Entscheidung, das Leben durch die Heirat zu bejahen, bis zu ihrer Odyssee in die Einsamkeit war jeder Schritt Teil eines Kontinuums, das sie, wie Alice, in ihr eigenes Wunderland geführt hat. Bei ihren ersten Schritten mit ihren Ärzten verließ sie sich auf äußere Autorität und die vergangene Kreativität anderer Menschen. Die Ärzte ihrerseits verlassen sich ja fast immer auf vergangene Entdeckungen anderer Menschen – dies ist die Basis der Medizin als Institution. Die Teilnahme an der Gruppensitzung verlangte zwar von ihr eine aktivere Beteiligung, doch selbst diese Erfahrung basierte noch entschieden auf meiner Autorität und dem Kontext der Gruppenenergie. In gewisser Hinsicht war diese erste Öffnung wie ein Appetitanreger. Sie konnte sich für kurze Zeit von der Gnade dieser Erfahrung tragen lassen, aber keinen Zugang zu dieser Dimension aus ihrer eigenen Autorität heraus gewinnen. Der volle Zugang zu ihrer spontanen Kreativität und Autorität erfolgte erst, als sie sich in die Einsamkeit begab und sich ganz sich selbst zuwenden wollte. Dafür mußte sie gegen den Strom der herkömmlichen Anschauungen schwimmen, wie dies bei fast allen grundlegend kreativen Bewegungen der Seele der Fall sein muß. Wir verstehen zwar nicht, was wir tun, während wir es leben, doch die wahre spontan kreative Urheberschaft ist eine positive Beziehung zu der transzendenten Wirklichkeit, die aus dem eigenen Wesen entsteht, das nicht zurückschauen muß, um zu sehen, ob jemand mitgeht, ob jemand damit einverstanden ist oder was zurückgeblieben ist.

Wie Rachel halten sich viele Menschen entweder an die Anweisungen ihrer Ärzte, oder sie tun es nicht. Aber auch das Aufbegehren gegen die moderne Medizin oder sonst etwas bedient sich dennoch der abgelehnten äußeren Autorität zum Vorteil der eigenen Position. Dies ist zwar oft lebenserhaltender als passiver Gehorsam, wie Untersuchungen an Überlebenden gezeigt haben, aber nur selten das vollste Kreativitätspotential. Weder Gehorsam noch Ungehorsam ist notwendigerweise echte Urheberschaft. Viele Menschen verlieben sich und heiraten, doch die romantische Liebe ist gewöhnlich eine Kraft, die uns antreibt, aber die wir nicht selbst bewirken. Dies ist einer der Gründe, warum uns die romantische Liebe zwar eine Zeitlang entflammt, aber wie Rachels vorübergehende Heilung ist die romantische Liebe vom Geheimnis entlehnt – sie ist nicht die Verkörperung des Mysteriums. Als Rachel ihre Ärzte, ihre Familie und ihre romantische Liebe hinter sich ließ, war dies für *sie* ein Akt tiefer Selbstliebe. Sie riskierte Tod und Wahnsinn und jene Art von Einsamkeit, auf die sich nur wenige jemals einlassen. Nur ganz wenige Menschen wenden sich jemals mit einer derartigen äußersten, totalen Entschlossenheit sich selbst zu, wie sie es tat. Sie räumte sich keinen Ausweg ein, keine Ablenkungen und keine Hoffnung.

Ich glaube, dies ist so oder so die Art von Reise, die wir alle machen müssen, um am Feuer unseres tieferen Seins zu stehen. Rachel vernahm «die ruhige, leise Stimme» und gehorchte. Wie viele von uns beachten denn eine derartige Erkenntnis, falls sie sie überhaupt haben? Natürlich war Rachels Leiden extrem, und sie hatte nichts zu verlieren. Doch jeden Tag leiden Millionen von Menschen genauso wie sie, und die überwiegende Mehrheit kann sich nicht einmal die Möglichkeit von etwas so fundamental Kreativem vorstellen, wie sich in sein eigenes Selbst fallen zu lassen. Wie sagte doch Whitman: «O weiter, weiter segle hinaus!... sind es nicht alles die Meere Gottes?» Rachel hißte die Segel ihrer Seele, holte den Anker ein – die Sicherheit des Bekannten – und stach in die See ihres Selbst.

Hier ein Rezept für uns alle, doch es ist kein Rezept im üblichen Sinne. Ich kann ja nicht schreiben: «Nehmen Sie sich zwei Wochen Einsamkeit... oder werden Sie ein Veganer... oder setzen Sie sich ans Fenster, schauen Sie auf die Stadt hinaus und erinnern Sie sich an jede Grausamkeit und Gefühllosigkeit, die Sie je in Ihrem Leben begangen haben, und vergeben Sie sich... oder beginnen Sie, der oder die Sie von einem geheimnisvollen Kindheitstraum beunruhigt sind, eine tiefe Erkundung des Unbewußten.» Doch jedes dieser Beispiele war eine spontan kreative Urheberschaft eines einzelnen, der nun als Führer und Held gilt.

Wenn jemand fragt: «Was kann ich tun, um mich zu heilen?» – was können wir ihm darauf antworten? Entscheidend ist nicht so sehr, was wir sagen, sondern aus welcher Tiefe wir sprechen. Antworten wir aus einem Lehrbuchwissen heraus, aufgrund vorgefaßter Vorstellungen, persönlicher Ansichten – oder stehen wir so nackt, wie uns das Leben hat werden lassen, an der Schwelle des Geheimnisses? Entscheiden wir uns für den Frieden des Ich oder für die Nacktheit des Unwissens? Und vor allem: Kann irgendwer jemand anderem beibringen, wie er oder sie zuzuhören und seine oder ihre Seinsweise zu ehren hat? Warum sind so viele berufen, aber nur so wenige auserwählt?

Wie oft es tatsächlich zu einer spontanen Besserung kommt, ist schwer zu quantifizieren und vermutlich unbegreiflich. Einige medizinische Quellen sprechen von einem Fall unter zehntausend, andere meinen, so etwas passiere noch seltener, in jedem hunderttausendsten Fall oder mit noch geringerer Wahrscheinlichkeit. Ich glaube dagegen, daß diese Quote in Wirklichkeit viel, viel höher ist. Meine Erfahrung hat mich wiederholt gelehrt, daß die Wahrscheinlichkeit, wieder zur Ganzheit zurückzufinden, exponentiell zunimmt, wenn ein Mensch sich auf die fundamentale Beziehung einzulassen beginnt. Vor einigen Jahren hat Evarts Loomis, ein alter Arzt und einer der Pioniere der Ganzheitsmedizin in den USA, zu mir gesagt, so etwas wie unheilbare Krankheiten gebe es gar nicht. Er wisse, irgendwo sei immer ein Mensch, der sich auf sein Leben so einlasse, daß er wieder mit der Großen Intelligenz mitschwinge. In diesem Sinne ist Krankheit wie eine Frage: Wer wärst du, wenn die Energie, die jetzt eine Krankheit hervorruft, sich auf gesunde Weise ausdrücken könnte? Ich habe mir zwar keine entsprechenden Statistiken besorgt, bin aber durch meine Arbeit vielen Menschen begegnet, die diese Frage für sich beantwortet und ihre Gesundheit wiedererlangt haben. Allerdings gibt es keine Möglichkeit, das Ergebnis im voraus zu erkennen oder sich seiner sicher zu sein. Wir müssen einfach die Reise unternehmen, weil uns das Leben mit tiefster Eindringlichkeit dazu auffordert. Wie Whitman schrieb: «Camerado, ich bekenne, ich habe dich gedrängt, mit mir weiterzuziehn, und dränge dich noch, ohne die geringste Ahnung, ob wir siegreich sein werden oder ganz und gar bezwungen und geschlagen.» Wer auf Sicherheit aus ist, kann sich ja mit den bescheidenen, aber voraussagbaren statistischen Wahrscheinlichkeiten zufriedengeben, die die gegenwärtige Heilmethode des Ersten Wunders zu bieten hat. Wenn wir uns zu mehr berufen fühlen, können wir, wie Whitman in «Durchfahrt nach Indien» sagt, den «tiefen Gewässern» zusteuern und «das Schiff und uns selber und alles aufs Spiel» setzen im großen Abenteuer des Bewußtseins.

Als Jesus sprach: «Wenn ihr das Innere wie das Äußere macht und das Äußere wie das Innere», fügte er hinzu:

«... wenn ihr Augen an Stelle eines Auges macht und eine Hand an Stelle einer Hand und einen Fuß an Stelle eines Fußes, ein Bild an Stelle eines Bildes, dann werdet ihr eingehen in das Reich.» (22. Logion)

Diese rätselhaften Worte enthalten den Schlüssel zur Veränderung in der Beziehung zu unserem Körper, die das Herz aller Selbstheilung ist. Jesus will damit sagen, daß wir wieder eine unverstellte Beziehung zu unserem eigenen Organismus haben müssen. Das ist mit dem Hinweis «eine Hand an Stelle einer Hand zu machen» gemeint. Natürlich haben wir alle Hände und

Füße, aber für das Bewußtsein des Zweiten Wunders ist eine Hand nicht bloß ein Greifmechanismus mit einem gegenzuhaltenden Daumen. Unsere Hand und unser Selbst gehören zur Großen Intelligenz. Genauso wie ein Fragment eines Hologramms das ganze Bild enthält, trägt diese «Hand» die volle Autorität des Selbst, die nicht auf den Körper oder den lokalen Raum und die lokale Zeit beschränkt ist.

Als Rachel zum erstenmal diese Ebene betrat und «eine Leber an Stelle einer Leber und eine Bauchspeicheldrüse an Stelle einer Bauchspeicheldrüse machte», war dies der Augenblick nach dem Singen der hohen Töne, als ihr Energiesystem sich verlagerte. Die Leber und die Bauchspeicheldrüse, die sie nicht fühlen konnte, waren Bewußtseinsobjekte des Ersten Wunders, das heißt Abstraktionen oder Begriffe, die sie vor langer Zeit gelernt hatte, als sie zur Schule ging. Nun hatten ihre Ärzte einige gewichtigere Abstraktionen hinzugefügt, wie «Metastasen», «Tumorinfiltration» und so fort. Dabei bestreite ich von einem gewissen Standpunkt aus gar nicht die Gültigkeit dieser Bezeichnungen. Sie sind gräßlich genau. Ich will damit vielmehr sagen, daß IHNEN dies nicht sehr viel hilft. Ganz gewiß half es Rachel nicht. Sie hatte zwar die Etiketten, um ihren physiologischen Zustand zu beschreiben, aber sie hatte auch die Prognose, daß sie nur noch wenige Monate zu leben hätte. Wenn sie da aufgehört hätte, wäre sie − zumindest statistisch gesehen − schon lange tot. Aber sie hörte da nicht auf. Sie betrat spontan eine tiefere Bewußtseinsebene, auf der ihr Selbstempfinden und die Existenz ihrer Bauchspeicheldrüse und ihrer Leber nicht getrennt waren − sie befand sich unmittelbar in dem Raum, auf den diese Abstraktionen verweisen. Sie war nicht nur mit ihren inneren Organen verbunden − sie war mit dem tieferen Strom des Selbst verbunden. Dadurch erhielt sie Zugang zu einer höheren Autorität als dem Bewußtsein des Ersten Wunders: Sie rührte an ihr Selbst des Zweiten Wunders.

Für Rachel war dieses Erwachen während der Gruppensitzung Gnade, aber sie war nur eine Zeugin. Sie hatte keine bewußte Beziehung zu der Art und Weise, wie dies geschehen war. Wir könnten sagen, es war ein Wunder. Und es hielt nicht an. Warum? Vermutlich weil Rachels dominierende Energiemusterbildung noch immer vom Zustand des Ersten Wunders ausging. Er hatte sich vorübergehend der höheren Möglichkeit gebeugt, aber wie eine Droge hatte sich das verbraucht. Doch beim zweiten Mal, durch ihre lange, schwere Arbeit in der Einsamkeit, machte Rachel es sich zu eigen.

Die wahre Autorität beruht darauf, daß wir Kontakt zu unserem Wesen des Zweiten Wunders, zu unserem tieferen Ich-Sein aufnehmen. Im Hinblick darauf sagt Jesus: «Wenn zwei Frieden machen im gleichen Hause, dann werden sie zum Berge sagen: Hebe dich hinweg! Und er wird sich hinwegheben.» (48. Logion) Die «zwei» sind die Subjektebene und die Objektebene des Bewußtseins. Im Zweiten Wunder «machen sie Frieden» miteinander – sie «werden eins» im Hause des Seins. Wenn wir in diesem Zustand sagen: «Ich bin ganz», dann sind wir ganz. Das scheint paradox, denn wenn wir bereits ganz sind, warum wäre es dann überhaupt notwendig, dies zu sagen? Aber damit haben wir die Feststellung: «Wie ein Mensch in seinem Herzen denkt, so ist er», mißverstanden. Wie wir «in unserem Herzen denken», das ist das vereinigte Bewußtsein des Zweiten Wunders. Es ist das Ich-Bewußtsein, wenn wir «das Äußere wie das Innere und das Obere wie das Untere... und ... das Männliche und das Weibliche zu einem Einzigen» machen.

Dies ist kein auf dem Ich basierendes Denken. Dies ist kein Gedanke, der vom gewöhnlichen selbstreflektierenden Bewußtsein gelenkt wird. Wir können nicht mental einen positiven Gedanken bejahen, um den Zustand des «Wie ein Mensch in seinem Herzen denkt» zu erreichen. Derartige Bemühungen sind unvermeidlicherweise in der Angst verwurzelt. Wenn außerdem die Hand, die Leber, die Bauchspeicheldrüse, das Gehirn und so weiter Bewußtseinsobjekte des Ersten Wunders bleiben, dann sind Sie in diesem Bewußtsein fundamental davon getrennt und haben praktisch keine Autorität, sie zu beeinflussen. Auf dieser Ebene können Sie zwar sagen: «Krebs, geh weg» oder: «Ich bin gesund und frei von allen Krankheiten» oder irgend etwas anderes behaupten, aber das hat praktisch keinerlei Macht über jenen Krebs. Diese Behauptungen besitzen nichts weiter als die Kraft, das äußere Bewußtsein aus der Angst zu verdrängen und damit vorübergehend ein psychisches Wohlbefinden zu erzeugen. Da übertriebene Angst Streß bedeutet und unser Immunsystem schwächen kann, ist ein derartiger Seelenfrieden durchaus von einem gewissen Nutzen in einem Heilungsprozeß. Aber dies ist nur der Frieden des Ich. Dies ist ein Haus, das auf dem Sand der Selbsthypnose und -verleugnung erbaut ist, und nicht eine Kirche, die auf der radikalen Energie des «Friedens, der über das Wissen hinausgeht» gründet.

Die Selbstheilung ist ein weitaus radikaleres Abenteuer als praktisch alles, was von der populären Psychologie oder den Geisteswissenschaften empfohlen wird. Es bedeutet, daß wir unser Leiden nicht mehr mit Etiketten rationalisieren. Daß wir die Autorität für unsere Ganzheit nicht mehr außerhalb von uns selbst verlegen. Nun beginnen wir zu fallen, und zwar nicht nur in eine völlig neue Beziehung zu unserem Leben, zu allem, was frei und froh ist, sondern gleichermaßen auch in unseren Schmerz, in unsere Angst, unseren Zweifel, unsere Verwirrung und unseren Zorn. Sämtliche Möglichkeiten, wie wir die Beziehung zu uns selbst ebenso wie zwischenmenschlich herstellen, müssen in Frage gestellt und dem Licht der Wahrheit ausgesetzt werden. Wie Platon sagte: «Ein ungeprüftes Leben ist kein lebenswertes Leben.» Oder wie Jesus sagte: «Wenn ihr euch selbst kennen werdet, dann werdet ihr gekannt sein, und ihr werdet wissen, daß ihr die Söhne [die Töchter, Anm. d. Verf.] des lebendigen Vaters [der lebendigen Mutter, Anm. d. Verf.] seid. Aber wenn ihr euch selbst nicht kennt, dann seid ihr in Armut, und ihr seid die Armut.»

Zunächst verstärkt diese Rückwendung auf uns selbst das Leiden. Dies ist der entscheidende Augenblick, die dunkle Nacht der Seele, die Tür zum Alleinsein. Da gibt es kein Zurückschauen, keine Bitte um Zustimmung von irgendeiner anderen Quelle außer unserem eigenen Wesen. Wir stehen nackt vor der Existenz. Nun endlich, geleitet allein von unserem eigenen Licht und der Gnade immer gewärtig, wenden wir uns nicht ab. Wir atmen in die Dunkelheit, wir tanzen die Angst oder schreiben Gedichte aus unserem Elend heraus oder weinen oder schreien. Wir können die konventionelle Medizin anwenden oder auch nicht. Ja, es gibt unendlich viele Möglichkeiten, und niemand kann uns sagen, was wir tun sollen. Jeder von uns muß dessen Urheber sein, und ob wir leben oder sterben, ist nicht mehr von Bedeutung. Wenn wir leben sollen, wird sich die Energie allmählich umkehren. Die Lebenskraft, die versiegt war, wird von neuem aufzusteigen beginnen. Wir werden unsere Huldigung der Lebendigkeit entdecken, die allmählich diese Energie in unser Alltagsleben integriert. Aber mehr als wir verstehen können, werden wir unsere Stellung in der Evolution bezogen haben. Jedes Leben, das sich dem Dienst an dem weiht, das in uns zu erwachen sucht, dient der ganzen Existenz.

Und wir können nicht betrügen. Die Chemotherapie und die Strahlenbehandlung sind schwierige Wege, doch sie sind gewöhnlich leichter zu beschreiten, weil sie auf dem Fundament der wissenschaftlichen Rationalisierung des Ersten Wunders beruhen. Der Weg zu uns selbst ist sogar noch anstrengender und beruht auf keinerlei Rationalisierung, nur auf unserem Glauben. Hier haben wir es mit einer Mühe zu tun, die keinerlei Garantie für eine Heilung gewährt, nur eine erhöhte Wahrscheinlichkeit einer Ganzheit. Wir müssen das Kreuz unseres Subjekt-Objekt-Selbst auf uns nehmen und mit seiner Hilfe unser Erkennen auf die tiefere Erkenntnis des Selbst zurückwenden. Dies ist die einzige wahre Autorität, die wir alle haben.

Wenn jemand sagt: «Ich habe meine Macht abgegeben», dann bestätigt das die Armut in ihm. Ja, uns selbst in einem anderen zu verlieren, so daß wir unser eigenes wahres Wesen aufgeben, ist ein weitverbreitetes Elend, das unsere Armut offenbart und unsere Rückkehr als verlorene Söhne und Töchter vorantreibt. Leider tun sich zu viele von uns mit einem Partner zusammen, um dann weniger als unser persönliches Potential zu leben. Hier kann die Armut zwar erträglich sein, aber der Impuls für die Rückkehr wird hinausgeschoben. Wenn unsere Aufmerksamkeit zu sehr in Beschlag genommen wird von irgendeinem Bewußtseinsobjekt, sei es ein Lebensgefährte, sei es Reichtum, Erfolg, Ruhm, Angst und so weiter und so fort, dann ist dies die Grundwurzel der Art und Weise, wie wir unsere wahre Macht abgeben. Auf diese Weise wird im Grunde auch unsere Lebenskraft langsam verebben, bis – vielleicht zu unserem Glück – Krankheit und Leiden uns heimzurufen suchen. Wir können vielleicht hoffen, daß irgendeine äußere Autorität, ein Arzt, ein Therapeut, ein Priester, ein Gedankenleser oder ein Guru, in der Lage sein wird, uns wieder zu reparieren. Aber solange wir nicht die Urheber unserer eigenen Aufmerksamkeit sind, können «alle Pferde des Königs und alle Männer des Königs» uns nicht wieder in Ordnung bringen.

Der wahre Schlüssel zur Selbstheilung ist die Art und Weise, wie wir unsere Aufmerksamkeit sammeln und das ganze Reich der Wirklichkeit des Ersten Wunders hinter uns bringen und in den Zustand eintreten, in dem wir «das Äußere wie das Innere und das Obere wie das Untere... und... das Männliche und das Weibliche zu einem Einzigen» machen. In dem Augenblick, da Rachels Aufmerksamkeit erstmals in die neue Musterbildung hineinsprang, brach ihr subjektives Selbstgefühl in ihrer Empfindung des Schmerzes zusammen und wurde eins mit dieser. Wir könnten sagen, daß der Schmerz ihrer Krankheit die ungeheure nichtintegrierte Lebenskraft war, die auf einmal empfangen werden konnte. Gleichzeitig konnte ihre Krankheit empfangen werden. Statt daß sie etwas anderes war, war sie nun etwas Eigenes. Gleichzeitig, da die geistige Tätigkeit fast immer aus einem Zustand der Trennung im Bewußtsein heraus erzeugt wird, hörten alle krankhaften Gedanken über Sterben und Zorn, Angst und die Suche nach Heilung auf, als sie in das Zweite Wunder eintrat. Statt über sich selbst nachzudenken, wurde sie ihre eigene Zeugin. Dies ist kein Zustand des Denkens, sondern nur der ungehinderten Aufmerksamkeit.

Der Anbruch des Zweiten Wunders ist eine Inkarnationsbewegung, eine Bewegung der Verkörperung. Die Herrschaft des Bewußtseins des Ersten Wunders ist am größten, wenn unsere Verkörperung am gröbsten ist (die Metapher des Steinmenschen), und sie geht allmählich ins Bewußtsein des Zweiten Wunders über, wenn sich unsere Verkörperung verfeinert (Sandmensch). Dies läßt sich am besten als eine Dynamik der Aufmerksamkeit verstehen. Wenn sich die Aufmerksamkeit von den endlichen Bezügen verlagert, um zunehmend in Beziehung zur Unendlichkeit zu stehen, vertieft sich die Inkarnation. Rachels Prozeß der Absonderung und der extremen Introversion lenkte ihre Aufmerksamkeit ab von Vergangenheit und Zukunft, von Zielen und Hoffnungen und zurück zu ihrer Wurzel in der

Unendlichkeit des gegenwärtigen Augenblicks. Je länger sie dieses Eintauchen in die Gegenwart aushielt, desto mehr verfeinerte die Strahlung des Unendlichen ihre Verkörperung. An einem gewissen Punkt ist das wie das Erreichen der kritischen Masse in einer Kernreaktion, und der Prozeß beginnt sich selbst in Gang zu halten. Allmählich und dann immer schneller wird eine ungeheure Menge Energie freigesetzt.

Von außen betrachtet, schien Rachel nichts weiter getan zu haben, als ganz einfache Dinge zu essen, herumzuwirbeln, zu tanzen, sich die Augen zu verbinden, auf ihr Bett zu fallen, zu schreiben und sich oft stundenlang treiben zu lassen, als ob sie sich Tagträumen hingäbe oder in Trance wäre. Im Innern aber hatte sich eine Quelle aufgetan, und ihr ganzer Organismus war durchflutet und transformiert im Strom. In einem alchemischen Sinne erzeugte sie den Stein der Weisen, auch wenn diese Idee eher eine psychische Leistung als eine Verkörperung suggeriert. Im Sinne unserer Inkarnationsmetapher bewegte sie sich von Stein zu Sand und vielleicht sogar zu Pulver. Was ihr zuerst als Gnade widerfahren war, wurde nun in ihr verkörpert. Sie war durch ihre eigene Initiative zu einer Energieebene zurückgekehrt, auf der der tiefere Strom des Selbst für immer «Inneres und Äußeres, Oberes und Unteres, Männliches und Weibliches» überbrückt. Dies ist wahre Autorität.

Ich meine, daß die aus der fundamentalen Beziehung des Selbst zu anderen und zur Unendlichkeit geborene Energie das Herz der Wandlung und der Selbstheilung ist. In der Anthropologie bezeichnet der Begriff *participation mystique* die Fähigkeit von Urmenschen, eins mit ihrer Umwelt zu werden. Die *participation mystique* war von entscheidender Bedeutung für ihr Überleben, weil insbesondere die Jäger in einen Zustand des Einsseins eintreten mußten, damit sie sich ihrer Beute nähern konnten. Um den Eintritt in diesen Zustand zu erlernen, war ein spezielles Initiationsritual erforderlich, das dem, was Rachel tat, ähnelte. Sie wußten, wenn die Beutetiere die Anwesenheit des Jägers als ein von der allgemeinen Umgebung getrenntes Bewußtsein empfanden, wie dies mein kleiner Gast getan hatte, als ich ihm Liebe übermitteln wollte, wurden sie mißtrauisch und versuchten zu fliehen. Die Aufgabe des Jägers bestand also darin, eins zu werden mit dem Lebewesen, das er jagte, wie mit der Natur als einem Ganzen, während er gleichzeitig in sich und seiner persönlichen Absicht, seine Beute zu töten, gegründet sein mußte. Weil Jäger und Beute im Bewußtsein so verschmolzen waren, war es natürlich, die Beute als Bruder oder Schwester im Leben zu ehren.

Die heutigen Jäger mit ihren hochgerüsteten Waffen brauchen keine *participation mystique*, obwohl sie so tun, als ob sie sie hätten. Die Technik erlaubt es, daß wir betrügen. Wir können töten, ohne jemals den Zustand des Ersten Wunders aufgeben zu müssen. Die heutigen Waffen umgehen die Notwendigkeit, den alten Prozeß zu beherrschen, das Selbst mit dem anderen zu verbinden. Der allgemeine Verlust dieser Fähigkeit gehört unabdingbar zur wachsenden Gewalt in der modernen Gesellschaft. Wenn wir nicht die Brücke zwischen dem Selbst und dem anderen schlagen können, dann kann das andere alles mögliche werden – sogar etwas, was man ohne zu zögern einfach wegpustet. Hier haben wir die Antithese des Heilens vor uns, das sich organisch aus einer fundamentalen Beziehung zum Leben ausweitet.

Und das gleiche Problem liegt vor, wenn sich die moderne Medizin auf die Technik verläßt – Arzt wie Patient büßen dabei die Fähigkeit ein, eine Brücke zwischen dem Selbst und dem anderen zu schlagen. Für den Arzt bedeutet dies, daß seine heilende Anwesenheit immer weiter reduziert und die *participation mystique* (der Umgang mit Kranken oder die Heilkunst) schwächer wird. Dann versuchen wir mit immer mehr technischem Hokuspokus zu kompensieren, was unser Organismus organisch vollbringen kann, wenn er in Bezug zur Unendlichkeit steht und von der Großen Intelligenz trinkt.

Dieses Verständnis weist die Richtung, in die sich die Gesundheitsfürsorge in Zukunft bewegen kann. Sie muß nicht nur auf die Mystik des Objekts zurückgreifen, sondern gleichermaßen auf die Mystik des Subjekts. Die Gesundheitsfürsorge als empirische Wissenschaft ist «jener Aspekt der Natur, der sich bewußt wird» des menschlichen Organismus und dabei die Gesetze der Natur offenbart, die sein Leben aufrechterhalten. Gesundheitsfürsorge als Mystik des Subjekts ist Spiritualität. In ihr geht es um den Prozeß der Inkarnation, in dem die Energie der Aufmerksamkeit immer wieder zur Unendlichkeit hin befreit wird und zurückkehrt zur fundamentalen Resonanz mit der Intelligenz des Universums.

Rachels Geschichte ermutigt uns, Urheber unseres eigenen Schicksals zu werden, den Reichtum unserer eigenen Kreativität und Autorität mit größerer Freiheit zu erkunden. Sie ist ein Beweis der Kraft, die durch jeden von uns fließt, wenn wir zu unserem tieferen Selbst heimkehren. Wenn Ihnen ihre Geschichte als eine größere Herausforderung erscheint, als Sie sie sich für sich selbst vorstellen können, dann sollten wir daran denken, daß wir alle am Anfang stehen. Das Zweite Wunder bricht ja gerade erst bei uns an. Wir brauchen daher keine Angst zu haben, selbst durch die Tür des Versagens in unser Wunderland zu fallen. Wir müssen nur Schritt für Schritt weitergehen. Versagen ist nichts weiter als ein Wort, das sich ein Ich in Beziehung zu irgendeinem endlichen Ziel ausgedacht hat. Lassen wir doch das Versagen sein Werk tun: Lassen wir es uns ausleeren, erniedrigen, in die Knie zwingen, so daß wir anfangen können, zu hören und Diener dessen zu werden, was immer in uns zu erwachen sucht.

14
Leiden, Glaube und Jüngerschaft

Die Alchemie des Bewußtseins, das über Jahrmilliarden hinweg in der Materie erwacht, das Entzünden des Lebens, die Geburt des Empfindungsvermögens, die zunehmende Subjektivität der Lebewesen, während sie immer bewußter werden – dies ist das große Geheimnis der Inkarnation. Dabei sind wir nicht etwa auf einer Inkarnationsebene eingesperrt, der wir nicht entrinnen können. Im Bewußtsein unserer Beziehungen, in dem, worauf wir unsere Aufmerksamkeit richten, in unserer Fähigkeit, das Unendliche intuitiv zu erfassen, rufen wir in jedem Augenblick das Potential auf, uns vom Steinsein zum Sandsein und zu einer immer feineren Verkörperung zu bewegen. Wer weiß schon, wo die Grenze unseres Potentials wirklich liegt? Dies ist das radikale Lebendigsein, in dem wir die Spiritualität mit unserem ganzen Sein leben. Im Herzen eines solchen Lebens befindet sich unsere Fähigkeit, das Fühlen zuzulassen, und dies erfordert, ja, verlangt geradezu einen fundamentalen Wandel in unserer Beziehung zum Leiden.

Leiden hat zwei Bedeutungen: Es ist die Erfahrung von Schmerz und die Fähigkeit, Schmerz zu ertragen. Wir müssen verstehen lernen, daß die Inkarnation die fortschreitende, kontinuierliche Erleuchtung des ganzen Organismus ist. Die Frage, die das Leben uns jeden Augenblick stellt, lautet im Endeffekt: Wieviel Wirklichkeit kannst du ertragen? Darin liegt das Paradox der Inkarnation: Je mehr wir das Bewußtsein verkörpern – je erleuchteter wir werden –, desto größer ist unsere Fähigkeit zu leiden.

Wir müssen über die populäre Einstellung gegenüber dem

Leiden hinausschauen – es gibt nämlich gewisse spirituelle und bewußtseinssteigernde Kreise, die diese ganze Vorstellung am liebsten aus unserem Denken tilgen würden. Sie erklären: «Schmerz ist unvermeidlich, Leiden ist eine Option.» Diese Einstellung ist nicht ganz unbegründet. Wenn man jahrhundertelang einen leidenden Jesus am Kreuz gesehen hat, neigt man dazu, das Leiden allzusehr zu adeln. Die Annahme des Leidens ist das Werk Christi oder der Heiligen geworden, nicht die Sache des Durchschnittsmenschen. Außerdem sind wir dabei, die Neurosen und Psychosen immer besser zu verstehen. Ein Großteil des Leidens ist das direkte Ergebnis psychischer Anpassungen, die zunächst das Ich verteidigen, aber später zu Zurückhaltung, Selbstschutz und Selbstverkleinerung führen – der beste Weg in zunehmende Isolation und Elend. Bis zu einem gewissen Grad läßt sich diese Art von Leiden durch eine Wahrnehmungsverschiebung verändern, indem man sich selbst versteht und insbesondere das Herz für eine tiefere Liebe öffnet. Natürlich ist das ungeheure Leid, das Menschen einander antun, eine Tragödie, die nicht verniedlicht werden soll. Aber hier geht es nicht um Leiden, dem wir eine Ursache zuschreiben oder das wir in einen Kontext stellen können. Es gibt eine tiefere Ebene des Leidens, die keine Option darstellt. Ich habe sie die Wunde genannt, die das Ich nicht heilen kann. Es ist eine andere Dimension des Leidens, die sich in all den Formen des Leidens verbirgt, von denen wir gerade gesprochen haben. Letzten Endes ist es nichts, was sich durch irgendeine Tätigkeit des Selbst des Ersten Wunders reparieren oder verändern läßt. Vielmehr ist es der evolutionäre Impuls, der verlangt, daß wir in unserem Empfindungsvermögen wachsen. Ob unsere Steine nun zu Kies zermalmt oder unser Sand zu Pulver raffiniert wird – dies ist das Feuer, in dem unser ganzes Sein einer größeren Beziehung zur Existenz unterworfen wird. Ich glaube, daß unsere Fähigkeit, uns im Sinne einer Inkarnation zu entwickeln, auf unserer Bereitschaft und unserem Vermögen beruht, eine spontan kreative Urheberschaft hinsichtlich dieser Dimension des Leidens einzugehen.

Leiden in diesem größeren Sinne besteht darin, daß wir uns bewußt in Beziehung zu einer Dimension des Fühlens setzen, für die wir keinen Kontext haben, keinen Wortschatz, kein Mittel zur Rationalisierung oder Beherrschung. Zuweilen wird diese Dimension als die dunkle Nacht der Seele bezeichnet. Ich habe sie die Tür zum Alleinsein genannt. Ganz gleich, welche Etiketten wir uns oder dem Gefühl zu verpassen suchen – sie wird sich nicht der Vernunft beugen. Sie ist die Lehrerin und verlangt nichts Geringeres als die fundamentale Beziehung. Kein Vehikel des Intellekts des Ersten Wunders – sei es die Medizin, die Naturwissenschaft, die Psychologie und die Psychotherapie, sei es die exotische Religion oder die populäre Spiritualität – wird je dieses Leiden lindern. Je länger wir zulassen, daß wir so tun, als ob dies möglich wäre, desto weiter verlängern wir eine kindische Pubertät und verzögern den Eintritt in eine wahrhaft spirituelle Reife.

Nehmen wir etwa das übliche Erleben von Angst. Dies ist die ursprünglichste Emotion – wir alle leiden darunter. Es gibt vielleicht Hunderte von Nuancen der Angst: Todesangst, die Angst, sich zu blamieren, zurückgewiesen zu werden, zu versagen, verlassen, vernichtet zu werden, sogar die Angst vor Gott, wenn das Ich vor dem Unendlichen steht, um nur ein paar Ängste zu nennen. Halten Sie nun einen Augenblick inne und erkennen Sie, daß unser Vermögen, diese Ängste zu erleben, seinerseits ein Wunder ist. Dieses Erleben in der unvermeidlichen Manier des Ich nur mit dem Etikett «Angst» zu versehen, würdigt die Jahrmilliarden herab, die vergehen mußten, bis ein Organismus in der Lage war, derart komplexe Gefühle zu entwickeln. Und vor allem bedeutet so ein Etikett oft das Ende der eigenen Beziehung zur Angst, als ob der Umstand, «Dies ist Angst» oder «Ich habe Angst» sagen zu können, das Gefühl hinreichend bewußt gemacht hätte. Es könnte auch anders sein – es könnte der Anfang einer Beziehung sein. Es könnte das Tor zu einer anderen Seinsebene, einer neuen Inkarnationsebene sein.

Was ist Angst für den Steinmenschen im Vergleich zum Sandmenschen? Wenn wir weniger inkarniert sind, haben wir ein geringeres Empfinden der Verbundenheit mit unseren eigenen Tiefen, empfinden wir den anderen Menschen eher als getrennt, haben wir ganz allgemein ein geringeres Gefühl des Verbundenseins und der Zugehörigkeit zur Welt. Nun orientiert sich unsere Reaktion auf die Angst am Selbstschutz – unseres Lebens oder unseres Selbstverständnisses. Wir schlagen um uns, greifen an, errichten Wände, schalten ab. Wir nehmen eindeutige Gegensätze wahr zwischen guten Menschen und schlechten Menschen. Nachts liegen wir wach und versuchen herauszufinden, wie wir uns sicher machen können, welche Reaktion unserem Ich Mut machen, unser Image sichern, die Gefahr verringern wird. Wir sind die Opfer der Angst statt unsere eigenen Jünger. Während sich unsere Inkarnation vertieft, wird die Angst allmählich viel multidimensionaler. In der Seele herrscht ein überaus komplexes Zittern, verweben sich einander durchdringende Fragen der Verantwortlichkeit, der Moral, des Engagements, des Mitgefühls und von anderem mehr. Die Angst des Sandmenschen kann so viele Ebenen haben, die von innen wie von außen kommen, daß er sich eigentlich gar nicht schützen kann. Während der Steinmensch vielleicht seine Grenzen verstärken und andere beiseite schieben will, wenn er Angst hat, mag für den Sandmenschen die Angst eher ein Gebet sein, sich nach außen zu öffnen, größer zu werden, aufzuhören, die echte Beziehung und Intimität zu meiden.

Erleuchtung impliziert gewöhnlich die Freiheit vom Leiden, aber – wie Aster Barnwell in seinem Buch *The Pilgrim's Companion* dieses Paradox formuliert hat – sie ist auch die Fähigkeit zu leiden. Wenn sich unsere Inkarnation vertieft, unsere Empfindungsfähigkeit wächst und mit ihr unsere Fähigkeit, alles vollkommener zu erleben – vom Leiden bis zur Freude, von der Verzweiflung bis zur Ehrfurcht –, wird alles intensiver und sublimer. Nun ist Schmerz weitaus mehr als nur körperlich – er wird immer mehr eine psychische Komponente haben, in so vielen Ecken unserer Seele widerhallen. In diesem Sinne können wir potentiell mehr leiden, oder anders gesagt: Unsere *Fähigkeit zu leiden* hat zugenommen. Wir haben es hier jedoch mit einem Paradox zu tun: Unsere sich vertiefende Inkarnation ist auch eine wachsende Intelligenz, ein tieferes Gefühl der Verbindung mit unserem Wesen, unserem Ich-Sein. Viele Dinge, vor denen wir Angst hatten, als wir spirituell jünger waren, beunruhigen uns nicht mehr – wir investieren unser Selbstempfinden nicht mehr in so viele Dinge, die das Leben schließlich gefährden wird. Nun können wir genausogut sagen, daß unsere *Fertigkeit zu leiden* zugenommen hat – wir sind erleuchteter.

Wir müssen einfach nur unser Leben anschauen, um zu erkennen, daß diese Aussage stimmt. Was ist aus unserer Kindheitsangst vor dem Dunkeln geworden? Haben Sie heute noch soviel Angst vor dem Urteil Gleichaltriger wie damals, als Sie noch jünger waren? Zu den dramatischsten Beispielen der Umwandlung einer Urangst zählen die Fälle von Erfahrungen der Todesnähe (Near Death Experience, kurz NDE). Danach ist die Angst vor dem Tod fast allgemein weg. In einer NDE geht der Überlebende eine direkte Beziehung zu einem Prozeß ein, den er sich früher nur mit Schrecken vorstellen und vorwegnehmen konnte. Nachdem er die Erfahrung tatsächlich gelebt hat (oder in sie hineingestorben ist), ist der Schrecken weg und viel mehr dazugekommen. Die NDE ist ein Beispiel eines Inkarnationsereignisses, das herbeigeführt wurde, indem jemand «zufällig» (gibt es überhaupt Zufälle?) an der Schwelle zwischen Leben und Tod in Beziehung zur Unendlichkeit stand. Nach einer NDE sprechen die Betreffenden von der Geburt einer neuen Spiritualität – ihre ganze Persönlichkeit erlebt tiefgreifende Veränderungen. Oft empfinden sie ein neues Lebensvertrauen und ein neues Gefühl der Lebensfreude.

Man hat zum Beispiel die wenigen Überlebenden, die in selbstmörderischer Absicht von der Golden Gate Bridge in San Francisco gesprungen waren, genau untersucht. Diese Überlebenden fangen fast durchweg ein neues Leben an, das von Hoffnung und Freude erfüllt ist. Spaßeshalber lade ich Leute zu «Golden-Gate-Bridge-Seminaren» ein, wobei ich ihnen eine fundamentale Transformation hundertprozentig garantiere – allerdings mit dem scherzhaften Vorbehalt: hundert Prozent Transformation, aber nur zwei Prozent Überlebenschancen.

In gewissen Fällen fördert die NDE tatsächlich die Entstehung paranormaler Fähigkeiten wie die Fähigkeit zum «Gedankenlesen» und zur Kommunikation mit der Geisterwelt. Wie auch immer wir zu derartigen Fähigkeiten stehen – offensichtlich hat die neue Inkarnationsebene des Betreffenden Zugang zu einem ganz neuen Bereich der sinnlichen Intuition und des symbolischen Erlebens. Für mich stellt sich freilich die Frage, wie groß die Unendlichkeit ist, die auf diese Weise betreten wird. Ich zweifle nicht daran, daß die Kraft einer NDE eine derartige Öffnung bewirken kann, aber der auf diese Weise entstandene Spiritismus ist nicht unbedingt der weiseste; ich glaube, daß eine ganze Menge grundsätzlicher Arbeit auf der Ebene der eigenen Psyche erforderlich ist, um die neuen Wahrnehmungen vernünftig zu interpretieren, und dies ist nicht automatisch gegeben, wenn wir so plötzlich an den Rand des Unendlichen gestürzt werden.

Wenn wir als Menschen zugeben: «Ich habe Angst», dann kann dies eine gültige und bedeutsame Offenbarung sein, ein Schritt hin zu größerem Selbstbewußtsein... zum ersten Mal. Aber von dem, was wir uns bewußtmachen – und das ist die ganz entscheidende Herausforderung für jede Psychotherapie –, sind wir nach und nach auch getrennt, sogar von unseren eigenen Empfindungen und Emotionen. Wir betrachten das Gefühl rational, analysieren es, suchen nach seiner Ursache – und schon ist die Unmittelbarkeit des Gefühls verloren, es wird leblos. Daher ist eine Diagnose ein zweischneidiges Schwert. Sie bietet uns eine Möglichkeit, unsere Beschwerden rational zu betrachten. Dann sagt das Ich: «Nun weiß ich, was es ist... da war etwas nicht in Ordnung... Ich war ja gar nicht verrückt.» Dies verschafft vorübergehend Erleichterung. Gleichzeitig liefert dieses Etikett die Begründung für ein Behandlungsprogramm oder irgendeinen Aktionsplan. Aber das Etikett des Arztes, des Therapeuten (jedes sogenannten Experten) treibt auch einen Keil zwischen unser Grundbewußtsein und die Unmittelbarkeit unserer Erfahrung. Wir fangen an, mit unserer Angst zu handeln, indem wir uns von ihr distanzieren. Das gilt auch für jedes andere etikettierte Symptom, jede andere Selbstbeschreibung: Anstelle der Unmittelbarkeit unserer eigenen Empfindungen, Gefühle, Phantasiebilder und Gedanken gewinnen wir den Frieden des Ich, der durch eine rationale Erklärung unserer Erfahrung entsteht. Wir können zwar sagen: «Ich bin sexuell mißbraucht worden», und genau in diesem Grad der Distanzierung von der Unmittelbarkeit der Gefühle geht das Unbehagen zurück. Aber diese Besserung ist gewöhnlich nur vorübergehend. Sie wird erzielt auf Kosten der Fähigkeit zur fundamentalen Beziehung zu uns selbst. Es kommt der Augenblick, in dem der Name für unser Leiden (unsere Angst oder was auch immer) und die Erklärung (Mißbrauch, Verlassensein, Alkoholismus der Eltern und so weiter) nicht mehr hilfreich sind. Zunächst mögen sie es ja gewesen sein – wir waren vielleicht noch nicht bereit, dieser tiefen Wunde in unserer Seele zu begegnen. Aber wie bei einer NDE müssen wir nun in unser Gefühl hineinsterben, bevor es seinen Namen bekommt. Wir nehmen die unendliche Bewegung des ursprünglichen Fühlens auf. Das ist eine Initiation zur Inkarnation. Wir mögen vielleicht das Gefühl haben, zu sterben oder verrückt zu werden, aber dann kann es geschehen – und oft geschieht es auch wirklich –, daß wir in eine Fähigkeit für neues Fühlen, für neues Leben hinein wiedergeboren werden.

Ich bin sicher, daß es im Hinblick auf die Selbstheilung folgendes Paradox gibt: Je mehr Etiketten wir für unsere Erfahrung haben, desto weniger wahrscheinlich ist es, daß wir uns selbst heilen werden. Sobald etwa eine Angst mit der jeweiligen beliebten traditionellen oder gerade gängigen Erklärung peinlich genau beschrieben ist, können wir endlos über uns selbst reden, über unsere Wunden, unsere Lage. Das haben die Gnostiker mit der Formulierung «das Lebendige tot machen» gemeint. Daher hat Jesus gesagt: «Als ihr Totes gegessen habt, habt ihr es lebendig gemacht.» (11. Logion) Und: «Ihr habt den verlassen, der lebendig vor euch steht, und von den Toten gesprochen.» (52. Logion) Als die Jünger schließlich einen Samariter nach Judäa hineingehen sahen, der ein Lamm trug, sprach Jesus zu ihnen: «‹Wozu nimmt er das Lamm?› Sie antworteten ihm: ‹Er wird es schlachten und verzehren.› Er sprach zu ihnen: ‹Solange es lebt, wird er es nicht essen, aber wenn es geschlachtet und ein Leichnam geworden ist, dann wird er es essen.›» (60. Logion)

Indem Jesus das Lamm in all seiner schlichten Unschuld als Symbol des Lebens verwendet, spricht er bildlich über eines der schwierigsten Dinge auf der Welt für das Verständnis des gewöhnlichen Bewußtseins. Er will damit sagen, daß das wirkliche Leben, die lebendige Wirklichkeit, durch unser normales Bewußtsein nicht direkt aufgenommen (gegessen) werden kann. Zuerst müssen wir sie «töten» – das heißt, die Erfahrung zu einem Objekt des Bewußtseins, zu einer Abstraktion machen. Wir haben dies bereits als das Erste Wunder und den Prozeß der Subjekt-Objekt-Trennung dargestellt. Da das Verharren im Ich das Erkennen von der Unmittelbarkeit abtrennt, bemühen wir uns buchstäblich, «das Lebendige tot zu machen». Sobald dies geschieht, wird ein Universum, eine Unendlichkeit von (relativem) Bewußtsein erzeugt, über das wir uns bis zum Überdruß intellektuell ergehen können. Ohne uns dessen im geringsten bewußt zu sein, was wir da tun, nehmen wir diesen «Leichnam» und verleihen ihm Gedanken und Emotionen, wodurch wir weitere Gefühle hervorrufen. Nun schämen wir uns plötzlich oder fühlen uns schuldig, sind empört oder wütend und beginnen unsere Reaktion auszuhecken. Und genau in diesem Zustand, den die Mystik als schlafend oder in einem Traum lebend bezeichnet, haben wir «die Toten lebendig gemacht».

Die Katharsis dieser «toten» Wahrnehmungen, die wir «lebendig gemacht» haben, verursacht ein Gefühl der Befreiung, das man als Selbstheilung auffassen kann. Aber dies ist nur vorübergehend – wir bleiben die Opfer des Fühlens und sind nicht die Jünger unserer unendlichen Fähigkeit zum Lebendigsein. Dieser Prozeß des Etikettierens, des rationalen Betrachtens, des Distanzierens vom unmittelbaren Fühlen und dann die Katharsis der selbsterzeugten Gefühle hält uns vom Erwachen ab. Daraus ist eine Massenepidemie geworden, die buchstäblich von der populärpsychologischen Bewegung, von Analytikern und Planern der Politik gefördert wird. Schlafend ertrinken wir in unseren eigenen Träumen. Und dann will Jesus wissen: «Wenn ihr ins Licht kommt, was werdet ihr damit machen?» Genau. Nur wenn wir ins Bewußtsein vor der Subjekt-Objekt-Trennung durch das Ich gelangen, können wir verstehen, wie verrückt das ist, was wir ständig tun. Und was dann? Stellen wir uns etwa vor, daß wir dieses Licht objektivieren können? Wenn wir in Beziehung zur Unendlichkeit stehen, was können wir dann eigentlich über uns sagen, das unser Wesen, unsere wahre Natur erfaßt? Nichts.

Das Wunder der Inkarnation geschieht immer vor unseren Augen, aber es entgeht uns. Sehen wir uns einmal den Unterschied zwischen Menschen und dem Vieh hinsichtlich der Fähigkeit zu Liebe und Freude wie der Fähigkeit zum Leiden an. Ich wurde mir darüber vor vielen Jahren klar, als ich einen Freund auf seiner Ranch besuchte. Als die Zeit gekommen war, die Kälber zu entwöhnen, wurde die Herde in einen Pferch getrieben. Dort trennten wir dann die Kälber von ihren Müttern. Die Kühe und Kälber brüllten in panischer Angst, was mich emotional aufwühlte. Ich habe mich immer über die Gleichgültigkeit meines Freundes gewundert, und bewunderte sein Geschick, die Tiere zu trennen, indem er ein Minimum an Gewalt aufwandte und gleichzeitig vermied, niedergetrampelt zu werden. Anschließend trieben wir die Kühe und Kälber auf verschiedene Weiden, die so weit wie möglich auseinander lagen. Nach wenigen Minuten begannen sie wieder zu weiden, auch wenn sie noch ein paar Tage lang nach einander riefen. Wenn sie nach wenigen Monaten wieder zusammengebracht werden, erkennt die Kuh ihr Kalb oder das Kalb seine Mutter kaum oder gar nicht wieder.

Was wäre, wenn Menschen genauso behandelt würden? Wenn Kinder ihren Müttern entrissen würden? Wie lange würde es dauern, bevor Sie oder ich uns wieder zum Essen hinsetzen könnten? Bevor wir uns wieder entspannt und natürlich fühlen würden? Dies ist den Indianern Nordamerikas widerfahren, den Juden und anderen nationalen und ethnischen Minderheiten im nationalsozialistischen Deutschland, den Kurden im Irak und in der Türkei, und es geschieht weiterhin auf unserem Planeten. Diese Art von panischer Angst und Schrecken ist nicht in zehn Minuten vorbei, nicht einmal in zehn Generationen vergessen. Die Geschichte zeigt, daß die Folgen eines so schrecklichen Leidens Haß und Rache erzeugen, mit denen künftige Generationen geschlagen sind. Diese Art von Leiden, ja, alles menschliche Leiden ist nie bloß physisch. Es ist ebenso psychisch, spirituell und existentiell. Die Wunde wird die Basis der Identität, wobei sie Grenzen errichtet und zu Nationalismus führt. Und dieser Impuls aus der Vergangenheit verliert erst dann seinen Schwung, wenn dieses Leiden ein Inkarnationsereignis wird statt einer auf das Ich gerichteten Kraft. Das ist eine persönliche Arbeit, die in tiefem Alleinsein getan werden muß, wo wir endlich Jünger statt Opfer unseres Leidens werden. Nun führt das Leiden uns bis an den Rand unseres Seins, bis wir in die Unendlichkeit von uns selbst getragen werden.

Der Grad der Erleuchtung einer Gesellschaft läßt sich an der Reaktion der Menschen auf das Leiden in all seinen Formen ablesen. Bewußt und unbewußt durchdringt die Reaktion auf das Leiden all unsere Vorstellungen von Werten, Moral, Ethik, Recht, Kunst, den Sinn und Zweck des Lebens. Sie ist großenteils das Motiv hinter unserem Erfindungsreichtum und der Technik, die unser Vergnügen steigern oder unser Unbehagen verringern soll. Wie sähe die wirtschaftliche und politische Wirklichkeit aus, wenn die Menschen keine Angst vor Gefühlen hätten, eine Wirklichkeit, in der sie die Jünger statt die Opfer ihrer Ängste und ihrer Leiden geworden sind?

Nach der Verfassung der USA ist das Streben nach Glück eines der «unveräußerlichen Rechte» jedes Menschen. Aber das Streben nach Glück ist gewöhnlich eher das Vermeiden einer tieferen Beziehung zum Leben als die Frucht wahrhaft geistiger Reife. Glück, wirkliches Glück beruht auf dem Kern des Ich-Seins und ist die schwer errungene Frucht eines tief und gut gelebten Lebens und nicht eines im «Streben nach Glück» gelebten Lebens. Letztlich verbirgt sich unsere Anpassung an das Leiden hinter der Fassade der Zivilisation. In unserer Fähigkeit zu leiden spiegelt sich die Feinheit der Integration von Körper, Seele und Geist wider. Die Fähigkeit des einzelnen Menschen zur fundamentalen Beziehung zum Fühlen bildet kollektiv die Basis von Gesellschaft und Kultur.

Genausowenig, wie uns das Benennen eines Pelikans wirklich dabei hilft, den Vogel zu kennen (außer abstrakt), hilft uns auch nicht unbedingt das Benennen und vielleicht das Erklären innerer psychischer Zustände wie Angst dabei, uns selbst zu kennen. Gibt es überhaupt ein Selbst, das man kennen kann? Es ist paradox, daß ein Mensch, der nicht wahrhaft gegenwärtig ist, eine Persönlichkeit hat, die die Illusion von Wesenhaftigkeit vermittelt, während ein solcher Mensch doch in Wirklichkeit ziemlich wesenlos ist. Aber wenn ein Mensch wahrhaft gegenwärtig, offen für die Unendlichkeit ist, dann ist da zwar wenig Persönlichkeit vorhanden, doch viel mehr Weite – und dies ist ziemlich wesenhaft. Was wir sind, ist nicht etwas, was man in irgendeinem endlichen Sinn kennen kann. Kennen wir uns selbst wirklich besser, weil wir unsere Gefühle etikettieren oder Gründe für ihre Ursache angeben können? Ja und nein. Wenn wir uns zum erstenmal ein Gefühl oder eine Dynamik bewußtmachen, sind wir selbst-bewußter geworden. Entscheidend sind die Augenblicke, in denen wir uns erneut dieser Gefühle bewußt sind. Im Falle der Angst heißt dies: Sich der Angst auch nur einmal bewußt geworden zu sein, impliziert ein Selbst-Bewußtsein, das der Erfahrung von Angst vorausgeht. Wenn ich weiß, daß ich Angst habe – wer oder was ist das schließlich, der oder das weiß? Wenn wir das nächste Mal Angst haben, behandeln wir dann die Angst als etwas bereits Bekanntes, holen die Interpretation der letzten Woche (oder eines vergangenen Lebens) heraus und etikettieren und trennen ab in endlosen Erklärungen und Abwehrmaßnahmen? Oder erkennen wir, daß das «Ich bin» vor jeder Angst und jedem Leben liegt? Das Ich-Sein bleibt und ist unangetastet. Wenn man dies weiß, muß man nicht mehr so sehr der Angst widerstehen, und sie wird ein Tor zu einem neuen Universum des Fühlens. Durch dieses Tor einzutreten in die Unmittelbarkeit mit der Angst (oder mit jedem angenehmen oder unangenehmen Gefühl) ist, glaube ich, die wahre Triebkraft der Inkarnation in uns Menschen. Auf diese Weise verfeinern wir das intuitive Erfassen unserer Beziehung zum Universum und entwickeln uns Schritt für Schritt ins kosmische Bewußtsein.

In diesem Zusammenhang ließe sich eine wichtige Frage stellen: Ist das Großhirn, die biologische Basis des Intellekts, ein Mittel, um sich gegen das Fühlen und den Körper zu verteidigen oder ihnen zu entkommen, oder ist es vielleicht der Diener der bewußten Entwicklung? Wenn letzteres der Fall ist, dann liegt der ganze Sinn des Ersten Wunders nicht darin, durch Abstraktionen zu entkommen, sondern mitten im Fühlen bewußt und gegenwärtig zu bleiben. Im Großhirn spiegelt sich vielleicht nicht das Bemühen der Natur wider, unser Stammhirn zu transzendieren, sondern es ist genau das Mittel, uns unsere Gefühlsbeziehung zur Existenz immer bewußter zu machen.

Es gibt ungeheuer vielfältige Reaktionen auf die Reize und Situationen, die Leiden erzeugen. Manche Menschen verzweifeln und fühlen sich schikaniert, andere finden darin Würde und Großmut. Eigentlich geht es gar nicht darum, daß wir leiden, sondern ob wir dies als eine der schwierigen Initiationen akzeptieren, die die Existenz von uns als inkarnierenden Organismen verlangt. Die Aufgabe der spirituellen Praxis besteht darin zu lernen, wie wir an diese Initiation, wo und in welchen Verkleidungen auch immer sie im Leben auftritt, als Jünger unseres tieferen Wesens und all dessen, was es enthält, herangehen.

Wenn wir sehen, wie ein Mensch von Reue gequält wird, sind wir Augenzeugen eines Wunders der höchsten Ordnung. Empfindet eine Amöbe, eine Kuh oder ein Primat Reue? Da beklagen wir uns über Emotionen und Gefühle, die unzählige Jahrmillionen benötigt haben, um Teil des Lebensrepertoires zu werden. Wie steht es mit Kummer, Schuldgefühl, Scham, Zorn? Und wie mit Ehrfurcht, Verehrung, Mitgefühl und der Empfindung des Heiligen? Läßt sich eine Komplexitätsebene erreichen, auf der wir letzteres erfahren können, ohne ersteres erfahren zu müssen? Jede dieser Emotionen erblüht mit jedem weiteren Schritt auf der Inkarnationsreise. Jede ist ein Wunder.

Wenn wir nicht Jünger des Gefühls der Reue sein können, wenn sie allzu unerträglich ist, dann wird die zum Ausdruck kommende Emotion vielleicht ein Schuld- oder Schamgefühl sein. Wenn das Schuld- oder Schamgefühl unerträglich ist, werden vielleicht Empörung und Tadel zum Ausdruck gebracht. Mit jedem Schritt weg von der Unmittelbarkeit unseres Gefühls disinkarnieren wir sozusagen in ein psychisches Universum von immer größerer Komplikation, Konfusion, Eventualität und Notwendigkeit. Wir sind die Opfer unseres Gefühls geworden, und seine Ursache wird unvermeidlicherweise als außerhalb von uns wahrgenommen – somit sind wir entmachtet. Wenn ein Mensch sich andererseits seiner Reue hingeben kann, wird er vielleicht erleben, wie sich sein Herz dem Leiden öffnet, das überall ist, und er wird zum Mitgefühl erwachen. Inkarnation ist die Menge Wirklichkeit, die wir ertragen können. Was wir nicht ertragen können, werden wir zum Gegenstand des Nachdenkens machen oder über verschiedene Mechanismen ins Unbewußte verbannen. Ich glaube, darum sagt Mutter Teresa: «Die leidenden Menschen der Welt sind für uns Vermittler zu Gott.»

Wenn wir nicht die Augen von unserem eigenen echten Leiden oder dem Leiden anderer abwenden, steht und atmet unser Organismus an der Schwelle zur Unendlichkeit. Wenn wir ertragen können, was wir fühlen, nicht indem wir uns erfolgreich dagegen wehren, sondern indem wir umgekehrt über jede Vernunft hinaus bis an die wahren Wurzeln unseres Seins erschüttert werden, ohne in reflexhafter Selbstverteidigung abzuschalten, dann kann die Unendlichkeit in unserem Organismus einen tieferen Halt erlangen.

Dies ist das mystische Feuer, in dem wir brennen müssen, wenn wir in der Inkarnation einen Schritt weiterkommen wollen. Dies ist bewußtes Leiden, und es verlangt Glauben, selbst wenn es ihn zur gleichen Zeit gewährt. Der Glaube ist vielleicht die tiefgründigste menschliche Fähigkeit. Glaube schließt eine positive Beziehung zur transzendenten Wirklichkeit ein, eine direkte Beziehung zu Gott ohne die Vermittlung durch Symbole und Ideen. Er ist ein Ja zu immer mehr von dem, was ist. Er ist ein Ja nicht nur mit unserem Intellekt, der, wenn auch abstrakt, die mit allem verbundene Ganzheit der Existenz anerkennen kann. Das Ja des Glaubens ist ein ganzkörperliches Sich-Öffnen und Unterwerfen gegenüber der Unmittelbarkeit des Lebens in all seinem unbeschreiblichen Fühlen. Er ist ein Ja, das die wahre Heiligung unseres ganzen Seins ist. Es ist, als ob wir vor einem Abgrund stünden, und «ohne die geringste Ahnung, ob wir ganz und gar bezwungen und geschlagen» werden, öffnen wir uns bedingungslos dem Jetzt.

Wenn wir bewußt leiden, werden wir wie ein Fenster zum Unendlichen. In diesem Sinne können wir sagen, daß wir zwischen dem Endlichen und dem Unendlichen, zwischen Erde und Himmel «vermitteln». Wenn wir einem anderen beistehen, offen für die Unendlichkeit, dann ist das Leiden, das wir ertragen können, das Herz, das wir miteinander teilen können. Durch dieses Herz hindurch leuchtet die göttliche Ausstrahlung, die jeden Augenblick dem Mysterium zurückgibt.

Ich will das Leiden nicht adeln. Ich rufe uns einfach zurück zu unserem fundamentalen Zustand, der dem Leiden vorausgeht. Wenn wir hemmungslos die Litanei unserer Schwierigkeiten herunterleiern, unser Leiden wie einen Umhang, wie eine kostbare Erkennungsmarke tragen, vermeiden wir die Beziehung zu einem tieferen Seinszustand, zu einer tieferen Möglichkeit von uns selbst. Wenn wir die Wirklichkeit in einen Elternteil verkehren, der für uns sorgen und uns beschützen soll, leben wir in einer Phantasievorstellung vom Leben, und in dieser Phantasievorstellung sind wir infantilisiert. Wenn wir anderen zu helfen versuchen, bevor wir uns selbst unserem eigenen Leiden hingebungsvoll unterworfen haben, dann verstecken wir uns eigentlich. Wir begegnen dem anderen nicht wirklich. Unter diesen Abwehrmaßnahmen winkt uns immer ein weitaus tieferer, weitaus unergründlicherer Seinszustand. Steigen Sie zu ihm hinab. Ertragen Sie, was Sie können. Beugen Sie sich ihm. Lassen Sie sich von ihm verzehren. «Sich» ist stets ein relatives Selbstverständnis. Diesem Selbstverständnis geht immer eine fundamentalere Dimension des Selbst voraus – endlos. Wir müssen die tiefste Demut gegenüber unserem eigenen Leiden und dem Leiden anderer erlangen. Es muß uns demütigen. Dies ist die Reise der Inkarnation. Sie ist wie eine Spirale, in der wir immer wieder zu unseren Gefühlen zurückkehren und sie ein wenig weiter durchdringen, indem wir uns jedesmal ein wenig mehr unterwerfen. Wir unterwerfen uns, weil wir wissen, daß nichts, dessen wir uns bewußt sind, je das ist, was wir letztlich sind. Dieses Wissen ist Glaube. Wir unterwerfen uns, weil wir Glauben haben, und wir haben Glauben, weil wir uns unterworfen haben. Letztlich entscheidet unsere Inkarnation darüber, was wir erfahren, was wir ertragen können, und unser Glaube erlaubt uns, ein wenig mehr zu ertragen – jedesmal.

Die Entwicklung des Bewußtseins ist eine Inkarnationsbewegung, sie ist die verkörperte Fähigkeit, die Große Intelligenz des Universums zum Ausdruck zu bringen. Letzten Endes ist sie die Pflicht von uns allen, Jünger dieser Intelligenz in unserem eigenen Organismus zu werden. Dies geschieht, ob wir uns dessen bewußt sind oder nicht, aber wenn wir uns dieser Pflicht bewußt sind, dann haben wir das erreicht, was, wie ich glaube, das wahrere Gefühl von Befreiung ist. Wir sind nicht befreit im Sinne von immun gegenüber dem Leiden oder jenseits von ihm. Auch sind wir nicht von der Fähigkeit befreit, Fehler zu begehen und uns zu schämen. Befreiung bedeutet, daß wir nicht mehr

Opfer dieses Leidens, aber auch unserer eigenen Unwissenheit, Torheit und Fehlerhaftigkeit sind. Wir sind die Jünger jedes Augenblicks. Wenn wir verwurzelt in unserer Ganzheit als bewußte Organismen leben, bringt jeder Augenblick die Befähigung zur Einsicht. Die Erniedrigung ist ein Teil davon – die Beschämung unseres Ich ist unabdingbar für unsere Entwicklung. Da gibt es ein Sich-Öffnen und Lernen, ganz egal, wozu und was. Dies wäre nur eine weitere Verkleidung für die narzißtische Selbstversunkenheit, wenn es dabei nicht um die Erkenntnis ginge, daß ein Jünger der Großen Intelligenz zu sein nichts anderes heißt, als der Diener des tiefsten Impulses des Lebens zu sein. Darin werden wir geehrt und gedemütigt. Ohne jeden Ehrgeiz, ohne jede Absicht werden wir Mentoren für den Erweckungsimpuls und dessen Diener, indem wir anderen dabei helfen, dies bewußter zu leben.

Näher können wir der Erkenntnis der Großen Intelligenz nie sein, als wenn wir unsere eigene Inkarnation achten. Das ist unser Prüfstein für die Gesundheit, für intelligentes Verhalten. Durch die Verfeinerung unseres Fühlens erkennen wir die Wahrheit oder Falschheit unserer Teilnahme am Leben.

Ein Jünger der Großen Intelligenz zu werden, entspricht dem, was es für die Buddhisten bedeutet, ein Bodhisattva zu werden. Der Bodhisattva ist ein erleuchteter Diener des erwachenden Bewußtseins. Dieser Dienst wird zusammengefaßt in dem wunderschönen Bodhisattva-Gelübde, auch Kuan-yin-Gelübde oder das Gelübde des Mitgefühls genannt:

> Nie werde ich persönliche, individuelle Erlösung suchen oder empfangen. Nie werde ich in den endgültigen Frieden allein eingehen. Aber immer und überall werde ich nach der Erlösung aller Lebewesen auf der ganzen Welt streben.

Falls das Ich in einem derartigen Gelübde eine Entscheidung für den Dienst am Leben sieht, sprechen wir natürlich nur von einem weiteren Trick des Ich als Erlöser, als höchster Weltverbesserer. Aber dieses Gelübde ist kein vom Ich gemachtes Gelübde, es ist eine Bekundung des Zustands des Lebens selbst. Für mich ist es eines der großartigsten Bekenntnisse zur Beziehung, das jemals vom menschlichen Herzen zum Ausdruck gebracht worden ist. Es ist die Erkenntnis, daß es keine Erlösung, keine Erleuchtung, keinen endgültigen Frieden außerhalb der ganzen Gemeinschaft der Existenz gibt. Die höhere Einsicht ist immer der Diener des Lernens, des Wachstums und der Entwicklung, denn dies ist die wahre Natur unseres Universums. Nichts entwickelt sich unabhängig von allem anderen. Dies zu erkennen, heißt Befreiung. Sich selbst als Diener dieses Erwachens zu erkennen, heißt Freude.

15
Der Enneas-Auftrag:
Der innere Lehrer, die äußeren Lehrer und die Gemeinschaft des Bewußtseins

Bei der Reise des Erwachens sind zwei einander ergänzende Dynamiken von entscheidender Bedeutung. Die primäre Bewegung kommt von innen. Sie ist der Erleuchtungsimpuls des Universums, wie er von uns allen durch die Seele zum Ausdruck gebracht wird. Ich nenne dies den inneren Lehrer. Die sekundäre Bewegung kommt von außen. Sie besteht aus den Individuen, die – durch welche Hilfsmittel und in welchen Beziehungen auch immer – unser Wissen von uns selbst stark beeinflussen. Aber dazu gehören auch Situationen, durch die unser Leben transformiert wird. Dies sind die äußeren Lehrer.

Der innere Lehrer ist nach meinem Sprachgebrauch eine Metapher für den fundamentalen Spiritualisierungsimpuls, der sich in uns allen entwickelt. Es ist kein innerer Führer im populären Sinne – irgendeine Art von weiser Wächtersubpersönlichkeit, die uns sagt, was wir tun sollen. Als Spiritualisierungsimpuls ist er gleichermaßen immanent in unserem persönlichen Schmerz oder Glück, unserem persönlichen Erfolg oder Scheitern, wie er in unserem unendlichen Wesen ist, das für immer diesen Anliegen vorausgeht. Der innere Lehrer ist die Ergänzung des äußeren Lehrers. Zusammen bilden sie die wesentliche Kraft für das Verständnis des Dilemmas des Ersten Wunders und ein Tor zur unendlichen, unerschaffenen Quelle, die das erwachte Selbst ist.

Während sich ein Mensch immer mehr in seinem Ich-Sein einrichtet, erwacht der innere Lehrer. Doch während wir auf den Ruf des inneren Lehrers zu reagieren beginnen, können wir paradoxerweise ebenso den Ruf des äußeren Lehrers vernehmen

– wo immer er, sie oder es sein mag. Im Endeffekt lassen sich die beiden nicht voneinander trennen, und daher wird die Frage nach dem inneren und dem äußeren Lehrer eine Frage der psychischen Reife. Das Hingezogensein zu irgendeinem äußeren Lehrer spiegelt die radikale Intuition wider. Wenn unsere spirituelle Intuition jung ist, muß der äußere Lehrer außergewöhnlich, überlebensgroß sein, vielleicht besondere übernatürliche Kräfte demonstrieren, damit wir seine spirituelle Autorität wahrnehmen und uns darauf verlassen. Zugleich besteht die Versuchung, daß wir uns zu sehr auf ihn verlassen, was die Gefahr der psychischen Regression und Infantilisierung birgt. Wenn unsere Intuition reift und wir immer intensiver in Beziehung zur Unendlichkeit stehen, wird der äußere Lehrer jemand, der uns zu unserem vollsten Potential als Menschen in der Fülle des gewöhnlichen Lebens aufruft. Diese Beziehung wird nach und nach universal, widergespiegelt in jedem und in der Verlockung zum Außergewöhnlichen, die in jedem Augenblick vom Leben ausgeht. Ein Mensch, der den äußeren Lehrer verleugnet, läuft Gefahr, auch den inneren zu verleugnen, und umgekehrt. Er mag zwar rational erklären, er würde auf seinen inneren Lehrer hören und daher jede Beziehung zu einem äußeren Lehrer ablehnen, doch es ist eher wahrscheinlich, daß er sein eigenes Ich in einer seiner unendlichen Verkleidungen als spiritueller und psychischer Souverän objektiviert. Das Individuum, das andererseits den äußeren Lehrer vergöttert und sich blindlings dessen Führung unterwirft, wird ebenfalls sein eigenes Ich in Form der Besonderheit des äußeren Lehrers objektivieren. In beiden Fällen wird das Ich-Sein verraten.

Dies ist nicht bloß ein Problem bei spirituellen Unterweisungen – es ist das fundamentale Dilemma des ganzen Lebens. Wenn wir uns selbst nicht kennen, sind wir arm und versuchen uns zu bereichern, indem wir unser eigenes Ich-Sein unbewußt Gedanken, Gefühlen, Menschen, Karrieren und so weiter unterwerfen. Sie werden in einem gewissen Sinne die Gurus des einen oder anderen Aspekts unseres eigenen Ich. Selbst anscheinend erleuchtete Lehrer können der kollektiven Übertragung ihrer Anhänger zum Opfer fallen und Gefahr laufen, ihr eigenes sich entwickelndes Ich-Sein zu verraten. Erleuchtung kann zwar die Transzendenz der Ich-Position des Ersten Wunders bedeuten, aber ungeachtet aller gegenteiligen Behauptungen gibt es keinen Menschen, dessen Entwicklung abgeschlossen ist. Bewußtsein ist Beziehung, und Beziehung in der ungeheuren Weite unseres Universums ebenso wie im Alltagsleben hat kein Ende. Wir entwickeln uns alle fortwährend weiter in der großartigen Entfaltung des Bewußtseins.

Als westlicher Mensch stehe ich in der Tradition eines starken Individualismus, aber als bewußter Mensch erkenne ich, daß ich die Frucht und der Ausdruck vieler Beziehungen bin und dies auch für immer sein werde. Den äußeren Mentoren, die zu meiner Entwicklung beigetragen haben, bin ich allzeit dankbar. Zu Dank verpflichtet bin ich auch vielen Menschen, die ich nur durch ihre schriftstellerischen Arbeiten oder durch den Kontakt in Träumen kenne. Aber ich bin niemals imstande gewesen, mich irgendeiner Beziehung, in der meine eigene spirituelle Intuition gefährdet war, völlig zu unterwerfen. Ich finde, daß dies das Leben selbst ist, und jede Beziehung, in der ich dem begegne, ist der Guru und der Weg meines Erwachens. Jede Beziehung, in der ich meine ganze Aufmerksamkeit zurückhalte, in der ich mich gegen die bloße Verfügbarkeit wehre und nicht mehr in Beziehung zur Unendlichkeit stehe, offenbart das sich entwickelnde Ich und bringt mich paradoxerweise wieder zur Unendlichkeit zurück. Da dies mein Weg gewesen ist, suche ich zuerst und vor allem die Beziehung zum inneren Lehrer in den Menschen zu erwecken, mit denen ich arbeite. An den inneren Lehrer im Leser wende ich mich daher auch mit diesem Buch.

Eine Verpflichtung zur Bewußtheit ist eine Lebensweise, nicht eine Flucht aus dem Leiden oder eine Belohnung oder ein Weg der Erlösung. Sie ist, schlicht und einfach, ein Dienst an dem, was in uns als Potential angelegt ist, und dies ist für immer und ewig im Spiegel unserer Beziehungen zueinander zu erkennen. Für fast jeden wird dies eine Verpflichtung zu einem Weg des Lernens und Studierens bedeuten und damit eine Beziehung zu einem Lehrer oder einer Reihe von Lehrern, die dabei helfen, uns zur fundamentalen Beziehung zurückzuführen. Idealerweise wäre bei diesem Weg das Lehren der Diener des erwachenden

Impulses in jedem Beteiligten, des Schülers wie des Lehrers. Aber in der Realität ist die Form einer derartigen Beziehung sehr vielschichtig und sehr schwer zu leben.

Das Bewußtsein des Zweiten Wunders kann nicht wie ein Fach in der Grundschule gelehrt werden – die Lehre ist im Prinzip die Qualität und die Reinheit aller Beziehungen: des Lehrers zu den Schülern, der Schüler zueinander und der ganzen Gemeinschaft zur Welt insgesamt. Im Herzen dieser Beziehungen gibt es eine direkte Übertragung des Unaussprechlichen, zunächst zwischen Lehrer und Schüler, aber schließlich zwischen allen. Dies ist ein Prozeß, den man als energetische Induktion bezeichnen könnte. Es ist eine alchemische Transformation, die sich im Schüler niedergeschlagen hat durch die Anwesenheit des Lehrers, dessen Aufmerksamkeit – zumindest während er lehrt – in der Unendlichkeit verwurzelt ist.

Den Kontext einer derartigen Übertragung herzustellen, ist das Herz und die Seele einer spirituellen Lehre. Da gibt es zwar Techniken, die eine neue Einsicht bewirken, und ein erhöhtes Potential für eine energetische Verfügbarkeit, aber viel entscheidender ist die allgemeine Weihe der Beziehungen. Spirituelles Lehren erfordert ein hohes Maß an Offenheit und Verfügbarkeit zwischen Lehrer und Schüler, und dies bedeutet ein aufrichtiges Respektieren und Ehren, das gegenseitig sein muß. Im besten Falle ist dies eine Beziehung von großer Schönheit und Gesundheit, aber sie ist auch überaus anfällig für Entstellung und Mißbrauch. Die Reinheit und Weisheit, mit der die Ehrerbietung zwischen Schüler und Lehrer herbeigeführt wird, ist ganz entscheidend dafür, ob es eine ungesunde Abhängigkeit vom Lehrer und eine Beeinträchtigung der Verbindung des Schülers zu seiner eigenen inneren Weisheit erzeugt.

Die Aufnahmebereitschaft des Schülers für die Übermittlung der Lehre erfordert ein Aufweichen der Ich-Grenzen des Schülers. Dieses Öffnen des Ich des Ersten Wunders für den tieferen Seinsgrund führt die Möglichkeit des Erwachens im Zweiten Wunder herbei. Wenn Ich-Grenzen durchlässig werden, herrscht eine erhöhte Empfänglichkeit für energetische Übertragung. Gleichzeitig kommt es auch zu einem Rückgang der Hauptabwehrmechanismen des Ich. Fast unvermeidlich hat dies eine vorübergehende Minderung des kritischen Urteilsvermögens zur Folge. Dies macht den Schüler höchst anfällig für Manipulationen, und zwar nicht nur durch einen skrupellosen Lehrer, sondern auch durch die unbewußten Schattenkräfte, die in jeder Lehrgemeinschaft lauern. Hier ist also jeder Beteiligte einer spirituellen Zusammenarbeit zu echter Wachsamkeit und Aufrichtigkeit aufgefordert.

Genauso wichtig ist es zu bedenken, daß beim Aufweichen von Ich-Grenzen eine Anfälligkeit für übernatürliche Phänomene aller Art entsteht. Im Übergang vom intakten Ich des Ersten Wunders zur gesunden Einrichtung in der Seinsweise des Zweiten Wunders existieren starke Kräfte außerhalb des Ich. Diese Kräfte außerhalb des Ich sind die Basis für einen Großteil der spirituellen und religiösen Bilder und Symbole. Während das Ich intakt ist, besitzen sie praktisch keine bewußte Wirklichkeit und nur eine minimale psychische Bedeutung. Aber wenn das Ich vorübergehend geschwächt ist, werden sie in der Tat zu potenten Kräften. Dies ist das Reich der Archetypen sowie der engelhaften und dämonischen Wesen, die nun die Persönlichkeit des Ersten Wunders leicht überwältigen können.

Genau dann wird ein Lehrer am meisten gebraucht. Dieser Lehrer kann von innen kommen, als die eigene tiefste Intuition. Er kann in Träumen und Visionen erscheinen, oft als einer der großen spirituellen Meister der Vergangenheit. Oder es kann die Anwesenheit eines weisen und erfahrenen lebenden Lehrers sein, der die innere Intelligenz widerspiegelt. Generell gilt: Wenn ein Mensch sich selbst gut kennt, hat er wissentlich oder unwissentlich seinen inneren Lehrer geehrt und kann dieses Stadium relativ sicher hinter sich bringen. Aber wenn er dies nicht getan und keinen Zugang zu einem fähigen äußeren Lehrer hat, droht echte Gefahr. Praktisch besteht die Rolle des äußeren Lehrers darin, dem Schüler ein tiefes Gefühl für Liebe und Ganzheit einzuflößen. Paradoxerweise heißt das, ihm nicht nur seine wahre Schönheit und seine seelischen Vorzüge vor Augen zu führen, sondern ebenso jede Stelle, wo der Schüler nicht in Beziehung steht, wo es Zurückhaltung, Selbstbetrug, Mangel an Reinheit und Selbsttäuschung gibt – kurz: die Struktur des Schatten-Selbst des Ersten Wunders. All dies muß bewußtgemacht und schließlich vergeben werden, so daß es in der Psyche des Schülers keine unbewußten Haken mehr gibt, an denen sich die Kräfte außerhalb des Ich festmachen können. Wenn es nun zu einer Öffnung kommt, besitzt dieser Schüler die innere Klarheit und Selbsterkenntnis, um dieses potentiell gefährliche Stadium sicher hinter sich zu bringen.

Als ich vor vielen Jahren spontan in diesen Zustand der Grenzenlosigkeit zwischen dem Bewußtsein des Ersten und dem des Zweiten Wunders eintrat, hatte ich bereits eine ganze Menge psychologischer Arbeit an mir geleistet. Für mich besteht der wahre Wert von psychologischer Arbeit darin, daß sie eine Form der Selbsterforschung ist, bei der wir von unseren persönlichen Bereichen der potentiellen Selbsttäuschung und -entstellung erfahren. Die Therapie lindert zwar das Leiden ein wenig, aber damit wird ihr wahrer Wert nicht erfaßt. Die Psychotherapie ist eine Möglichkeit, auf die fundamentale Frage: Wer bin ich? einzugehen. Dabei ist es weniger relevant zu beurteilen, ob uns dies glücklicher macht oder nicht – wichtig ist die Selbsterkenntnis. Erkenntnis ist Transzendenz; was immer wir von uns selbst wahrnehmen, schließt die Existenz des Selbst ein, in dem sich dieses Erkennen vollzieht. Das psychotherapeutische Verständnis macht uns, wenn auch oft indirekt, dazu bereit, uns allmählich von persönlichen psychischen Dynamiken zu lösen, die während des Erwachens gefährlich verstärkt werden und als Attraktoren für schwierige psycho-spirituelle Kräfte agieren können. Verlassenheitsängste werden zu Attraktoren für die ungesunde Hingabe an wechselseitig abhängige Beziehungen, auch zu spirituellen Lehrern. Nachdem ich eine ganze Menge Arbeit auf meiner Ich-Ebene geleistet hatte (wird sie je abgeschlossen sein?), wurde ich plötzlich in eine Flut von nahezu überwältigenden Energien, Visionen und Empfindungen getaucht, und während ich mich ziemlich überwältigt fühlte, war ich keineswegs geneigt, darin meine persönlichen psychischen Probleme zu erkennen. Während ich hinsichtlich des spirituellen Erwachens noch ziemlich naiv war, erkannte ich, daß dies Kräfte aus einem tieferen Bereich in meiner Psyche waren, und hatte die Eingebung, mich im Inneren zu fragen: «Wer ist hier zuvor gewesen und hat dieses Gebiet beherrscht?» Augenblicklich wußte ich, daß dies Jesus gewesen war, obwohl ich die Evangelien des Neuen Testaments in meinem ganzen Leben nur einmal gelesen hatte. Zugleich hatte diese einzige Lektüre etwa einen Monat vor dieser Öffnung stattgefunden. Ich weiß noch, wie ich an bestimmten Textstellen beim Lesen weinte, ohne eigentlich zu verstehen, warum. Die Eingebung, das Bewußtsein, das Jesus verkörpert hatte, intuitiv zu erfassen, ist ein Beispiel, das auf den inneren Lehrer verweist. Indem ich meine Intuition auf Jesus ausrichtete, rief ich eine zuvor unbewußte Ebene der spirituellen Integration herbei, die mich durch diese Zeit geführt hat und auch weiterhin mein Leben und meine Arbeit bereichert.

Für das Bewußtsein des Ersten Wunders ist es höchst verführerisch zu wünschen, daß die Gegenwart eines lebenden spirituellen Meisters augenblickliche Erleuchtung verleihe. Der Mensch des Ersten Wunders ist es gewöhnt, sich über Jahrhunderte hinweg schwer erarbeitetes Wissen durch bloßes Auswendiglernen anzueignen, und darum bildet er sich ein, im Schnellverfahren auch zum Zweiten Wunder zu gelangen. Gewisse Lehrer können in einigen ihrer Schüler starke psychospirituelle Phänomene herbeiführen, und dies entspricht ohne weiteres der Erwartung einer augenblicklichen Erleuchtung. Diese Lehrer können zuweilen vielleicht in echten höheren Bewußtseinszuständen aufgehen und sich von dieser hohen Warte aus nicht mehr für konventionelle soziale und materielle Werte interessieren. Bei Menschen des Ersten Wunders, die sich in der konventionellen Selbstreflexion festgefahren haben, gibt es eine Tendenz, dies für eine Demonstration der wahren Freiheit zu halten und dem «erleuchteten» Meister sogar eine noch größere Besonderheit zu unterstellen und damit die wahrgenommene Kluft zwischen der Autorität des Meisters und der inneren Autorität des Schülers noch mehr zu vertiefen. Aber ein Aufgehen im Unendlichen kann ebenso ein Versagen der Fähigkeit zur Beziehung auf der persönlichen, menschlichen und materiellen Realitätsebene sein, wie das Aufgehen in persönlichen und materiellen Interessen ein Versagen der Beziehung zum Unendlichen sein kann.

Starke übersinnliche Öffnungen und energetische Erfahrungen, so intensiv und wunderbar sie auch sein mögen, sind doch etwas ganz anderes als das verkörperte Bewußtsein des Zweiten Wunders. Dieses Bewußtsein ist an sich ganz neu auf der Bühne der Evolution, zumindest soweit es uns Menschen betrifft. Buddha hat vor rund zweitausendfünfhundert, Jesus vor nur zweitausend Jahren gelebt. Es ist doch äußerst überheblich, sich einzubilden, daß die gegenwärtigen frühen Beispiele eines solchen Bewußtseins automatisch in der Fülle komplexer sozialer und kultureller Beziehungen gelebt werden könnten. Von dieser Überheblichkeit sind viele spirituelle Lehrer und Gemeinschaften durchdrungen, einer Überheblichkeit, die, wie ich glaube, auf der zentralen Hybris beruht, daß die Erleuchtung ein endgültiger Zustand, eine endgültige Leistung der bewußten Entwicklung sei. Ich meine, wir sollten die ganze Idee der Erleuchtung lieber aufgeben, es sei denn, wir verstünden sie als einen Prozeß der ständig sich entwickelnden individuellen und kollektiven Verkörperung, oder Fähigkeit, des Bewußtseins. Wenn wir irgendeine spirituelle Lehre oder irgendeinen Lehrer überprüfen, dann müssen wir danach fragen, ob das Umfeld und die Beziehungen, in deren Rahmen das Lehren stattfindet, ein reifes Bewußtseinsvermögen in den Menschen erzeugen, die sich dieser Lehre unterziehen, und dies muß sich ausdrücklich in psychischer Reife widerspiegeln. Kurz: Worin besteht die Fähigkeit zur Beziehung? Spirituelle Erfahrungen und Kräfte wie Visionen, Zustandsveränderungen und starke energetische Empfindungen sind sinnlos, wenn sie nicht mit der wahren Fähigkeit verbunden sind, die Fülle des täglichen Lebens und die irdischen menschlichen Beziehungen in all ihrer Komplexität anzunehmen. Die Flucht in den Mystizismus des subjektiven Bewußtseinspols – der Welt der spirituellen Erfahrungen und Kräfte – wird uns wohl genausowenig erretten wie die Flucht in den Mystizismus des objektiven Pols, der Welt der Wissenschaft und ihrer Verheißungen. Beide müssen in jedem von uns zusammenkommen, um die zwei Seiten derselben Medaille der Ganzheit zu werden.

~ ~ ~

Im Universum gibt es unbestreitbar eine Intelligenz. Dieses Wissen ist das wahre Geschenk des menschlichen Bewußtseins, wenn wir uns der Beschaffenheit des Universums, in dem wir sind, zuwenden und sie wahrnehmen. Wir erkennen sie in der Bildung von Galaxien, in der Entstehung der Erdatmosphäre, im Gleichgewicht von Ökosystemen – sie ist buchstäblich überall. Unabhängig davon, ob wir es wissen oder nicht, werden wir alle in dieser Intelligenz geformt, und wenn wir lernen, wie wir darauf hören sollen, können wir es zulassen, daß unser Leben mehr und mehr der Ausdruck dieser Intelligenz wird. Eigentlich sind wir nie allein, nie wirklich isoliert. Für jeden, der beobachtet, wie sich einzelne Menschen auf ihrer spirituellen Reise entfalten, ist diese Intelligenz einfach wunderbar.

Oft, habe ich gesagt, drückt sich diese Intelligenz für uns direkt in Träumen und Visionen aus. Besonders ein Traum hat mein Leben nachhaltig beeinflußt und wirkt sich auch weiterhin in allem aus, was ich lehre. Diesen Traum hatte ich wenige Monate vor Ostern 1987. Bei der Schilderung dieses Traumes werde ich die Entwicklung des Erkennens etwa genauso wiedergeben, wie sie sich seither in mir abgespielt hat:

Ein Meistermusiker schickt sich an, eine Darbietung zu geben. Im Traum habe ich keinen Körper oder irgendeinen spezifischen Ort des Bewußtseins – ich bin nichts weiter als Augenzeuge. Ich beobachte die technischen Vorbereitungen, die am Instrument des Meisters vorgenommen werden. Das Instrument sieht wie eine riesige Geige oder ein Riesencello aus und nimmt die ganze Stirnseite des Auditoriums oder Konzertsaals ein. Es liegt auf dem Rücken, und die Saiten sind oben. Der Hals des Instruments schaut gerade noch aus dem Boden heraus, aber der Körper ist in die Erde eingebettet. Während die Saiten gezupft oder gestrichen werden, sehe ich, wie sich die Schwingung durch den Körper auf die Erde überträgt. Techniker sind am Werk, um das Instrument zu stimmen. Während sie dies tun, spüre ich, daß der Schall die ganze Erde in Resonanz versetzt und daß die Erde ihrerseits das Instrument stimmt.

Plötzlich steht der Meistermusiker unvermittelt vor mir und schaut mir direkt ins Gesicht. Er ist weißhaarig, weder streng noch freundlich, eine sehr gebieterische Erscheinung. Er sagt: «Jesus war ein Enneas. Er hat nie versucht, Gutes zu tun. Er hat nie versucht, irgend jemanden zu heilen.»

Gleich darauf ist das Gesicht des Meistermusikers verschwunden, und auch alles andere ist weg. Eine Erkenntnis stellt sich ein, die sehr schwer zu beschreiben ist. Da ist nichts weiter, keine lokale Empfindung von Sein, nur eine Bewegung, als ob man durch Raum oder Leere fiele, wie zwischen den Dimensionen. Da ist kein Gefühl, nur Bewußtsein. Und dann sagt eine Stimme, die überall ist – es kann meine eigene, die Gottes oder die des Meistermusikers sein: «Wie kann ich dich heilen?» Mit dieser Frage, die irgendwie auch eine Feststellung ist, tauche ich im wachen Bewußtsein auf.

Nach dem Erwachen hatte ich zuerst den Eindruck, vor einem Rätsel zu stehen, aber der Nachhall der Frage «Wie kann ich dich heilen?» beunruhigte mich. Ich war damals gerade vierzig Jahre alt und befand mich gesundheitlich in einer heiklen Phase. Innen wie außen hatte es eine Menge schwerwiegender Veränderungen gegeben. Daher veranlaßte mich diese Frage, darüber nachzudenken, was ich vom Dasein erwartete. Glaubte ich vielleicht, ich sei krank? Wollte ich heilen? Es war etwas ganz anderes, wenn ich über Leiden im Kontext meiner Lehre sprach, aber nun wurde mir klar, daß ich begonnen hatte, mich mit meinem eigenen Leiden zu identifizieren. Der Traum veranlaßte mich, wieder einmal durch den Spiegel meiner Erfahrungen hindurchzuschauen.

Der Traum warf eine weitere, vielleicht sogar wichtigere Frage auf: Versuchte ich etwa noch immer, auf irgendeiner Ebene Gutes zu tun, andere zu heilen? War es eine Variante des gleichen Impulses, andere zum erwachenden Bewußtsein zu berufen? Ich sage: auf irgendeiner Ebene, denn ich hatte schon vor langer Zeit das Heilen als ein Ziel meiner Arbeit aufgegeben, auch wenn es sich weiterhin um mich herum vollzog. Gleichwohl hat der Wunsch, meine Arbeit möge dem Leben anderer Menschen dienen, mir oft das Gefühl genommen, in Beziehung zur Unendlichkeit zu stehen. Leiden zu lindern und Bewußtsein zu erwecken, das wurde oft ein endlicher Maßstab für den Wert meiner Arbeit. Daher war die Aussage im Traum: «Jesus hat nie versucht, Gutes zu tun. Er hat nie versucht, irgend jemanden zu heilen» eine verblüffende Erklärung von etwas, was ich bereits intuitiv glaubte, dem ich aber in meinem eigenen Leben nicht ganz vertraut hatte. Da ich sah, daß das Heilen aus einer spontanen und ungehinderten Lebendigkeit heraus geschah, daß es ebensosehr Gnade wie das Ergebnis irgendeiner spezifischen Anstrengung war, hatte ich lange Zeit davor gewarnt, das Heilen zu einem Ziel der spirituellen Arbeit zu machen. Aber es als Ziel abzulehnen, ist eben nicht das gleiche, wie die tiefere Wurzel des Heilens zu bejahen.

Der rätselhafteste Aspekt des Traums lag für mich in der Behauptung, Jesus sei ein Enneas gewesen. Zunächst konnte ich das Wort nicht einmal richtig schreiben. In meinem Tagebuch gebrauchte ich die Formen En-yus und Aenyeus. Ich habe zwar viele Wörterbücher, aber unter diesen Schreibweisen und anderen Varianten konnte ich es nicht finden. Mehrere Monate später blätterte ich dann in einer neuen Ausgabe des *Thomas-Evangeliums*. Sie enthielt Interpretationen des Evangeliums sowie damit zusammenhängende Aufsätze anderer Autoren. Während ich las, stieß ich auf einige unbekannte Wörter und blätterte weiter, um zu sehen, ob es vielleicht ein Glossar gab. In diesem Augenblick wußte ich, was ich gleich finden würde. Und tatsächlich befand sich im Glossar – unter E – das Wort Enneas. Dazu hieß es: «Der/die/das Neunte, eine Ebene oder Dimension des Seins, somit ein Aion.» Enneas stammt aus dem Koptischen, einer Mischung aus Altgriechisch und Ägyptisch, das in den frühen Jahrhunderten nach der Zeitenwende im Umkreis von Alexandria gesprochen wurde. Die bei Nag Hammadi gefundenen Handschriften, zu denen auch das *Thomas-Evangelium* gehört, waren in koptischer Sprache verfaßt.

Und augenblicklich ließ sich diese Definition in meinen Traum einbauen: Jesus war «eine Ebene oder Dimension des Seins, ein Aion». Ein Aion ist die erste Ebene, auf der Gott, das Absolute, das Unerschaffene auf jede Weise intuitiv erfaßt oder symbolisch dargestellt werden kann. Das Aion ist eine Manifestationsebene des Absoluten vor Jahwe, dem Gott des Alten Testaments. Einige Jahre nach dem Traum las ich Jungs Werk *Aion*. Aber so interessant ich Jungs Gedanken fand, erweiterten sie doch nicht mein intuitives Gefühl von dem Traum. Es genügt mir, weiterhin und immer wieder meine eigenen Handlungen und Motive nach der Intuition von Jesu Bewußtsein auszurichten als einem Zustand, aus dem sich Güte und Heilung spontan ergeben.

Das entscheidende Geschenk des Traums ist die Erkenntnis, daß Ganzheit aus ihrem eigenen Wesen heraus Ganzheit erzeugt. Das Bewußtsein des Ersten Wunders wird immer versuchen, Situationen zu manipulieren und irgendeine Modifikation von Erfahrung zu erzeugen, die sich irgendeinem vorgestellten Ideal von Ganzheit anzunähern versucht. Hier versteckt sich das Ich in freundlichen und gütigen Handlungen, insbesondere in der Verkleidung des Heilers, ja sogar auch des Lehrers.

Es ist fraglich, ob Güte auf der Ebene des Bewußtseins des Ersten Wunders überhaupt möglich ist. Bewußtsein von Güte ist möglich, aber nicht das Vermögen, gut zu sein oder Gutes zu tun. Immer wenn ich mir darüber klar werde, bringt mich das schockartig zum Glauben zurück. Mitten in meiner Lehrtätigkeit oder während ich mich jemandem zuwende, der leidet, gibt irgend etwas in mir nach, und die Aufmerksamkeit wird offen, zugewendet. Das ist das, was ich die heilige Aufmerksamkeit nenne. Ich handle zwar weiterhin, aber der Handelnde ist bewußt geworden und wird in jedem Augenblick der Unendlichkeit anheimgegeben. Ich leugne ja nicht, daß wir verpflichtet sind, einander zu ehren und mit Würde und Fürsorge zu behandeln, und daß dies Handlungen erfordert, die dem Wohlbefinden anderer dienen. Aber diese Pflicht ist kein moralischer Imperativ, nach dem wir unser Verhalten ausrichten müssen. Sie ist die Erkenntnis unseres wahren Wesens als individuelle Teile einer miteinander verbundenen Ganzheit. Diese Erkenntnis erzeugt Ganzheit.

Wenn wir den anderen zu einem Objekt der Not machen, machen wir uns gleichzeitig zum Objekt der Güte: zum Helfer, Freund, Heiler, Menschheitsbeglücker, Philanthropen und so weiter. Wieder leben wir in einer unvollständigen Beziehung sowohl zum anderen wie zu uns selbst. Wenn man das Heilen und die Güte für Ziele einer spirituellen Reise hält, wird man immer wieder den fundamentalen Egoismus auslösen und verstärken, der stets auf Sicherheit, Antworten, Richtigkeit und so fort bedacht ist. Ich habe in diesem Buch durchweg erklärt, daß

das Verhalten des Ersten Wunders im Prinzip gott-los ist. Selbst-
bewußt ausgeübte Güte ist unvermeidlicherweise ein Übergriff
auf die angeborene Ganzheit des Empfänges dieser vorgeblichen
Güte. Und es ist ein Übergriff gegen uns selbst. Wir werden in
solchen Handlungen subtil definiert, und zwar nicht nur weil
wir damit eine falsche Identität als Helfer oder Lehrer erzeugen,
einen weiteren falschen «Ort, an dem wir unser Haupt hin-
legen», sondern weil wir auf dem Dualismus von Gut und Böse
beharren, der dann die nächste Generation von Idealen und
Zielen zeugt, für die sich das Ich engagiert und selbstverwirk-
licht. Um diesen Teufelskreis zu durchbrechen, müssen wir zumindest einmal bereit sein, die Möglichkeit unserer eigenen, uns
selbst dienenden Zwecke einzuräumen und in der Spannung zu
leben, daß wir eigentlich nicht wissen, wem wir wirklich mit
unseren Bemühungen dienen.

Wie sollen wir also handeln, damit das Ganze gut ist? Ich
bin mir nicht sicher, ob wir dies wissen können, aber wenn
wir lernen, mehr über uns selbst zu wissen, und soviel wie
möglich von unserer eigenen Ganzheit ausgehen, ist dies vermutlich der beste Ausgangspunkt. Wir müssen aufhören, so zu
tun, als wären wir gute Menschen. Walt Whitman hat gesagt:
«Das Alter quält das Alter – es zeigt das Beste und verteilt das
Schlechteste.» Es ist aber auch nicht so, daß wir schlechte Menschen sind: Unser Bewußtsein von uns selbst wie von unserer
Welt ist einfach begrenzt. Letztlich wissen wir nicht, was gut
oder schlecht ist. Darum ermahnt uns Jesus, dem Bösen nicht
zu widerstehen. Er wollte damit nicht sagen, daß wir einen
Hitler tolerieren sollen. Hitler mußte aufgehalten werden, weil
er gegen jedes Lebensprinzip verstieß. Ich glaube, Jesu Bemer-
kung galt einer inneren Dynamik, in der der Widerstand gegen
das Böse letzten Endes das Grundbewußtsein des Ersten Wunders bejaht, das stets Gut und Böse erzeugt. Vor kurzem habe ich
erfahren, daß Thomas Merton gern die Frage stellte: «Worin
bestand Adams Sünde?» Mertons Antwort: Adam habe versucht,
Gutes zu tun. Adam habe geglaubt, er könnte alles besser machen. Wenn wir in unserem inneren Leben etwas fühlen, was
uns über uns selbst erschrecken läßt, dann haben wir uns – sobald
wir dagegen Widerstand leisten – einer Unendlichkeit von Ur-

teilen und Reaktionen übereignet, die für immer verhindern kann, daß wir eine fundamentalere Ebene unserer eigenen Ganzheit wahrnehmen. Nicht zu widerstehen, erfordert die Intuition von etwas, was jenseits jeder Selbstwahrnehmung liegt. Nicht zu widerstehen impliziert einen tieferen Glauben. Wenn wir miteinander gut umgehen sollen, müssen wir zunächst jene Ebene des Bewußtseins betreten, auf der «wir selbst unser Nächster» sind. Dies ist unsere evolutionäre Bestimmung.

Bis dahin werden wir zweifellos viele Fehler begehen. Wir stellen bereits fest, daß staatliche Wohlfahrtsprogramme wahrscheinlich genausosehr die Armut verstärken, wie sie die menschliche Würde aufrechterhalten. Der Impuls ist richtig, aber die Objektivierung von Menschen ist das Problem. Der Impuls, füreinander zu sorgen, geht von unserem Wesen des Zweiten Wunders aus. Aber wenn wir versuchen, Programme zu institutionalisieren und die Not wie die Nächstenliebe zu objektivieren, bekommen wir Probleme, weil wir Menschen objektivieren, statt eine echte Beziehung herzustellen. Wir gehen das Problem des Leidens noch nicht auf eine Weise an, die die Menschen wirklich stärkt, so daß das Problem immer wiederkehrt. Welche Art von Beziehungen wollen wir von anderen als Reaktion auf unser Leiden, auf einer persönlichen Ebene, die wir alle schon erfahren haben oder noch erfahren werden? Wenn ein Mensch sehr krank ist, weiß er – ganz gleich, ob er es nach außen hin zeigt oder nicht –, daß Besucher, die nur oberflächliche Konversation machen und so tun, als wäre alles normal, sich oft selbst schützen. Dieses Verstellen ist ein Vermeiden von Beziehung, das das Potential mindert, sich in Gegenwart des anderen wohl zu fühlen, dort, «wo zwei oder drei versammelt sind». Selbst Handlungen der direkten Fürsorge, wie das Säubern und Füttern eines kranken Menschen, können eine Form des Selbstschutzes sein, ein Vermeiden von wirklicher Beziehung. Ich habe viel Zeit mit Menschen in der letzten Phase ihres Lebens verbracht, und oft haben sie mir anvertraut, wie tief sie doch jede Art von Unehrlichkeit belaste. Jedwedes Verhalten, das Tod und Leiden zu tarnen sucht, beeinträchtigt die wirkliche Beziehung, die uns in solchen Zeiten zusammenbringt. Wir ehren einfach nicht den anderen, wenn wir in ihm nichts weiter als ein armes, krankes oder verängstigtes Objekt sehen und uns unserer eigenen endlichen Schwäche nicht ehrlich stellen. Wir müssen zusammen die Verlegenheit und Erniedrigung unseres Ich in der heftigen Aufforderung des Lebens erleiden, wenn wir zusammen vom Brunnen der zur Unendlichkeit strömenden Beziehung trinken wollen.

Darum meine ich, daß das Beispiel einer spirituellen Heldin wie Mutter Teresa manchmal ebensoviel Schaden anrichten wie Gutes tun kann. Wenn unser Ego sich nicht darüber im klaren ist, daß ihr Verhalten organisch von der Enneas-Dimension ausgeht – ihrer tiefen Beziehung zum Geliebten, zu Jesus, in ihr selbst –, dann objektiviert es ihre guten Handlungen und macht sie zu Teilen eines edlen Ideals. Die Enneas-Dimension ist zwar potentiell in uns allen, läßt sich aber nicht durch Idealismus erreichen. Wenn wir Mutter Teresa oder andere tief geweihte Menschen wegen ihres heldenhaften Lebens erhöhen und ihnen dann aus einer idealistischen Vorstellung von Güte nacheifern, haben wir in Wirklichkeit nicht bis zur tieferen Ganzheit durchgeblickt. Auf welche Ebene der Beziehung zu uns und unserem inneren Geliebten sprechen wir wirklich an? Ohne es zu merken, haben wir uns in der uralten Polarität von Gut und Böse für eine Seite entschieden. Der Idealismus ist eine der großen Plagen der menschlichen Seele. Wir müssen unseren eigenen authentischen Ausdruck des Enneas-Auftrags finden, indem wir tief und in totaler Reinheit leben und keine Zuflucht zu Idealen nehmen, auch nicht zu den edelsten. Ist denn jemand, der sich um die Armen, die Kranken und die Außenseiter kümmert, in irgendeiner Weise heroischer als jemand, der sich bemüht, eine langjährige Ehe oder irgendeine langfristige, engagierte Beziehung reifer zu machen? In meinem Leben habe ich es als weitaus schwieriger empfunden, diese intimen Beziehungen aufrechtzuerhalten und weiterzuentwickeln, als ich es jemals empfand, wenn ich mich als Arzt um die Nöte von leidenden Fremden kümmern mußte, ja selbst meine heutige Lehrtätigkeit kommt mir nicht so schwierig vor. Die Bandbreite solcher Beziehungen, selbst wenn man sich ihnen tief widmet, ist – im Hinblick auf das Repertoire der jeweiligen emotionalen und psychischen

Probleme wie im Hinblick auf das Ausmaß der Paradoxien und Spannungen in ihnen – von Haus aus schmaler als in einer reifen Ehe von Ebenbürtigen, die sich in gleichem Maße der Unendlichkeit weihen.

Eine Ehe ist eine Beziehung, die uns jeden Tag in die Unendlichkeit zurückspiegelt, inmitten all der Probleme, die es zwischen Menschen gibt. Im allgemeinen fängt die Ehe als Ich-Erfüllung an, als eine Entscheidung zum Glücklichsein, das uns vor Leiden schützt, und wenn wir im romantischen Sinne verliebt sind, ist dies sicher der Fall. Aber im Laufe der Zeit, wenn eine Ehe eine reife spirituelle Beziehung werden soll, werden wir auf immer tiefere Ebenen der Offenbarung unseres Unbewußten gerufen und unseres Potentials zum Selbstbetrug und zur Fähigkeit, den anderen und uns selbst leiden zu lassen. Hier kann uns ein Spiegel vorgehalten werden, in dem uns unbarmherzig gezeigt wird, wie wir die wahre Beziehung zu uns selbst, zu Gott und zueinander vermeiden. Wenn wir unserer Gattin gleiche physische, mentale, emotionale und spirituelle Autorität zugestehen, wie sie uns selbst vorschwebt, und Guru und Shakti, Lehrer und Geliebte füreinander werden, einander immer wieder zur Unendlichkeit zurückrufen, dann ist das für mich wahrhaft heroisch.

Mutter Teresa ist eine Heldin nicht wegen dem, was sie tut, sondern wegen dem, was sie ist und wie sie zu ihrer Vision und zum Dienst am Leben kam. Während das «An ihren Früchten sollt ihr sie erkennen» auf die letzthinige Untrennbarkeit dessen, was wir sind und was wir tun, verweist, müssen wir imstande sein, über die Form allein hinauszuschauen. Ständig sucht das Ich nach einem Bild von sich oder anderen, das seine wahre Unterwerfung unter die Wunde des Bewußtseins verhindert. Wie viele Menschen, die sich stillschweigend in einer spirituellen Ehe bemühen, werden für heldenhaft gehalten? Für mich ist Mutter Teresa nicht aufgrund ihrer Handlungen an sich so bewundernes- und nachahmenswert, sondern insofern sie ihre tiefste Authentizität und den Enneas in sich zum Ausdruck bringt. Doch das weiß nur sie allein. Aber wenn wir sie und andere Menschen wie sie zu einem Ideal erheben, wie es das Bewußtsein des Ersten Wunders tut, dann kann das den Gläubigen genauso leicht gefangenhalten, wie es ihn zur vollen Möglichkeit der bewußten Beziehung befreit.

Das Bild, wie Jesus herumzieht und Heilungen vollzieht, habe ich nie für wahr gehalten. Ich bezweifle nicht, daß er ein tiefgründiger Heiler war und daß einige der Geschichten in der Bibel wahr sind, doch ich bin sicher, daß Jesus nie gewollt hat, daß dieser Aspekt seines Sendungsbewußtseins so wichtig genommen wird. Ich stelle mir vor, wie er jedesmal erstaunt war, wenn die Heilung von selbst erfolgte, und das Wesen der Veränderungen, die sich in ihm vollzogen, immer tiefer verstand. Er war in Beziehung zur Unendlichkeit getreten, und die Unendlichkeit erteilte ihren Segen, den Segen der Intelligenz, die dem Universum innewohnt. Aber ich vermute, wenn Jesus die Notwendigkeit empfand, eine Heilung um des Glaubens seiner Anhänger willen zu vollziehen – eine Versuchung, der er sich zuweilen so gut wie unmöglich entziehen konnte –, da schrie etwas in ihm auf vor Qual.

Der Traum war für mich ein Segen. In meinem Leben wie in meiner Arbeit als Lehrer bin ich immer wieder an entscheidende Punkte geraten, an denen sich die Energie veränderte und eine neue Weihe benötigte. Wäre ich in der alten Weihe verblieben, wäre die Energie wie «neuer Wein in alten Schläuchen» sauer geworden. Jahre zuvor hatte ich durch einen anderen Traum erfahren, daß ich aufhören mußte, Gruppensitzungen abzuhalten. Nach eingehender Gewissensprüfung hörte ich daher auf, sie abzuhalten. Ich begann, sie zu *sein*. Ich lud Partner dazu ein, unterrichtete sie, lernte mit ihnen, und indem ich mich entlastete, war ich in der Lage, im Sein zu fließen statt im Tun. Meine Gesundheit kehrte zurück, und meine Arbeit gedieh. Aber das Ich versucht sich immer wieder zur Geltung zu bringen – ständig besteht die Gefahr, daß es selbst die klarsten Einsichten vereinnahmt, was wieder zur Erstarrung führt.

Durch den Traum von Enneas gelangte ich auf eine ganz neue Ebene, wo ich Ballast abwerfen konnte. Jedesmal, wenn ich mich dabei ertappte, daß ich irgend etwas in meiner Arbeit geschehen lassen wollte, rief ich mir in Erinnerung: «Jesus war eine Ebene oder Dimension des Seins. Er hat nie versucht, Gutes zu tun. Er hat nie versucht zu heilen.» Diese Erkenntnis hat mich wie ein Lied oder Mantra immer tiefer in den radikalen Glauben gelangen lassen. Immer mehr tue ich einfach nichts. Ich bleibe präsent, lasse die Worte kommen, wenn sie wollen, genieße den Umgang mit Menschen und das ganze Spielen und Tanzen unserer gemeinsamen Entdeckung. Ich übernehme die Verantwortung, wenn mein Ich den schlichten, uneingeschränkten Dienst am Uneingeschränkten Augenblick unterbricht – und gebe erneut nach. Der ganz entscheidende Spiegel für mich in alldem ist, wie aus dem oben Gesagten hervorgeht, meine Ehe. In dem Maße, wie sie aufrichtiger wird, wird dies auch mein Lehren, und immer intensiver erlebe ich die Nähe Gottes.

Im Laufe der Zeit wird die Bedeutung des riesigen, in die Erde eingebetteten Cello-artigen Instruments immer wichtiger. Was für eine Musik können wir spielen? Zu was für einem Bewußtsein haben wir denn Zugang, das nicht in Gaia, in der gesamten Natur, eingebettet ist? Inzwischen symbolisiert für mich das Instrument meinen Organismus. Ich bin eingebettet in die Natur, insbesondere in diese Erde, und wenn ich von Gott, dem Meistermusiker, gespielt werde, stimmt die Erde mich, selbst wenn ich sie stimme. Mein Lehren kehrt fortschreitend zurück zur Empfindung des Organismus als einem Ausdruck der ganzen komplexen Dynamik der Beziehungen, die wir Leben nennen. Dieser Traum half mir zu verstehen, wo die wahre Begründung des Transzendenten erfolgen muß: hier, in unserer Verkörperung, in unserem Organismus, in unserer Erde. Der Instinkt ist unser Freund und Wohltäter. Er ist der konzentrierte Ausdruck zahlloser Beziehungen, die sich im Laufe von Jahrmilliarden verkörpert haben. Hier gibt es Verbundensein und Weisheit über unser Begriffsvermögen hinaus. Die Sinnlichkeit ist die Bewegung Gottes und der Natur in unserem Fühlen. Gott fühlt darin. Gott empfindet Schmerz oder Freude in uns. Aber in unserer Freude und in unserem Leiden, in unserem Erleben des Empfindens ist auch die ganze Natur. Wie wir das Instrument unseres Organismus spielen, das spiegelt unser Eingestimmtsein auf die Natur wider und wird seinerseits stets sie stimmen.

Durch diesen Traum bin ich mir darüber klargeworden, daß Gott nicht weiß, wie er uns heilen soll. «Wie kann ich dich heilen?» Gott ist eine Bewegung der Aufmerksamkeit, die für immer in die Unendlichkeit gerichtet ist, für immer durch den Spiegel des Jetzt in die Wurzel des Bewußtseins an sich dringt, das nicht gewußt werden kann. Wenn Gott irgendeine Absicht hat, dann ist dies unsere eigene Absicht. Die Stimme, die meine Stimme war und ebenso die Stimme Gottes, erhebt sich in einem Raum, der vor jedem Selbstgefühl oder jeder Vorstellung von Raum, Zeit oder sonst etwas ist. Wir selbst sind Gott, und wir heilen uns nicht, ja, wir können dies gar nicht. Das Heilen ist die Struktur Gottes, die Intelligenz des Universums, die sich in uns ausdrückt. Wir tun dies nicht. Wenn die Medizin eine Manifestation unserer Vergöttlichung ist, dann heilt sie uns, weil wir eine Intelligenz ausdrücken, die bereits präsent und angeboren ist. Wenn die Medizin sich nur dem Versuch weiht, Gutes zu tun, dann ist sie eine falsche Wissenschaft und richtet genausoviel Schaden an. Wenn wir in unserem Tanzen und Singen und Berühren vergöttlichen, dann stimmen wir ebenso das Instrument des Universums, selbst wenn es uns stimmt. Der Traum hat soviel von dem genommen, was in meinem Leben lebendig war, und es mir auf eine Weise zurückgegeben, die sogar jetzt meine Anbetung und meinen Glauben vertieft.

Jahrelang glaubte ich, daß ich noch nie von dem Wort Enneas gehört hätte, und dann erinnerte ich mich eines Tages daran, daß ich Anfang der siebziger Jahre ein System der menschlichen Persönlichkeitsanalyse studiert hatte, das Enneagramm hieß. Dieses System beschreibt neun Grundtypen der Persönlichkeit, ihre Stärken und Schwächen, ihre einzigartige Musterbildung. Es heißt, das Enneagramm gehe auf antike mystische Quellen zurück. Im letzten Jahrzehnt ist dieses System im Westen ziemlich beliebt gewesen.

Als ich mich mit dem Enneagramm befaßte, dachte ich, daß es darin wertvolle Einsichten im Hinblick auf das Wesen verschiedener Persönlichkeitstypen gäbe, obwohl ich derartige Unterscheidungen stets als künstlich empfunden hatte. Ich fühlte mich jedem Typus verwandt und mehr oder weniger zu allen hingezogen. Doch dies, behauptete der Dozent, bedeute, daß ich Angst haben müsse, mich auf einen Typus zu beschränken. Deswegen wurde ich als Angsttypus etikettiert. Auf der Ebene meines Wesens des Ersten Wunders kann ich akzeptieren, daß dies der Fall gewesen sein mochte und noch sein mag, aber in meinem Wesen des Zweiten Wunders ist Platz für alle Typen.

Wenn ich über den Traum nachdenke, sehe ich Jesus als Enneas: als einen, in dem alle Varianten der menschlichen Persönlichkeit enthalten sind. Etwa genauso, wie aus weißem Licht das Farbspektrum wird, wenn es durch ein Prisma fällt, wird aus Enneas das ganze Spektrum menschlicher Persönlichkeiten, wenn er das Prisma der Inkarnation passiert. Wir können die Persönlichkeitstypen als grundlegend unterschiedlich ansehen, und das Erkennen dieser Unterschiede kann durchaus hilfreich sein bei der Aufklärung von Mißverständnissen im Umgang miteinander. Mit anderen Worten: Die Art und Weise, wie wir uns etikettieren, wird die Basis für die tiefere Beziehung und nicht eine rationale Begründung zur Vermeidung von Beziehung. Und für den Fall, daß wir uns dem Glauben hingeben, wir wären ein bestimmter Typus und hätten einen weiteren Ort, um unser Haupt des Ersten Wunders hinzulegen, könnten wir uns vor Augen führen, daß das Bewußtsein des Zweiten Wunders jener Zustand ist, in dem diese grundlegenden Unterschiede als ein organisches Ganzes zusammenwirken. Unser Selbst des Zweiten Wunders hat Zugang zur fundamentalen Energie jedes dieser Typen und kann sie in Wirklichkeit zum Ausdruck bringen. Sie sind nicht nur im Zweiten Wunder aufgehoben, sondern ich habe bei meiner Gruppenarbeit wiederholt beobachtet, wenn sich die einzelnen Teilnehmer vertiefen und sich die Energie der Gruppe erhöht, dann werden wir paradoxerweise vereint, statt durch unsere Unterschiede getrennt zu sein. Statt einander gleich zu werden, kommt es zu einer wachsenden Authentizität und Einzigartigkeit. Echte Individualität ist die Basis für den Austausch mit anderen.

Merkwürdigerweise hatte ich in der Zeit vor dem Traum eigentlich im Gegensatz zu meiner angeborenen Beziehung zu anderen Menschen und zu meiner eigenen Menschlichkeit die universale Unpersönlichkeit von höherer Energie betont. Aber das höhere Bewußtsein stellt gleiche Anforderungen an unsere Fähigkeit, einander zu erkennen und einander persönlich zu begegnen. Meine Frau Ariel, die ein paar Jahre vor diesem Traum in mein Leben getreten war, konnte diese Entstellung erkennen. Sie hatte mich dazu ermutigt, ja, verlangt, mich natürlicher zu geben. Der Umstand, daß ich Stiefvater eines sechsjährigen Sohns und einer zwölfjährigen Tochter geworden war, ließ gewiß wenig Raum für die Qualität der erweiterten Aufmerksamkeit und unpersönlichen Gleichgültigkeit, die ich kultiviert hatte. Die erhöhte Aufmerksamkeit, die für mich im Zusammenhang mit meiner Arbeit als Lehrer so natürlich geworden war, ließ mich nicht so ohne weiteres zwischen persönlichen und unpersönlichen Beziehungsebenen hin und her wechseln. Kurz: Das Ich hatte die Erfahrung höherer Energie vereinnahmt und auf diese Weise die Beziehung vermieden, statt das ganze Leben zu umfassen. Inzwischen meine ich, daß der Traum, indem er die Natürlichkeit des Seins betonte, nicht nur sagen wollte: «Versuche nicht, zu heilen oder Gutes zu tun», sondern ebenso: «Versuche nicht, einen Aufmerksamkeitszustand für höher oder besser als irgendeinen anderen zu halten. Lebe im Glauben, so daß jeder Augenblick genauso voller Anfang ist wie jeder andere.» Und so, wie ich lebe, erlebe ich genau dies.

Ein letztes Wort

Ich bin mir im Laufe dieses Buches ständig bewußt gewesen, daß sich mein Gefühl gegenüber dem Leser verändert. Die meiste Zeit spreche ich zu all denen unter uns, die sich darüber im klaren sind, daß wir zu einer neuen Bestimmung berufen werden, daß wir es uns nicht leisten können, es weiter hinauszuschieben, uns um unser selbst wie um unserer Welt willen zum Bewußtsein zu verpflichten. Manchmal bringe ich Einsichten zum Ausdruck, die speziell jenen gelten, die in einer dienenden Rolle arbeiten, die Therapeuten, Heiler, Lehrer und Führungspersönlichkeiten sind, Menschen, die das Karma tragen, anderen beizustehen, im Bewußtsein weiterzukommen. Aber heute habe ich mit Kaye gesprochen, einer nahen Freundin im Geiste, die an dem leidet, was ich als die dunkle Nacht der Seele empfinde. Ich merkte, daß ich immer wieder für Menschen wie sie geschrieben habe, Menschen, die aus der Fülle eines hingebungsvollen Lebens diesen Bezirk betreten haben, der sich fast unmöglich beschreiben läßt, einen Ort, an dem wir darum kämpfen, Glauben an unsere eigene Entscheidung zu finden, einen Ort von unaussprechlicher Qual und Gnade. Hier sind wir die Kinder der Evolution, die alchemischen Gefäße der Inkarnation. Auch wenn man dieses Leiden erst beheben kann, wenn die innere Alchemie erfüllt ist, erfreut sich die Seele in Gesellschaft und erholt sich, wenn sie erkannt wird.

Für diesen Ort gibt es keine medizinische oder psychologische Interpretation, keine Behandlung, weder von seiten der westlichen noch von seiten der östlichen Medizin, keine Kräuter, kein energetisches, homöopathisches oder sonstiges naturheilkundliches Mittel. Nur Zuhören, Ruhe und Glaube. Dies ist eine Wunde, die das Ich nicht heilen kann, ein Ort, den wir auf eigenes Risiko erklären oder rational analysieren. Ihn bloß als Leiden oder Depression zu etikettieren, heißt Gottes Tätigkeit in unserer Seele zu leugnen. Niemand wird vor seiner Zeit an diesen Ort berufen, und alle, die sich dort befinden, haben bereits in sich die Möglichkeit, den Übergang zu vollziehen. Wenn die Zeit in wahrer Reife kommt, haben wir alle die Möglichkeit. Jesus sprach: «Ich werde euch auswählen, einen aus tausend und zwei aus zehntausend, und sie werden dastehen als ein einziger.» (23. Logion) Diese Menschen, glaube ich, gehören zu dem einen aus tausend oder den zweien aus zehntausend, von denen Jesus gesprochen hat, aber viele von uns werden jetzt gerufen. Wir leben in einem derartigen Prozeß, in dem es nur die Würde (die einem weitgehend wie Würdelosigkeit vorkommt) des Wartens gibt. Mit ungeheurem Mut und Glauben halten wir unser Herz offen. Hin und wieder werden wir mit einem Traum gesegnet, der uns vielleicht unterweist und unseren Glauben an die Intelligenz des Geistes erneuert. In diesem Bezirk ist jeder von uns letztlich allein, aber zugleich erkennen wir jene, die auch dort gewesen sind. Wenn sich jemand einfach schweigend auf uns einläßt, mit einem von Unwissen erfüllten Schweigen, einem Schweigen, wie es uns nur der Glaube lehren kann, dann kann uns das als lebensrettend erscheinen. Ja, daß jemand sich auf uns im Glauben einläßt, daß jemand, indem er auf unsere Entwicklung setzt, uns nachdrücklich weiterbringt und uns vertraut – ohne eigentlich etwas zu sagen –, das ist eine Freude, die nur schwer zu ermessen ist. Während es meine Absicht ist, zu Menschen auf allen Stufen der Reise zu sprechen, hoffe ich, daß das Schweigen hinter einigen dieser Worte auch für diese tapferen Seelen gewesen ist. Diese Nachtwache, die wir füreinander im dunklen Schmelztiegel der Transformation halten, halten immer mehr von uns für unsere Welt in dieser Zeit des globalen Übergangs ab.

Für mein erstes Buch habe ich neun Monate gebraucht – als man noch nicht mit dem Computer arbeitete. Viele Freunde haben viele Stunden damit verbracht, alle bearbeiteten und veränderten Seiten abzutippen. Ich weiß nicht mehr, wie lange ich am zweiten Buch gearbeitet habe, ein paar Monate weniger, glaube ich, aber ich weiß genau, daß *Der schwarze Schmetterling* in nur neunzig Tagen fertig war. Damals war ich stolz darauf – anscheinend hatten das Gleichgewicht und die Konzentration in meinem Leben einen Höhepunkt erreicht. Alles stimmte, jede Unterstützung, die ich mir nur wünschen konnte, wurde mir zuteil. Vielleicht war es der Kulminationspunkt eines Zyklus, denn kurz darauf war die Hölle los. Der Mann, der ich zu sein glaubte, bekam eine Lektion erteilt, nämlich daß uns das Leben, wenn es will, aus der Fassung bringt und uns mit dem konfrontiert, was wir für unsere spirituelle Entwicklung wirklich brauchen – ob es uns gefällt oder nicht.

Ganz gleich, ob ich schon soweit war oder nicht, ich akzeptierte es. Ich folgte meinem Herzen, heiratete wieder, wurde, wie gesagt, Stiefvater, verließ das Land, das ich liebte, und zog um, weil ich den Kindern etwas Besseres bieten wollte. Seither ist das Leben nie wieder so gewesen, wie es einmal war, in gewisser Hinsicht auch nicht mehr so unkompliziert, wie es damals gewesen war, aber auch nie war es so reich gewesen, wie es geworden ist. Dieses Buch ist untrennbar mit dieser Veränderung verbunden. Ich habe dafür über zwei Jahre gebraucht. Ich habe ein paar Stunden hier, ein paar Tage da abgeknapst, inmitten von so vielen Ablenkungen, in all dem Kummer, Schmerz und Staunen des Alltagslebens, dem Spaß und Streit in der Familie. Ich habe einzelne Abschnitte in verschiedenen Ländern geschrieben, teils zu Hause und teils bei Freunden und sogar bei Fremden. Ich habe im Freien auf der Veranda geschrieben, während mein Sohn Andreas und sein Freund im Pool spielten, so daß ich ihr Lachen hören konnte und sie mich nahe fühlen und zu mir herüberrufen und mir von ihren Abenteuern erzählen konnten.

Vor ein paar Jahren noch wäre dies undenkbar gewesen. Ich hätte für den schöpferischen Prozeß eine ganz bestimmte Umgebung gebraucht. Aber irgendwie – und ich glaube, das werden viele Menschen verstehen, insbesondere Mütter und Geschäftsleute, die viele Dinge gleichzeitig erledigen müssen –, irgendwie gibt es keine ideale Zeit für die Kreativität oder die Wahrheit oder die Ganzheit. Wir müssen sie einfach als Teil unseres Alltags

sehen, sonst geht das Leben vielleicht an uns vorbei. Wenn unser
Herz lernt, damit zu fließen, stellt sich ein großartiges Gefühl
von Freiheit ein. Wenn wir können, arbeiten wir – wenn nicht,
sind wir ganz mit irgend etwas anderem beschäftigt, wozu uns
das Leben aufruft: Es gibt keinen Raum, der mehr oder weniger
heilig oder reich ist als dieser, jetzt.

Ich glaube, dies muß man lernen. Das Wichtigste, was wir
selbst vielleicht lernen müssen, ist langsamer zu werden, so daß
wir auf unser Herz hören und uns von unserem tieferen Wesen
leiten und durchdringen lassen können. Scheint es ein Widerspruch zu sein, daß ich, der ich gerade gestanden habe, bei
welcher Geschäftigkeit und bei welchen Ablenkungen dieses
Buch entstanden ist, vom Langsamerwerden spreche? Für mich
jedenfalls nicht. Ich habe gelernt, die Zeitlosigkeit im gewöhnlichen Leben zu fühlen; ich empfinde inzwischen, daß Spiritualität sinnlos ist, wenn sie sich nicht auch auf unsere simplen
Alltagsaktivitäten erstreckt. Göttliche Normalität: Das Leben ist
voller Paradoxien. Ein Diener des erwachenden Impulses zu sein
und dabei seinen Lebensunterhalt zu verdienen, wird oft als
schmerzlicher Widerspruch empfunden. Ein von Ort zu Ort
ziehender spiritueller Lehrer mit all den Anforderungen dieser
Lebensweise und gleichzeitig ein Familienmensch zu sein, ist
auch nicht so einfach. Das moderne Leben ist rücksichtslos,
wenn es von uns verlangt, die Spannungen in unserem Herzen
und in unserem Leben miteinander in Einklang zu bringen. Das
große Elixier besteht darin, sich bei der Integration derartiger
Spannungen die Zeit zu nehmen, tief in unseren Körper hinein-
zuhorchen. Unser Körper versteht solche Spannungen – wenn
wir nur nicht zu schnell leben. Langsamer zu werden, das ist der
Schlüssel. Vielleicht war dies in der Vergangenheit nicht der Fall
– vielleicht mußten wir uns einst beschleunigen, unseren Verstand so geschickt wie möglich gebrauchen, um zu überleben.
Aber heute nützt uns diese Anpassung nichts mehr. Wir müssen
unserem Verstand eine Pause gönnen, damit er sich mit uns die
Zeit nimmt, dem Geliebten in unserem Herzen zu begegnen.
«Langsamer!» ist der große Aufschrei unserer Seele, und das ist in
unserer heutigen Welt gar nicht so einfach. Paradoxerweise heißt
das nicht unbedingt, weniger zu tun – hier geht es um den Ort,

von dem unser Tun ausgeht. Sind wir Jünger der Angst oder Jünger der Ganzheit und Liebe?

Die Zeit für unsere Seele ist so kostbar. Wenn wir nicht wirklich verstehen, wie wir die zeitlose Gegenwart in der Fülle unseres oft hektischen Alltagslebens verspüren sollen, dann muß es unsere erste Priorität sein, uns Zeit zu nehmen. Zeit zu kaufen, trifft es noch besser. Wir kaufen uns Zeit, wenn wir weniger Geld ausgeben, aufhören, unsere Zukunft mit Schulden zu belasten, wenn wir uns nicht von einem schicken Auto verführen lassen, wenn wir uns mit einem kleineren Haus zufriedengeben, wenn wir mehr mit anderen teilen, statt so viele überflüssige Dinge anzuhäufen. Was wir sparen, müssen wir in uns selbst investieren, in unsere spirituelle Entwicklung. Wir müssen ein neues Ja lernen, eine radikale Selbstsucht, die besagt: «Wenn ich das Gefühl für den Geliebten in mir selbst verloren habe, kann ich in meiner Arbeit oder in meinem Leben nicht der Jünger der Liebe sein. Ich kann keine weisen Entscheidungen treffen oder der Diener der tieferen Intelligenz sein.» Wenn wir uns teilweise vom finanziellen Druck freimachen und uns so diszipliniert verhalten, um uns durch andere Formen des Drucks in Trab zu halten, nein zur Wochenendarbeit und ja zur offenen, nichtverplanten Zeit sagen, werden wir in uns reich. Das ist wahrer Reichtum. Das ist ein Reichtum, der unsere Umwelt nicht überlastet, der unsere Welt nicht zerstören würde. Etwas wartet auf uns, wenn wir den Raum schaffen – nachdem wir unsere Angst vor Leere überwunden haben. Es ist ein spiritueller Reichtum, ein Reichtum des Herzens. Ich empfinde ihn immer mehr, während ich das Gefühl habe, daß mein eigenes Leben immer aufrichtiger wird. Walt Whitman schreibt, daß das «Ungesehene vom Gesehenen bewiesen» wird. Mein Gebet für uns alle lautet, daß unsere Beziehung zur Fülle, die Gott ist, in der Reinheit all unserer Beziehungen gesehen werden möge, in der Art und Weise, wie wir Raum schaffen in unserem Leben, um den Geist so tief in jeden unserer Atemzüge kommen zu lassen, in unsere Fähigkeit, von ganz wenig erfüllt zu sein. Ich bin zwar nicht immer das beste Beispiel dafür, aber jedesmal, wenn ich sehe, wie ich eine tiefere Verbindung zu mir gegen irgendeine unnötige Aktivität oder eine unnötige materielle Erwerbung

eintausche, sage ich mir sanft: «Dies ist nicht der Weg.» Unsere
moderne Welt hat sich unbarmherzig dagegen verschworen, und
daher müssen wir wachsam sein. Aber mit jedem Schritt in
Richtung der wahren spirituellen Reinheit werden wir mit der
lebendigen Gegenwart belohnt. Wir werden von einem unsicht-
baren Strom getragen, und immer weniger fehlt uns irgend
etwas anderes.

Vor nicht allzu langer Zeit befand ich mich in Hamburg und
hielt einen Vortrag, oder vielmehr: ich sollte einen Vortrag halten. Es fiel mir sehr schwer zu sprechen. Für mich war die Stille
unangenehm – ich spürte, wie die Zuhörer erwarteten, daß ich
wie vorgesehen eine Vorlesung hielt. Aber ich hatte gesagt, was
ich sagen konnte, und das war einfach dies: «Wenn wir spüren
und wirklich darauf vertrauen könnten, daß das, was uns in
diesen Hörsaal gebracht hat, bereits in unserem Leben am Werk
wäre, daß der Wunsch, mich zu hören, nur ein Vorwand für unser
Zusammenkommen wäre, daß wir eigentlich hier zusammenge-
kommen wären, um einer tieferen Intelligenz zu gehorchen,
wenn wir bereits Jünger der neuen Möglichkeit wären, würden
wir uns zwar vielleicht nicht als vollkommen oder als erlöst
empfinden, aber wir würden um die Leichtigkeit und den Frieden in unserem Herzen wissen.» Und wir würden aufhören,
Angst zu haben, und vielleicht auch aufhören, in spiritueller
Hinsicht so schwülstig zu sein. Ich konnte spüren, daß dies
einfach zu simpel war, daß es für viele Menschen komplizierter
und außergewöhnlicher hätte sein müssen. Die Reise ist noch
immer so narzißtisch zentriert, hat noch soviel mit einer persönlichen Fertigkeit, persönlicher Erleuchtung zu tun. Nun, warum
auch nicht? Schließlich sind wir Menschen. Aber solange wir in
unserer persönlichen Fertigkeit nicht einen Dienst an einem
größeren Prozeß erblicken, wird keine unserer Fertigkeiten uns
wirklich frei machen.

Ich hatte diese Überzeugung aus dem tiefsten Ort in mir
heraus geäußert, und mein Herz floß über – ich konnte nichts
mehr sagen. Da stand plötzlich eine Frau auf und sprach von der
Arbeit, die sie mit mir vor ein paar Jahren getan hatte. Sie sprach
davon, wie sie den Mut entdeckt habe, am Leben zu sein, von
einem Tag zum anderen. Sie sprach davon, wie sie gelernt habe,

daß die Angst wie die Hoffnung Lügen seien. Nun lebe sie nur noch jeden Tag die Wahrheit ihrer Erfahrung. Da erkannte ich sie – eine Frau mit fortgeschrittenem Brustkrebs, der man zu der Zeit, als wir uns kennenlernten, gesagt hatte, daß sie nur noch wenige Monate zu leben hätte. Aber da stand sie nun, noch immer am Leben, und brachte mir so ein Geschenk zurück. Nachdem sie geendet hatte, stand ein Mann neben ihr auf und sagte, er sei ihr Partner. Er sagte, ihr Gesundheitszustand sei zwar noch immer labil, aber das Leben mit ihr sei nun immer eine völlig neue Erfahrung, sie sei eine Inspiration in seinem Leben geworden. Auch er dankte mir persönlich. Im Saal standen noch ein paar andere Menschen auf und sagten ähnliche Dinge. Ich konnte es kaum fassen. Sie waren tatsächlich Jünger der Lehre. Zusammen hatten wir einen Weg gewiesen, und da war ich nun auf der Bühne, und sie waren im Zuschauerraum, und jeder von uns lebte die Arbeit und wurde dabei transformiert.

Wir brauchen einander für diese Reise – wir müssen einander in der Fülle begegnen. Wir dürfen nicht mehr die Jünger der Angst sein. Wenn wir spüren, wie wir dahinhasten, uns unter Druck fühlen, immer mehr zu tun, dann können wir sicher sein, daß die Angst in unser Herz gekrochen ist. Die Liebe ruft uns immer dazu auf, in uns selbst langsamer zu werden. Wenn wir das tun, werden wir vom Frieden gesegnet. Je größer die Energie, desto mehr Schweigen müssen wir ihr zukommen lassen, und dann wird unser Wissen umfassender, und wir bringen mehr zustande, ohne uns zu bemühen. Wenn nicht, entdecken wir, daß wir uns äußerlich immer mehr beschleunigen, immer mehr brauchen, immer mehr tun und uns leer und ängstlich fühlen. Für diejenigen von uns, die gelernt haben zuzuhören, wird der Weg immer einfacher. Daß es ein anstrengender Weg ist, spielt kaum eine Rolle. Ich bete darum, daß er uns immer mehr abverlangt und daß wir es mit offenem Herzen geben.

In den nächsten Jahren werden wir sehen, wie sich unser Leben auf allen Ebenen immer mehr verändert. Die Beschleunigung des Geistes wird weiterhin zunehmen. Weil es eine universale Energie ist, wird sie alles beleben, das Beste wie das Schlimmste von uns. Sie wird einige erleuchten, andere deprimieren. Die einen heilen, die anderen krank machen. Sie wird uns selbstsüchtig oder selbstlos machen, je nachdem, ob wir Jünger der Angst oder der Liebe sind. Dies ist ihre Gnade und unsere Hoffnung. Sie wird uns zur Ganzheit hin tragen, auf die eine oder andere Weise, und dabei jede Struktur und jede Form in Frage stellen. Wir werden entweder Jünger sein, die bereichert, oder Opfer, die überrollt werden. Vor einigen Jahren, als ich mich gerade mit all den Veränderungen in meinem Leben abmühte, erkannte ich, daß ich vielleicht nicht in der Lage wäre, so ungeheure persönliche Veränderungen und all den damit verbundenen Streß zu verarbeiten, ohne krank zu werden. Doch selbst als mir dieser ängstliche Gedanke kam, wußte ich, daß unser tieferes Sein sich nur für die Krankheit entscheiden wird, wenn sie der beste oder der einzige Weg ist, der ihr geblieben ist. Wenn dies der Fall wäre, vertraute ich darauf, daß es die denkbar intelligenteste Anstrengung wäre, mich zu einer neuen Integration zu bringen. Ich öffnete mein Herz dem Mysterium und überließ das Wie Gott und meiner Seele − die Angst verflog.

In den nächsten Jahren wird es nur wenige äußere Wegweiser oder Strukturen geben, die stabil genug wären, damit wir uns danach richten könnten − außer der Umwelt. Unternehmen, Regierungen, Kirchen, soziale Organisationen werden alle in ungeheure Bewegung geraten. Nur die Umwelt wird uns zeigen, und zwar mit unerbittlicher Aufrichtigkeit, ob wir echte Jünger geworden sind oder unseren kollektiven Ego-Trip fortsetzen. Wir müssen uns, so gut wir irgend können, nach der Umwelt richten − was für die Erde gesund ist, ist auch für uns gesund. Bei diesem Bemühen werden wir weiterhin von Eigeninteressen und der Unterschiedlichkeit unserer Fähigkeiten heimgesucht werden, die Intuition zu respektieren, die wir alle im Hinblick auf die Gesundheit der Umwelt verspüren. Aber ob wir uns dafür entscheiden, aus unserem freien Willen heraus darauf zu hören und zu gehorchen, oder dazu von den Veränderungen der Erde gezwungen werden − am Ende werden wir unsere Pflicht akzeptieren, den ganzen Planeten zu hegen und zu pflegen.

Trotz aller äußeren Veränderungen werden unser Körper und unsere Fähigkeit, zu fühlen und bewußt zu sein, die einzige sichere und unbestreitbare Wahrheit sein, die wir alle heute, im nächsten Jahr und in den kommenden Jahrzehnten haben werden. Wir müssen lernen, auf uns selbst zu hören, indem wir durch die scheinbar chaotische Turbulenz der Veränderungen hindurch auf das tiefere Ich-Sein hören. Wie die Umwelt der Erde wird es uns vielleicht nicht sagen, was wir hören möchten, aber es wird uns nie belügen. Es ist der Kern, der die Angst abwirft, und es ist der Jünger der Liebe. Seine tiefste Wahrheit ist die Vertrautheit. Vertrautheit und Vielfalt sind das Herz unseres Universums. Aus der Vertrautheit von Wasserstoff- und Sauerstoffatomen entsteht Wasser, welches seinerseits die Ozeane bildete, in denen das Leben geboren wurde. Uralte Traditionen erkannten die Vertrautheit der vier Elemente Luft, Wasser, Erde und Feuer. Inzwischen besitzen wir zwar ein viel umfassenderes Wissen über diese Elemente, aber wir haben das Gefühl für die Integration zwischen ihnen verloren. Wenn wir unsere eigene Jüngerschaft betrachten, müssen wir immer wieder um unsere persönliche Fähigkeit zur Vertrautheit, unsere Fähigkeit zum gesunden Timing bitten, um unser Herz der großen Vielfalt des Lebens und der Menschen zu öffnen. Es geht nicht mehr um das biologische Überleben im Kampf mit der Natur – unsere Zukunft hängt von der psychischen Reife ab. Welche Spiritualität wir auch immer bekunden, sie muß uns zu den weisesten psychischen Anpassungen hinführen. Dies ist eine gute Frage, die wir wie eine Lupe dazu benutzen können, um durch sie die unaufhörlichen Entscheidungen zu überprüfen, die wir in unserem Leben treffen müssen: Führt diese Entscheidung, diese Handlung, dieses Verhalten zur größten psychischen Reife?

Die Basis für alle psychischen Anpassungen liegt zunächst in der Familie. Eine gesunde Familie ist das beste Umfeld, um uns auf ein höheres Leben vorzubereiten. Ich spreche gar nicht von einer idealen Familie. Da das heutige Leben die Familienstruktur in Frage stellt, müssen wir die Dinge nicht in Richtig und Falsch polarisieren – es gibt nun einmal keine ideale Familie. Sobald wir entdecken, daß wir von Idealen sprechen, wo auch immer, können wir sicher sein, daß wir in unserem Intellekt, nicht in unserem Herzen sind. Könnten wir uns wirklich des heiligen Wertes der Familie bewußt geworden sein, wenn wir nicht so dagegen verstoßen hätten? Ich glaube nicht. Wenn wir endlich die Folgen erkennen, die zerbrochene Familien für uns alle haben, werden wir wieder auf die Gesundheit unserer Familien und Gemeinschaften achten wollen. Und hier, meine ich, haben wir einen wichtigen Wegweiser für die Wirtschaft vor uns.

Die erfolgreichen Unternehmen, die in den nächsten Jahrhunderten an Bedeutung gewinnen werden, werden die intelligentesten Menschen anziehen, weil sie die Intelligenz des Körpers und der Familie fördern. Diese erleuchteten Organisationen werden für mehr Freizeit sorgen, denn ein ausgeruhter Mensch kann seine Anlagen am ehesten entfalten. Sie werden mindestens ein freies Reifejahr sowie ausgezeichnete Kinder- und Jugendfürsorge anbieten, so daß jeder Mitarbeiter weiß, daß die Arbeit von heute nicht auf Kosten der Ganzheit der nächsten Generation getan wird. Erleuchtungsbereiche werden zum Meditieren, Musikhören, für Körper-Geist-Übungen oder einfach zum Ausruhen eingerichtet. In solchen Pausen wird die kreative Inspiration geboren.

Es wird nicht mehr lange dauern, bis spirituelle Werte offen diskutiert und jeden Aspekt des Arbeitsumfelds bestimmen werden. Das Herz der Spiritualität ist, wie gesagt, unsere Fähigkeit zur Beziehung. Aus diesem Grund werden die erfolgreichen Unternehmungen der Zukunft – auf die eine oder andere Weise und mit unterschiedlicher Betonung – vier grundlegende Dynamiken ansprechen.

1. **Das Individuum.** Kein Unternehmen kann letztlich Erfolg haben, wenn es sich nicht dafür engagiert, jedem Mitarbeiter die volle Entfaltung seiner Fähigkeiten zu ermöglichen. Um dieses Problem klar zu erkennen, müssen wir uns in unserem Herzen folgende Fragen stellen: Gefällt mir, was mit mir in diesem Umfeld geschieht? Gefällt mir, wie ich zur Beziehung zu meinen Arbeitskollegen aufgefordert werde? Unternehmen werden als spirituelle Milieus in jedem Menschen die höchste Ebene der individuellen Authentizität, Intelligenz und Lebendigkeit unterstützen. Dazu ist ein Verständnis der zweiten Dynamik erforderlich.

2. **Gruppenenergie.** Jede Organisation ist im Prinzip eine Gruppe, und gewöhnlich besteht sie aus Gruppen innerhalb von Gruppen. Wenn wir die Dynamik der Gruppenenergie nicht

verstehen und nicht wissen, wie wir das positive Potential dieser Energie maximieren sollen, werden wir nicht in der Lage sein, das Umfeld herzustellen, das für die Entfaltung der Intelligenz und Kreativität jedes Individuums am förderlichsten ist. Da der einzelne sich nie vom Ganzen trennen läßt, müssen wir uns in unserem Herzen folgende Fragen stellen, um uns von diesem Prinzip leiten zu lassen: Ist unsere Unternehmenskultur oder unsere Gruppenidentität geeint anhand hinreichend universaler und inspirierender Prinzipien und Werte? Sind wir flexibel genug, um die individuelle Authentizität zu fördern, und konzentriert genug, um eine Einigkeit in den Zielen herbeizuführen? Damit diesem Prinzip Genüge getan werden kann, muß auch die dritte Dynamik beachtet werden.

3. **Das größere Kollektiv.** Keine Organisation existiert außerhalb der Beziehung zu einem größeren Kollektiv, dem sie dient und das wiederum ihr dient. Um uns von diesem Prinzip leiten zu lassen, müssen wir uns in unserem Herzen folgende Fragen stellen: Dient unsere Arbeit hier der Befriedigung echter Bedürfnisse im größeren Kollektiv? Trägt unsere Arbeit dazu bei, unsere Gemeinschaften zu heilen? Das Leben weiß, was gut für es ist – in der Natur existiert nichts, was nicht irgendwie die Einheit des Ganzen unterstützt. Aber das menschliche Ich ignoriert oft diese Wahrheit. Wenn Produkte und Dienstleistungen verkauft werden, indem das Ich verführt wird und Wünsche manipuliert werden, ohne daß dabei auch authentische Bedürfnisse angesprochen und befriedigt werden, wird letztlich jeder geschwächt. Wenn wir individuell oder kollektiv Erfolge erzielen, indem wir andere gefährden oder schwächen, werden wir letztlich scheitern.

4. **Die Erde.** Dieses Prinzip richtet sich nach dem Faktor der Gesundheit unserer Umwelt, und zwar in lokaler wie in globaler Hinsicht. Jede menschliche Tätigkeit wirkt sich auf die Umwelt aus, aber eine negative Wirkung läßt sich abschwächen und eine positive Wirkung fördern. Wir werden uns zwar dieser Tatsache zunehmend bewußt, aber dieser Faktor muß zu jeder Entscheidung gehören, die wir treffen.

Auch die Rolle von Erziehung und Bildung muß überprüft werden. Die subjektive Seite und die objektive Seite unseres

Subjekt-Objekt-Bewußtseins sind zwar gleich wichtig, aber wir leben noch in einer Zeit, in der seit vielen Jahrhunderten zuviel Wert auf objektives Wissen auf Kosten von subjektivem Wissen gelegt wird. Objektives Wissen ist Information – subjektives Wissen ist Wesen. Wenn beide Hand in Hand gehen, sind wir weise. Doch vielleicht sollten wir etwa im ersten Lebensjahrzehnt eher der subjektiven Seite die Führung überlassen. Dies läuft darauf hinaus, daß wir unseren Kindern zuerst und vor allem beibringen, von innen heraus zu leben, auf ihre Gefühle zu hören, in ihrem Körper zu leben, der Welt mit dem Herzen zu begegnen. Später werden sie nach den Informationen Ausschau halten, die sie brauchen, um ihr Herz auszudrücken, und sie werden ein objektives Wissen erwerben, ohne den Kontakt zu ihrer Seele zu verlieren. Wenn wir uns die Abermillionen von Dauerarbeitslosen in unseren modernen Gesellschaften ansehen, die hilflos zu sein scheinen auf der Suche nach einem sinnvollen Leben, dann erleben wir die Folgen einer Erziehung, die Menschen auf ein Leben von außen nach innen abgerichtet hat, Menschen, die sich unbewußt dem vorgegebenen Schema angepaßt haben, ohne zunächst zu lernen, auf ihr tieferes Wesen zu hören. In Zukunft werden wir uns auf weniger vorgegebene Schemata verlassen können. Die gegenwärtige Eile, das Studium von Mathematik und Naturwissenschaft zu verstärken, damit man auf dem High-Tech-Markt konkurrenzfähig ist, wird uns nur dann dienen, wenn die Menschen, die sich mit diesen Gebieten befassen, bereits ihr Herz gesund in den Griff bekommen haben.

All diese Gedanken verweisen grob verallgemeinernd auf ein paar entscheidende Trends für die Zukunft. Offenkundig erfordern sie einen wesentlichen Wandel der sozialen Werte. Aber genau das geschieht ja gerade. Das Zweite Wunder ist für uns im Gange und wird weiterhin jeden Aspekt des menschlichen Lebens und seiner Ausdrucksformen durchdringen. Leider – oder vielleicht auch nicht, denn so sind wir nun einmal – befreien wir uns erst dann von den alten Mustern, wenn sie uns größeres Leiden gebracht haben. Gerade im Schmelztiegel des Leidens kann die Vergangenheit neu erfahren, vergeben und geehrt werden, selbst während wir Platz für eine neue Intelligenz und neue

Verhaltensweisen schaffen. Die Zukunft wird gekennzeichnet sein von einer zunehmenden Entropie in allen Strukturen, die aus unserem alten Bewußtsein heraus errichtet wurden. Und zwar nicht weil sie falsch sind – wir sind nur in ihnen unbewußt geworden, so daß sie aufgehört haben, sich weiterzuentwickeln. Wir müssen sie wieder neu erfinden, von der Geburt bis zum Tod und mit allem dazwischen, so daß es einen Raum gibt für das Entstehen einer neuen Fähigkeit zum Bewußtsein. Die Entropie, die Erzeugung von Fragmentierung und Unordnung, ist stets einfacher herbeizuführen als die Erzeugung von größerem Zusammenhang und wechselseitiger Beziehung. Vielleicht setzen deshalb so viele Filme darauf, daß uns Explosionen und Vernichtung so faszinieren, und vielleicht ist es deshalb leichter, Kriege zu führen als Frieden zu bewahren. Die Kunst der Zukunft ist, was sie eigentlich immer schon gewesen ist: die Kunst der Nähe und Vertrautheit, die Kunst, Gott in uns selbst und in jedem von uns zu erkennen, die Kunst, eine neue und immer komplexere wechselseitige Verbundenheit herbeizuführen.

In einem reifen Menschen ist bewußte Aufmerksamkeit Verehrung. Unsere Welt, uns selbst und einander mit einem offenen Herzen zu erblicken, ist das Stärkste, was wir tun können. Es gibt eine große Ganzheit, die unser Universum durchdringt, aber wenn wir mit verehrungsvoller Aufmerksamkeit leben und handeln, besitzen wir in ebendieser Aufmerksamkeit die Kraft, diese Ganzheit zu verstärken. Auf diese Weise geschehen Wunder – die Qualität unserer Aufmerksamkeit hat die Kraft, Heilung und Ganzheit herbeizuführen, und zwar nicht nur von uns selbst und von uns allen, sondern auch von unserem ganzen Planeten. Unsere größte Herausforderung wird darin bestehen, uns nicht von der Angst verführen zu lassen und uns nicht aus der Fülle unserer fundamentalen Beziehung zu Gott zurückzuziehen. Unser individuelles Leben wird bald vorbei sein, aber die Möglichkeit der Zukunft wird auf unserem Mut beruhen, der Tiefe unserer Gefühle zu trauen, die Welt so zu sehen, wie sie ist, unser Herz zu öffnen und im Glauben zu leben. Und nichts anderes tun wir, wenn wir eine unstreitige Verpflichtung zum Bewußtsein eingehen.

Dank

Dieses Buch wäre nicht das, was es ist, ohne die klugen Fragen und die engagierte Mitarbeit meiner Frau Ariel. Sie hat den Text ebenso lektorierend begleitet wie wesentlich zu seiner Ganzheit und Klarheit beigetragen.

Mehrere Menschen haben das Manuskript in verschiedenen Stadien gelesen und kommentiert und mir damit ein hilfreiches Feedback wie auch liebende Unterstützung vermittelt. Meine Liebe und Dankbarkeit gilt Anne Hillman für ihre Begeisterung, Julia Press, Roberto Solari, Agueda Gonzalez und Avis Ballard für ihre Gedanken, Eugene Trimboli für seine redaktionelle Arbeit wie für seine wichtigen Fragen, Gabrielle St. Claire für ihre Klarheit und ihr spielerisches Wesen sowie Michael Plesse für seine stille Klugheit. Ganz besonders möchte ich Aster Barnwell dafür danken, daß sie sich die Zeit für detaillierte Kritik und Kommentare genommen hat, die dieses Werk wesentlich bereichert haben. Ihr alle seid mehr als bloße Freunde – ihr seid großartige Menschen, deren Freundschaft und Mitarbeit im Laufe der Jahre meine eigene Lehrtätigkeit erheblich bereichert haben.

Besonders dankbar bin ich meinem Verleger David Hinds, daß er meine Arbeit so nachhaltig unterstützt hat, und Leana Alba für ihr sorgfältiges Lesen des Manuskripts, ihre gescheiten Fragen und ihre kluge redaktionelle Mitarbeit. Vielmals danken möchte ich auch meiner Sekretärin Tammi Clanton für den Ausdruck unzähliger Seiten und für die gewissenhafte Eingabe der Korrekturen in den Computer.

Dieses Buch wurde im Laufe mehrerer Jahre und an verschiedenen Orten geschrieben. Ich danke all meinen Freunden, die mir ein ruhiges Arbeiten ermöglicht und mich unterstützt haben, ebenso wie den vielen Menschen, die – ohne es zu ahnen, durch eine Redewendung oder indem sie über ihr Leben sprachen – meinen Gedanken eine bestimmte Richtung gewiesen haben, was sich schließlich auf diesen Seiten niederschlug.

Letzten Endes würde diese Lehre nicht existieren ohne die vielen Menschen, die an meiner Arbeit teilhatten. Ich stehe tief in eurer Schuld. Miteinander haben wir die Erkundung durchlebt, die dieses Werk zum Leben erweckt hat. Durch eure Träume, eure Liebe, euren Mut und euer Leiden erhält alles, was ich gesagt habe, seinen Gehalt. Ich stelle mir oft vor, daß im letzten Augenblick meines Lebens euer Wesen wie das meiner nächsten Lieben mit mir in die Unendlichkeit verströmen wird.

Über den Autor

Nach dem Abschluß seines Medizinstudiums 1972 arbeitete Dr. Richard Moss einige Jahre als Arzt für Allgemeinmedizin in eigener Praxis, bis ein paar Jahre später ein einschneidendes Erleuchtungserlebnis sein Leben völlig veränderte. Er gab seine Praxis auf und widmete sich seiner wahren Berufung: der Erforschung des spirituellen Erwachens und dessen Integration in das tägliche Leben. Richard Moss hat inzwischen fünf Bücher geschrieben, von denen bereits vier in deutscher Sprache erschienen sind. Er leitet in den USA, Südamerika und Europa sehr erfolgreich Gruppen zum Thema «Heilende Transformation», in denen er den Teilnehmern hilft, an ihre tiefere Essenz zu gelangen und so ihr Leben zu verwandeln. Er lebt mit seiner Frau in Kalifornien und hat drei Stiefkinder.

Auskünfte über Seminare mit Richard Moss erhalten Sie bei:

Richard Moss Seminars
P. O. Box 2147
Oakhurst, CA 93644, USA
Tel. (209) 642–4090
Fax (209) 642–4092

und für den deutschsprachigen Raum bei:

Orgoville International
Eisenbuch 8, D-84567 Erlbach
Tel. (08670) 1669